金聖鍾 추리문학전집. 20

라인 X

(上)

도서출판 남도

라인 X
(上)

차　례

첫 번째 실패

나 야훼(하느님)가 너를 부른다.
정의를 세우려고 너를 부른다.
내가 너의 손을 잡아 지켜주고
너를 세워 인류와 계약을 맺으니
너는 만국의 빛이 되어라.
소경들의 눈을 열어주고
감옥에 묶여 있는 이들을 풀어주고
캄캄한 영창 속에 있는 이들을 놓아주어라.

1979년 11월 25일 터키 이스탄불.
　호리호리한 몸매에 깡마른 얼굴, 길게 뻗어내린 턱 주변에 시커먼 털이 덥수룩하게 자라고, 짙은 눈썹 밑에서 움푹 들어간 두 눈이 유난히도 번득이는 20대 초반의 한 군복 차림의 청년이 이스탄불 소재 카르탈 말테페 군 교도소를 유유히 걸어 나왔다. 그 교도소는 8개의 문을 거쳐야만 밖으로 완전히 나올 수가 있는 경비가 삼엄한 곳이었다. 그런 곳을 그 청년은 아무런 제지도 받지 않고 유유히 탈옥한 것이다. 고위층의 협조없이는 도저히 불가능한 탈옥이었다.

그 탈옥수는 터키인으로 이름은 메흐멧 알리 아그자라 했다.

같은 해 7월 그는 터키의 유력 일간지인 밀리예트지의 편집인이며 저명한 시사 평론가인 압디 이펙치를 터키의 신(新)나치 테러단체인 〈회색 늑대단〉의 사주를 받아 살해했던 것이고, 사형선고를 기다리던 중 탈옥한 것이다.

탈옥 직후 그에게는 위조여권과 자금이 주어졌고, 그래서 그는 여유있게 자취를 감출 수가 있었다.

그때 이스탄불 거리는 교황 요한 바오로 2세의 임박한 방문을 앞두고 축제 분위기에 휩싸여 술렁이고 있었다. 그런데 교황의 이스탄불 방문에 대해 탈옥수 아그자는 탈옥 다음날 밀리예트 신문사에 다음과 같은 편지를 보냈다.

'터키를 비롯한 회교 우방국들이 중동에서 정치·군사·경제적 강국으로 성장할 것을 우려한 서방 제국주의자들이 우리에게 종교 지도자의 탈을 쓴 십자군 사령관 요한 바오로 2세를 보내려고 한다. 교황의 방문이 취소되지 않을 경우 나는 십자군의 사령관인 그를 죽이겠다.'

신문사로부터 아그자의 협박 편지를 접수한 터키 경찰은 바싹 긴장했다. 그렇다고 테러리스트의 협박 편지 하나로 교황의 방문을 막을 수는 없었다. 교황이 가는 곳에는 언제나 위험이 따르기 마련이었다.

교황은 예정대로 이스탄불을 방문했고, 그의 방문기간 동안 아무 일도 일어나지 않았다. 아그자는 그의 협박 편지대로 십자군의 사령관을 죽이지 않은 것이다. 그러나 그는 2년 뒤 비록 실패하긴 했지만 자신의 약속을 지켰다.

탈옥 후 아그자는 신원과 무대를 바꾸어가며 신속하게 행동했다. 그를 계속 추적한 수사기관은 마침내 그가 국제적인 조직을 가진 누군가와 접선했다는 것을 알았지만 상대가 누구인지는 알아내지 못했다.

1981년 5월 13일 오후 로마 바티칸시티.

바티칸시티의 성베드로 광장에는 이날 약 1만 5천 명의 군중들이 모여 있었다. 그들은 매주 수요일마다 일반 접견을 위해 광장에 모습을 드러내는 교황 바오로 2세를 직접 보기 위해서 모여든 사람들이었다. 그중에는 멀리 다른 나라로부터 국경을 넘어 찾아온 순례자들도 많았다. 그 순례자들 틈에 세계의 수사기관이 쫓고 있는 메흐멧 알리 아그자의 모습이 보였다. 그는 교황을 보기 위해 이리저리 파도처럼 밀리는 사람들 사이를 비집고 교황의 차가 통과하도록 되어 있는 통로변으로 나아갔다.

시간은 오후 5시가 조금 지난 시간이었다. 교황은 흰색의 오픈 지프 위에 서서 시종 미소를 띤 채 군중을 향해 손을 흔들기도 하고 허리를 굽혀 신도들과 악수를 나누기도 하고 어린이들에게 입을 맞추기도 하면서 광장을 돌고 있었다. 5시 19분 마침내 교황이 탄 지프가 아그자 앞으로 다가왔다. 아그자는 맨 앞에 나가는 데 실패하고 있었다. 모두가 교황의 손을 잡아보려고 기를 쓰고 앞으로만 나아가려고 하고 있었기 때문에 그는 약간 밀려나 있었다.

그와 지프 사이에는 사람들로 막혀 있었다. 교황과의 거리는 5미터 이상은 될 것 같았다. 아그자는 포기할 수 없었다. 이 순간을 얼마나 기다려 왔던가!

그는 품속에서 브라우닝 구경 9밀리 반자동 권총을 뽑아 들었다. 안전장치는 풀려 있었다. 그는 전형적인 테러리스트의 자세로 권총을 쏘려고 했지만 사람들 때문에 그것이 쉽지가 않았다. 그의 시야에는 온통 흰빛뿐이었다. 교황의 옷에서 발하는 빛에 그는 눈이 부셨다. 그 빛을 향해 그는 방아쇠를 당겼다.

몇 발의 총성이 사람들의 환호성을 집어삼키면서 하늘 높이 울려퍼졌다. 비둘기떼가 놀라서 날아 오르는 것이 보였다. 한순간 무서운 고요가 흘렀다. 교황의 얼굴에서 핏기가 가셨다. 교

14

황의 흰 옷자락에 붉게 피가 배었다.

교황은 배를 움켜쥔 채 힘없이 쓰러졌다. 무서운 고요 속에서 연출된 그 모습은 마치 슬로 비디오를 보는 느낌이었다.

그 순간이 지나자 비명과 함께 고함이 여기저기서 터져나왔다. 그것은 순식간에 광장을 덮쳤고, 군중들은 서로 빠져 나가려고 아우성을 쳤다. 경호원들이 사람들을 밀치며 교황 쪽으로 돌진하는 바람에 흰색 지프 주위는 아수라장으로 변했다. 젊은 신부들이 광장 한가운데에 있는 오벨리스크 옆을 뛰어가면서 「교황이 저격당했다!」「교황이 저격당했다!」고 외쳐댔다. 「오, 노!」「오, 노!」하고 외쳐대는 울부짖음이 여기저기서 들려왔다.

교황이 차 바닥에 완전히 쓰러진 것을 확인한 아그자는 몸을 돌려 필사적으로 도망쳤다. 그러나 파도처럼 덮치는 군중을 뚫고 가야 했기 때문에 겨우 30m밖에 나아갈 수 없었다. 사복 경찰관들이 뒤에서 그를 덮쳐 땅바닥에다 깔아뭉개 놓고 두 팔을 뒤로 꺾어 손목에다 수갑을 채웠다.

한편 교황이 탄 오픈카는 전속력으로 광장을 빠져나가고 있었다. 교황은 그의 비서 돈 스타니스와프 지비슈 신부의 팔에 안긴 채 괴로운 표정을 짓고 있었다. 교황의 개인 보디가드로 언제 어디서나 교황을 그림자처럼 따르는 미국 일리노이주 출신의 전 축구선수인 키 1m 90cm의 거한 폴 마신커스 주교는 운전사에게 더 속력을 내보라고 고래고래 고함을 질러대고 있었다.

날씨는 제철에 맞지 않게 꽤 쌀쌀했지만 화창했다.

베드로 광장을 빠져나간 교황 일행은 일단 교황청에 들렀다가 거기서 교황의 피에 젖은 몸을 앰블런스에 옮겨 실었다. 비상등을 켠 경찰 패트롤카가 사이렌을 울리며 앞에서 앰블런스를 선도했다. 패트롤카는 다른 차량들의 흐름을 제지하면서 로마 북쪽을 향해 최단거리를 질주했다. 앰블런스 뒤에는 두 대의 경찰

오토바이가 바싹 따라붙고 있었다.

병원으로 가는 도중 교황의 괴로워하던 표정은 차츰 평온을 되찾았고, 병원에 도착할 때까지 교황은 폴란드어로 주기도문을 외고 있었다.

얼마 후 교황은 로마 북쪽에 있는 제멜리 카톨릭 대학병원에 입원, 4시간 20분에 걸친 수술을 받았다.

아그자가 쏜 총탄은 정확히 교황의 아랫배 두 군데에 들어가 박혀 있었고, 오른팔과 왼쪽 손에서도 피가 흐르고 있었다. 수술팀은 교황의 아랫배에서 두 발의 총탄을 제거하는데 성공했다. 60세의 노구에도 불구하고 교황은 그 수술을 잘 견디어 내었고 마침내 목숨을 건진 것이다.

12세기 에이레의 사교(司敎) 성(聖)말라시는 〈역대 교황에 대한 예언집〉을 썼는데 거기서 그는 1백 11명의 교황의 운세를 예언하고 있다.

성말라시는 요한 바오로 2세의 전임자인 요한 바오로 1세의 운세를 '반달'이라고 점쳤다. 실제로 그는 즉위 34일만에 급사했다.

그 예언집에 따르면 요한 바오로 2세의 운세는 '태양의 움직임'. 그 예언대로 그는 취임 직후부터 「정치 경제 사회적 불의와 차별 또는 양심의 자유 및 종교적 자유와 관련, 탄압받고 있는 전 세계 모든 사람들에게 마음의 문을 활짝 열겠다.」고 선언, 그동안 세계의 주요국가 20개국을 정력적으로 순방했다. 짧은 기간 동안에 그는 '행동하는 교황'으로서의 면모를 충분히 과시했고, 가는 곳마다 태양처럼 눈부신 빛을 뿌렸다. 테러리스트의 흉탄을 맞고도 다시 일어선 것을 보면 운세도 강한 것 같았다.

성말라시의 예언집에 따르면 요한 바오로 2세 다음 다음 교황은 초대교황으로 받드는 베드로의 이름을 따게 된다. 그는 서기 33년에 성베드로에서 시작된 '교황시대'의 막을 내리는 마지막 교황으로서 그의 재임 중에 '최후의 심판'이 내려져 '세계의 종말'이 온다.

세계의 종말은 인간 스스로가 재촉한 것이었다. 교황의 목숨을 노린 아그자의 총구야말로 바로 세계의 종말을 재촉하는 어리석은 인간의 총구였던 것이다.

터키 출신 테러리스트 메흐멧 알리 아그자의 교황 암살기도는 분명히 실패로 끝났다. 그러나 아그자의 뒤를 이은 국제 테러리스트들의 총구는 계속해서 교황을 노리고 있었다.

1984년 5월 교황이 동북 아시아의 한 조그만 분단국가인 한국을 방문했을 때에도 사정은 역시 마찬가지였다.

교황 저격사건이 발생한 직후 로마의 전 경찰은 비상경계태세에 들어갔다. 아그자는 연일 계속해서 테러 전담 수사관과 검찰관의 조사를 받았다. 수사를 진두 지휘한 사람은 〈붉은 여단〉 등 테러조직 수사에서 솜씨를 떨치고 있는 칼루치 수사검사였다.

이탈리아 경찰의 테러 전담반인 DIGOS 요원인 니꼴라 시모네는 아그자와 몇 번 얘기해보고 나서 그가 경찰 심문에 대응하는 방법을 전문가로부터 지도받은 것으로 확신했다. 그만큼 그는 자신을 심문하는 이탈리아 수사관을 기민한 두뇌 회전과 오만에 가까운 신념으로 침착하고 능란하게 깔아뭉개고 있었다. 그의 얼굴에서는 죄의식이나 공포의 빛 같은 것은 조금도 보이지 않았다.

「도대체 너의 정체는 뭐지?」

시모네의 한숨 섞인 질문에 아그자는 입가에 미소를 흘리며 이렇게 대답했다.

「국제 테러리스트입니다.」

「자칭 국제 테러리스트란 말인가?」

「그렇습니다.」

아그자는 서슴없이 대답했다.

「국제 테러리스트라면…… 그 목적은 어디에 있는가?」

아그자의 입가에 다시 냉소가 서렸다.

「목적 말이오? 테러 그 자체를 위한 테러에 그 목적이 있습니다. 나 같은 국제 테러리스트라면 모두가 마찬가지 생각일 겁니다.」

국제 테러리스트란 세계 각처에서 동시 다발적으로 생겨난 신흥 폭력 세력이라고 할 수 있다. 그들은 70년대를 거쳐 등장했는데, 전 세계적으로 폭력이 난무하던 70년대가 낳은 사생아라고 할 수 있다. 80년대에 들어 그들은 국제적인 대소 사건에 영향을 끼칠 정도의 세력으로 부상했다. 그동안 그들 뒤에는 그들을 조종하는 힘이 존재하게 되었고, 그들은 단지 파괴적인 인간 무기로서 그 힘의 지시에 따라 움직일 뿐이었다.

「그렇다면 이번 일도 테러 그 자체를 위한 테러였단 말인가? 테러 그 자체를 위해 교황을 저격했단 말인가?」

「그렇습니다.」

「거짓말 마! 너는 너 혼자서 저지른 단순한 저격사건으로 꾸미려고 하고 있지만 그렇게는 안돼! 이번 사건이 사전에 치밀하게 계획되었고, 너 혼자가 아닌 여러 명이 가담했다는 증거가 속속 드러나고 있단 말이야! 이번 음모의 배후를 말해 봐! 그리고 공범자의 이름을 털어봐!」

시모네는 침착하기 이를 데 없는 상대방을 찬찬히 뜯어보면서 말했다. 여윈 얼굴에 쑥 들어간 검은 두 눈과 툭 불거진 광대뼈가 영락없이 잔인한 암살자의 모습을 하고 있었다.

아그자의 뒤에 그를 지원하는 조종자가 있고 치밀한 계획하에 이번 사건이 저질러졌다는 보다 구체적인 증거는 바로 아그자의 몸에서 발견된 다음과 같은 메모 쪽지가 말해 주고 있었다. 아

그자를 뒤에서 지원하는 조종자가 마지막 지령을 내린 것으로
보이는 그 메모는 터키어로 적힌 간단한 내용이었지만 지원 세
력이 있음을 암시해주는 분명한 증거물이었다.

- 금요일 오후 7시에서 8시 사이에 전화.
- 5월 13일 수요일, 광장에 나옴.
- 5월 17일 일요일, 발코니에 나올 가능성이 있음.
- 5월 20일 수요일, 틀림없이 광장에 나옴. 가방을 잘 선택할
  것.
- 반드시 머리를 염색할 것.
- 필요한 경우 십자가 목걸이를 걸고 짧은 청바지, 테니스화,
  몽고메리 재킷을 착용할 것.
- 수요일 이후, 피렌체 또는 인근 역까지 왕복 여행. 바티칸
  이나 사람들의 시선에 띌 만한 장소에는 나타나지 않도록
  주의할 것.
- 교황 사진이 든 우편엽서는 반드시 찢어서 버릴 것.
- 공작금 － 60만 리라(호텔 숙박비 18만 리라, 전화료 2만 리
  라, 일일 지출 20만 리라, 가방, 바지 셔츠 10만 리라, 비상
  금 10만 리라)
- 내일, 3일분 호텔 숙박비.
- 요주의 － 나폴리로 가서 배낭 및 머리 염색약 구입할 것.
  기차표가 유효한가 확인. 식사에 특히 주의.
- 아침식사는 9시에 여기서.

여기란 로마의 뺀시오네이자 호텔을 가리킨 것이었다. 아그
자가 교황을 향해 방아쇠를 당긴 것은 5월 13일이었다. 그런데
조종자는 5월 17일과 5월 20일에도 교황이 모습을 드러낼 것이
라고 알려주고 있었다. 그러니까 5월 13일, 17일, 20일을 저격

날짜로 꼽고 있었는데 아그자는 13일에 결행했던 것이다.

아그자의 단독 범행이 아닌 공범이 있었다는 증거는 텔레비전 필름에도 분명히 나타나고 있었다. 이탈리아 수사기관은 사건 발생 직후 ABC — TV 필름을 자세히 검토했는데 거기서 텔레비전 카메라에 잡힌 공범의 모습이 뚜렷이 드러났던 것이다. 아그자 외에 카메라에 잡힌 공범은 두 명이었다. 한 명은 권총을 손에 든 채 군중들 사이를 비집고 도주하고 있었는데 뒷모습만 잡혔기 때문에 얼굴을 알아보는 것이 불가능했다. 다른 한 명은 검은 서류 가방을 움켜쥔 채 성베드로 광장 변두리에 정차한 버스 쪽으로 돌진하고 있었다.

2개월 후 아그자에게는 무기형이 언도되었다. 언도를 내릴 때 담당 판사는 이번 사건에는 배후 세력의 무시무시한 음모가 도사리고 있었으며 아그자는 그 하수인에 불과하다고 밝혔다.

담당 판사는 그러나 배후 세력이 누구인지, 그리고 그 무시무시한 음모가 무엇이었는지는 끝내 밝히지 않았다. 물론 몰라서 밝히지 않은 게 아니었다. 철저한 수사로 이미 배후 세력과 음모를 알아냈지만 국제 음모 사건이 으레 그러듯 확실한 증거가 없었고, 그런 상황에서 배후 세력이 누구인가를 밝힌다는 것은 상대국을 분노케 하여 국제관계를 악화시킬 우려가 있기 때문에 결국 발표를 보류했던 것이다.

이탈리아 수사기관은 배후 세력을 소련의 비밀경찰인 KGB로 보고 있었다. 교황 암살의 하수인 노릇을 했던 아그자 자신도 뒤에서 자기를 조종했던 진짜 조종자가 누구였는지는 알지 못하고 있었다. 배후에서 음모를 꾸민 연출자가 모습을 드러낼 리가 없었던 것이다.

그러나 이탈리아 수사기관은 각국 수사기관의 긴밀한 협조를 통해 결국 배후 세력의 정체가 KGB임을 알아냈던 것이다.

처음 아그자를 체포하여 심문했을 때 수사관은 도대체 그가 좌익 테러분자인지, 우익 테러분자인지, 또는 종교 광신자인지, 아니면 팔레스타인이나 마르크스주의 세력의 추종자인지 결론을 내릴 수가 없었다. 그럴 수밖에 없는 것이 KGB의 조종이 워낙 교묘했기 때문에 갈피를 잡을 수가 없었던 것이다.

1979년 11월 군 교도소를 탈옥한 후 아그자는 로마에서 체포될 때까지 위조여권으로 18개월 동안 유럽 전역을 휘저으며 돌아다닌 대탈주극을 벌였음이 드러났다. 그것은 갈피를 잡기 어려운 탈주극이었다. 그는 자그마치 12개국을 위조여권으로 싸돌아다녔는데 어느 곳에서도 오래 머무는 법이 없었다.

그는 터키의 가난한 시골 출신이었다. 가난에 찌들 대로 찌든 시골에서 자란 그는 도시 생활이라고는 고작 3년밖에 한 적이 없었다. 그것도 대학 생활로 보낸 것이었다. 그리고 그의 외국어 실력은 형편이 없어 겨우 영어 몇 마디 정도를 지껄일 수 있을 정도였다. 그러한 그가 돈을 물쓰듯하면서 유럽 각국의 수도를 싸돌아다녔던 것이다. 배후 세력의 지원없이 그것이 가능한 일이었을까. 그는 18개월 동안 비행기 삯과 일류 호텔 숙박비로만 5만 달러 가량을 썼다. 그는 이브생로랑 상점에서 쇼핑을 하고 밀라노의 비피 레스토랑에서 오페라 애호가들 틈에 섞여 샴페인과 함께 훈제 연어 요리를 먹었는가 하면 튀니지의 하마메트나 스페인의 팔마데마요르카 같은 상류층이 모이는 우아한 휴양지에서 겨울을 나기도 했다.

특히 그는 불가리아에서는 50일 동안이나 체재했음이 밝혀졌다. 불가리아 수도 소피아시 중심에서 남쪽으로 8km쯤 떨어진 곳에 시민들의 행락지로 이름난 비트샤 산이 있는데 아그자는 그 기슭에 자리잡고 있는 비트샤 뉴오따니 호텔에 장기 투숙했었다. 그 호텔은 일본 사람이 설계한 21층짜리 우아한 고급 호텔이었다.

아그자는 호텔의 9층에 있는 한 호화로운 방에서 도저히 탈옥수라고 볼 수 없을 정도의 느긋한 태도로 그 해 여름을 보냈다. 그가 그곳에서 보낸 기간은 1980년 7월 10일부터 8월 31일경으로 알려졌다.

불가리아는 터키에서 온 방문객에게는 원칙적으로 30시간 이상의 체재를 허락지 않는다. 그런데 아그자는 거의 50일간이나 불가리아의 수도에 있는 호화로운 호텔에 머물고 있었던 것이다. 그것은 불가리아 당국의 묵인 없이는 도저히 불가능한 일이었다.

비트샤 뉴오따니 호텔에서의 그의 모습을 잠깐 살펴보자. 그는 언뜻 보기에 돈 많은 부호의 막내 아들로서 미녀들의 궁둥이나 쫓아다니는 플레이보이처럼 보였다. 그는 사치스러운 무늬가 박힌 남방셔츠를 입고 있었고, 풀어헤친 털투성이 가슴에는 순금 쇠사슬 목걸이가 번쩍거리고 있었다. 머리는 스포츠형으로 짧게 깎아올린 모습이었고 얼굴은 운동으로 단련된 선수처럼 구릿빛으로 번들거리고 있었다. 그리고 그의 곁에는 언제나 버드나무 가지처럼 가녀린 허리에 풍만한 엉덩이를 가진 미녀들이 매일 얼굴을 바꾸어가며 바싹 붙어 앉아 있었다. 실제로 그는 이 호텔에서 돈 많은 부호의 아들로 통했고, 그 스스로가 그렇게 통하는 것을 즐겨했다.

그는 정력이 좋은 젊은이답게, 아니면 큰일을 앞둔 사나이의 불안감을 잊기 위한 배출구였는지는 몰라도 매일 여자를 바꾸어가며 밤낮으로 여체 속에 묻혀 시간을 보냈다.

그런 어느날 한 사나이가 호텔로 그를 방문했다. 방문객은 터키 국적의 무역상 베길 체렌크로 돼지도 서러워할 만큼 디룩디룩 살이 찐데다 머리는 몇 오라기의 머리카락만 남아 있는 대머리였다. 그는 땀에 젖은 손수건으로 연방 목덜미를 훔치면서 아그자와 흥정에 들어갔다.

「준비는 되어 있나?」

돼지는 날카로운 눈으로 아그자를 쏘아보며 물었다.

「준비는 다되어 있어요. 난 벌써 오래 전부터 기다리고 있었어요, 지겨울 정도로 말이오. 도대체 날 언제까지 여기에 묶어둘 셈이오? 이젠 이런 호텔도 싫어졌고 기름진 음식도 싫고 미녀들도 싫어요. 답답해서 미치겠단 말이오.」

그는 방안을 빙빙 돌면서 손을 흔들며 말했다. 그는 격한 감정을 참아내느라고 얼굴이 벌겋게 달아올라 있었다.

「이젠 여기에 더 이상 틀어박혀 있지 않아도 좋아. 하지만 불가리아에 머물고 있는 동안은 안전할 거야. 자, 그건 그렇고 우리들의 이야기에 종지부를 찍자구. 얼마면 되겠나? 턱없이 비싸게 굴지 말고 적당한 값을 말해 보라구.」

「난 비싸게 말하지 않았어요. 거기서 한푼도 깎을 수는 없어요. 일이 끝나면 전 세계 수사기관이 나를 뒤쫓을 텐데 그 사냥개들 눈을 피해 도망다니려면 엄청난 돈이 필요할 거란 말이오. 난 감옥에서 썩으면서 영웅 소리를 듣고 싶지는 않아요.」

그는 주먹을 움켜쥐고 흔들면서 부르짖다시피 말했다. 체렌크는 가만히 아그자의 움직임을 지켜보고 있었다. 아그자가 다시 말했다.

「교수형 당한 뒤에 영웅 소리를 들으면 뭐해요. 난 그런 건 싫단 말입니다! 나는 끝까지 살아서 천수를 다 누릴 겁니다!」

「알았어, 알았어. 거기 앉아봐.」

돼지는 달래듯이 말하며 소파를 가리켰다.

아그자는 소파에 털썩 주저앉으며 팔짱을 끼고 돼지 같은 사나이를 노려보았다.

「좋아. 이렇게 하면 어떨까. 이 이상은 안돼. 최후의 선이야.」

「말해봐요.」

아그자는 다리를 흔들면서 턱을 치켜 들었다.
「1백 70만 달러를 주겠다. 그리고 성공하면 보너스를 주
겠다.」
「1백 70만 달러라고 해야 셋이 나눠야 한다는 건 잘 알지 않아
요.」
「1백 70이면 지금까지 있어온 금액 중에서 최고의 액수야. 앞
으로도 그런 금액은 없을 거야. 싫다면 할 수 없어.」
돼지는 딱 잘라 말했다.
「좋아요. 보너스는 얼마를 줄 거예요 ?」
「1백만 달러……」
아그자는 턱을 가슴에 묻은 채 깊이 생각에 잠기는 눈치더니
이윽고 얼굴을 번쩍 들고
「네, 좋아요 !」
하고 말했다.
「돈은 어떻게 전달할까 ?」
「이 구좌에다 넣어주면 됩니다.」
아그자는 이때를 위해서 미리 터놓은 세 개의 은행구좌를 제
시했다.
그와 함께 돈을 나누어 가질 다른 두 명은 터키의 테러단체인
〈회색 늑대단〉의 두목인 오랄 첼릭과 같은 조직의 서독 총책인
첼리비라는 자였다. 첼리비의 조직은 아그자에게 안전한 은신
처를 제공하는 일을 유럽 지역에서 떠맡도록 되어 있었다. 일을
끝내고 이탈리아에서 탈출할 때는 세관 검색을 받지 않아도 되
는 외교관 차량 혹은 TIR(국제송탁운수)트럭을 이용하기로 이
미 계획을 짜놓고 있었다.
오랄 첼릭은 저격 현장인 베드로 광장에서 두 개의 소리가 요
란한 공포 폭탄을 터뜨려 아그자의 탈출을 돕도록 되어 있었다.
그러나 사실은 폭탄이 터지는 소동을 틈타 현장에서 아그자를

사살해버릴 생각이었다. 그래야만 교황 암살의 배후가 영원히 미궁 속에 빠질 것이기 때문이었다.

마지막 순간에 배신을 당하게 될 줄도 모른 채 아그자는 큰 거래가 끝난 뒤의 홀가분한 감정에 젖어 방안을 다시 거닐기 시작했다.

「돈을 받은 이상에는 실패란 있을 수 없어. 꼭 해내야 해!」

돼지의 다짐하는 말에 아그자는 발끈했다.

「더러운 돈을 주는 주제에 정말 치근거리는군. 하겠다면 하는 거야! 난 해내고 말 거야!」

「위대하신 교황나으리께서는 최근에 기어코 브레즈네프 서기장한테 쓸데없는 편지를 보냈단 말이야. 그러니깐 파파를 없애는 데 돈을 쓴다는 게 얼마나 떳떳한 일이냔 말이야.」

「딴은 그럴싸한 말이군.」

교황이 브레즈네프에게 서신을 보낸 것은 그도 알고 있는 사실이었다.

폴란드 출신의 교황은 정치적 스트라이크가 절정을 이루고 있는 조국 폴란드의 운명을 심히 걱정하고 있었다. 정치적 스트라이크가 일어나고 있다는 것은 좋은 징조였다. 그러나 교황이 두려워하고 있는 것은 그 스트라이크를 빙자해서 소련군이 폴란드로 진주해 들어오는 것이었다. 만일 소련군이 진주해 들어오면 정치적 자유의 물결은 물거품처럼 스러질 것이고 지금보다 더한 암흑의 시대가 폴란드에 찾아올 것이다. 교황은 현재 폴란드에 일고 있는 자유 노조 운동의 물결을 지지하고 있었다. 교황이 폴란드 자유 노조 운동의 후견인이란 것은 부정할 수 없는, 세계가 다 알고 있는 사실이었다. 공산국가 폴란드에서의 자유 노조 운동은 교황의 축복이 없이는 결코 탄생할 수 없었던 것이다. 그러나 소련으로서는 폴란드의 자유 노조 운동이야말로 소련 제국의 토대 그 자체를 위협하는 도저히 좌시할 수 없는 도

전이었던 것이다.

소련의 무력 침공을 앞에 두고 풍전등화처럼 떨고 있는 조국의 운명을 보고 교황은 마침내 브레즈네프에게 단호한 결의를 밝힌 장문의 서신을 보냈다.

그것은 만일 소련이 폴란드를 침공한다면 '나 교황은 법의를 벗어던지고 교황 자리를 박차고 나가서라도 폴란드로 돌아가 저항운동에 앞장을 서겠다.'는 내용이었다.

교황의 이같은 결의는 공산권 위정자들로 하여금 모종의 결단을 내리게 하는데 있어서 촉진제 역할을 했다. 그들 위정자들은 폴란드 자유 노조 운동을 동구권 전체에 대한 '치명적인 위협'으로 간주했고 그 운동의 정신적인 영도자인 교황을 '제거'함으로써 폴란드의 반란을 크게 약화시키고 분열시킬 수 있다는 데 의견의 일치를 보았다. 이탈리아 정부의 안토니오 알바노 검사는 교황 암살사건을 정리한 검찰 보고서에서 '어느 공산권 지도자는 이 가장 심각한 사태에 유의하여 동유럽권의 극히 중요한 이익을 계산한 끝에 교황을 죽일 필요가 있다는 결정을 내렸다.'고 밝혔다.

이 결정을 구체적인 계획으로 입안하고 그것을 집행하는데 있어서 소련의 KGB가 막후에서 원격 조종을 했음은 두말할 나위가 없다. 그리고 KGB의 전면에는 불가리아 비밀경찰이 있었다.

불가리아는 동구 공산국들 가운데서 가장 교조적이고 융통성이 없는 경찰국가이다. 그리고 불가리아는 소련의 지령에 따라 테러와 국가 전복 활동에 종사하는 테러리스트들을 배출하는 주요한 요람 가운데 하나이다.

불가리아는 소련 비밀경찰 KGB의 대리자로서 1970년대 초부터 서유럽의 각종 테러집단들을 지원해 오고 있었다. 그 가장 새로운 증거가 이탈리아의 〈붉은 여단〉이 미국의 제임스 리 도

지어 장군을 납치했던 사건에서 드러났다. 이탈리아 경찰은 도지어 장군을 구출하고 테러리스트들을 체포했는데 그들은 법정에서 이탈리아의 사회 안정을 교란하려는 그들의 공작을 도와준 것은 불가리아였다고 증언했다. 불가리아는 붉은 여단 단원들에게 자금과 무기를 대주었다는 것이다.

비트샤 뉴오따니 호텔에서 아그자에게 교황을 암살해주는 대가로 1백 70만 달러를 주겠다고 제의한 터키 무역상 베길 체렌크는 말이 무역상이지 사실은 무기와 마약을 주로 거래하는 터키계 마피아 간부였다.

불가리아 수도 소피아에 거점을 둔 밀수조직인 이 터키계 마피아는 불가리아 정부를 도와주는 대가로 밀수입을 하도록 허용받고 있었다. 따라서 불가리아 비밀경찰이 터키계 마피아를 철저히 파악하고 있는 것은 아주 자연스러운 일이었다. 불가리아에서는 담배로부터 각종 중무기에 이르기까지 모든 것을 킨텍스라는 국영회사를 통해 밀수범들에게 팔아 넘기고 있었다. 그런데 킨텍스는 사실은 불가리아 비밀경찰의 일개 부서였던 것이다. 바꾸어 말하면 킨텍스 직원들은 불가리아 비밀경찰 요원들이었던 것이다. 그리고 킨텍스 내에는 소련인 고문관들이 고위직을 차지하고 있었던 것이다. 그것을 뒷받침하기라도 하듯 서방측에 망명한 불가리아 비밀경찰의 전 고위간부였던 스쩨판 스베르들레프는 약 4백 명의 KGB 요원들이 불가리아 비밀경찰 본부 및 그 산하기관에 깔려 있다고 증언했다.

아그자 자신은 KGB의 검은손이 뒤에서 자신을 조정하고 있다고는 미처 생각지 못했을 것이다.

감방을 탈옥하였지만 그는 터키에서 계속 활동하기에는 너무도 악명이 높았다. 그렇다고 당장 거세해 버리기에는 분명히 이용가치가 큰 인물이었다. 그래서 터키 내의 후원자들은 마침내 그를 KGB와 직결된 불가리아 비밀경찰로 넘겨주었던 것이고,

불가리아 비밀경찰은 터키계 마피아를 사이에 넣어 그에게 교황 암살의 임무를 떠맡겼던 것이다. 터키인을 암살범으로 지목한 데에는 사실상 깊은 배려가 깔려 있었다. 왜 하필 터키 총잡이를 골라서 교황을 쏘게 했을까? KGB가 불가리아에 맡긴 가장 우선적인 임무는 인접국인 터키의 안정을 파괴함으로써 터키로 하여금 나토에서 탈퇴케 하는 것이었다. 따라서 터키인 아그자를 교황 저격범으로 등장시킴으로써 회교의 나라 터키가 나토에 소속할 수 없는, 악의에 찬 이교도 국가임을 전 기독교 세계에 알리려고 했던 것이다.

1980년 10월 14일 로마.

검은테 안경을 끼고 턱수염을 기른 그 사나이는 막 타이핑을 끝내고 난 참이었다. 중년의 그 사나이는 파이프에 담뱃가루를 채운 다음 성냥불을 붙였다.

몇 모금 빨고 나서 그는 타이프라이터에서 타이핑된 종이를 뽑아내어 거기에 찍힌 내용을 꼼꼼이 읽어보았다.

그가 앉아 있는 곳은 불가리아 국영 발칸항공 로마 사무소 안이었다. 그는 부소장인 세르게이 이바노프 안토노프였다.

그가 막 읽기를 끝마쳤을 때 전화벨이 울렸다. 전화벨은 세 번 울리고 나서 그쳤다가 다시 세 번 더 울렸다. 그는 벽시계를 보았다. 오후 2시 조금 지난 시각이었다. 그는 천천히 몸을 일으켜 한쪽 구석에 놓여 있는 소형 금고 쪽으로 다가갔다. 금고 문을 열고 그 안에서 파일을 하나 꺼내 조금 전에 완성한 타이핑 서류를 그 안에 끼워 넣은 다음 금고 문을 도로 닫았다. 다이알을 돌리고 나서 사무실을 나왔다. 길을 건넌 다음 은행 건물을 끼고 걸어가다가 오른쪽으로 돌아갔다. 그곳에는 그가 자주 들르는 스낵 코너가 있었다. 안으로 들어가자 코밑 수염을 기른 웨이터가 진열대 저쪽에서 그에게 고개를 끄덕여보였다. 앞에 두르고 있는 에이프런이 때에 까맣게 절어 있다. 안토노프는 주스를 한 잔 주문했다. 길 건너편에는 포르노 영화관이 있었다. 그는 웨이터에게 좋은 프로가 없느냐고 물었다. 웨이터는 요즘 들어온 프로는 별로 시원치 않다고 말했다. 포르노 배우에 대해서 이야기하다가 안토노프는 동전을 내놓고 밖으로 나갔다. 스낵 코너 앞에는 공중전화가 있었다. 그는 재빨리 주위를 둘러보고 나서 공중전화 박스 안으로 들어갔다.

그가 가명을 대자 상대방 여자가 이렇게 말했다.

「한 시간 전에 국제열차 편으로 도착했습니다. 지금 삔시오네 이자 호텔에 있습니다.」

「몇 호실에 있지 ?」

「509호실에 들어 있습니다.」

그들은 불가리아 말로 이야기했다.

「4시에 그쪽으로 가겠다. 로비에 한 사람 나와 있으라고 해.」

「알겠습니다.」

공중전화 박스를 나와 사무소를 향해 걸어가면서 그는 생각에 잠겼다.

국제열차 편으로 로마에 들어온 인물은 아그자였다. 그는 겁도 없이 돌아다니고 있었다. 하긴 그 일을 위해서는 지리도 익혀야 할 것이고 사전 답사도 해야 할 것이다. 그러나 주의할 필요는 있다. 그에게 주의를 주라는 지시를 그는 받고 있었다. 아그자가 여기저기에 너무 자주 얼굴을 드러낸다는 정보가 조직에 들어와 있는 모양이었다. 그건 그렇고 새파란 젊은 애송이한테 1백 70만 달러가 지불되었다. 그리고 성공하면 백만 달러의 보너스까지 지급된다. 셋이 나누어 갖겠지만 그래도 아그자에게 돌아가는 몫이 제일 클 것이다.

젊은 녀석이 가지기에는 너무 큰돈이야. 이왕이면 우리가 노리고 있는 요인 두세 명을 더 해치우도록 해야 해.

뺀시오네 이자 호텔은 불가리아 국영 발칸항공 로마 사무소로 부터 차로 15분 거리에 있었다.

3시에 사무소를 나온 안토노프는 자기 차를 이용하지 않고 얼마쯤 걸어가다가 택시를 집어탔다.

20분 후 택시는 그를 콜로세움 앞에 내려놓았다. 그는 관광객들 틈에 끼어 콜로세움 내부를 구경하다가 시간에 맞춰 다시 택시를 집어탔다.

그가 뺀시오네 이자 호텔에 도착한 것은 정확히 4시 3분 전이었다.

호텔 안으로 들어서자 로비에서 서성거리고 있던 한 사나이가 그에게 잠깐 눈을 준 다음 고개를 끄덕여보였다. 안토노프는 그 사나이를 따라 엘리베이터에 올랐다. 그 사나이는 키가 크고 금발이었다. 엘리베이터 속에서 그들은 아무 말도 나누지 않았다. 이윽고 그들은 5층에서 엘리베이터를 내렸다.

금발의 사나이는 509호실 문을 네 번 노크했다가 이어서 2번 두드렸다. 그렇게 세 번 반복하자 안으로부터 문고리를 벗기는 소리가 나더니 문이 조금 열렸다.

아그자는 탁자 앞에 앉아 있었다. 탁자 위에는 권총이 놓여 있었다. 방안에는 그 외에도 또 한 명의 사나이가 있었다. 안토노프가 사인을 보내자 그 사나이는 즉시 밖으로 사라졌다. 문이 닫히는 소리가 들려왔다. 이제 방안에는 아그자와 안토노프 두 사람만 남아 있었다.

아그자는 와이셔츠 바람으로 앉아 있었는데 목에 걸린 자주색 넥타이는 느슨하게 풀려 있었다. 그는 매처럼 날카로운 눈으로 안토노프를 쏘아보다가 턱으로 탁자를 가리키며

「앉으시오.」

라고 터키말로 말했다. 자리에 앉은 채로 말하는 폼이 몹시 오만해 보였다. 안토노프는 미간을 찌푸리며 그를 마주보고 자리

에 앉았다.

그리고 담배 쌈지를 꺼내 담뱃가루를 파이프에 재 넣으면서 입을 열었다.

「내가 누군가는 말하지 않겠어. 알려고도 하지 마.」

「알고 싶지도 않소.」

아그자는 퉁명스럽게 대꾸했다. 안토노프는 완전히 하대하는 투로 다시 말했다.

「자넨 요즘 너무 싸돌아다니고 있어. 얼굴을 너무 많이 드러내고 다닌단 말이야. 자네를 봤다는 전화가 여기저기서 걸려 오고 있어. 그러다가 인터폴(국제경찰)에 걸리면 어떡하려고 그래?」

「염려하지 말아요. 내 일은 내가 알아서 할 테니까.」

「주의를 주라는 지시가 내려왔어. 주의를 하란 말이야. 시작도 하기 전에 붙잡히면 우린 큰돈을 날리는 거야. 자네가 잡히는 건 상관 없지만 우린 돈을 날리는 거야.」

아그자는 코웃음쳤다.

「그 말 하려고 왔나요?」

「내 말을 새겨들어. 주의해서 나쁠 건 없지 않아.」

「물론이죠.」

하면서 아그자는 탁자 위에 놓여 있는 권총을 갑자기 집어들고 상대방을 겨누었다. 총구 앞에 노출된 불가리아인은 긴장했다.

「아니, 왜 이러지?」

「당신을 쏴버릴 수도 있어. 손이 근질근질하단 말이야.」

아그자는 금방이라도 방아쇠를 당길 것만 같았다.

「미친 짓 그만 하고 총을 내려! 총소리가 나면 어떻게 되는 줄 알지?」

「나를 찾아온 이유가 뭐지? 주의하라는 말 하려고 나를 찾아온 건 아닐 텐데?」

「그래. 이걸 보여주려고 온 거야.」

불가리아인은 품속에서 서류를 꺼내 아그자 앞에 내놓았다. 그때서야 아그자는 총을 내렸다.

타이핑 용지에는 영문으로 표기된 이름들이 나란히 찍혀 있었다. 요한 바오로 2세의 이름이 제일 첫번째였다. 그 다음에는 폴란드 자유 노조 지도자인 바웬사, 발트하임 유엔 사무총장, 시몬느 베이유 유럽공동체 의회 의장, 엘리자베드 영국 여왕 순으로 되어 있었다.

「이게 뭐지?」

아그자가 눈을 부라리며 물었다.

「앞으로 없애야 할 인물들의 이름이야.」

「많기도 하군. 그런데 왜 나한테 이런 걸 보이는 거지?」

불가리아인은 잔기침을 한 다음 입을 열었다.

「교황을 해치우고 나서 한두 명 더 해치워 달란 말이야.」

아그자는 어이가 없는 듯 한동안 말없이 상대를 바라보다가

「나한테 부탁하는 거요?」

하고 물었다.

「부탁하는 게 아니고 명령하는 거야.」

「명령이라고? 미쳐도 단단히 미쳤군.」

아그자는 코웃음쳤다.

「나는 교황만 맡았어. 교황 한 사람만 말이야. 그렇게 약속했단 말이야! 나는 그 약속만 지키면 돼! 아무도 더 이상 나한테 다른 명령을 내릴 수 없어! 약속을 어기는 놈은 이것으로 대가리를 쏴버릴 테야!」

아그자는 권총을 움켜쥐고 흔들었다. 그러나 안토노프는 눈 하나 까딱하지 않았다.

「자네라면 충분히 해낼 수 있어. 자네의 실력을 인정하기 때문에 부탁하는 거야. 아까 명령이라고 한 말을 취소하겠어.

부탁하는 거야.」

「말도 안되는 소리 하지도 마!」

아그자는 벌떡 일어나 창가로 다가가 커튼을 젖혔다. 창문을 통해 서쪽으로 기운 햇빛이 쏟아져 들어왔다. 그는 거친 숨을 몰아쉬며 거리를 내려다보다가 커튼을 도로 닫고 획 돌아섰다.

「그건 누구의 부탁이지? 당신 개인의 부탁인가?」

「천만에. 내가 개인적으로 어떻게 그런 부탁을 할 수 있겠나. 우리 조직의 부탁이야.」

「조직의 부탁이란 말이지?」

「그래. 나는 전해주는 것뿐이야.」

아그자는 탁자 앞으로 돌아와 타이핑 서류를 집어들더니 거기에다 라이터 불을 붙였다.

서류는 순식간에 불덩이로 변했다가 금방 사그라지면서 재로 변했다.

「왜 태우는 거지?」

「이미 머릿속에 담아 두었어요. 증거를 남길 필요는 없잖아요.」

「그럼 하겠다는 뜻인가?」

안토노프의 눈이 번득였다.

「고려해 보죠.」

「두세 명은 꼭 없애야 해. 이건 지상 명령이야.」

「명령 운운하지 말라니까요!」

아그자는 주먹으로 탁자를 후려쳤다.

「하고 안하고는 내 맘에 달렸어! 난 누구의 명령도 안 들어! 약속대로 나는 교황을 처리할 거야! 그러고 나서 다른 자들을 생각해보겠어! 그리고 물론 그건 새로운 거래니까 새로 돈을 받아야겠지.」

「돈밖에 모르는군. 젊은이라면 철학을 가지고 일을 해야지.」

「허튼 수작 하지 말아요. 돈이 즉 내 철학이니까 공짜로 일을
맡길 생각은 하지 말아요.」
「그 많은 돈을 어디다가 쓰려고 그러나?」
「쓸 데는 얼마든지 있어요.」
「욕심이 너무 많아.」
불가리아인은 터키 청년을 지그시 바라보다가 고개를 끄덕이
며 몸을 일으켰다.
「아무튼 몸조심하는 거야.」
그가 손을 내밀자 아그자는 앉은 채로 그 손을 받았다.
「나이도 어린 놈이 예의도 모르고 건방져.」
불가리아인은 문을 나서면서 화가 나서 투덜거렸다.

1981년 5월 13일 파리.
프랑스 비밀정보기관 SDEC의 알렉산드르 드마랑슈는 소련
에서 암약하고 있는 스파이로부터 다음과 같은 엄청난 보고를
받았다.
'로마 교황이 멀지 않아 암살당할지도 모른다.'
드마랑슈는 그 정보의 신빙성을 놓고 꽤 주저했다. 믿을 수도
안 믿을 수도 없었기 때문이었다. 틀림없느냐는 그의 물음에 그
스파이는 확실한 소식통을 통해 그것을 입수했다고 대답해
왔다.
드마랑슈는 마침내 그것을 '시각을 다투는 일'로 판단하고 로
마 교황청에 그 사실을 통보했다.

프랑스 정보기관으로부터 정보를 입수한 로마 교황청은 그 충
고를 무시하지는 않았다. 그러나 그런 정보는 그때 처음 들은
게 아니었다. 사실 그런 정보는 세계 도처에서 끊임없이 들어오
고 있었다. 그때마다 교황청은 대책을 세우고 교황의 안전에 만

전을 기했지만, 사실은 보다 근본적인 데 문제가 있었다.

그 문제의 장본인은 바로 교황 자신이었다. 교황은 온갖 위협과 협박에도 불구하고 전세계를 돌아다니며 기꺼이 군중 속으로 들어가곤 했던 것이다. 그때마다 경호요원들은 교황을 지키기 위해 진땀을 빼야 했고, 결국은 경호의 한계성을 느껴야 했던 것이다.

「내가 지금 그곳에 가는 것은 필요한 일이다. 사랑은 위험보다 강하다. 나는 하느님의 손안에 있다.」

교황은 이처럼 말하면서 험한 곳일수록 즐겨 찾아가곤 했다.

1981년 5월 13일 오후 로마.

교황은 성베드로 광장에서 아그자가 쏜 총탄을 맞았지만 기적적으로 소생했다. 확실히 그는 그의 말대로 하느님의 손안에 있었던 것이다.

1982년 11월 25일 로마.

두 대의 경찰 패트롤카가 불가리아 국영 발칸항공 로마 사무소 앞에 정차했다. 차 속에서 사복의 사나이들과 정복 차림의 경찰관들이 뛰어내렸다. 정복의 경찰관들이 사무소 앞을 봉쇄하는 동안 두 명의 사복이 사무소 문을 밀고 안으로 들어갔다.

실내에 있던 사람들의 시선이 일제히 그들에게 쏠렸다. 사복의 사나이들은 사무소 직원들을 훑어보다가 굵은 검은테 안경을 끼고 턱수염을 기른 남자 앞으로 다가갔다.

「당신이 세르게이 이바노프 안토노프 씨죠?」

안토노프는 파이프를 입에 문 채 고개를 끄덕였다.

「우리는 이탈리아 사법경찰입니다. 당신을 체포합니다.」

그들이 제시하는 체포 영장은 보지도 않은 채 안토노프는 천천히 몸을 일으켰다. 아그자 같은 놈한테 일을 맡긴 게 잘못이었다고 그는 개탄했지만 손목에 걸리는 수갑이 주는 차가운 감촉에 그의 얼굴은 금방 얼어붙은 표정으로 변했다.
「체포 이유는?」
「교황 저격 사건의 공범 혐의로 체포하는 거요.」
「이건 뜻밖인 걸. 옆집에 갈 걸 잘못 온 거 아니오?」
「아그자가 모두 불었어.」
사복의 사나이가 코트로 수갑이 채워진 손목을 덮어주면서 나가자고 재촉했다.

1983년 12월 27일 로마 교외 레비비아 교도소.
교황 요한 바오로 2세가 두 손을 쳐들자 환호하던 7백여 명의 죄수들은 갑자기 소리와 움직임을 멈추고 그를 주시했다. 교황은 크리스마스 미사를 직접 집전하기 위해 교도소를 방문한 것이다.
교황의 인자한 눈길이 강당에 앉아 있는 죄수들의 얼굴 하나하나 위에 머물렀다. 교황은 특별히 한 인물을 찾고 있었다.
「아그자도 지금 이 강당에 나와 있습니까?」
교황의 질문을 받은 교도소장은 당황했다.
「그는 독방에 있습니다. 이런 데 나올 처지가 못됩니다.」
「이따가 그를 따로 만나보고 싶습니다. 그의 방으로 찾아가 볼 수 있게 해주면 고맙겠습니다.」
교도소장은 더욱 당황했다. 그는 허둥지둥 밖으로 뛰어나갔다.
교황이 눈을 감고 기도를 시작하자 죄수들도 모두 손을 모으고 고개를 숙였다.
「그대들은 수감기간 동안 내적인 완성을 이룩할 기회를 갖게 된 만큼 그대들의 수감은 희망을 위한 하나의 초대입니다. 그대들은 사회로부터 소외되어 있습니다. 그러나 그리스도 역시 소외된 인간으로서 구유에서 태어나셨습니다. 소외된 인간 그리스도는 결코 용기를 잃지 않았습니다. 그대들도 용기를 잃어서는 안됩니다. 로마 카톨릭 교회는 전과가 있는 사람들의 사회 복귀를 돕기 위해 최선을 다할 것입니다.」

미사를 끝낸 교황은 아그자가 감금되어 있는 독방을 찾아갔다.

교황이 올 것이라고 연락을 받은 아그자는 어쩔 줄 모르며 방안을 왔다갔다 하고 있었다. 그것은 정말 상상도 못한 일이었다. 자기를 죽이려고 했던 범인을 찾아오다니! 그런 일이 있을 수도 있다는 사실에 그는 오직 경악할 뿐이었다. 그는 교황이 무서웠다. 교황을 만나는 것이 겁이 났다. 겁에 질려 그는 떨어대고 있었다. 떨리는 것을 조금이라도 막아보기 위해 그는 부지런히 방안을 맴돌고 있었다.

그렇지 않아도 강파른 얼굴은 더욱 메말라 있었고 턱은 시커먼 털로 뒤덮여 있었다. 날카롭던 살인자의 두 눈은 이제 불안에 떠는 양순한 눈으로 변해 있었다.

조용한 발짝 소리에 아그자는 멈칫 섰다.

교황의 흰 모습이 저만큼 보였다. 그저 희다는 느낌뿐이었다. 교황을 향해 방아쇠를 당길 때도 그런 느낌이었다. 그는 뒤로 물러섰다. 뒷걸음질해 보았지만 몇 걸음 못 가 벽에 등이 닿았다. 벽 속으로 들어가버리고 싶다고 그는 생각했다.

교도관이 쇠창살을 여는 소리가 주위를 울렸다. 교도관이 돌아가고 이제 교황과 수행 비서만 남았다. 교황이 먼저 감방 안으로 들어섰다. 교황은 비서가 따라 들어오려는 것을 손으로 제지했다. 비서는 하는 수 없이 밖에서 대기했다.

아그자는 멍하니 교황을 바라보고 있었다.

교황은 팔을 벌려 아그자를 포옹했다. 그리고 낮은 소리로
「오, 나의 형제여! 당신은 나의 형제입니다.」

라고 말했다.

아그자의 얼굴이 서서히 일그러졌다. 입술이 뒤틀리면서 무슨 말인가 할 듯하다가 그는 앞으로 쓰러질 듯하면서 무릎을 꺾었다. 밖에 서 있던 수행 비서가 뛰어들 듯하다가 도로 물러섰다.

「파파! 용서해 주십시오!」

아그자는 이탈리아어로 더듬거렸다. 목소리는 떨리고 있었고, 교황을 올려다보는 눈에는 눈물이 괴어 있었다.

교황은 끄덕이며 아그자의 머리 위에 오른손을 얹었다.

「파파! 용서해 주십시오!」

아그자는 울먹이며 다시 용서를 빌었다. 교황은 아그자의 머리를 쓰다듬었다.

「벌써 당신을 용서했습니다.」

「파파!」

아그자는 감격에 겨워 흐느끼면서 교황의 손을 잡아 손등에 입을 맞추었다.

「파파, 고맙습니다.」

「우리는 같은 형제입니다.」

아그자는 교황의 손등에 키스하다 말고 멈칫했다. 손에는 보기 흉한 상처가 남아 있었다.

「이것은 제가 쏜 총에 맞은 상처이군요.」

교황은 미소를 지었다.

아그자는 미친 듯 그 상처에 입을 맞추었다. 두 눈에서는 걷잡을 수 없이 눈물이 흘러내리고 있었다.

아그자는 진실로 참회하고 있었다.

「자, 일어나서 의자에 앉아요.」

교황은 아그자를 일으켜 세웠다.

그들은 벽 쪽에 나란히 놓여 있는 딱딱한 나무 의자에 앉왔다.

그들의 목소리는 속삭이듯 낮게 들려왔다. 교황은 아그자의 손을 잡고 있었다.

「……저는 한때 돈과 여자와 누구를 죽이고 싶은 살의에 미쳐 있었습니다. 저는 악마였습니다. 저는 돈을 받고 파파를 살해하기로 했던 겁니다. 저를 보고 회색 늑대단의 단원이라고 하지만 그것은 그저 명색일 뿐입니다. 제가 회색 늑대단 단원들과 어울렸기 때문에 그렇게들 보고 있는 겁니다. 저는 단지 돈을 받고 파파를 살해하기로 한 보잘 것 없는 한 하수인에 지나지 않습니다. 1백 70만 달러가 누구의 손에서 흘러나왔는지도 모릅니다. 다시 말씀드리지만 저는 거대한 음모의 하수인에 불과합니다. 파파를 살해하려는 음모가 어떻게 꾸며졌는지, 그것을 계획한 자가 누구인지도 정확히 모르고 있습니다.」

그것은 마치 고해성사와 같았다. 교황은 다소곳이 귀를 기울이고 있었고, 아그자는 이야기를 계속했다.

「그러나 이제 생각하니 파파를 살해하려는 음모의 배후에 대해 어렴풋이나마 윤곽이 잡힙니다. 그것은 거대한 국제적 음모였습니다. 저의 뒤에는 회색 늑대단이 있었고, 터키계 마피아가 있었고, 그 뒤에는 불가리아인들이 있었습니다. 작년에 체포된 발칸항공 소속의 안토노프는 일찍이 제가 만난 적이 있는 자였습니다. 그자는 파파 외에 바웬사, 발트하임 총장, 시몬느 베이유 의장, 엘리자베드 여왕 등을 추가로 암살해 달라고 저한테 부탁했었습니다. 불가리아가 소련의 하수인 노릇을 하고 있다는 것은 세계가 다 아는 일입니다. 그렇습니다. 불가리아 뒤에는 소련의 KGB가 있었음이 틀림없습니다. KGB는 그림자만 드리우고 있습니다. 저는 그 그림자 속에서 놀아났던 것입니다. 제가 만일 살아서 나갈 수만 있다면 KGB와 대항해서 싸우겠습니다. 파파 용서해 주십시오.」
「당신은 나의 형제입니다. 당신은 이미 용서를 받았고 또 구
원을 받았습니다. 당신에게는 하느님의 가호가 항상 함께 있
을 겁니다. 당신은 지금 고통을 받고 있지만 그 고통을 하느
님의 축복으로 받아들이면 행복을 느낄 수가 있을 겁니다. 당
신한테는 하느님의 축복이 내릴 것입니다. 하느님은 모두를
용서하시고 모든 죄인을 사랑하십니다. 부디 용기를 잃지 말
고 꿋꿋이 살아가기를 바랍니다. 자, 이걸 받아요.」
교황은 아그자를 축복하면서 그에게 은과 진주로 된 묵주를
선물했다.
아그자는 떨리는 손으로 그것을 받으면서
「그라치에, 그라치에(감사합니다).」
라고 말했다.
교황이 몸을 일으켰다. 교황은 아그자의 손을 잡으면서 말
했다.
「언제 우리가 다시 만날지 모르지만 나는 언제나 당신과 함께
있을 겁니다. 당신은 나의 형제입니다.」
아그자는 다시 무릎을 꿇었다.
「파파, 부디 몸조심하십시오. 세계 도처에서 파파를 해치려
하고 있습니다. 그들은 한 번 실패했지만 두번째에는 실수하
지 않을 겁니다. 아니, 몇 번이고 성공할 때까지 그 악랄한 짓
을 계속할 것입니다. 파파, 몸조심하십시오. 제가 자유의 몸
이라면 파파를 지켜드리겠지만 그렇지 못한 것이 한스럽습
니다.」
「나의 형제여, 나의 목숨은 그리스도의 손안에 있습니다. 당
신의 충고 고맙게 받아들이겠습니다.」
「파파……」
아그자는 교황의 상처난 손등에 입을 맞추었다. 손등 위로 뜨

거운 눈물이 후두둑 떨어지는 것도 상관하지 않고 그는 한참 동안 거기에 입을 맞추고 있었다. 교황의 수행 비서가 들어와 그의 어깨를 잡아 흔들자 그제서야 그는 손등에서 입을 떼고 물러났다.

교황이 밖으로 나오자 다시 쇠창살 문이 닫혔다.

아그자는 창살을 움켜쥔 채 눈물을 흘리며 교황의 뒷모습이 사라질 때까지 거기에 서 있었다. 마침내 교황의 모습이 시야에서 사라지자 그는 목쉰 소리로「파파」하고 부르면서 무릎을 꿇고 흐느꼈다. 살인범이자 무기수인 메흐멧 알리 아그자는 드디어 구원을 받은 것이다.

교황이 밖으로 나오자 문앞에 대기하고 있던 기자들이 몰려들어 질문을 퍼부어댔다.

「아그자를 만나셨다는데 정말 만나셨습니까?」

「지금 그를 만나고 나오는 길입니다.」

「왜 그를 만나셨습니까?」

「그는 나의 형제입니다.」

「그를 용서해 주셨습니까?」

「나는 그를 용서해 주었고 또 그를 축복해 주었습니다.」

「그와 무슨 이야기를 나누었습니까?」

「그것은 우리 두 사람 사이의 비밀이기 때문에 말씀드릴 수 없습니다.」

옆에 있던 수행 비서가 대신 입을 열었다.

「그것은 마치 고해성사와 같았습니다.」

축복의 땅

1983년 11월 25일 서울.

천주교 서울 대교구청 회의실은 소란스러웠다.

그곳에는 각 신문사는 물론 텔레비전과 라디오 방송국 기자들이 잔뜩 몰려와 있었다. 그들이 뱉아내는 거친 말투와 거리낌 없는 움직임으로 해서 실내는 몹시 시끄러웠다. 그들은 웃고 떠들며 마구 담배를 피워대고 있었으며 개중에는 담배꽁초를 함부로 바닥에다 짓뭉개는 기자들도 있었다.

출입문이 획 열리더니 키가 건장한 기자가 마지막으로 들어왔다.

그는 뛰어온 듯 거친 숨을 몰아쉬며 다른 기자들에게 목례를 던졌다. 그는 P일보 사회부의 하명부(河明夫)기자였다. 큰 키에 단단한 체격인데다 머리를 짧게 깎은 그는 기자라기보다는 야구선수 같은 인상이었다. 얼굴빛도 운동선수처럼 구릿빛이었고 쏘는 듯이 빛나는 두 눈이 누구에게나 강렬한 인상을 심어주고 있었다.

그는 술냄새를 풍기며 맨 뒷자리에 털썩 주저앉았다. 상체를 뒤로 젖히면서 왼쪽 다리 위에 오른쪽 다리를 포개얹었다. 두 다리가 유난히 길어보였다. 언제나처럼 땟국이 흐르는 점퍼 차림이다. 다른 때 같으면 맨 앞으로 나가 취재 대상을 상대하겠지만 지금은 상대가 상대인 만큼 술 냄새를 풍기며 가까이 접근하고 싶지가 않았다.

「대낮부터 어디서 술을 마셨어?」

다른 신문사의 친구가 가까이 다가앉으며 어깨를 툭 친다. S일보의 조택수(曹澤洙) 기자였다. 그는 하기자와는 대조적으로 키가 작고 당당했다. 작은 키에 배까지 볼록하게 나와 희극적으로 보이기까지 했다. 그러나 목소리는 걸직해서 목소리만 들으면 거인 같은 느낌을 준다.

「옛날 은사를 만났지. 월부책 장사를 하더라고, 그 노인이 말이야.」

하기자의 목소리는 조금은 감상적이 되어 있었다.

「그래서 술을 마셨나?」

「그 노인이 한잔 하자는 데 하는 수 있어야지. 70을 바라보는 노인인데 먹고 살 재주가 없으니까 하는 수 없이 월부책 장사로 나선 거야. 그렇다고 젊은 사람들처럼 얼굴에 철판을 깔고 아무 데나 가서 책을 사라고 할 수도 없고, 결국 하는 수 없이 옛 제자들을 찾아다니시는 거야. 안됐지 뭐야. 평생을 교직에서 보내신 분이 말년에 먹고 살길이 없어서 월부책을 들고 제자들을 찾아다니시다니 이건 정말이지 비극이야 비극. 고등학교때 수학을 가르치셨는데 정말 수학밖에 모르는 청렴결백한 분이셨지. 아들이 하나 있었는데 병으로 죽은 모양이야. 며느리는 집을 나가버리고 결국 나이 많은 두 내외분이 손자들을 기르고 있나봐. 나를 붙잡고 눈물을 흘리시는데 정말 난처해서 혼났어.」

조기자를 바라보는 눈이 벌겋게 충혈되어 있다.

「그래 어떻게 했어? 책 팔아드렸어?」

「요리책인가 뭔가 30만 원짜리 한 질 팔아드리긴 했는데 더 팔아드리지 못해 미안해서 혼났어.」

「아니, 총각놈이 요리책은 사서 뭐할 거야?」

「이놈아, 나라고 항상 총각으로만 지내란 법이 있어. 장가가면 좋은 선물이 될 테니까 두고봐.」

「하, 이런 멍청이 봤나. 요리책은 신부가 사들고 들어오는 거지 신랑이 사가지고 가는 게 아니야.」

그들의 주고받는 이야기를 듣고 있던 몇몇 기자들이 킬킬거리고 웃었다. 뒤쪽에 서 있던 젊은 신부도 입가에 미소를 지었다.

「아직 결혼 안하셨나 보지요?」

신부가 하기자를 바라보며 물었다.

「결혼 안한 게 아니라 못한 거죠. 누가 이런 등치를 데려가겠습니까. 데려가봐야 쌀만 축낼 텐데요.」

조기자가 하기자의 어깨를 툭툭 치며 대신 대답해 주었다. 그러자 하기자가 발끈했다.

「이 자식아, 이 난세에 장가가서 새끼는 까서 뭐하냐! 나처럼 혼자 사는 게 편하지. 신부님, 안 그렇습니까?」

젊은 신부는 빙그레 웃기만 한다.

갑자기 실내가 조용해지더니 김수환(金壽煥) 추기경이 모습을 드러냈다. 그는 한국 천주교 주교회의 의장이다.

언제나처럼 그의 얼굴에는 표정이 없다. 기쁠 때나 슬플 때나 표정이 언제나 한결같다. 79년 국장(國葬)때에도 그는 고인의 명복을 빌면서 거의 무표정하게 기도했었다. 떨리는 목소리로 비통에 잠겨 기도하던 다른 종교 지도자들과는 아주 대조적이었다. 일반 사람들은 그의 그러한 무표정을 좋아했다.

추기경은 길쭉한 얼굴을 조금 숙이고 들고 있던 종이에 눈을 주었다. 금테 안경을 밀어 올리고 나서 이윽고 그는 마이크 가까이 입을 갖다댔다.

「교황 요한 바오로 2세께서는 한국 천주교회 주교단의 초청으로 한국 천주교회 2백 주년인 1984년 5월 3일부터 7일까지 한국을 방문하실 계획입니다. 교황 성하의 이번 방한은 정부 초대에 대한 예방이기도 하며 성격상 사목방문이고 카톨릭 신자와 한국민 모두를 위해 믿음과 소망과 사랑과 평화의 사조로 오시는 것입니다. ……교황께서는 체한중 서울과 몇몇 지방에서 미사를 비롯한 전례를 집전하시며 1백 3위 한국 순교 복자의 시성(諡聖)을 거행하실 것입니다. 방한중의 자세한 일정은 추후 발표될 것입니다. ……한국 천주교는 큰 기쁨과 기도 속에 성하의 우리나라 사목방문을 기다리고 있습니다.」

공식 발표를 마친 추기경은 기자들을 둘러보며 질문할 것이 있으면 물어보라고 말했다. 그의 말이 끝나기가 무섭게 하명부 기자가 벌떡 일어섰다.

「교황께서 한국을 방문하는 목적은 무엇입니까?」

그것은 아주 단순하고 단도직입적이면서도 정곡을 찌르는 질문이었다.

과연 교황은 왜 무슨 이유로 한국을 방문하겠다는 것인가. 모두가 숨을 죽이고 추기경을 바라본다.

추기경은 세째 손가락으로 안경을 밀어올리고 나서 입을 열었다.

「교황 요한 바오로 2세께서는 1978년 취임 이후 현대 세계의 물질주의 비인간화 등으로 인한 문제들을 해결하기 위해 20여 차례에 걸쳐 세계 40여 개국을 방문했으며 이들 사목방문을 통해 이미 잘 알려져 있는 것처럼 사랑·진리·정의를 전하고 희망을 주는 데 한국 방문의 뜻이 있다고 보겠습니다. 교황의 방한은 우리나라로선 처음 있는 역사적 사건으로 특히 한국 천주교 2백 주년이 되는 해에 신앙을 위해 목숨을 바친 1백 3위 한국 순교 복자들의 시성식이 방한중 거행되는 것은 한국에 대한 교황의 특별한 애정을 뜻한다고 보겠습니다. 교황께

서는 한국민들 특히 보통 때는 크리스트의 기쁨을 누릴 수 없
는 감옥에 갇힌 사람들, 병들고 가난한 사람들 등 소외된 이
웃을 찾아 한국에 오시는 것이고 바로 거기에 그분의 방한의
의의가 있는 것입니다.」
이번에는 S일보의 조택수 기자가 일어섰다.
「교황의 방한에는 어떤 정치적 의미가 있는지 말씀해 주십시
오.」
기자들은 추기경이 조금은 난색을 표명할 줄 알았다. 그러나
그는 예의 그 무표정한 얼굴로 거침없이 입을 열었다.
「굳이 정치적 의미를 찾는다면 교황 성하께서 정치에 영향을
끼치는 것은 범세계적이라고 할 수 있습니다. 그러나 그것은
어디까지나 크리스트의 정신을 전하는 것입니다. 분단에 처
한 한국을 방문하면서 교황은 북한을 비롯해 중공 소련에서
믿음 때문에 박해받는 침묵 속의 신앙의 형제들에게도 말씀을
전함으로써 큰 희망을 줄 것으로 기대합니다.」
「교황의 방한이 한국 천주교에 보다 발전적 계기가 되었으면
합니다. 교황의 방한을 계기로 한국 천주교를 대표하시는 입
장에서 어떤 새로운 각오 같은 것이 있다면 한마디 말씀해 주
십시오.」
어느 방송국 기자의 주문이었다. 추기경은 잔기침을 한 다음
대답했다.
「교황 성하께서는 하느님의 자비와 인간 상호간의 화해를 기
본으로 정치 경제 사회 문화 등 한국 전체를 위해 분명히 희망
과 평화의 메시지를 주실 것입니다. 교황 성하의 방한을 계기
로 한국 천주교는 이 땅을 위해 썩는 밀알이 되어 이 땅에 빛
을 던져주는 교회 본연의 모습을 구현할 것입니다.」
이 땅에 하느님의 축복이 내리기를, 하고 하기자는 중얼거
렸다. 교황이 온다는 것은 확실히 동북아의 한 조그만 분단국가

의 국민들로서는 축복을 받는 일이었다.

「굉장한 뉴스야.」

옆에서 조기자가 속삭이는 소리로 말했다.

하기자는 끄떡이면서 추기경이 나가기를 기다려 담배를 뽑아 들었다.

추기경이 기자회견을 끝내고 나가자 젊은 신부를 상대로 자질구레한 질문들이 쏟아졌다.

「방한중의 교황의 일정에 대해 말씀해 주십시오.」

「일정은 아직 확정되지 않았습니다. 하지만 대충 이렇게 되지 않을까 생각합니다. 여의도에서의 시성식을 비롯해 광주, 대구 등의 지방도시 방문과 김대건 신부의 탄생지인 솔뫼 등 성지 순례, 그 밖에 중요한 성사(聖事)를 집전하실 것으로 생각됩니다. 특히 교황 성하의 평소 사목방문 의지에 따라 광주 지역에선 불우한 환자와 농부들을 만나실 계획이고 대구 지역에선 공장 근로자들을 찾아 위로할 것으로 보입니다. 그리고 타종교 지도자들과의 접견, 사목회의, 청소년의 견진식, 혼인 경신식 참석 등도 예상되고 있습니다.」

「교황께서는 판문점도 방문하실 겁니까?」

「아직은 고려치 않고 있습니다.」

젊은 신부는 고개를 저었다.

하기자는 조기자의 옆구리를 쿡 찔렀다. 그리고 나가자고 출입구 쪽으로 고개를 돌려보였다.

「이건 대단한 경사야.」

비탈길을 내려오면서 하기자가 흥분해서 말했다. 그는 카톨릭 신자였다.

「너 같은 신자한테나 대단하지, 나는 그저 무덤덤한데.」

조기자는 아무것도 믿지 않았다. 그는 오히려 독실한 신자들을 보면 경멸하는 버릇이 있었다. 호화판 교회에 출입하는 개신

교 쪽 신자들을 보면 그는 더욱 못마땅해 했다. 이 땅에 헐벗고
굶주리는 사람들이 얼마나 많은데 꼭 저렇게 수십 억을 들여 호
화판 교회를 짓고 그 속에서 따뜻하게 앉아 기도를 올리는 것이
과연 옳은 짓이냐 하는 것이 그가 기회 있을 때마다 하는 말이
었다.

「신자가 아니라도 교황이 온다는 것은 대단한 경사라는 것을
알아야 해. 신자건 신자가 아니건 그는 모든 사람들에게 축복
을 내릴 거야. 오히려 비신자들에게 그는 더 큰 축복을 내릴
거야.」

「그런 게 문제가 아니야.」

그들은 유네스코 건물이 있는 쪽으로 걸어갔다.

「그런 게 문제가 아니라니 그럼 뭐가 중요한 일이야?」

그들이 어깨를 나란히 하고 걸어가는 모습은 우스꽝스러
웠다. 마치 옛날 만화가 김성환이 학원잡지에 그렸던 〈꺼꾸리와
장다리군〉 같았다. 조기자의 키는 하기자의 귀 밑에도 올라오지
못하고 있었다. 그런데도 그는 당당하게 걸어가고 있었다.

「교황이 한국에 옴으로써 발생할지도 모를 심각한 문제를 생
각해 봤어?」

「도대체 심각한 문제란 게 뭔데 그래?」

그들은 약속이나 한 듯 걸음을 멈추고 서로 잠시 쳐다보았다.

「교황의 목숨이야.」

조기자는 나직이 중얼거리고 나서 걸음을 옮겼다. 하기자는
그의 뒷모습을 멀거니 바라보다가 급히 옆으로 따라붙었다.

「이거봐.」

하기자는 조기자의 어깨를 툭 쳤다.

「왜 그래?」

조기자는 얼굴을 돌려 하기자를 힐끔 쳐다보았다.

「지금 무슨 말을 하는 거야. 교황의 목숨이라니 그게 무슨 말

이야?」

하기자의 두 눈에 불이 확 이는 것 같았다.

「그 정도 말하면 알 텐데 그래.」

「무슨 말인지 모르겠어. 그러지 말고 커피나 한잔 하자.」

하명부는 바쁘다는 조기자를 잡아끌다시피 하며 다방으로 들어갔다.

「도대체 그게 무슨 말이야? 교황의 목숨이 위태롭다는 거야 뭐야?」

「바로 그거야. 교황이 가는 곳에는 언제나 테러리스드들이 그림자처럼 따라다니고 있어. 전문적인 킬러들이 말이야.」

그렇게 말하고 나서 조기자는 혹시 누가 엿듣지나 않았나 해서 주위를 둘러보았다.

레지가 커피를 가져왔기 때문에 그들의 대화는 잠시 중단되었다. 레지가 가고 나자 하기자가 다시 입을 열었다.

「암살자들이 한국까지 따라와서 교황의 목숨을 노린다는 정확한 정보라도 있나? 그런 정보가 있으면 혼자만 알지 말고 나한테도 말해줘.」

조기자는 머리를 흔들었다.

「정확한 정보가 있는 게 아니야. 그냥 추측일 뿐이야.」

하기자는 조기자를 쏘아보다가 맥풀린다는 듯 뒤로 상체를 기대면서 피식 웃었다.

「사람 좀 작작 놀라게 해.」

그러나 조기자는 웃지도 않고 정색을 한 채 말했다.

「추측이지만 전혀 근거 없는 건 아니야. 81년 5월 로마 성베드로 광장에서 있었던 암살 미수사건이 바로 그 가능성을 말해주고 있어. 그 이후 계속 암살범의 그림자가 교황을 따라다니고 있다는 소문이 끈질기게 나돌았어. 그리고 교황을 노리는 것은 소련 KGB라는 소문도 있었어. 암살범이 한국에만은 오지 않을 거라고 생각하나? 그런 보장은 없지 않아?」

하기자의 얼굴에서 미소가 사라졌다. 조기자의 말은 전혀 엉터리는 아니었다. 아니, 그의 말에는 충분한 설득력이 있었다. 그러나 하기자는

「한국의 치안 상태는 완벽해.」

하고 말했다.

조기자는 코웃음쳤다.

「치안 상태가 아무리 완벽해도 전문가가 마음만 먹으면 얼마든지 뚫고 들어올 수 있어. 홍수처럼 쏟아져 들어오는 외국인들 중에서 테러리스트를 골라낸다는 것은 쉬운 일이 아닐걸.」

「하긴 그래.」

하기자는 끄덕이며 식은 찻잔을 입으로 가져갔다. 만일 교황이 한국에서 암살당한다면? 그것은 생각만 해도 오싹 소름이 끼치는 일이었다.

과연 그런 무서운 일이 일어날 수 있을까? 만일 그것이 사실로 나타난다면 이 축복받은 땅은 하루 아침에 저주의 땅으로 변하고 말 것이다. 7억의 전 세계 카톨릭 신자들은 이 땅을 향해 저주를 퍼부을 것이다.

「정부는 교황이 오는 것을 환영하면서도 한편으로는 걱정이 될 거야. 무사히 다녀가야 할 텐데 만에 하나라도 무슨 사고라도 있으면 어쩌나 싶을 거야.」

조기자의 말에 하기자는 동감이라는 듯 끄덕였다.

「정말 걱정이겠는데. 하지만 경호만 잘하면 그렇게 염려하지 않아도 될 거야.」

「문제는 교황 자신한테 달렸어. 군중 앞에 노출되는 경우가 많으면 많을수록 위험 수위는 높아지는 거지. 내가 알기로 지금 교황은 테러리스트의 위협 따위에는 별로 신경쓰지 않고

군중 앞에 모습을 드러내는 타입이야. 내가 생각하기에 교황이 한국에 오면 아마 최대의 인파가 몰릴 것으로 생각해. 세계 어디에서도 볼 수 없는 최대의 인파가 말이야. 인파가 몰린다는 것은 테러리스트한테는 좋은 일이지.」

이 자식이야말로 정말 기자다운 센스가 있는 놈이라고 하명부는 생각했다. 교황이 한국에 온다는 것은 그야말로 크나큰 경사가 아닐 수 없다. 그러나 이놈은 그 경사 뒤에 있을지도 모르는 불행한 사태를 지금 생각하고 있는 것이다. 탁월한 감각을 지니지 않고서는 그럴 수가 없는 것이다. 하기자는 내심 감탄하면서 내년에 한국에서 발생할지도 모를 그 '불행한 사태'를 묵살해서는 안되겠다고 생각했다.

「KGB는 거대하고 무시무시한 존재야. 전 세계에 그들의 손톱자국이 박혀 있지 않은 곳이 없어. 한국이라고 그들의 끄나풀이 없을 것 같아? KGB의 그림자는 지구를 뒤덮고 있어. 첫번째는 실패했지만 두번째에는 실패하지 않을 거야. 그들이 교황을 노리는 이유가 무엇인지는 알고 있겠지?」

조기자가 하기자를 똑바로 쳐다보며 묻는다.

「그야 교황이 공산국가에 자유주의 물결을 일으키고 있기 때문이지. 그는 폴란드 자유 노조 운동의 후견인 아닌가. 교황의 축복이 있기 때문에 폴란드 같은 공산국가에서 자유 노조 운동이 일어나고 있는 거야. 결국 교황 한 사람 때문에 동구 공산권이 뿌리째 흔들리고 있고, 그러니 종주국인 소련으로서는 교황을 그대로 두고 볼 수 없겠지. KGB의 그림자가 교황을 따라 움직이고 있는 이유는 바로 거기에 있어.」

「제법 똑똑하군. 후배 하나 잘 둔 것 같은데.」

「입 닥쳐!」

그들은 자리를 털고 일어섰다. 그들은 고등학교 때부터 한 반에서 공부한 동기동창이었다. 그러한 관계는 대학에 가서도 계속되었다.

　대학 졸업 후 ROTC장교로 군에 복무하는 동안 그들은 서로 떨어져 지냈다. 하지만 휴가 때나 주말을 이용해서 가끔씩 만나는 것을 잊지 않았고 서로의 근황을 알리는 편지를 수시로 주고 받음으로써 우의를 더욱 깊이 다져나갔다. 군에서 제대 후 그들은 취업 방향을 놓고 고민을 거듭하다가 하명부는 지금의 P일보에 입사했고 조택수는 어느 대기업에 들어갔다. 대학에서 똑같이 영문학을 전공한 그들은 동년배 그룹에서는 실력이 아주 우수했기 때문에 직업을 구하는 데는 별로 어려움을 겪지 않았다. 단지 어떤 직종을 선택해야 하는가 하는 문제로 당연히 있어야 할 갈등을 겪었던 것이다. 하명부는 유명한 대기업에 들어간 조택수를 내심 부러워했다. 그런데 정작 본인은 그게 아니었다. 1년 후 조택수는 애써 들어간 직장을 그만두고 이번에는 하명부처럼 신문사 쪽을 택했다. P일보에 들어갈 수 있는 실력이 없는 것은 아니었지만 거기에 들어가면 하명부를 선배로 받들어야 한다는 불문율이 싫어 P일보와 라이벌 관계에 있는 S일보에 입사시험을 치르고 들어갔다. 그 해에 그는 대학때 사귀어온 여자와 결혼했다. 그러나 하명부는 지금까지 결혼하지 않고 있었다.

　그들은 서른 여섯 동갑이었다. 하명부는 기자생활을 시작한 지 10년째였고 조택수는 9년째였다. 이제 어지간히 잔뼈가 굵었다고 할 수 있었다. 하명부가 서른 여섯이 되도록 결혼하지 않은 데 대해 주위에서는 말들이 많았지만 정작 본인은 태연하기만 했다. 뚜렷한 이유가 있어서 결혼하지 않는 것도 아니었다. 아직은 결혼할 필요성을 느끼지 않고 있기 때문에 결혼하지 않고 있을 뿐이었다. 결혼할 필요성을 느끼지 않고 있다는 것이 물론 여성을 필요로 하지 않고 있다는 것은 아니었다. 여성에게서 아름다움을 찾고 싶어하는 그는 그런 관점에서 여성을 보고 있었고, 일단 눈에 드는 여성이 나타나면 탐미적인 감정에 젖어 그녀에게 빠져들곤 했다. 그러나 결코 그녀에게 결혼하자는 말은 하지 않았다. 남자로서 흠잡을 데 없는 육체와 야성적인 얼굴을 갖추고 그런 것들을 지적인 분위기로 감싸고 있는 그의 주위에는 언제나 젊은 여성들이 맴돌기 마련이었다. 그녀들은 그에게 추파를 던지고 그와의 사이에 무엇인가를 만들고 싶어했다. 그런 달콤한 유혹을 뿌리칠 수가 없어 그는 한 여성을 평생의 배필로 삼는 따위의 의식을 거부하고 있었는지도 몰랐다.

여성과의 관계에 있어서 그에게 단점이 있다면 탐미적인 감정이 어느 순간에 쉽게 냉각되어 버린다는 점이었다. 그는 열심히 접근하다가도 갑자기 상대방에게 싫증을 느끼고 뒤로 물러나곤 했다. 그의 그러한 버릇 때문에 눈물을 삼킨 처녀들이 적지 않았다. 그 같은 그의 단점을 다른 관점에서 본다면 결국 그는 지금까지 어떤 여성도 사랑한 적이 없었다는 말이 된다.

확실히 그는 한 여성을 진정으로 사랑한 적이 없었다. 그렇게 여성들과 데이트를 즐기면서도 그 속에서 오히려 고독을 느끼고 있었다. 그 고독을 잊으려고 그는 여성들을 만났고, 그 여성들 속에서 그는 고독을 재확인하는 작업에 몰입하는 것이었다.

그는 4남매의 맏이었다. 그의 집안은 여느 집안과는 달리 유별난 데가 있었다.

그의 부친 하남주(河南周)는 유명한 서양화가로 현재 파리에 거주하고 있었다. 그가 파리에 터를 닦기는 20년이 넘었다. 그동안 몇 년마다 한번씩 가족들이 살고 있는 고국에 돌아오곤 했지만 그것은 잠깐이었고 그는 대부분의 시간을 파리에서 보냈다. 한국 화단에서 기인으로 알려져 있는 그는 가족들이야 밥을 먹든 죽을 쑤어먹든 상관하지 않고 이역만리에서 그림 그리는 데에만 온 정신을 쏟았다. 소문에 의하면 그가 파리 아가씨와 가까이 지낸다는 말이 한때 떠돌기는 했지만 거기에 대한 그

의 해명은 아주 대범한 것이어서 그의 말대로라면 하나도 문제
될 것이 없었다. 그의 말인즉 혼자 있는 남자 옆에 여자가 어른
거리는 것은 으레 있을 수 있는 일이 아니냐, 늙은 홀아비를 위
해 젊은 아가씨가 빨래해주고 청소해주고 밥지어주는 게 뭐가
잘못이냐, 정 그것이 마음에 걸리면 할멈이 파리에 와서 내 시
중을 들어주면 될 것 아니냐. 하도 당당하게 나오는 바람에 그
의 아내는 그만 입을 다물고 말았다.

그렇지 않아도 이역만리에서 혼자 늙은 몸을 이끌고 살아가고
있는 이 시대의 가장 순수한 예술가를 측은하게 생각하고 있었
고 그를 곁에서 보필하지 못하는 자신을 항상 죄스럽게 여기고
있었기 때문에 그런 문제를 놓고 남편을 들볶을 생각은 추호도
없었던 것이다.

남편이 특이한 인물이었기 때문에 그 덕에 고생한 것은 그의
아내 쪽이었다. 그의 아내는 혼자서 생활을 꾸려나가고 자식들
을 교육시키고 남편에게 송금까지 했다. 그런 점에서는 그녀 역
시 특이한 인물이라고 할 수 있었다.

하기자의 어머니 모채명(毛采明)은 어느 여학교의 교장이
었다. 어머니로서도 훌륭했지만 교육자로서도 흠잡을 데 없는
인물이었다.

그녀가 하남주를 만난 것은 여학교 시절이었다. 그보다 두 살
아래인 그녀는 오빠의 절친한 친구이자 동경 유학생이었던 그를
친오빠 이상으로 따랐고 방학 때면 으레 그에게서 미술 실기를
지도받으면서 화가로서의 꿈을 키웠다. 그러는 동안 그들은 서
로 사랑하게 되었고 장래를 약속하게까지 되었던 것이다. 남자
쪽보다 여자 쪽이 더 그를 원했다고 볼 수 있었다. 그 동경 유학
생은 결혼 같은 것은 생각지도 않고 있었는데 여자 쪽에서 하도
심각하게 나오는 바람에 하는 수 없이 응했던 것이다.

그 대신 그는 여자에게 다음과 같은 결혼조건을 제시했고, 그

54

녀로부터 약속을 받아냈다.

그 조건이란 첫째 모채명에게 그림을 그리지 말라는 주문이었다. 부부가 함께 그림을 그린다는 것은 별로 좋은 일이 아니며, 너는 천치라고 할 정도로 그 방면에 소질이 없다. 그림은 나 혼자 그리는 것만으로 충분하니 너는 다른 분야로 나가라. 그래서 모채명은 화가가 되려는 것을 포기하고 그대신 교육자가 되기로 마음먹었다.

그런데 그가 두번째 조건으로 내놓은 것은 아주 그다운 것이었다. 그것은 즉 자기를 남편으로서보나는 한 사람의 예술가로 알아달라는 것이었다. 자신은 인생을 오로지 그림 그리는 데 바칠 것이므로 일개 평범한 가장으로 알고 바가지 따위를 긁는 일이 없도록 할 것. 어디서 무슨 짓을 하든 상관하지 말 것. 가장이랍시고 처자식을 먹여살리기 위해 생활비 같은 것을 벌어야 한다면 차라리 혼자 살겠다. 그러니 그런 것은 네가 알아서 꾸려나가야 한다.

모채명은 그 두번째 조건도 쾌히 받아들였다. 그녀가 그렇게 그런 조건을 받아들일 수 있었던 것은 그의 말을 괜히 그저 해보는 소리겠지 하는 정도로 생각했기 때문이었다.

그러나 세월이 흐름에 따라 그의 말이 빈말이 아니었음을 그녀는 차츰 깨닫게 되었다. 그들은 여자 쪽이 대학을 졸업할 때까지 상당 기간 동안 약혼관계에 있다가 결혼했는데 신혼초부터 하남주는 정상적인 남편 행세를 하려들지 않고 자기 하고 싶은 대로 제멋대로 행동했다. 남편이 가정에만 안주하는 평범한 인물이 아니란 것을 알았을 때는 이미 모든 것이 돌이킬 수 없게끔 제 방향을 찾아 달려가고 있었다. 그녀가 마음먹고 아내행세를 하려들면, 그러니까 한 가정의 가장으로서 처자식들한테도 관심을 좀 가져주어야 하지 않겠느냐는 식으로 말을 꺼내면 그는 결혼 전에 했던 약속을 들먹이면서 눈을 부라리는 것이었고, 그러면 그녀는 아무 말 못하고 그만 입을 다물어버리곤 했다.

생각 끝에 그녀는 집안 어른들을 동원해서 그를 정상적인 생활인으로 만들어보려고 해보았다. 그러나 모두 쓸데없는 짓이었다. 그는 결코 생활인이 되지 못했고, 갈수록 가정을 멀리했다.

결국 고통을 겪어야 할 사람은 그의 아내였다. 그녀는 한없는 인고의 세월 속에 차츰 모든 것을 운명으로 받아들이는 데 익숙해져 갔고, 교육자로 자신의 기반을 다져나갔다.

하남주의 가정에 대한 무관심과 예술에 대한 집착력이 가장 단적으로 드러난 것은 그의 프랑스 유학이었다. 길어야 수년 정도로 끝날 줄 알았던 그의 파리 생활은 20년이 지난 지금까지 계속되고 있었던 것이다.

오랜 세월이 지난 지금에야 모채명은 남편의 세계를 이해할 수 있을 것 같았고, 이 시대의 가장 지고지순한 예술가를 가졌다는 데 대해 긍지마저 느끼고 있었다.

하남주는 지난 해에 환갑을 맞았었다. 모채명은 남편에게 환갑잔치를 해주려고 마음먹고 그에게 그 뜻을 알리고 잠시 귀국했다 가라고 전화했다. 그는 아내의 요청을 쾌히 수락하면서 곧 귀국하겠다고 말했다. 모채명은 정성스럽게 잔치 준비를 한 다음 장성한 아들 딸과 함께 남편의 귀국을 기다렸다. 그러나 온다던 그는 끝내 귀국하지 않았다. 파리로 전화를 걸어보니 그제서야 도저히 바빠서 갈 수가 없다는 대답이었다. 그러면서 하는 말이 떡이라도 좀 가져다 달라는 것이었다. 모채명은 남편이 그지없이 야속했지만 떡을 싸들고 파리로 날아갔다. 그녀가 파리에 가보기는 그것이 세번째였다.

그러나 세번째 방문은 그녀에게 그 전과는 좀 다른 의미의 방문이었다. 그녀가 파리의 드골 공항에 도착했을 때 남편은 나와 있지 않았다. 당황해 하는 그녀 앞에 나타난 사람은 금발의 프랑스 아가씨였다. 그녀는 무슈 하 대신 나왔다고 하면서 자신을 마드모아젤 마농이라고 소개했다. 그녀의 미모에 모채명은 현기증을 느꼈다. 소문이 정말이었다는 생각과 함께 그 길로 귀국해 버릴까도 생각했다. 그러나 남편이 갑자기 몸이 아파 자리에 누워 있다는 마농의 말이 그녀의 생각을 돌리게 했다. 마농은 사진에서 많이 보았기 때문에 그녀를 쉽게 알아볼 수 있다고 말했다. 낡고 조그만 아파트에 가보니 정말로 남편은 자리에 누워 있었다. 독감에 걸렸다고 하면서 콜록거리고 있는 그의 열에 뜬 모습을 보고 있자니 갑자기 견딜 수 없을 정도로 측은한 생각이 들었다.

지난 수년 사이에 그는 놀랄 정도로 늙고 쇠약해져 있었다. 머리는 온통 잿빛이었고 야위어진 얼굴은 굵은 주름으로 덮여 있었다. 한마디로 그는 젊고 아름다운 파리 아가씨가 좋아할 만한 점은 하나도 구비하고 있지 않았다. 그는 한낱 죽음을 앞둔 쇠잔한 노인에 불과했다. 그런 노인을 돌보고 있는 마농이 갑자기 감사하게 여겨질 정도였다. 처음 그녀를 공항에서 보았을 때 느꼈던 질투와 배신감은 씻은 듯이 사라지고 마치 버림받은 것 같은 외로운 노인을 보살펴주고 있는 마농의 모습이 아름답게 여겨지기까지 했다.

그리고 그러한 그녀와 비교해 볼 때 자신은 남편을 돌보지 않고 버려둔 부끄러운 악처처럼 생각되는 것이었다. 마농은 하숙집 딸로 대학에서 미술을 전공하고 있는 미술학도였다.

그러니까 그녀는 하남주한테서 사사받으면서 그를 위해 온갖 궂은 일을 마다 않고 처리해주고 있었다. 하남주를 바라보는 그녀의 두 눈 속에는 애정과 신뢰의 빛이 가득 담겨 있었고 그녀를 쳐다보는 늙은 화백의 눈도 자애롭게 빛나고 있었다. 모채명의 눈에는 그들 남녀가 진정으로 사랑하고 있는 것으로 보였다.

그러나 그것은 육체관계를 떠난, 마치 아버지와 딸 사이의 사랑 같은 것일 것 같았다. 무엇보다도 육체관계를 가지기에는 하남주는 너무 쇠약해 보였던 것이다.

하루 이틀 지나는 사이에 모채명은 처음의 서먹서먹하던 기분에서 벗어나 마농과 자연스럽게 어울리게 되었다. 자신의 그와 같은 감정 변화에 스스로도 놀랄 정도로 그녀는 아무런 저항감을 느끼지 않고 어울릴 수가 있었던 것이다. 그녀가 파리에 머문 열흘 동안 그녀를 데리고 다니며 시내 구경을 시켜준 사람은 바로 마농이었다. 그 열흘 동안에 그들은 아주 가깝게 밀착되었고, 예정이 다되어 모채명이 파리를 떠나게 되었을 때는 눈물까지 글썽이며 석별을 아쉬워하게까지 되었다. 모채명은 마농에게 서울에 한번 꼭 놀러 오라고 일렀고, 거기에 대해 마농은 기꺼이 가겠다고 말했다. 떠나던 날 공항에서 모채명은 마농에게 영감을 잘 부탁한다고 몇 번이나 말하던 끝에 도대체 아가씨가 그에게 헌신적으로 봉사하고 있는 이유는 무엇이냐고 물었다. 그녀의 말이 끝나기가 무섭게 마농은「예술」이라고 짤막하게 대답했다. 어리둥절해 하는 그녀에게 마농은 자신은 무슈 하에게서 예술을 찾고 있다고 말했다.

하남주와 모채명은 슬하에 4남매를 두었다. 명부가 맏이었고, 그 밑으로 아들 명기(明基)와 명후(明厚)가 있었고, 맨 끝은 딸이었다. 딸 명지(明知)는 현재 대학에 재학중이었다. 명기는 명부보다 네 살 아래인 서른 두 살로 형이 장가갈 생각을 않고 있자 먼저 결혼식을 올려버렸다. 그는 물리학 전공으로 현재 대학에 전임강사로 나가고 있었다. 명후는 스물 여섯으로 현재 군복무중이었다. 그는 대학에서 건축학을 전공했다. 지금까지 어머니의 보살핌으로 성장한 아들 딸한테는 아버지에 대한 정이 있을 턱이 없었다. 그들에게 있어서 아버지라는 존재는 한낱 뜬구름 같은 존재에 불과했다. 그들에게는 어린 시절 아버지의 손을 잡고 놀아본 기억이 전혀 없었다. 단 한번만이라도 그런 기억을 살펴보려고 했지만 명부는 도무지 그럴 수가 없었다.

　명부는 재작년 가을엔가 유럽을 둘러볼 기회가 있어 파리에 들르는 길에 아버지를 찾아간 적이 있었다. 그때 아버지는 별로 반가워하는 기색도 없이 그를 맞았고, 그 곁에서 마농은 호기심에 가득찬 눈으로 그를 쳐다보고 있었다. 서로간에 어떻게 지내느냐는 일상적인 말들이 오고간 다음 부자간에는 할말이 없어졌다. 서먹서먹한 분위기를 더 이상 배겨내기가 고통스러워진 명부가 그만 가보겠다고 일어서자 아버지는 고개를 끄덕이면서 손을 내밀었다. 그것이 아버지의 아들에 대한 작별인사였다. 저녁식사나 함께 하자거나 그런 말 한마디 없이 아버지는 자기를 찾아온 아들을 무표정하게 돌려보냈던 것이다. 명부는 아파트 계단을 내려오면서 다시는 아버지를 찾지 않겠다고 결심했다. 그렇다고 그가 어버지를 미워하는 것은 아니었다. 다만 아버지를 이해하고 싶지 않았던 것이다.

　하명부와 조택수는 시청 앞 지하도에서 헤어졌다. 기사를 빨리 넘기기 위해 신문사로 돌아가야 했기 때문이다.

「저녁 때 바빠?」

조기자가 담배를 꼬나문 채 째려보듯하면서 물었다.

「별로……」

하기자는 머리를 흔들었다.

「그럼 한잔하게 만나. 가로등으로 나와.」

「알았어.」

하기자는 끄덕이고 나서 신문사 쪽으로 걸음을 옮겼다.

　가로등은 그들이 단골로 드나드는 카페였다. 분위기가 좋고 술값도 별로 비싸지 않은데다 거기서 일하는 아가씨들이 하나같이 상냥한 미인들이라 오래 전부터 단골로 출입하고 있는 터였다.

　지하도를 벗어난 하기자는 생각에 잠겨 걸어갔다. 신문사까지는 걸어서 10분 거리였다.

　그의 머릿속에는 아까 조기자가 무심코 지껄인 말들이 앙금처럼 남아 있었다. 만일 교황이 암살된다면? 그것도 다른 데가 아닌 한국에서 말이다. 그것은 정말 상상할 수도 없는 일이다. 그러나 상상할 수도 없는 일이 일어나고 있는 것이 오늘의 현실이다. 교황이 가는 곳에는 암살자들의 총구가 그림자처럼 따라붙고 있다. 만일 그들이 한국으로 잠입해 들어온다면 그 상상할 수도 없는 일이 일어날 가능성은 얼마든지 있는 것이다. 로마에서의 암살이 실패로 끝났기 때문에 그들은 두번 다시 그와 같은 전철을 밟지 않기 위해 완벽한 암살 계획을 세울 것이다. 그리고 그 계획에 따라 그 자객들을 한국에 들여보낼 것이다. 전혀 불가능한 이야기일까? 아니다. 그렇지 않다. 얼마든지 가능한 이야기이다. 어떻게 생겨먹은 놈들이 교황을 암살하려고 하는 것일까?

　갑자기 한국이 사면초가에 빠진 것 같은 생각이 들었다. 암살자들이 한국을 포위한 채 일제히 총구를 겨누고 있는 것 같은 느낌이 들었다. 한국의 수사팀이 과연 그 전문가들을 저지할 수 있을까? 한국은 그들의 포위망을 뚫고 교황을 무사히 돌려보낼 수 있을까?

　그는 어깨를 움츠리면서 숨을 흑 하고 들이켰다. 온몸에 소름이 끼쳤다. 바로 그 점을 간과해서는 안된다는 생각이 번개처럼 머리를 스치고 지나갔다. 어쩌면 교황의 방한과 더불어 엄청난 일거리가 생길지도 모른다는 생각이 들었다. 그 생각을 공개하고 싶지는 않았다. 혼자 간직하고 있다가 여차하면 달려들어 보는 것도 과히 나쁘지는 않겠다고 생각했다. 갑자기 긴장과 흥분을 느낀 그는 걸음걸이가 빨라졌다.

　신문사 편집국 안으로 들어선 그는 데스크 쪽으로 다가갔다.

부장은 얼굴에 신문지를 덮은 채 잠들어 있었다. 그는 언제나 그런 식으로 낮잠을 즐긴다. 그러나 한쪽 귀는 항상 열려 있다는 것을 하기자는 잘 알고 있었다.

그가 취재수첩을 책상 위에 내던지면서 의자를 거칠게 끌어당겨 털썩 주저앉자 부장이

「추기경이 뭐래?」

하고 물었다. 얼굴 위에 신문지를 여전히 덮은 채였다. 보지 않고도 그는 상대를 알아맞히는 재주를 가지고 있다.

「교황께서 오신답니다.」

명부는 무뚝뚝하게 대답했다.

「뭐라고?」

부장이 신문지를 획 젖히면서 상체를 바로했다. 점심 때 한잔 걸쳤는지 얼굴이 벌겋다. 그는 거의 대머리가 되어가고 있었다. 그것을 조금이라도 감추어보려고 옆 머리칼을 앞이마에 걸쳐 놓고 있는 것이 여간 우스꽝스러워 보이지가 않는다.

「교황께서 오신답니다.」

명부는 타이프라이터를 끌어당겨 놓고 취재 메모에 눈을 주었다.

「언제? 언제 온다는 거야?」

반응이 민감하게 나오는 것으로 보아 꽤 충격을 받은 것 같았다. 명부는 기사 내용을 머릿속에 정리한 다음 타이프라이터의 키를 두드리기 시작했다. 타이프라이터 소리가 유난히도 시끄럽다.

「내년 5월에 오신답니다.」

명부는 여전히 무뚝뚝하게 대답했다. 모르는 사람이 보기에는 마치 화가 난 것 같은 얼굴이다. 그러나 그를 잘 아는 사람들은 그 표정에 익숙해 있기 때문에 아무렇지도 않게 생각한다.

「그건 빅뉴스인데. 서울에서 올림픽이 열리는 것만큼이나 빅

뉴스인데. 5월 며칠이야?」

「3일부터 7일까지입니다. 공식 일정은 아직 정해지지 않았습니다.」

마치 기관총을 쏘는 것 같은 다다다다하는 소리가 주위를 울리고 있었다.

하기자의 타자기는 미제 스미스코로나 마크가 붙은 전동타자기로 3년 전에 싼 값으로 구입한 중고품이었다. 거기다 한글자판을 입혀 기사 작성을 모두 그것으로 처리하고 있었는데 전동이라 소리가 요란스런 것 말고는 성능이 좋아 지금까지 고장 한번 없었다. 처음 그가 그것으로 기사를 작성하기 시작했을 때 편집국 안에는 한바탕 소동이 일어났었다. 손에 볼펜을 쥐고 원고지칸을 하나하나 메꾸어나가는 지극히 원시적인 작업에 익숙해져 있는 기자들의 눈에는 그것은 확실히 신기하면서도 이질적인 것이 아닐 수 없었다. 눈의 가시처럼 보였는지 그들은 이구동성으로 요란스러운 타이프라이터 소리에 당장 집어치우라고 아우성을 쳤다. 그러나 정작 본인은 태연자약했다. 누가 뭐라든 상관하지 않고 타이프라이터를 두드려댔다. 편집국장이 가까이 다가와 신기한 듯 그의 작업하는 모습을 지켜보고 가더니 다음날에는 사장이 직접 편집국에 나타나 그것을 구경했다. 그 자리에서 사장은 편집국장에게 앞으로 기자들은 타이프라이터를 사용하는 방향으로 나아가야 할 것이라고 말했다.

사장의 말을 들은 명부는 그것보라는 듯이 우쭐했다. 그러나 기자들은 그게 아니었다. 앞으로 타이핑을 배워야 한다는 사실을 놓고 모두가 걱정이 태산 같았다.

그러는 동안 명부가 치는 타이프라이터 소리는 차츰 다른 기자들 귀에 익숙해져 갔고 당연히 있어야 할 소리처럼 정착되어 갔다. 한두 명의 기자가 호기심을 느끼고 명부가 타이프라이터를 두드릴 때면 뒤로 슬그머니 다가와 어깨 너머로 들여다보다가 가곤 했다. 얼마 뒤 타이프라이터 소리가 다른 구석에서도 들려오기 시작했다. 그것이 신호이기라도 하듯 여기저기 타이프라이터를 구입하는 기자들이 늘어났다. 그런가 하면 묘하게 돌아가는 편집국 분위기에 반발하듯 팔짱을 낀 채 철저히 방관자적인 입장을 취하는 기자들도 많았다. 그런 기자들 때문인지 타이프라이터 수는 주춤하면서 매우 더디게 불어났다. 그런대로나마 지난 3년 동안에 불어난 숫자는 25대였다. 이제는 거의 하루 종일 타이프라이터 소리가 편집국 안에서 떠나지가 않았고 그 소리에 눈살을 찌푸리는 사람도 없었다.

「교황이 한국에 온다는 것은 국제정치면에서도 큰 의미가 있는 거야. 우리 국제외교의 승리라고 할까. 교황은 공산국가 폴란드 출신이란 말이야. 그런데 우리 같은 분단국가에 그것도 한국에만 찾아오는 거야. 휴전선을 넘어 평양에 가서 불쌍한 동포들에게 축복을 내리겠다는 말은 없었나?」

「없었습니다.」

「섭섭하군. 하긴 뭐 갈래야 갈 수도 없겠지.」

다다다다하는 소리가 더욱 빨라지고 있었다.

「교황 특집을 꾸며봐. 내일자에 나갈 수 있게 말이야. 문화부와 정치부 쪽에는 내가 이야기하겠어. 그쪽 지원이 필요하겠지?」

「물론입니다.」

「교황 방한의 종교적 의미, 정치적 의미, 교황의 인간됨과 일대기, 한국 천주교의 발자취…… 그리고 각계 인터뷰도 곁들이고 말이야. 제목을 이렇게 붙여. 분단 한국에 내리는 평화의 거보……」

명부는 듣는 둥 마는 둥 키만 두드려대고 있었다.

갑자기 타이프라이터 소리가 멎었다.

그는 타이핑된 종이를 뽑아내어 몇 군데 수정을 가한 다음 그것을 부장에게 넘겼다. 부장은 그것을 대충 훑어본 다음 고개를 끄덕이며 책상 위에 내려놓았다.

「내일 특집 준비하라구. 알겠지?」

「네, 알겠습니다. 분단 한국에 내리는 평화의 거보…… 제발 그랬으면 좋겠습니다만, 전 걱정이 되는데요.」

「걱정이라니 그게 무슨 말이야?」

부장의 얼굴에 긴장이 서렸다. 순간 하기자는 괜히 말을 꺼냈다는 생각이 들었다. 하지만 이미 뱉아낸 말을 도로 주워담을 수는 없는 노릇이었다. 부장이 도끼눈을 하고 그를 바라보고 있었다. 하기자는 담배를 한대 피워문 다음 담배연기를 깊이 빨아들였다가 머리 위로 후우하고 길게 내뿜었다. 그리고 상체를 뒤로 젖히면서

「호사다마란 말이 있지 않습니까?」

라고 말했다. 그 말에 부장은 더욱 모르겠다는 표정을 지었다.

「음, 그런데?」

「교황이 오시는 건 경하스러운 일이긴 하겠지만…… 혹시 불행한 일이 일어날지도 모르겠다 이겁니다.」

「불행한 일이라니 그게 뭐지?」

「테러범들이 교황의 뒤를 따라 한국에 잠입할지도 모른다는 가정을 한번 해본 겁니다.」

부장은 어이가 없다는 표정으로 하기자를 흘겨보다가

「예끼, 이 사람! 난 또 뭐라구.」

하면서 얼굴에서 긴장을 풀었다. 그러자 이번에는 하기자의 얼굴에 긴장이 감돌았다.

「못 믿으시겠다는 겁니까. 저도 처음에는 그렇게 생각했드랬죠. 그런데 가만 생각해 보니까 얼마든지 가능성이 있는 이야기더라 이 말입니다. 재작년 5월, 그러니까 81년 5월 성베드로 광장에서 일어났던 저격사건을 잊으셨습니까? 그때 터키

청년이 교황을 향해 권총을 발사했었지요. 다행히 교황은 목숨은 건졌지만 병원에서 총탄을 제거하는 대수술을 받아야 했었지요.」

「그래. 그건 알고 있어. 그런데 그게 내년에 있을 교황 방한하고 무슨 관계가 있다는 거야? 그때의 망령이 살아나기라도 한다는 건가?」

부장은 자리에서 몸을 일으켰다. 그리고 창가로 가서 팔짱을 끼고 기대섰다. 하기자는 담배를 비벼껐다.

「그때 실패했기 때문에 다시 한번 똑같은 일이 반복될 가능성이 있다 이겁니다. 처음에 실패했기 때문에 말입니다.」

「도대체 무슨 정보라도 있어서 하는 말이야?」

「아뇨, 정보는 없습니다.」

하기자는 머리를 흔들었다.

「그럼 괜히 해보는 소리야?」

「충분히 가능성이 있는 이야기 아닙니까. 암살자들의 총구가 계속 교황을 노리고 있다는 것은 어제 오늘의 이야기가 아닙니다.」

「그건 나도 알고 있어.」

부장은 처음으로 끄덕였다.

「만일 교황의 방한중에 불행한 일이라도 일어난다면 어떡하시겠습니까?」

단도직입적인 물음에 부장은 당황한 표정이 되었다. 그는 팔을 풀었다가 다시 팔짱을 끼었다. 그리고 갑자기 수그러진 목소리로

「그건 너무 지나친 비약이 아닐까?」

하고 물었다.

「비약일 수도 있죠. 하지만 전혀 근거없는 말은 아닐 겁니다.」

부장은 끄덕였다.

「알겠어. 하지만 그런 건 경찰이 걱정할 일이야. 그런데까지 신경을 쓰다가는 머리가 아마 터지고 말 걸. 기자가 할 일은 따로 있어.」

하명부는 웬지 그것이 비록 백분의 일, 아니 백만분의 일의 가능성을 가지고 있다 해도 그 가능성에 매달려보고 싶은 심정이었다. 왜 갑자기 그런 마음이 들었는지는 자신도 알 수 없었다.

「네, 그것은 경찰이 걱정할 일입니다. 하지만 만일의 경우 한국에서 교황이 암살당하는 사건이 발생하면……」

부장은 손을 휘휘 내저었다.

「그런 끔찍한 말은 하지도 말라구.」

「아닙니다. 그런 끔찍한 일이 벌어졌을 경우에 일어난 혼란을 한번 생각해 보십시오. 끔찍하다고만 생각하고 젖혀둘 게 아니라 거기에 촉각을 곤두세우고 대비하고 있는 게 그때 가서 당황하지 않고 좋을 겁니다. 적어도 다른 신문기자들보다는 몇 발자국 앞서 갈 수가 있을 겁니다. 모두가 이 땅에 축복을 내리기 위해 방한하는 교황의 모습에 관심을 집중하고 있을 때 우리는 눈에 보이지 않는 음지에도 관심을 두는 겁니다. 음지에서 과연 무슨 일이 일어나고 있는지 관심을 두자 이겁니다. 그렇다고 해서 결코 손해보는 짓은 아닐 겁니다.」

「손해를 보면 또 어때.」

부장의 태도가 휙 변했다. 그는 둘째 손가락으로 하기자를 가리키며 말했다.

「정말 좋은 착상이야. 잘 생각했어.」

상사의 갑작스런 칭찬에 하기자는 얼굴이 붉어졌다.

「관심을 가져두는 게 좋을 것 같아서 말씀드린 겁니다.」

「당연히 관심을 가져야지.」

「하지만 관심만 가지고 있어서는 안될 겁니다. 무슨 구체적인 계획 같은 게 있어야 될 겁니다.」

「자네가 그걸 맡아줘. 자네가 말을 꺼냈고 또 거기에 관심을 가지고 있으니까 자네가 맡아서 처리하라구. 그리고 이건 우리 둘 사이의 비밀로 해두자구. 이런 일은 말이 새나가면 좋지 않으니까 말이야. 매우 비밀스럽게 일을 처리하란 말이야.」

하기자는 감사한 마음으로 부장을 바라보았다.

「알겠습니다. 그대신 저한테 전권을 위임해 주십시오. 관계 자료도 모아보고 신경을 써보겠습니다.」

「그래. 그렇게 하라구.」

「제 생각이 맞아떨어진다면…… 어마어마한 특종감에 접근하게 될지도 모릅니다.」

「김칫국부터 마시는군.」

「제가 상대해야 할 대상은 만일 실체가 있다면 엄청난 겁니다. 아니면 구름을 잡는 일이 될지도 모릅니다.」

취재나갔던 다른 기자들이 사무실로 들어오는 바람에 그들의 이야기는 중단되었다. 하기자는 창가로 다가가 밖을 내려다보았다.

겨울로 접어드는 회색의 거리는 유난히도 을씨년스러워 보였다. 그는 될수록 그 거대한 도시의 흐름을 따뜻한 눈길로 보려고 했다. 그러나 어느새 마음은 차갑게 굳어 있었다.

같은 날 저녁.

하명부는 7시 30분경에 가로등의 문을 밀고 안으로 들어섰다. 초저녁인데도 자리는 벌써 손님들로 거의 다 점령되어 있었다.

실내는 꽤 넓었다. 넓은 홀은 두 부분으로 나뉘어 한쪽이 다른 한쪽보다 한 계단 높은 위치를 차지하고 있었다. 출입구 쪽의 낮은 홀에는 중간에 원형의 스탠드가 설치되어 있었다. 그리고 양쪽 벽에도 스탠드가 마련되어 있었다. 스탠드 양쪽에는 여자 바텐더들이 자리를 지키고 있었다.

그 홀을 지나야 위쪽의 홀로 들어갈 수가 있었다.

위쪽의 홀에는 테이블이 여러 개 놓여 있었다. 좀더 편안히 술을 마시고 싶으면 그쪽으로 가면 된다.

이쪽 저쪽 훑어보았지만 조택수의 모습은 보이지 않았다.

명부는 벽쪽에 붙은 스탠드에 다가가 앉았다. 그곳은 언제나 그가 즐겨 찾는 자리였다. 바텐더가 그를 보고 미소를 지었다. 볼우물이 패는 매혹적인 미소였다. 그녀는 가슴이 깊게 팬 진홍의 드레스를 입고 있었다.

「조기자 오지 않았나?」

「들렸다 가셨어요.」

「벌써?」

「있다가 다시 오시겠다고 하면서 하기자님 오시면 좀 기다려 달라고 하셨어요.」

「바쁘군. 마티니 한 잔……」

그가 담배를 뽑아 물자 바텐더가 냉큼 성냥불을 붙여준다.

그녀는 결코 미녀라고 할 수 없는 용모를 지니고 있었다. 그러나 그런 곳에서 일하고 있는 여자치고는 눈빛이 때묻지 않고 맑았다. 나이는 스물댓 정도 되어 보였다. 그녀에 대해서 하기자가 알고 있는 것이라고는 이름이 장무희라는 것, 그리고 대학을 중퇴했으며 혼자 조그만 아파트에서 자취생활을 하고 있다는 것 정도였다.

그녀가 올리브 열매를 띄운 마티니 잔을 하기자 앞에 조심스럽게 놓았다. 처음 보는 남자 앞에서 조심스러워 하는 것처럼 그녀는 하기자 앞에서만은 언제나 조심스러운 태도를 보인다. 하명부는 그녀의 그런 점을 높이 사고 있었다. 그녀의 언행에는

68

교양이 깃들어 있었다.

스탠드에는 다섯 명의 손님들이 앉아 있었다. 그러나 장무희는 하기자 앞에만 버티고 있었다.

「겨울이 다된 것 같아요. 밖에 춥죠?」

그녀가 소근거리는 소리로 물었다.

「음, 조금 선선한데……」

그는 마티니잔을 입으로 가져갔다. 씁쓸한 맛이 혀끝에 전해져 왔다. 그는 그 맛을 유난히 좋아하고 있었다. 그가 혀끝으로 입술을 핥자 무희가 손으로 입을 가리며 웃었다. 그는 눈을 들어 그녀의 머리 위를 바라보았다.

맞은편 벽에는 칼라 사진이 하나 걸려 있었다. 금발 미녀가 백마를 타고 바닷가를 달리는 사진이었는데, 그의 관심을 끄는 것은 그녀가 완전히 벌거벗고 있다는 점이었다.

달리는 백마의 다리 사이로는 파도가 하얗게 부서지고 있었다. 말의 갈기가 일어서 있는 것으로 보아 놈은 맹렬히 달리고 있는 것 같았다. 미녀의 금발도 날리고 있었다. 묵직한 젖가슴이 흔들리고 있었다. 말은 숫놈 같았다.

「저거 괜찮은데 어디서 났어?」

무희가 고개를 돌려 사진에 눈을 주었다.

「제가 길가에서 샀어요. 길을 가는데 저게 눈에 띄잖아요. 그래서 샀어요. 괜찮아요?」

「음, 괜찮은데……」

그는 끄덕였다. 무희는 미소를 지었다.

「좋아하실 줄 알았어요. 그래서 샀던 거예요.」

「나에게 보여주기 위해서 샀단 말이지?」

「네, 그래요.」

그녀가 큰 눈을 깜박여 보였다.

「거짓말 마.」

「정말이에요. 그래서 언제나 앉으시는 자리 앞에 붙여놓은 거예요.」

「그게 정말이라면 고맙군.」

그는 올리브 열매를 조금 베어 물었다. 쌉쌀한 떫은 맛이 입속에 번졌다. 그가 조금 남은 술을 마저 마시고 새로 한 잔을 더 청했을 때 조택수가 나타났다. 그는 벌써 어디서 한잔 했는지 얼굴이 벌겋게 달아올라 있었다.

「어디 갔다 오는 거야?」

「아는 사람이 요 근방에 술집을 하나 차렸다고 해서 갔다오는 거야.」

택수는 술냄새를 풍기며 하기자 옆에 걸터앉았다. 그는 스카치를 시켰다.

그는 스카치를 즐겨 마시는 편이었다.

「저 사진 말이야,」

택수가 턱으로 벽에 걸린 사진을 가리켰다.

「이 아가씨 말이…… 너한테 보여주려고 샀다는 거야. 이건 의미심장한 말이라고. 이 아가씨가 너한테 단단히 반한 모양이야. 뭘 보고 반했는지는 몰라도 말이야.」

그 말에 무희는 곱게 눈을 흘겼다.

「조기자님은 너무 짓궂으셔요.」

「짓궂긴……. 난 사실대로 이야기한 것뿐이야. 이 친구 좋아해봐야 하나도 생기는 거 없어. 이 친구 가진 거라곤 불알 두쪽뿐이야. 밥 빌어먹기 딱 알맞지.」

택수가 뭐라고 하든 상관하지 않고 하명부는 무표정하게 술잔만 기울이고 있었다. 그는 아직 무희의 손목 한번 잡은 적이 없었다. 그런데 그녀가 그에게 호감을 느끼고 있다는 것은 그 자신도 느낌으로 짐작은 하고 있는 터였다. 그것이 그녀의 고통으로 발전할까봐 그는 조심하고 있었다. 그렇게 되지 않기를 그는 진심으로 바라고 있었다.

「이 친구 좋아하면 속으로 끙끙 앓지 말고 나한테 술 한잔 사
면서 부탁해. 내가 중간에서 잘해줄게. 나를 끼면 불가능한
일도 가능해지지. 어때? 술 한잔 사지 않겠어? 조용한 데
가서 말이야.」

무희는 웃으며 고개를 살살 흔들었다.

「싫어요.」

그녀의 대답은 간단했다.

「싫다고 했겠다. 좋아. 나중에 가서 후회해 봐야 소용없어.
그때 가서는 이미 늦었으니까. 지금 이 친구 앞에는 예쁜 처
녀들이 나라비줄을 서 있다구. 하나 골라 잡아야겠는데 모두
다 예쁘니까 딱 부러지게 하나를 고르지 못한다구. 이놈도 좋
고 저놈도 좋고 하니까 말이야. 그래서 이 친구한테는 일부다
처제가 어울리지. 이 친구 입으로 자기는 일부다처제가 바람
직하다고 말한 적이 있어.」

무희는 조기자의 짓궂은 말에 물을 머금고 있는 듯 입술을 오
무리며 미소를 지었다.

「어, 이게 웃고 있어? 울어도 시원치 않을 텐데 웃고 있어.
내 말이 거짓말인 줄 아나 보지. 정말이라구. 너를 생각해서
사실대로 말한 거니까 생각 잘해서 작전을 짜봐. 기습작전을
펴든지 잘 생각해서 해봐.」

그는 여자를 가까이 오게 해 귓가에 입을 대고 속삭였다.

「이 친구는 말이야, 겉으로 강한 것 같지만 사실은 형편없이
약하다구. 그러니까 돌격작전을 감행하는 것이 효과가 있을
거야. 돌격작전에는 아주 무력하기 짝이 없다구.」

「어떻게 돌격하는 거예요?」

무희는 눈을 반짝이며 물었다.

「바보 같으니. 그것도 몰라? 시간을 만들어 단 둘이서 만나

는 거야. 호텔 같은 데서 말이야. 그리고 육탄공세를 펴는 거
야. 이놈이 말이야, 육탄공세 앞에서는 사족을 못써.」
「아이, 어떻게 그럴 수가 있어요.」
여자가 얼굴을 붉히며 뒤로 물러섰다.
「바보 같으니. 그런 용기도 없이 이 플레이보이를 어떻게 잡
겠다는 거야? 가만 있으면 떡이 절로 굴러들어오는 줄 알
아? 요즘은 세상이 달라 여자들도 필요에 따라서는 적극공세
를 펴야 한다구. 특히 요새는 총각 값이 금값 아냐?」
「잘 알고 있어요. 좋아하는 사람하고 함께 살 수 없는 바에야
혼자 살죠 뭐.」
그때까지 술잔만 빙글빙글 돌리고 있던 하기자가 손을 들어
그들의 이야기를 제지했다.
「쓸데없는 이야기는 집어치우고 내 말 잘 들어요. 이 친구 말
은 하나부터 열까지 거짓말이니까 그렇게 알고 들으면 돼. 귀
담아들을 게 하나도 없다구. 차라리 돼지 새끼가 꿀꿀거리는
소리를 듣는 게 낫지. 이 친구 거짓말하는 거 들을 필요없어.
이 친구 말에는 최면이 있어. 거짓말도 정말처럼 들리니까 아
예 처음부터 듣지 않는 게 나아.」
무희가 웃음을 참지 못하고 손으로 입을 가린 채 저쪽으로 가
버렸다.
하기자는 무표정한 눈으로 조기자를 돌아보았다.
「아까 그 문제 말이야. 난 시간이 흐를수록 심각하게 느껴진
단 말이야.」
「그 문제라니 뭘 말이야?」
조기자는 자기가 했던 말을 벌써 까맣게 잊고 있는 것 같
았다.
「암살 말이야!」
하명부는 낮게 중얼거렸다. 그의 표정은 어느새 굳어 있었다.

「뭐 암살? 아, 난 또 뭐라고.」

그제서야 말뜻을 알아차린 조기자는 어이없다는 표정을 지었다.

「아까 그 말 듣고 난 쇼크받았단 말이야.」

명부는 글라스를 흔들어 남아 있는 술을 마신 다음 다시 한 잔을 청했다.

「난 별생각 없이 말한 건데……」

「그랬을 테지. 하지만 난 그걸 심각하게 받아들였어. 나도 이상할 정도로 심각하게 받아들였단 말이야. 그걸 듣는 순간 가슴속으로 써늘한 바람이 스쳐가는 것 같았어.」

그 말에 조기자는 후후하고 웃었다.

「걱정도 팔자군.」

「걱정이 아니야.」

「그럼 뭐냐?」

「일종의 전율 같은 거였어. 전율 같은 것을 느꼈어. 동시에 스릴 같은 것도 느꼈어.」

명부의 얼굴빛이 붉어진 것은 술기 탓만은 아니었다.

「흥, 구미가 동하는 모양이군. 잘해봐.」

조기자는 코웃음쳤다. 그는 그런 것에는 흥미가 없다는 표정이었다. 사실 그는 암살 문제를 한번 상상해본 것에 불과했다. 그리고 무심코 한번 그것을 입 밖으로 꺼냈던 것인데 의외로 반응이 심각한 데에는 그 자신이 놀랄 정도였다. 그러나 그는 그것이 호기심 이상이 될 수 없다는 것을 잘 알고 있었다. 그렇다는 것은 그들의 직업이 신문기자이기 때문이었다. 호기심 이상으로 발전하면 그것은 수사가 된다. 수사는 기자의 임무가 아니다. 기자에게는 그럴 권한도 없고 그럴 힘도 없다. 기자는 단지 수사요원들이 흘려주는 단편적인 정보들을 주워 엮어 한편의 그럴 듯한 기사를 작성하면 되는 것이다. 사건기자랍시고 자신이 수사관이나 된 듯 으시대며 기웃거리다가는 코뼈가 부러지기 십상이다. 그는 한계를 분명히 알고 있었다. 그러나 명부는 그게 아니었다. 그는 생각하는 것도 행동하는 것도 급진적인 데가 있었다. 그러다 보니 자기 입장 따위는 생각지도 않고 일단 하겠다고 마음만 먹으면 물불을 가리지 않고 뛰어드는 버릇이 있다. 그의 그런 성격을 잘 알고 있는 조기자는 명부가 또 공연한 일에 뛰어들까봐 겉으로 내색은 하지 않았지만 좀 걱정스러웠다. 더구나 그가 생각하고 있는 것은 일개 기자가 관심을 가지고 접근하기에는 너무나 어마어마한 상대이다. 그것은 마치 계란을 가지고 바위에 덤벼드는 것이나 다름없다. 생각에 그쳐야지 그 이상 관심을 가지고 접근하다가는 목숨까지 위태로울지 모른다.

조기자는 위태위태한 기분을 느끼며 명부를 쳐다보았다. 그의 표정은 심각하게 굳어 있었다.

「이봐, 쓸데없는 생각일랑 하지 말고 술이나 마셔. 교황은 아직 오지도 않았어. 김칫국부터 마시고 있군. 쯧쯧……」

「김칫국이 아니야. 교황이 오시는 것은 다섯 달도 못 남았어. 그자들도 서둘러야 할 거야. 실패하지 않으려거든 말이야.」

「이거 어떻게 된 거 아니야?」

조기자는 머리 위에다 손가락을 돌려보였다.

「난 극히 정상이야. 너무 정상이야. 그래서 탈이야.」

「네 얼굴을 보니까 교황이 금방이라도 총탄에 쓰러지는 것 같구나.」

하명부는 화가 난 듯한 표정으로 입을 다물어버렸다.

갑자기 그들 사이에 침묵이 흘렀다. 그들 사이에서는 있기 어려운 어색한 침묵이었다.

명부로서는 그 문제를 놓고 조기자와 함께 한번 허심탄회하게 이야기를 나누고 싶은 심정이었다. 그리고 그들의 이야기가 한 걸음 더 발전하여 그 문제에 구체적으로 접근할 수 있는 계기가 되었으면 하고 은근히 기대했었다.

사실 그는 조기자로부터 암살 운운하는 이야기를 들었을 때 처음에는 그 말이 가슴에 와닿지 않았다가 시간이 흐름에 따라 전율이 되어 온몸을 사로잡는 것을 느꼈던 것이다. 그리고 그것은 그의 가슴을 뒤흔들었고 그는 그 흥분에서 깨어나기는 커녕 갈수록 더욱 몸이 달아오르는 것을 느끼고 있었던 것이다. 그는 급기야 영혼의 흔들림까지 느끼고 있었다.

일찍이 어떤 문제에 부딪혔을 때 지금 같은 이런 기분을 맛본 적은 없었다. 아무리 기막힌 대상에 부딪혔을 때에도 단순한 호기심 이상으로 그의 관심을 끌지 못했었다. 그런데 이번만은 완전히 달랐다. 지금까지 느껴왔던 단순한 호기심 이상의 그 무엇이 거기에서는 느껴지고 있었다. 아니, 그 정도가 아니었다. 영혼을 뒤흔드는, 영혼과 영혼이 부딪치는 것 같은 감동이 거기에는 있었던 것이다. 그 감동은 이제야 비로소 일다운 일을 발견했다는 그런 느낌에서 비롯된 것이었다. 일생 일대에 한 번 있을까 말까한 문제를 드디어 발견했다는 데서 오는 감동에 휩싸였을 때 그는 어떤 운명적인 것까지를 동시에 느꼈던 것이다. 그는 이제 그것을 운명적인 만남으로까지 생각하고 있었다.

그가 그러한 기분인데 반해 조기자는 조금도 심각한 표정이 아니었다. 그가 먼저 말을 꺼내놓고 발뺌하고 있는 것이다. 명부는 그러한 조기자가 못마땅했다. 같은 기자인데도 그리고 친한 친구 사이인데도 이렇게 감정에 차이가 날 수 있을까.

「그 일에 흥미를 느끼지 못하겠다는 네가 아무래도 내 눈에는 비정상적으로 보이는데.」

명부는 빈정거리는 투로 말했다. 조기자는 그를 힐끔 쳐다보고 나서 이렇게 받아넘겼다.

「흥미가 없는 게 아니야. 못 오를 나무는 쳐다보지 않는 게 좋다 이 말이야.」

「해보지도 않고 못 오르겠다는 건 좀 우습지 않아?」

조기자는 들고 있던 술잔을 탁 내려놓고 턱을 앞으로 내밀었다.

「이봐. 도대체 어떡하겠다는 거야? 지금부터 신문사를 그만두고 형사나 되지 그래. 그래서 있을지 없을지도 모를 암살범이나 쫓아다니시지 그래. 그 편이 오히려 속 편하지 않을까.」

「그렇게 빈정거리지 말고 우리 진지하게 이야기해.」

「난 거기에 대해서는 할말이 없어. 도대체 여기 앉아서 무얼 어쩌겠다는 거야?」

「무얼 어쩌자는 건 아니야. 거기에 대해서 진지하게 검토해보자는 거야.」

「검토해볼 만한 자료도 없어.」

「자료가 없어도 좋아.」

「교황께서 한국에 오셨을 때 불행한 사태가 일어나는 경우를 한번 생각해보란 말이야. 그건 정말 엄청난 세계적 사건이란 말이야. 전세계의 이목이 집중할 것은 당연한 이치 아니야? 그걸 우리가 놓칠 수 있어? 그걸 모른 체할 수 있느냐 말이야? 난 생각만 해도 몸이 떨려. 부들부들 떨린다구.」

조기자는 어이없다는 듯 하기자를 바라보다가 쿡하고 웃었다.

「넌 마치 교황이 암살되기를 바라는 것 같구나.」

그 말에 하기자는 펄쩍 뛰었다.

「무슨 말을 하는 거야? 그런 끔찍한 말은 하지도 마!」

「그럼 더 이상 할 말 없지 않아. 교황이 건재하면 뉴스거리는 없는 거 아니야. 있다면 일정에 따라 교황의 뒤만 따라다니면 절로 굴러들어오는 거 아니야.」

「나는 그런 단순한 건 싫어. 그런 단순한 건 다른 기자들한테

맡기고, 나는 눈에 보이지 않는 걸 쫓고 싶단 말이야.」
「암살자의 그림자를 쫓겠다 이 말이지?」
하기자는 끄덕였다.
「바로 그거야. 그들이 들어오는 루트가 있을 거야. 그 길목을
지키고 있다가 뒤를 미행하는 거야.」
「점입가경이군. 암살범이 나 여기 있습니다 하고 손이라도 들
줄 아나? 수사요원들이 눈을 부릅뜨고 지키고 있어도 보일까
말까 하는데, 그래, 네 눈에 킬러가 보일 줄 아니? 왜 그렇게
어리석어?」
「보이지 않을 거라고 생각하니까 보이지 않는 거야. 눈을 똑
바로 뜨고 보면 귀신도 보인다구. 수사요원들보다 언제나 한
발 앞서가는 거야. 그러면 어렵지 않게 대상에 접근할 수가
있어.」
「수사요원들보다 결코 앞서갈 수가 없어. 뒤따라다니며 취재
하기도 어려워. 잘 알면서 그래.」
「그러지 말고 협조해 줘.」
「뭘 협조해 달라는 거야?」
「정말 그럴 거야?」
명부는 처음으로 눈을 부릅뜨고 조기자를 노려보았다. 그 눈
초리에 조기자는 주춤했다. 명부는 혹가다 화가 나면 이렇게 눈
을 부릅뜨고 쳐다볼 때가 있는데 그럴 때의 그의 눈은 다른 사람
의 눈으로 보인다. 상대방을 꿰뚫어보는 듯한 눈초리는 흡사 맹
수의 눈초리처럼 차가워 보인다. 조기자는 그의 시선을 얼른 피
했다. 그는 당황한 표정을 감추려는 듯 얼른 담배 한 개비를 피
워 물었다.
「도대체 무얼 어떻게 도와달라는 거야? 지금 테러리스트가
한국에 들어오기라도 했단 말이야? 그렇다면 또 모르지만 교
황도 아직 오지 않았는데 왜 네가 나서서 설치고 야단이야?」

「테러리스트는 교황보다 먼저 오면 왔지 절대 뒤따라오지는 않을 거야. 먼저 와야 현장 답사도 하면서 계획을 세울 거 아니야? 이미 출발했을지도 모르지. 아니, 이미 한국에 들어와 있는지도 모르지.」

「교황이 한국에 올 거라는 것은 오늘 발표됐어. 어떻게 테러리스트가 벌써 들어와 있겠어.」

「그건 모르는 소리야. KGB의 정보망은 세계 도처에 깔려 있어. 로마 교황청 안에까지 뻗쳐 있을 가능성은 얼마든지 있어. 따라서 교황이 한국에 온다는 것은 우리보다 훨씬 먼저 알고 있을 거란 말이야. 적어도 수개월 전에 말이야. 교황의 방한 계획이 갑자기 정해진 것이 아니라면 말이야. 교황쯤 되면 보통 1년 이상의 기간을 두고 스케줄을 짜는 게 상식 아니야?」

조기자는 처음으로 하명부의 말에 수긍하는 빛을 보였다.

「그야 그렇지.」

「그렇다면 이미 암살 계획이 한국에서 착착 진행되고 있는지도 모르는 거야. 이미 고도의 훈련과 경험을 가진 암살 전문가가 잠입해 들어와 거점을 확보하고 때가 오기를 기다리고 있을지도 모른단 말이야. 가능성이 없다고 한마디로 일축해 버릴 수 있겠어?」

침묵이 흘렀다. 조기자는 더 이상 명부의 말에 반박하지 않았다. 그는 담배를 비벼끄면서 고개를 끄덕였다.

「과연 그럴만도 하겠는 걸.」

「우습게 보아넘길 일이 아니란 말이야. 우리가 생각하고 있는 것 이상으로 사태가 심각하게 발전하고 있는지도 몰라. 난 결심했어. 부장한테도 이야기해서 허락을 받아왔는데, 그 관계를 조사하기로 결심했어. 그런데 혼자 일하기는 좀 벅차단 말이야. 경쟁지 관계를 초월해서 너하고 수시로 정보를 교환해

가면서 그 관계를 추적해보고 싶단 말이야. 기사거리를 어떻게 배분하느냐 하는 것은 나중에 상의할 일이고, 우선 급한 것은 네 동의야. 우리가 힘을 합하면 거기에 관계되는 정보와 자료를 알아낼 수 있을 거야. 정보·수사 관계의 사람들을 만나서 그쪽으로 냄새를 맡아보면 무언가 구린내가 날 거야.」

조기자는 스카치를 다시 한 잔 시키고 나서

「아무튼 너한테는 못 당하겠어.」

하고 중얼거렸다.

비로소 명부의 얼굴에 웃음꽃이 피어올랐다. 상대방을 굴복시켰다는 데서 오는 만족감이었다.

「나는 다른 일에는 흥미를 잃었어. 다른 것들은 일 같지도 않아. 정말로 사나이로서 목숨을 내걸고 해볼 만한 일을 찾고 있었는데, 바로 이번에 일을 찾은 것 같다.」

「목숨까지 내걸 필요는 없잖아.」

「넌 처자식이 있으니까 그렇겠지만 난 그렇지가 않아. 그 점에서 너하고 나하고는 달라.」

「그래, 그건 맞아.」

「외신 들어오는 것을 하나도 빼놓지 말고 체크하라고. 정보가 될 만한 것은 무엇이나 긁어모으란 말이야.」

「알았어.」

무희가 그들 쪽으로 다가왔다.

「무슨 이야기를 그렇게 심각하게 하세요?」

「이 친구가 너한테 키스하고 싶단다.」

조기자는 명부의 어깨를 툭 쳐보였다.

명부는 일어나 술값을 치렀다. 무표정하게 술값을 치르고 돌아서는 명부의 뒷모습을 쳐다보는 바텐더의 시선이 뜨겁기만 하다.

바깥 바람이 차가웠다.

「한잔 더하지 않겠어? 오늘은 내가 진탕 살 테니까 따라와.」

조기자는 머리를 흔들었다.

「가봐야 해. 마누라가 기다리고 있어.」

그는 언제나 마누라를 들먹인다.

특별한 일이 없는 한 늦게까지 술을 마시지 않는다. 가볍게 마시고 나서 마누라가 기다리는 집으로 달려간다.

「제기랄……」

명부는 고개를 끄덕하고 나서 돌아섰다.

머릿속이 너무 맑다고 그는 생각했다. 내가 너무 과민한 상태에 있는 게 아닐까. 내가 너무 비약하고 있는 게 아닐까. 그럴지도 모른다고 생각하다가 그는 머리를 세게 흔들었다. 아니야. 내 생각이 맞을 거야.

모퉁이를 돌자 찬바람이 몰려왔다. 그는 어깨를 움츠리고 걸음을 빨리 했다.

음습한 거리 위로 차들이 비명을 지르며 굴러가고 있었다. 그 차들이 꼭 무슨 괴물 같다고 그는 생각했다.

대지는 하늘 높은 줄 모르고 올라가는 빌딩숲에 가려 더욱 어둡다. 그전에는 그래도 오밀조밀한 가게들을 통해 흘러나오는 불빛들로 하여 밤거리를 걷기가 한결 정겨웠었다. 그런데 그런 가게들이 사라지고 그 자리에 대형 건물들이 세워지면서 날이 저무는 것과 동시에 도심은 어둡고 텅 빈 공동으로 변해버린다. 가난한 사람들은 시 외곽 지역으로 쫓겨나고 도심은 어느새 죽음의 빌딩숲으로 변해 있었다.

그는 늘상 이 죽음의 숲속에서 탈출하고 싶다고 생각하고 있었다. 그때가 언제쯤 될는지는 몰라도 언젠가는 반드시 탈출하고야 말겠다고 벼르고 있었다. 그는 서울이 싫었다.

假　面

1983년 11월 28일 서울.

춘자는 버스가 서울에 도착할 때까지 내내 졸았다. 엄마가 그렇게 졸기만 하니까 딸아이도 덩달아 잠만 잤다. 댓살쯤 된 복스럽게 생긴 아이였다.

버스 안내양이 이제 10분만 있으면 터미널에 도착할 예정이니 잊은 물건 없이 내릴 채비를 하라고 안내방송을 하자 그제서야 춘자는 눈을 떴다. 그녀는 창밖을 내다보고 나서 딸아이를 흔들어 깨웠다.

「영미야, 일어나. 다 왔다.」

순간 가슴이 뭉클해지는 것을 느끼면서 그녀는 움직임을 멈추고 딸아이를 뚫어지게 쳐다보았다. 서울에 다 왔다는 것은 딸아이와 헤어질 시간이 가까웠다는 것을 의미한다. 헤어지게 될지 어떨지 아직 확실하지는 않지만 만일 헤어지게 된다면 함께 있을 시간이 얼마 남지 않았다. 그 생각이 그녀를 못 견디게 만들었던 것이다. 그녀는 영미를 으스러지게 끌어안았다. 비통한 감정으로 하여 가슴이 찢어지는 것만 같았다. 눈에 넣어도 아프지 않을 딸이었다. 그러나 그녀는 자기가 낳은 딸아이를 버려야 할 입장이었다.

엄마가 갑자기 꼭 껴안는 바람에 아이는 눈을 떴다. 엄마가 볼에 뽀뽀를 해주면서 말했다.

「자, 이제 다 왔어. 조금 있으면 내릴 거야.」

「그럼 아빠 만나는 거야?」

아이의 눈이 금방 초롱초롱하게 빛났다. 춘자는 아이에게 반코트를 입혀주면서 고개를 끄덕였다.

「그래. 아빠 만날 거야.」

아이는 무척이나 아빠를 보고 싶어했다. 지금까지 한 번도 본 적이 없는 아빠를 이제 보게 된다는 생각으로 아이는 잔뜩 들떠 있었다. 그 기대가 깨어질까봐 춘자는 적이 걱정스러웠다.

10분 후 모녀는 맨 마지막으로 버스에서 내렸다. 그녀는 코트의 단추를 끼면서 두리번거렸다. 그녀는 마중나와 줄 사람이 없다는 것을 잘 알면서도 그녀는 괜스리 한동안 주위를 두리번거리다가 딸아이의 손을 꼭 쥐고 택시 정류장 쪽으로 향했다.

오후 2시가 지난 시각이었다. 아직 점심식사를 들지 않은 그녀는 시장기를 느끼고는 택시 타는 것을 뒤로 미루고 식당을 찾아갔다. 아이에게는 찐만두를 하나 시켜주고 자신은 8백 원짜리 냄비우동을 주문했다.

그녀는 스물 다섯이었다. 그리고 서류상으로는 아직 미혼으로 되어 있었다. 얼굴도 몸도 가냘프게 보이는 여자였다. 화장기 없는 얼굴은 깨끗하고 고운 인상이었다.

국수 가락이 목에 걸려 잘 넘어가지 않자 그녀는 국물을 후후 불어 마셨다. 시장기를 느끼고 우동을 시켰던 것인데 갑자기 가슴이 미어지는 것 같은 통증을 느끼면서 먹고 싶은 마음이 싹 가시고 말았다.

그녀는 국물만 마시고 나서 딸아이가 정신없이 만두를 먹는 것을 지켜보다가 주머니 속에서 꼬깃꼬깃 접은 종이 쪽지를 꺼냈다.

그 종이 쪽지에는 주소와 이름이 볼펜으로 휘갈겨져 있었다. 그것은 그녀의 오빠가 써준 것이었다. 거기에 적혀 있는 이름은 노준기(盧俊基)라는 이름이었다.

「만일 해결이 안되거든 나에게 연락해.」

그녀를 떠나보내면서 오빠가 마지막으로 한 말이었다.

그녀는 종이 쪽지를 주머니에 집어넣고 일어섰다. 버스를 타고 주소를 찾는다는 것은 어려운 일이다. 그녀는 택시를 잡아탔다.

「여기를 좀 찾는데요.」

그녀가 내미는 종이 쪽지를 힐끔 들여다본 젊은 운전사는 고개를 갸우뚱하더니 차를 앞으로 몰아나갔다.

「엄마, 아빠 만나러 가는 거야?」

딸아이가 눈을 반짝이며 다시 확인하는 질문을 던져왔다.

「그래. 아빠 만나러 가는 거야. 아빠 만나면 큰절해야 해, 알았지?」

「응, 알았어.」

어린아이는 고개를 끄덕였다. 엄마로부터 큰절하는 법을 싫증나도록 배운 아이는 아빠를 만날 때 어떻게 해야 하는지를 잘 알고 있었다.

춘자는 귀여운 딸아이의 손을 꼭 쥔 채 스산한 초겨울의 서울 거리를 물끄러미 바라보고 있었다. 선한 빛을 띠고 있는 그녀의 두 눈은 어느새 초점을 잃고 허공을 더듬고 있었다.

그녀가 딸아이를 낳은 것은 스무살 되던 해 봄이었다. 그 전에 그러니까 열아홉 살때 여름 그녀는 남자와 첫관계를 가졌었다.

노준기는 그때 서른 여섯 노총각이었다.

그들이 만난 것은 고속버스 안에서였다. 그때 그녀는 어느 의상실에서 재봉사로 일하고 있었다. 그녀는 돈을 벌어 의상실을 하나 차리는 게 꿈이었다. 편모 슬하에서 세 오빠와 함께 자란 그녀는 여학교를 졸업하자 바로 전라도 광주에서 상경, 친구의 언니가 경영하는 의상실에서 재봉사로 취직했던 것이다.

노준기와 만난 그날은 토요일이었다. 그녀는 주말을 이용해서 몸이 편찮으시다는 노모를 만나보기 위해 광주행 버스에 올랐는데 하필 옆자리에 앉은 사람이 노준기였다. 그는 멀쑥한 키에 서글서글한 인상이었기 때문에 그 옆에 앉아 있는 것이 과히 싫지 않았다. 버스가 첫 휴게소에 도착할 때까지는 서로 모른 체하고 앉아 있었다. 휴게소에 도착했을 때 남자는 차에서 내려 햄버거 두 개와 우유 두 봉지를 사가지고 차로 돌아왔다. 마침 점심때라 춘자는 시장기를 느끼고 있던 참이었는데 남자가 햄버거와 우유를 그녀의 턱밑으로 불쑥 디밀었다. 그녀는 반사적으로 머리를 흔들며 사양했다. 그러나 그는 거의 막무가내이다시피 그것들을 그녀에게 떠맡겼다. 그녀는 결국 마지못해「고맙습니다.」라는 말과 함께 그것들을 받아 얌전히 먹어치웠고, 그때부터 남자와 이야기가 시작되었던 것이다. 그녀는 처음 그를 아저씨라고 불렀는데 그 말을 들은 그는 즉각 반격을 가해 왔다.

그의 말인 즉 자기가 아저씨로 보일지 모르지만 엄연히 자기는 총각이라는 것이었다. 그 말을 들으니 그녀는 그를 더 이상 아저씨라고 부를 수가 없었다. 그는 특수차 운전사로 지금은 트레일러를 몰고 있다고 했다. 마침 석유를 실은 길쭉한 트럭이 지나가는 것을 그가 가리켰기 때문에 그녀는 그때 처음으로 트레일러가 어떻게 생겼는지 알게 되었다. 그리고 저렇게 어마어마하게 큰 차를 운전하는 사람은 참 대단한 사람일 거라고 생각했다. 그는 말을 재미있게 듣기 좋게 할 줄을 알았다. 그래서 그녀에게는 아주 재미있는 여행이 된 셈이었다. 그녀는 몇 번씩이나 깔깔거리고 웃었고, 종점에 도착하기 한 시간 전쯤에는 남자의 어깨에 기대어 달콤한 꿈을 꾸기까지 했다. 때는 봄이었다.

그리고 그들의 관계는 여름철로 접어들면서 뗄래야 뗄 수 없는 관계로까지 비약했다. 여름 휴가철이 다가오자 그들은 계획을 세워 함께 설악산에 갔다. 그들은 사흘 동안 단 둘이 산속에서 야영을 했고 그 꿈 같은 휴가가 끝나 서울로 돌아왔을 때는 그녀는 이미 남자를 깊이 사랑하고 있었다. 두 달 후 그녀는 자신이 임신한 사실을 알게 되었고, 그 사실을 남자에게 이야기했다. 남자는 주저주저하더니 아기를 떼라고 말했다. 그녀는 울면서 그에게 매달렸다.

노준기는 고아였다. 그의 주위에는 일가 친척 하나 없었다. 어린 시절을 고아원에서 보낸 그는 고등학교까지는 어찌어찌해서 다녔고, 그 다음부터는 돌멩이처럼 이리 차이고 저리 차이면서 굴러다녔다. 그런 생활은 나이 들어서까지 계속되었고, 그래서 그는 자신을 구속하는 것에 대해서는 거의 본능적으로 기피하는 버릇이 있었다. 춘자가 자기 씨를 뱄다는 것을 알게 된 순간 그가 기뻐하기보다는 큰일이라도 난 듯 뒤로 내뺄 궁리만 한 것도 바로 그런데서 연유한 것이었다. 그런 것을 알 리 없는 춘자는 그에게 매달려 눈물로 사랑을 고백했다. 아기는 절대 뗄 수 없다. 결혼해 달라. 만일 당신이 나를 버리면 죽어버리겠다.

그는 겁을 집어먹고 그녀를 살살 달래더니 어느날 갑자기 바람처럼 사라져버리고 말았다. 수소문 끝에 알아보니 그는 이미 중장비 기술차로 중동으로 떠나고 없었다. 그녀는 눈물로 얼룩진 편지를 사흘이 멀다 하고 보냈지만 1년이 지나도록 단 한통의 답장도 오지 않았다. 그 사이에 그녀는 딸을 낳았고 결국 사랑도 희망도 포기한 채 그녀는 어머니 곁으로 돌아갔다. 그동안에도 그녀는 실낱 같은 희망을 가지고 그가 소속되어 있는 회사를 통해 그에 대해 알아보았는데 그는 이미 회사를 그만둔 지 오래였기 때문에 행방이 묘연했다.

세월이 약이라는 말이 있듯이 세월이 흐르자 그녀는 차츰 깊은 상처에서 벗어나 새로운 희망을 품게 되었다. 그녀에게 새 남자가 생긴 것은 1년 전이었다. 이해심이 많은 남자로 초혼에 실패한 남자였다.

슬하에 자식은 없었다. 그는 그녀에게 딸이 있다는 것도 상관하지 않고 정식으로 청혼해 왔다. 광주 시내에서 가전제품 대리점을 경영하는 사람으로 서른아홉 살이었다. 그녀의 딸을 친자식처럼 아껴줄 테니 함께 가정을 꾸리고 단란하게 살아보자는 남자의 제의를 그녀는 받아들였다. 일주일 전에 약혼식이 있었고, 겨울을 보내고 나서 3월쯤에 결혼식을 올리기로 서로 합의를 보았다.

이 시점에서 그녀는 딸 문제로 고통을 겪어야 했다. 남자 쪽에서 아무리 모든 것을 이해하고 딸을 데리고 들어오라고 하지만 자기의 살붙이가 아닌 것만은 분명하다. 딸아이 때문에 두 사람 사이에 앞으로 불화가 생기지 않는다고 아무도 장담할 수 없는 일이다. 더구나 남자의 어머니는 춘자가 딸아이를 데리고 들어간다는 데 대해서 노골적으로 불쾌감을 나타내고 있었다.

그 문제에 대한 처리를 놓고 가족회의가 열렸다. 그녀의 어머니가 영미는 자기가 기르겠다고 나섰다. 오빠들과 올케들이 펄쩍 뛰었다. 좋은 방법은 영미의 아빠를 찾아 상의해보는 것이라고 말한 사람은 둘째 오빠였다. 그는 순경으로 파출소에 근무하고 있었다. 몇 년 동안 소식도 없고 이쪽을 잊은 지 오래인 그 사람을 어디 가서 찾느냐는 물음에 그녀의 오빠는 마음만 먹으면 얼마든지 찾아낼 수 있다고 말했다. 다음날 그는 정말로 노준기의 거처를 알아가지고 왔다. 놀란 나머지 기절할 것 같은 표정을 짓는 그녀에게 그는 컴퓨터 조회를 통해 알아보니까 5분만에 찾아낼 수 있었다고 자랑스럽게 말했다.

춘자는 새로운 고민에 싸였다. 사랑하는 딸아이와 어쩌면 영영 헤어질지도 모른다는 것이 그 첫째였다. 그 다음은 과연 노준기가 영미를 받아주겠는가 하는 점이었다. 영미가 제 아빠를 빼닮긴 했지만 그쪽에서 자기 자식 아니라고 믿으려 들지 않는다면 도리없는 일이었다. 그가 다른 여자와 결혼해서 살고 있는지 아직도 홀몸인지도 알 수 없었다. 양쪽 어느 경우에도 영미를 갑자기 받아들인다는 것은 쉬운 일이 아닐 것이다. 가서 한번 부딪쳐봐. 그러면 무슨 수가 나올 거야. 여기 앉아서 고민한다고 해결되는 것은 아니니까. 영미를 데리고 쳐들어가는 거야. 오빠들의 말이었다. 그를 한번 보고 싶기도 했다. 상처가 되살아난 듯 아련한 아픔이 되어 가슴을 적셔왔다. 그녀는 밤새 베갯잇을 적시며 울다가 마침내 노준기를 찾아보기로 결심했다.

「다 왔습니다.」

운전사의 말에 그녀는 화들짝 놀라 정신을 차렸다.

「여기가 H동인가요 ?」

그녀는 두리번거렸다.

「네, 번지는 내려서 찾으세요.」

인상을 쓰며 운전사가 말했다. 춘자는 딸아이를 데리고 급히 차에서 내렸다.

둘째 오빠 말이 주소를 빨리 찾으려거든 파출소나 복덕방 또는 동회를 찾아가 물어보라고 했었다. 그 말대로 그녀는 먼저 눈에 띄는 복덕방에 들어갔다.

복덕방을 나온 그녀는 다시 택시를 집어타고 얼마쯤 달리다가 내렸다.

파출소가 바로 눈앞에 보였지만 어쩐지 거기에는 들어가기가 싫었다.

이번에도 복덕방에 들어갔다 나왔다.

차도를 급히 건너갔다. 다시 복덕방을 거쳐 그녀가 유흥가 골목 어귀에 도착한 것은 광주를 출발한 지 일곱 시간만이었다.

비교적 넓은 뒷골목 양켠으로는 식당들이 즐비하게 늘어서 있었다. 술을 함께 팔고 있는 식당들이었다. 식당 사이에는 클럽이며 홀의 간판도 눈에 띄었다. 그 골목 중간에 사거리가 있었다.

왼쪽으로 뻗어나간 골목은 여관 골목이었다. 오른쪽은 차도와 통하고 있었다. 그녀는 마지막으로 다시 복덕방에 들려야겠다고 생각하고 두리번거리는데 마침 우편집배원이 그녀 앞을 지나갔다.

「아, 아저씨!」

우편 집배원이 주춤 뒤돌아보자 그녀는 뛰어가 종이 쪽지를 내보였다. 그는 눈을 깜박이며 그것을 들여다보더니

「이리 따라 오세요.」

하고 말했다.

춘자는 딸의 손을 잡고 어깨가 꾸부정한 늙은 집배원의 뒤를 바싹 따라붙었다.

백 미터쯤 걸어가던 집배원이 손을 들어 한 집을 가리켜 보였다.

「이 집입니다.」

「고맙습니다.」

춘자는 뛰기 시작하는 가슴을 진정하면서 그 집을 바라보았다. 〈전주집〉이라는 간판이 붙어 있는 식당이었다. 유리창에는 '곱창전골 아구찜 전문' 같은 글귀가 너저분하게 붙어 있었다. 이 집에 그 사람이 살고 있다는 것인가? 그동안 돈을 벌어 식당을 차린 것일까? 만일 그렇다면 결혼을 했을 것이고, 그 아내되는 사람이 카운터를 보고 있을지도 모른다.

그녀는 너무 가슴이 뛰어 숨을 쉬기조차 힘들었다.

「엄마, 빨리 아빠 만나러 가. 추워.」

아이가 칭얼거리기 시작했다.

「그래, 조금만 기다려. 곧 아빠 만날 거니까 기다려.」

그녀는 안으로 들어설 용기가 나지 않았다. 만일 그와 마주치기라도 하면 얼마나 당황하겠는가. 그녀는 그를 당혹스럽게 만들고 싶지 않았다. 그가 놀라지 않게 자연스럽게 만나고 싶었다.

그때 안에서 젊은 남자가 한 사람 나왔다. 그녀는 깜짝 놀라 물러섰다. 스물 댓 살 정도 되어 보이는 청년이었다. 그는 목에다 검정 가죽백을 걸어놓고 있었다. 아마 수금하러 온 모양이라고 그녀는 생각했다. 청년은 들고 있던 빨간 헬멧을 머리에 쓰고 나서 오토바이 위에 올라 앉았다. 오토바이 뒤에는 큼직한 플라스틱 통이 하나 실려 있었다.

오토바이 엔진 소리가 요란스럽게 골목 안을 울렸다. 춘자는 재빨리 청년 곁으로 다가섰다.

「저기 실례합니다. 뭐하나 여쭤보려고 하는데……」

「네, 뭡니까?」

청년은 선선히 응하면서 호기심어린 눈으로 그녀를 쳐다보았다.

「저기 혹시 이 집에 노준기라는 분이 계신가요?」

「노준기 씨요?」

청년이 반문했다.

「네, 노준기 씨요.」

춘자는 끄덕이며 초초한 눈길을 던졌다.

「노준기 씨는 이 집 주인인데요. 사장님이에요. 왜 그러시죠?」

수상쩍다는 듯이 청년은 모녀를 번갈아 쳐다본다.

「아, 아무것도 아니에요. 실례지만 여기서 일하시는가요?」

「아뇨, 우리 거래처예요.」

「노준기 씨 지금 안에 계시나요?」

「네, 계시는데요. 불러드릴까요?」

「아, 아녜요.」

그녀는 당황해서 머리를 흔들었다. 다시 오토바이 엔진 소리가 요란스럽게 골목 안을 울렸다. 그녀는 마지막으로 용기를 내어 물었다.

「저기…… 그분 결혼하셨나요?」

「그럼요. 사모님도 지금 안에 계시는데요.」

「실례 많았습니다.」

그녀가 인사를 끝내기 무섭게 오토바이는 푸른 연기를 내뿜으며 달려갔다.

춘자는 한동안 그 자리에 서 있었다. 심한 현기증으로 시야가 뿌옇게 흐려왔다. 아이가 다시 칭얼거리는 바람에 그제서야 그녀는 퍼뜩 정신을 차렸다. 어떻게 할까. 막바로 안으로 밀고 들어갈 용기는 나지 않았다. 그것은 너무 무자비한 짓이다. 그녀는 간판에 붙어 있는 아라비아 숫자를 머릿속에 새겨넣었다. 전주집 전화번호였다. 마침 부근에 다방이 있었다.

그녀는 다방으로 들어갔다. 다방 안에는 손님들이 와글거리고 있었다. 아이한테는 우유를 시켜주고 자신은 커피를 마시면서 마음을 가다듬으려고 애를 썼다. 그러나 그러면 그럴수록 가슴은 더욱 두방망이질을 하고 있었다. 수첩에다 외우고 있던 전주집 전화번호를 적어넣었다. 마침내 그녀는 흥분을 가라앉히지 못한 채 일어섰다. 언제까지 그러고 있을 수도 없는 노릇이었다.

공중전화는 구석 쪽에 설치되어 있었다. 차례를 기다리는 사람들이 셋이나 되었다. 모두가 신경질날 정도로 통화시간이 길었다. 가까스로 차례가 되어 동전을 집어넣고 다이얼을 돌렸다. 통화중이었다. 다음 사람한테 차례를 양보했다가 다시 걸었다. 신호가 떨어지면서 앳된 여자 목소리가 들려왔다. 여자 종업원쯤 되는 것 같았다.

「노사장님 계시나요?」

「어디신가요?」

「아, 여기 다방인데요.」

그녀는 기어들어가는 목소리로 말했다.

「잠깐 기다리세요.」

잠시 후 껄끄러운 남자 목소리가 들려왔다.

「전화바꿨습니다.」

그것은 내장을 긁어내는 것 같은 아주 불쾌한 목소리였다. 그녀는 지금까지 그런 목소리를 들어본 기억이 없었다. 목소리의 주인공은 적어도 40대 중반쯤은 될 것 같았다. 이 사람이 노준기 씨일까? 춘자는 몸이 오그라드는 것 같았다.

「저기…… 저기…… 노준기 씨 되시나요?」

그녀는 떨리는 목소리로 가까스로 물었다.

「네, 그렇습니다만…… 누구십니까?」

그녀는 6년 전의 목소리를 생각해 보았다. 비록 6년 전의 일이지만 그의 목소리는 이렇지가 않았다. 그녀는 분명히 그의 목소리를 기억하고 있었다. 그의 목소리는 빠르고 경쾌하게 달리는 것이 특징이었다.

「여보세요. 전화를 걸었으면 말씀을 하셔야지 가만 있으면 어떡합니까?」

상대방이 신경질적으로 나왔다. 춘자는 당황한 나머지 전화통에다 대고 머리를 조아렸다.

「죄, 죄송합니다. 저기, 전화 받으시는 분이 노준기 씨가 틀림없으신가요?」

「네, 그렇습니다. 제가 노준기입니다. 그런데 무슨 일로 그러시죠?」

상대방이 갑자기 긴장하고 있다는 것이 느껴졌다. 목소리가 저렇게 변하는 수도 있을까？ 아마 그랬나 보지. 그녀는 그런 쪽으로 해석하고 싶었다.

「저 춘자예요.」

그녀는 마침내 자신의 신분을 밝혔다.

침묵이 잠시 흘렀다.

「뭐, 뭐라고 그랬죠？」

상대방이 당황한 목소리로 물어왔다.

「춘자예요, 유춘자…… 모르세요？」

그녀는 호흡을 정지한 채 상대방의 반응을 기다렸다.

「글쎄, 잘 모르겠는데……」

「6년 전의 춘자를 모르세요？」

그녀는 따지듯 물었다. 「너무해요.」라고 말하려다가 꾹 참았다. 눈물이 솟았다.

「6년 전의 춘자라고？ 글쎄, 잘 모르겠는데……」

「보시면 아실 거예요. 저 지금 부근에 있는 다방에 있어요. 지금 나오실 수 있으세요？ 해바라기 다방이에요.」

그때 통화시간이 다된 것을 알리는 신호음이 삑삑하고 들려왔다.

「무슨 차림을 하고 있지요？」

상대방이 다급하게 물어왔다. 춘자는 기가 막혔다.

「어린애하고 같이 있어요. 계집애예요！」

전화가 끊어졌다.

뒤에서 기다리고 있던 중년 여인이 사나운 눈으로 그녀를 쏘아보다가 투덜거리며 전화통 앞으로 다가섰다.

춘자는 자리로 돌아와 출입구 쪽을 향해 앉았다. 딸아이는 어느새 잠들어 있었다.

출입구로는 손님들의 출입이 빈번했다. 그녀는 노준기의 모습이 나타나기를 눈이 빠지게 기다렸다.

30분이 지났다. 노준기는 나타나지 않고 있었다.

다시 또 30분이 지났다. 그녀는 더 이상 기다릴 수 없었다. 공중전화로 다가갔다. 아까의 그 여자 종업원이 전화를 받았다.

「노사장님 좀 부탁하겠습니다.」

「지금 안 계시는데요.」

「어디 가셨나요?」

「모르겠어요.」

「나가신 지 오래 됐나요?」

「한 시간쯤 돼요. 거기 어디세요?」

거기에는 대답하지 않고 춘자는 수화기를 내려놓았다. 노준기가 자기를 피하고 있다고 생각하자 화가 치밀었다. 무책임한 사람. 6년 전에도 나를 임신시켜 놓고 도망치듯 사라지더니, 지금 와서도 그 버릇은 여전한 것 같다. 남자답지 못한 비열한 사람. 꼭 만나고야 말 거야. 만나서 그 얼굴에 침이라도 뱉아주어야 속이 좀 풀릴 것 같다. 그녀는 입술을 깨물며 자리로 돌아왔다. 낯선 목소리가 생각났다. 그러나 그것이 그를 꼭 만나고야 말겠다는 그녀의 의지를 꺾지는 못했다. 조금 이상한 생각이 들기는 했지만 만나야겠다는 열망이 그런 생각을 금방 잊게 만들었다.

그녀가 자는 아이를 깨워 막 일어서려는데 웬 남자 한 사람이 다가와 「실례합니다.」했다. 처음 보는 남자였다.

「유춘자 씨 되시는가요?」

사내는 맞은편 자리에 엉거주춤 엉덩이를 붙이고 앉았다.

「네, 그런데요.」

춘자는 몸을 사리며 상대방을 쏘아보았다. 이마가 벗겨지고 돼지처럼 살이 찐 중년의 남자였다. 40대 중반쯤 되는 것 같기도 하고 50이 넘는 듯도 싶었다. 눈썹은 거의 없었고, 눈동자가 보이지 않을 정도로 두 눈은 가늘게 찢어져 있었다. 무생물을 연상케 하는 얼굴이었다. 입술이 얇은 것이 냉혹한 느낌을 주기도 했다. 검은 가죽 점퍼 차림이었다.

춘자가 반사적으로 경계한 것은 사내의 목소리가 아까 그녀와 통화한 노준기의 목소리와 비슷했기 때문이었다. 이상하다. 아까 그 사람과 목소리가 비슷해. 그러나 이 사람은 노준기가 아니다. 그녀는 가만히 숨을 내쉬면서 사내가 입을 열기를 기다렸다.

「아까 노사장한테 전화를 걸었었지요?」

「네, 그랬어요.」

「사실은 내가 노사장을 대신해서 나왔습니다.」

사내는 통통하게 살찐 두 손을 마주 비비면서 희미하게 웃었다. 기분나쁜 웃음이었다.

「아까 전화를 받은 것도 사실은 나였습니다. 내가 노사장을 대신해서 전화를 받은 거지요. 그 사람한테 걸려오는 전화는 거의 내가 받지요. 내가 노사장 행세를 할 수밖에 없기 때문에 그렇습니다.」

레지가 다가왔다. 사내는 커피를 주문했다.

그랬었구나 하고 춘자는 생각했다. 왜 그가 전화를 받지 않고 이 사람이 전화를 받았을까? 그녀의 그 같은 의문에 대답하기라도 하듯 사내가 말을 이었다.

「노사장은 전화를 받을 수가 없는 입장입니다. 그러기 때문에 내가 받은 거지요. 우리는 절친한 친구 사이이고, 그리고 함께 동업하고 있지요.」

「왜 전화를 받을 수가 없나요?」

사내의 두 눈이 교활하게 움직였다. 그는 그 물음에 답하는 것을 회피했다.

「그보다 먼저 노사장을 왜 만나려고 하는지 그걸 알고 싶군요. 두 분은 어떤 관계입니까?」

사내의 시선이 잠시 그녀의 어린 딸의 얼굴 위에 머물렀다. 어린아이는 낯선 남자의 눈이 무서운지 엄마의 손을 꼭 잡으며 그녀 쪽으로 몸을 기울였다. 춘자는 낯선 남자에게 노준기와의 관계를 말하고 싶지가 않았다. 그 말을 하는 대신 그녀는 이렇게 말했다.

「그분을 좀 만나게 해주세요. 꼭 좀 만나고 싶어요. 그분을 만나려고 광주에서 올라왔어요. 그분은 제가 왔다는 걸 알고 계시나요?」

「네, 알고 있습니다. 내가 말해 줬지요. 유춘자라는 여자한테서 전화가 왔고, 부근 다방에서 기다리고 있다고 일러줬지요.」

「그분이 뭐라고 하셨어요?」

「자기는 갈 수가 없으니 나보고 대신 가서 만나고 오라고 했습니다. 만나서 이야기를 들어보고 알아서 처리하라고 했지요.」

사내의 말소리가 유들유들하게 들려왔다. 목소리가 듣기 거북할 정도로 껄끄러웠다.

춘자는 이 사람한테 매달려야 노준기를 만날 수 있을 것 같은 생각이 들었다.

「그분이 저를 만나는 것을 꺼려 하시던가요?」

「글쎄요, 그런 것 같기도 한데…… 하여간 그 사람은 누구를 만날 입장이 못됩니다.」

「저는 그분을 꼭 만나야 해요. 만나지 않으면 안돼요. 전화도 받을 수 없는 입장이라고 하셨는데 왜 그런가요?」

「만나도 이야기를 할 수 없어요.」

「왜요?」

사내는 손가락으로 오른쪽 귀를 가리켰다.

「귀가 먹었어요. 하나도 알아듣지를 못해요.」

춘자는 사내를 빤히 쳐다보았다. 사내는 그녀의 시선을 피해 식은 찻잔을 집어들었다.

그녀는 얼어붙었던 가슴이 갑자기 녹아내리는 소리를 들었다. 가슴은 이내 뜨거워졌다. 그녀는 더욱 노준기를 보고 싶었다.

「언제부터 못 듣게 됐나요?」

「글쎄, 정확한 건 잘 알 수 없지만 몇 년 된 것 같습니다.」

그래서 그는 소식을 끊었구나, 하고 그녀는 생각했다. 그 생각을 하자 눈물이 나오려고 했다.

그에 대한 원망과 분노가 눈녹듯이 사라지는 것을 그녀는 느꼈다. 마침내 그녀의 눈에 눈물이 어렸다.

「어쩌다가 그렇게 됐나요?」

「사고를 당했지요. 돈 벌러 중동에 갔다가 거기서 사고를 당한 모양이에요. 귀가 먹어가지고 돌아왔지요.」

그가 중동에 갔을 때라면 6년 전 그가 갑자기 사라졌을 때의 일이다. 그가 중동에 간 것을 알고 그녀는 사흘이 멀다하고 편지를 보냈지만 그로부터는 단 한통의 답장도 받지 못했었다. 이제야 그가 답장을 보내지 못한 이유를 그녀는 알 수 있을 것 같았다. 사고로 귀까지 먹은 터에 답장을 보낼 정신이 어디 있겠는가. 그는 오히려 나를 위해 피했던 게 아닐까. 선하고 단순하기만 한 그녀는 그만 감동한 나머지 가슴이 벅차올랐다. 아기를 떠맡기려고 왔지만 이제는 그런 마음도 없어져 버렸다. 그보다는 그의 모습을 단 한번만이라도 보고 싶었다. 그리고 현재 그가 행복하게 살고 있다면 행복을 빌면서 돌아설 참이었다.

「그분은 결혼하셨나요?」

「네, 자식이 둘이나 있습니다. 모두 아들이지요.」

「행복하게 살고 있나요?」

「네, 아주 행복하게 살고 있지요. 부인을 잘 만났어요. 남편이 귀머거리인데도 아주 헌신적으로 내조하고 있어요. 아마 어디 가서도 그런 부인 만나기 힘들 겁니다.」

사내는 마치 잘 새겨들으라는 듯이 말했다. 춘자는 당혹감을 느꼈다. 사내의 말은 마치 그녀에게 남의 행복을 깨뜨리지 말라는 투로 들렸다. 그녀는 밑으로 시선을 떨어뜨렸다. 감동으로 물결치던 가슴이 조금 진정되면서 현실적인 문제가 다가왔다. 그를 만나고 싶다. 받아주지 않더라도 좋다. 내가 그의 아기를 낳아서 이렇게 길러왔다는 사실만이라도 알려주고 싶다. 귀가 먹었다니까 만나더라도 한마디도 나눌 수 없겠지. 하지만 종이에 글을 써가면서 의사를 나눌 수는 있을 것이다. 그녀는 가만히 고개를 쳐들었다.

「부탁이에요. 그분을 한번만 만날 수 있게 해주세요.」

사내는 아무래도 그 청은 들어주기 어렵다는 듯 고개를 천천히 가로저었다.

「본인이 만나지 않으려고 하는 것 같던데요. 그래서 내가 대신 온 것입니다. 무슨 일인지 모르지만 그렇게 알고……」

「아저씨, 귀찮게 해드리지 않겠어요. 한번만 보고 돌아가겠어요. 단 5분이라도 좋아요. 부탁이에요.」

그러나 사내는 무겁게 머리를 흔들기만 했다. 그러한 사내의 모습이 그녀의 눈에는 흡사 거대한 바위처럼 보였다. 그녀가 아무리 애걸복걸해도 앞에 있는 바위는 좀처럼 흔들릴 것 같지 않았다.

「왜 그 사람을 만나려고 하는 겁니까? 노사장하고 어떤 사이인가요?」

사내는 궁금한 눈치였다. 내가 과연 이 처음 보는 사람한테 그런 이야기를 해도 괜찮을까.

「그분이 이야기하지 않던가요?」

「이야기하지 않았습니다.」

　그가 이야기하지 않았는데 내가 과연 이 처음보는 사람한테 그런 이야기를 해도 괜찮을까.
　「아저씨는 그분하고 정말 친한 친구 사이세요?」
　「네, 우리는 형제 이상으로 친하지요. 우리 사이에는 비밀이 없습니다. 우리는 의형제를 맺었지요.」
　「저기…… 이런 말씀을 드려야 할지 모르겠는데……」
　그녀가 망설이자 사내는 염려말라는 듯 손을 흔들었다.
　「걱정하지 말고 말씀하세요. 그 사람하고 어떤 사이인지는 모르지만 그 사람 일은 곧 내 일이나 마찬가지니까 숨기지 말고 다 이야기해봐요. 이야기를 들어보고 나서 내가 도와줄 수 있는 일이라면 도와줄 테니까요. 난처한 일이 있는 모양인데… 어디 무슨 일인지 들어봅시다.」
　사내의 가는 눈이 흘끔 영미의 얼굴 위를 스쳐갔다. 말하지 않아도 이미 어느 정도는 짐작이 간다는 그런 눈치였다.
　「그럼 말씀드리겠어요. 이건 아저씨만 알고 계셔야 해요.」
　「아 물론이지. 나는 어디까지나 일이 잘되게 하려고 그러는 거니까 걱정하지 말고 말해봐요.」
　춘자는 6년 전의 일을 이야기했다. 창피스러운 일이었지만 상대방의 얼굴을 쳐다보지 않고 노준기와 있었던 일들을 상세히 이야기했다.
　「그럼 이 아이가 바로……」
　그녀의 이야기를 모두 듣고 난 사내가 턱으로 영미를 가리켰다.
　춘자는 손수건으로 눈물을 닦으면서 고개를 끄덕였다.
　사내도 동정어린 눈으로 그녀를 쳐다보면서 충분히 이해가 간다는 듯 끄덕였다.
　「그랬었군요. 간단한 문제가 아니군요.」
　「저는 이제 와서 그분을 괴롭힐 마음은 조금도 없어요. 만나서 이야기를 해보고 정 안된다면 이 아이를 데리고 돌아가는 수밖에 없지요, 뭐.」

「아가씨 마음은 잘 알겠습니다. 그런데 자칫 잘못하다가는 이 아이 때문에 가정 파탄이 날 수도 있다는 것을 아가씨는 알아야 합니다. 그 사람 부인은 이런 사실을 전혀 모르고 있지 않습니까. 그런 터에 이 아이를 데리고 들어가 보십시오. 아무리 천사 같은 여자라 하더라도 그대로 받아들이지는 않을 겁니다. 신중히 처리하지 않으면 행복한 가정에 돌을 던지는 격이 되고 맙니다.」

「저도 그런 것은 바라지 않아요. 그분의 행복한 생활을 파괴하고 싶은 마음은 추호도 없어요. 부인 몰래 그분을 만나서 이야기를 들어보고 싶을 뿐이에요. 그리고 이 애한테도 약속했어요. 아빠를 보여주겠다고요.」

「그건 그를 위하는 일이 아니고 괴롭히는 일입니다.」

사내는 다시 머리를 설레설레 흔들었다. 그럴수록 춘자는 노준기를 만나고 싶은 마음이 간절하기만 했다.

「제가 그동안 겪은 고통에 비하면 그건 아무것도 아니에요. 저는 혼자서 이 애를 낳았고 지금까지 혼자서 이 애를 길러왔어요. 이 애한테 아빠를 한번 보여주겠다는 것이 그렇게 못할 짓인가요? 그분한테 억지로 책임을 지우고 싶은 마음은 없어요. 단지 한번만 만나보고 싶을 뿐이에요. 의형제시라면 아저씨께서 잘 말씀을 드려 제가 만나볼 수 있게 좀 해주세요.」

춘자는 간곡히 부탁했다. 그냥 돌아가지 않겠다는 뜻도 분명히 했다. 전주집으로 막 바로 쳐들어갈 수도 있지만 그를 생각해서 다방에서 전화를 건 것이니 그런 점을 생각해서 그를 만나게 해달라고 은근히 압력을 가하기도 했다.

마침내 사내의 표정이 흔들렸다. 그는 당혹스런 표정이다가

「글쎄, 정 그렇다면 한번 이야기를 해보지요.」

하면서 일어섰다.

　밖으로 나간 사내는 30분쯤 지나서 돌아왔다. 그는 어두운 얼굴 빛으로 머리를 흔들면서 자리에 앉았다.

　「안됐습니다. 아무리 말해도 만나지 않겠다는데요.」

　그는 중간에서 입장이 참 난처하다는 말도 덧붙였다. 듣고 보니 사내에게 미안한 생각이 들기도 했다.

　「왜 만나지 않겠다는 거지요?」

　「이미 지나간 일을 가지고 이제 와서 어쩌겠느냐고 하면서… 이걸 주더군요.」

　사내가 봉투를 내밀었다.

　「이게 뭐예요?」

　「10만 원입니다. 갈 때 차비나 하라고 주더군요.」

　춘자는 얼굴이 창백해지면서 봉투를 사내 쪽으로 밀어놓았다.

　「돈 몇 푼으로 입막음을 하려고 하는군요.」

　그녀의 두 눈에 다시 눈물이 솟았다. 이번 것은 분노의 눈물이었다.

　「그런 뜻이 아니니까 받아둬요.」

　「싫어요!」

　그녀는 입술을 깨물었다.

　「만나기 전에는 돌아가지 않을 거예요! 그렇게 전해 주세요.」

　그녀는 격렬히 말했다.

　사내의 표정이 굳어졌다.

　「괜한 고집 부리지 말아요.」

　그는 엄한 목소리로 말했다.

　「고집부리는 게 아니에요. 당연한 것을 말한 거예요.」

　「그 사람 입장도 생각해줘야지요.」

「제 입장은 생각지 않구요?」

「그래 어떻게 하겠다는 거요?」

「만나주지 않으면 집으로 바로 찾아가겠어요.」

그녀는 단호하게 말했다. 선하고 약하기만 한 그녀였지만 일이 이렇게 되자 6년 동안 쌓였던 한이 봇물터지듯 터져나왔다. 그녀는 무슨 수를 써서라도 직접 부딪쳐보고야 말겠다고 단단히 별렀다.

그녀가 의외로 강경하게 나오자 사내는 몹시 당황하는 것 같았다. 그는 춘자를 달래보기도 하고 위협도 해보았지만 한번 마음을 굳힌 그녀는 갈수록 거세게 반발하고 나왔다.

마침내 그녀는 사내와 더 이상 얘기할 필요가 없다는 듯이 발딱 일어섰다. 그 기세로 보아 지금 당장 전주집으로 쳐들어갈 것만 같았다.

어쩔 줄 모르며 뒤따라 나온 사내는 지금 전주집에 가봐야 노사장은 거기에 없다고 말했다.

「그럼 문 앞에서 기다리고 있겠어요. 기다리다보면 만나겠죠.」

이건 완전히 어거지였다.

「이봐요, 아가씨. 그러다가 노사장 부인이라도 만나면 어떡할려고 그래요. 그 사람 입장도 생각해줘야 할 거 아니오. 그리고 추운데 아이를 데리고 언제까지고 그 앞에서 있을 수도 없는 일 아니오. 그러지 말고 이렇게 합시다. 내가 좋은 여관을 하나 잡아줄 테니까 거기서 기다리고 있어요. 그러면 내가 기회를 봐서 노사장을 보낼 테니까.」

무슨 일을 그렇게 급히 해결하려다 보면 오히려 실패하는 수가 있다고 그는 설득조로 이야기했다. 춘자는 가만 생각해 보았다. 사실 화가 나서 다방에서 뛰쳐나오긴 했지만 아이를 데리고 전주집으로 곧바로 들어갈 용기는 나지 않았다. 그것이 결코 좋은 방법이 아니라는 것을 그녀는 잘 알고 있었다.

이러지도 저러지도 못하고 화가 나서 길가에 서 있는 그녀에게 사내의 말은 아주 그럴 듯하게 들렸다. 일리가 있는 말이라고 그녀는 생각했다. 그 방법이 무리가 없겠다고 생각한 그녀는 마침내 사내를 따라나섰다.

「틀림없이 만나게 해주시는 거죠?」

그녀는 사내를 따라나서기 전에 다짐을 받았다.

「염려하지 말아요. 그 사람을 설득하려면 시간이 좀 걸리겠지만 어떻게 해서든지 보낼 테니까 여관에 가서 기다리고 있어요.」

사내는 서둘러 택시를 잡았다. 춘자는 의아하게 생각했다.

「이 근방에도 여관이 많은데 같은 값이면 이 근방에다 숙소를 정해줘요.」

「허어, 이 아가씨 사람잡을 소리하네. 이 근방에서는 노사장 얼굴을 모르는 사람이 없어요. 누구 눈에라도 띄어서 그 사람 부인 귀에라도 들어가면 어떡하려고 그래요. 멀리 떨어진 데다 방을 정하면 마음놓고 만날 수 있고 좋잖아요.」

정말 사내의 말이 맞는 것 같았다. 그녀는 자신의 생각이 짧은 것을 깨닫고는 입을 다물었다.

사내는 갑자기 부드러워져 있었다. 택시에 오를 때는 영미를 안아주기까지 했다.

「그러고 보니까 영낙없이 노사장을 닮았는데. 노사장이 이 애를 보면 생각이 달라지겠는데.」

그 말을 들으니 춘자는 굳어 있던 감정이 스르르 풀렸다. 그녀는 얼굴을 붉히며 본래의 얌전한 그녀로 돌아갔다.

사내가 택시 운전사에게 어디로 가자고 말했다. 그러나 춘자는 어디로 가자는 것인지 알 수 없었다. 그녀는 서울 지리에 익숙하지 못했다.

차가 달리고 있을 때 사내가 은근한 목소리로 물었다.
「그런데 참, 어떻게 노사장 주소는 알았어요?」
무심한 듯 물은 말이지만 그것은 그 사내에게는 가장 중요한 말이었다. 그것을 알 리 없는 춘자는 사실대로 이야기했다.
「컴퓨터 조회를 해서 알아냈어요.」
사내의 안색이 하얗게 질리는 것 같았다.
「그럼 경찰을 통해서 알아냈나요?」
「네……」
그녀는 무심코 고개를 끄덕였다.
「경찰에 아는 사람이라도 있나요?」
사내의 질문이 점점 집요해지고 있었다.
「네. 오빠가 있어요.」
「오빠가 경찰인가요?」
경찰이 별로 자랑스러운 직업이라고 생각되지 않았기 때문에 그녀는 가만히 고개를 끄덕였다.
「형사인가요?」
사내의 목소리는 사뭇 긴장되어 있었다.
「아뇨. 파출소 순경이에요.」
「어디서 근무하고 있어요?」
「광주에 있어요.」
그녀는 사내의 질문이 너무 구체적이라는 생각이 들었다. 그래서 더 이상 꼬치꼬치 캐물으면 대답하지 말아야겠다고 생각했다. 그러한 그녀의 생각을 알아차리기라도 한 듯 사내는 더 이상 거기에 대해서 묻지 않고 입을 다물었다.
20분쯤 지나 그들은 차에서 내렸다. 차들이 많이 다니는 로터리 부근이었다.
사내는 앞장서서 골목으로 들어서더니 어느 여관 앞에서 걸음을 멈추었다. 그리고 춘자가 가까이 다가오기를 기다려 고개를 끄덕하고는 먼저 앞장서서 안으로 들어갔다.

춘자는 그 사내를 따라 여관으로 들어간다는 것이 어쩐지 꺼림칙했다. 그러나 지금 그런 것을 따지고 있을 처지가 아니었다. 어리긴 하지만 딸애가 곁에 있으니 별일은 없을 것이라고 생각하고 안으로 들어갔다.

30대 여인이 그들을 2층으로 안내했다. 사내는 그녀 뒤를 바싹 따라가면서 구석진 곳에 있는 조용한 방을 달라고 했다.

종업원은 손님의 요구대로 맨 구석에 있는 방문을 열었다. 바닥에 비닐을 깐 한실로 욕실도 딸려 있지 않은 불결한 방이었다. 사내는 인심이나 쓰는 듯 숙박비를 먼저 내주었다. 그제서야 춘자는 사내가 어느새 선글라스를 끼고 있음을 알았다. 색깔이 짙은 선글라스는 아니었지만 그것을 쓰고 있으니 인상이 전혀 틀려보였다.

「자, 오늘은 여기서 푹 쉬어요. 내가 있다가 연락할 테니까 걱정하지 말고 푹 쉬어요.」

사내는 방호수를 확인한 다음 급히 밖으로 사라졌다.

멍하니 서 있는 그녀를 딸아이가 잡아 흔들었다.

「엄마, 저 사람 아빠 아니지?」

「응, 아니야. 아빠는 아주 잘생겼어.」

「그런데 아빠는 왜 빨리 오지 않아? 보고 싶은데 왜 빨리 안 오는 거야?」

「응, 곧 오실 거니까 기다려. 오늘밤 지나고 나면 오실 거야.」

아이를 달래놓고 그녀는 한참 동안 생각에 잠겨 있다가 더 이상 할 일이 없었기 때문에 이불을 펴고 드러누웠다. 누워 있자 피로가 몰려왔다. 아이와 그녀는 잠이 들었다.

무서운 꿈을 꾸다가 깨어났을 때는 이미 밤이 되어 있었다. 그녀는 발딱 일어나 앉아 손목시계를 들여다보았다. 8시가 지난 시간이었다. 그녀는 반사적으로 전화기를 바라보았다. 그것은 수신만 가능한 교환 전화기였다. 그녀는 수화기를 집어들고 교환을 불렀다. 그리고 혹시 205호실로 걸려온 전화가 없었느냐고 물었다.

「없었어요.」

그녀는 그 밤을 거의 뜬눈으로 지샜다. 저녁식사로 빵 한 조각과 우유 한 잔을 먹었을 뿐이었다.

밤을 하얗게 뜬눈으로 지새는 동안 노준기를 만나고야 말겠다는 그녀의 결심은 이제 오기로까지 발전했다.

아침 10시가 지날 때까지 아무런 연락이 없자 그녀는 하루치 숙박비를 더 낸 다음 아이를 데리고 여관을 나왔다. 이윽고 택시를 집어탄 그녀는 곧장 전주집으로 향했다.

그러나 갈 때는 단단히 결심하고 갔는데 막상 그 앞에 도착하니 전주집 안으로 밀고 들어갈 용기가 나지 않았다. 망설이다가 그녀는 공중전화로 전주집에 전화를 걸었다. 여자 종업원이 전화를 받았는데, 노사장을 바꿔달라고 말하자 밖에 나가고 없다는 대답이었다.

「언제 들어오시나요?」

「잘 모르겠어요.」

이러지도 저러지도 못하게 된 그녀가 전주집 앞을 서성거리면서 어떻게 할까 하고 망설이는데 어제 보았던 그 오토바이를 탄 청년이 나타났다. 그는 전주집 앞에 엔진 소리도 요란스럽게 오토바이를 들이대더니 전주집 안으로 사라졌다.

춘자는 그 청년이 나오면 그를 붙잡고 다시 물어보아야겠다고 마음먹었다.

10분쯤 기다리고 있자 청년이 나왔다. 그가 오토바이 위에 걸터앉는 것을 보고 그녀는 재빨리 다가갔다.

「안녕하세요?」

그녀는 일부러 반가운 기색으로 인사했다. 청년은 의아한 기색으로 그녀를 쳐다보다가 곧 그녀를 알아보고는

「아, 어제 그분이시군요. 아직 노사장님 못 만나보셨나요?」

하고 물었다.

「아직 못 만났어요.」

「지금 안에 계시던데 불러드릴까요?」

청년은 오토바이에서 내리더니 전주집으로 들어가려고 했다. 춘자는 당황해서 그를 말렸다.

「아, 아니에요. 관두세요. 저기 아저씨, 저하고 이야기 좀 잠깐 나눌 수 있을까요? 잠깐만 시간 좀 내주시면 되겠는데…」

털털하게 생긴 청년은 그거야 어렵지 않다는 듯 선선히 응해주었다.

춘자는 그 청년을 어제 들어갔던 다방으로 안내했다. 청년은 몹시 궁금한 눈치를 보이며 그녀가 입을 열기를 기다렸다. 춘자는 커피잔이 놓이기를 기다려 말문을 열었다.

「노사장님 정말 안에 계시나요?」

「네, 계십니다. 사장님하고 이야기하다 나왔는데요.」

「두 분이서 직접 말씀을 나누셨나요?」

「네, 그랬습니다.」

「그럼 글을 써가면서 이야기를 나누셨나요?」

「네? 뭐라고요?」

춘자는 같은 말을 되풀이해서 물었다. 청년은 머리를 흔들었다.

「아뇨. 그러지는 않았습니다.」

춘자는 고개를 갸우뚱했다.

「이상하군요. 노사장님은 귀가 들리지 않는다고 들었는데요.」

「노사장님이 귀머거리라구요? 헛참, 별 요상한 소리 다 듣겠네. 누가 그런 험담을 하던가요? 그거야말로 생사람 잡는 소린데요.」

춘자의 안색이 하얗게 변했다.

「정말 노사장님은 귀가 먹지 않았나요?」

「귀가 먹다니요. 귀가 너무 밝아서 탈인 것 같던데요. 도대체 누가 그런 거짓말을 하던가요?」

「함께 동업한다는 뚱뚱한 분이 그러셨어요.」

「함께 동업하는 사람이라구요? 그건 또 무슨 말이죠? 전주집은 노사장님 혼자서 하는 건데요. 그 사람 어떻게 생겼던가요?」

춘자는 그 사람의 생김새에 대해서 본 대로 자세히 이야기해 주었다.

이야기를 듣고 난 청년은 표정이 굳어지면서 고개를 갸우뚱했다. 지금까지와는 달리 조심하려고 하는 눈치가 역력했다.

「실례지만 노사장님하고는 어떤 사이신가요?」

「자세한 건 말씀드릴 수 없고…… 전부터 잘 아는 사이라는 것만 알아주세요.」

「잘 아는 사이라구요? 그것 참 이상하군요.」

「뭐가 이상하다는 거예요?」

그녀는 눈을 똑바로 뜨고 청년을 주시했다. 그 청년 역시 그녀를 들여다보듯이 하면서 말했다.

「이상할 수밖에요. 잘 아는 사이라면서 얼굴도 모르니까 하는 말입니다. 이런 말 해서 어떨지 모르지만…… 어제 만났다는 그 뚱뚱한 사람이 바로 노사장님 같은데요. 말씀대로라면 그 사람이 노사장이 분명합니다.」

춘자는 눈을 크게 떴다. 놀라움으로 그녀는 숨이 막히는 것 같았다. 그러나 그녀는 이내 웃고 말았다.

「아니에요. 그분은 노준기 씨가 아니에요. 저는 노준기 씨의
얼굴을 알고 있어요. 아무리 6년 전이지만 그분 얼굴만은 분
명히 기억하고 있어요. 변해도 그렇게 변할 수가 있나요.」

그녀는 백 속에서 지갑을 집어들더니 그 안에서 사진 한 장을
빼냈다.

사진을 들고 그녀는 그것을 청년에게 보여주는 것이 과연 괜
찮은 짓인지 어떤지 생각해 보았다. 그녀가 미처 생각을 정하지
못하고 있는데 청년이 손을 내밀었다.

「그게 노사장님 사진입니까 ? 어디 봅시다.」

그것은 6년 전 설악산에 함께 캠핑갔을 때 찍은 사진이었다.
깎아지른 듯한 산봉우리 아래로 안개가 흐르고 있었는데, 그들
은 그것을 배경으로 텐트 앞에서 사진을 찍었던 것이다. 노준기
는 그녀의 어깨를 감싸안은 채 웃고 있었고, 그녀는 수줍은 미
소를 머금고 있었다.

「이 사람이 노준기 씨라는 겁니까 ? 」

춘자는 마른침을 삼키며 고개를 끄덕였다. 그러자 청년은 머
리를 흔들었다.

「이 사람은 아닌데요. 전주집 노사장님은 이렇게 생기지 않았
어요. 이 사람은 아닙니다.」

두 사람의 얼굴에 거의 동시에 의혹의 빛이 서렸다. 그들은
어떻게 된 영문인지 모르겠다는 표정으로 서로 쳐다보기만
했다.

「그럼 어떻게 된 일이죠 ? 」

그녀는 청년으로부터 납득할 수 있는 답변을 듣고 싶었다. 그
러나 그의 말은 이제 한계에 부딪혀 있었다.

「글쎄, 그쪽에서 알고 있는 노준기 씨와 제가 알고 있는 노준
기 씨와 이렇게 서로 다를 수가 있다는 것이 아무래도 이해가
되지 않는데요. 이름은 같은데 사람이 서로 다르다 이 말인데

…… 그렇다면 에또…… 동명이인일지도 모르겠군요. 동명이인이 얼마든지 있으니까요. 사람은 서로 다르지만 이름이 같은 수는 얼마든지 있을 수 있지 않습니까?」

춘자는 고개를 끄덕였다. 그 점은 그녀도 인정하고 있었다. 그런데 이해가 되지 않는 점이 있었다.

「그렇다면 전주집 노사장님은 왜 저한테 그런 거짓말을 했을까요? 자기는 노준기가 아니라고 하면서 노사장은 지금 귀가 먹어 아무것도 알아들을 수 없다고 왜 거짓말을 했을까요?」

「글쎄, 그것 참 이상하군요. 전 무슨 영문인지 모르겠는데요.」

청년은 바쁜지 손목시계를 들여다보았다. 춘자는 그를 더 이상 붙들고 있을 수가 없었다.

「저 이만 가봐야겠습니다. 밖에 오토바이를 세워놔서요.」

청년이 일어섰다. 춘자는 그에게 감사하다고 말했다. 그런데 밖에 나갔던 청년이 헐레벌떡 뛰어왔다.

「지금 노사장님이 전주집 앞에서 누구와 이야기하고 있으니까 한번 보세요.」

자기가 알고 있는 노사장님을 한번 확인해 보라는 말이었다. 춘자는 급히 청년을 따라 밖으로 나갔다.

계단을 내려간 그들은 보도로 나서지 않고 출입구에 몸을 가리고서 전주집 쪽을 바라보았다.

전주집 앞에서는 어제 만났던 그 뚱뚱한 사내가 정복 차림의 경찰관과 웃으며 이야기를 나누고 있었다. 두 사람은 서로 잘 아는 사이인 듯했다.

「어제 만난 사람이 저 사람입니까?」

청년이 춘자의 귀 가까이 입을 대고 물었다.

「네, 바로 저 사람이에요. 저분이 자기는 노사장님의 절친한 친구라고 말했어요.」

「저 사람이 바로 노사장님입니다.」

「그럴 리가……」

춘자는 아무래도 믿을 수 없다는 듯 고개를 저었다.

「동명이인일지 몰라도 아무튼 제가 알고 있는 노사장님이 틀림없습니다. 저 사람이 바로 전주집 주인입니다. 한번 확인해 보십시오. 전 이만 가보겠습니다.」

청년이 밖으로 나서려는 것을 춘자는 다급히 불러세웠다.

「저, 여보세요.」

얼결에 불러세우긴 했지만 다음 말이 나오지가 않았다. 그녀는 텁텁하고 선한 인상의 청년이 갑자기 마음에 들었다. 그와 그대로 헤어지고 싶지가 않았다. 그와 더 이야기를 나누고 싶었다. 그의 도움과 지혜를 빌리고 싶었다. 이럴 때는 어떻게 해야 할지 그녀는 몹시 당황하고 있었다.

「저기, 이따가 저녁때 좀 만날 수 없을까요?」

순간 청년의 얼굴이 홍당무처럼 빨개졌다. 그녀는 그가 이유를 캐묻지 말아줬으면 하고 바랐다. 다행히 그는 그런 것을 따져 묻지는 않았다.

「이상하게 생각지는 마세요. 고마워서 저녁식사라도 함께 했으면 해서 그래요.」

「원, 별말씀을. 제가 저녁을 사지요.」

「아니에요. 제가 사겠어요.」

이야기는 의외로 순조롭게 풀려나가는 것 같았다.

청년 쪽에서도 그녀에게 호감을 가지고 있음이 분명했다. 사실 그는 부인 같기도 하고 처녀 같기도 한 그녀와 이야기를 나누는 것이 즐거웠다. 그녀 곁에 붙어 있는 어린 소녀가 마음에 좀 걸리긴 했지만 아무튼 그녀를 피하고 싶은 마음은 조금도 없었다. 그리고 앞으로 전개될 일이 궁금하기도 했다. 보아하니 6년 전에 헤어진 남자를 찾아온 것 같은데 이름은 같지만 전혀 엉뚱한 곳을 짚은 모양이었다. 그 결과가 어떻게 될지 알고 싶었다.

「몇 시에 어디서 만날까요?」

「저, 여관에 방을 잡아놨어요. 그쪽으로 와주시겠어요?」

청년의 얼굴이 다시 빨개졌다.

「어, 어디에 있는 여관입니까?」

「신촌 로타리에 있어요. 동백여관 205호실에 있어요.」

「동백여관 205호실…… 네, 알겠습니다. 저녁때 가겠습니다.」

「우리가 만난 것은 비밀로 해주세요.」

「네, 그런 건 걱정하지 마세요.」

청년은 고개를 꾸벅하고 나서 밖으로 나섰다.

뚱뚱한 사내는 경찰관과 악수를 나누고서 막 전주집 안으로 들어가고 있었다.

춘자는 다시 다방 안으로 들어가 전주집으로 전화를 걸었다. 여자 종업원이 전화를 받았다. 노사장을 바꿔달라고 하자 자리에 없다고 했다.

「밖에 나가 아직 안 들어오셨나요?」

「네, 아직 들어오시지 않았어요.」

「언제쯤 들어오시나요?」

「오늘은 안 들어오실 거예요. 시골에 가신다고 하셨어요.」

춘자는 발끈했다.

「거짓말 그만해요! 방금 안에 들어가는 걸 봤는데 왜 거짓말하는 거예요? 빨리 바꾸지 않으면 집으로 찾아가겠다고 말해줘요!」

여자 종업원은 당황하는 것 같았다. 잠시 후 종업원이 들어가고 껄끄러운 남자 목소리가 들려왔다.

「전화 바꿨습니다.」

「노사장님이세요?」

「네, 그렇습니다.」

「저…… 광주에서 올라온 여자예요. 아무리 여관에서 기다려도 연락이 없기에 전화 걸었어요.」

「아, 난 또 누구라고. 그렇지 않아도 이제 막 거기 가볼 참이었는데. 지금 어디서 전화 거는 거요?」

「부근에서 전화 거는 거예요. 어제 만났던 그 다방이에요. 그런데 물어볼 게 있어요. 아저씨는 왜 저한테 거짓말을 하셨어요? 아저씨가 거짓말을 하는 바람에 저만 이렇게 골탕 먹고 있잖아요.」

그녀는 몹시 화가 났기 때문에 날카롭게 쏘아붙였다. 그 바람에 상대방 사내가 완전히 당황하는 것 같았다.

「지, 지금 무슨 말하는 거지? 내, 내가 거짓말 했다고? 도대체 무슨 거짓말을 했다는 거지?」

「정말 그렇게 시침떼시는 게 참 이상하네요. 도대체 왜 그러시는 거죠? 아저씨가 노준기 씨이면서 왜 아니라고 시침떼시는 거예요? 어쩌면 그렇게 거짓말 할 수 있어요? 참 이상해요.」

「아, 잠깐! 그, 그게 아니고……」

「아니긴 뭐가 아니에요!」

사내가 당황할수록 그녀는 더욱 기세를 올렸다.

「그게 아니라니까. 그러지 말고 숙소에 가서 기다리고 있어요. 내 곧 갈 테니까. 먼저 가서 기다리고 있어요.」

「필요없어요!」

「그러지 말고 기다리고 있어요. 내 이야기를 들으면 이해가 갈 거요. 아주 중요한 이야기이니까 꼭 들어야 해요. 만일 듣지 않으면……」

「듣지 않으면 어쩌겠다는 거예요?」

「후회할 거요.」

「듣고 싶지 않아요.」

그녀는 수화기를 내려놓았다.

다방을 나서면서 보니 전주집 앞에 그 사내가 나와서서 이쪽을 노려보고 있었다. 순간 춘자는 오싹 소름이 끼치는 것을 느꼈다.

그녀는 바삐 골목을 빠져나오면서 뒤돌아보았다. 사내가 급한 걸음으로 뒤따라오고 있는 것이 보였다.

그녀는 마침 굴러온 택시 안으로 뛰어들었다.

「빨리 좀 가주세요!」

막 출발하려는 택시에 사내가 달라붙었다. 사내가 차문을 열려는 순간 운전사는 악셀을 힘껏 밟았다. 차는 앞으로 그대로 튕겨나갔다. 뒤돌아보니 사내는 무서운 얼굴로 택시를 노려보고 있었다. 젊은 택시기사는 뭣도 모르고 기분이 좋은지「흥!」하고 코웃음을 쳤다.

「어디로 갈까요?」

「신촌 로터리로 가주세요.」

동백여관에 가방을 놔두고 왔기 때문에 어차피 거기에 가지 않을 수 없었다. 숙박비도 선불해 놓았기 때문에 반액이라도 되돌려받던가 하룻밤 더 그곳에서 묵던가 해야 했다.

택시가 달리는 동안 그녀는 왜 자신이 그 사내를 보는 순간 도망쳤는지 알 수가 없었다. 그것은 자신도 모르는 사이에 거의 본능적으로 그렇게 된 것 같았다. 그런데 곰곰 생각해보니 자기가 그렇게 허겁지겁 도망쳐야 할 이유가 없는 것 같았다. 괜히 그랬다고 생각하면서 그녀는 실소했다.

문득 그녀는 사내의 언행이 마음에 걸렸다. 왜 그는 나에게 그런 거짓말을 했을까? 거짓말하는 것도 노준기가 귀가 먹었다고 하는 등 아주 교묘했다. 이상한 사람이다. 무서운 기세로 따라오던 것도 이상했다. 왜 그럴까? 그녀는 아무리 생각해도 도무지 사내의 언행이 이해가 되지 않았다. 그때 하나의 의혹이 마치 섬광처럼 머릿속을 스쳐갔다. 그녀는 그 의혹을 붙잡고 머릿속에서 이리저리 굴려보았다.

노준기의 주소를 알아낸 것은 경찰의 컴퓨터 조회를 통해서였다. 그러나 노준기라는 이름만 가지고는 정확히 찾을 수 없다. 왜냐하면 노준기라는 이름이 전국에 어디 한둘인가. 수십 명 아니 수백 명 또는 수천 명일 수도 있다. 도대체 전국에는 노준기라는 이름을 가진 사람들이 몇 명이나 될까. 파출소 순경으로 있는 둘째 오빠가 그녀의 부탁을 받고 노준기라는 사람의 주소를 아무렇게나 뽑아오지는 않았을 것이었다. 그녀의 오빠는 노준기의 주민등록번호를 적어달라고 했지만 그녀가 그의 주민등록번호까지 알고 있을 리 만무했다. 그녀가 그에 대해서 알고 있는 것은 그녀와 같이 고향이 광주라는 것, 그리고 생일 등이었다. 그의 생일을 기억하고 있는 것은 그와 연애할 당시 그의 생일을 기억하고 있다가 그에게 선물을 준 적이 있기 때문이었다. 그녀의 둘째 오빠는 그것을 근거로 해서 그의 누이가 6년 전에 사랑했던 남자를 찾아냈던 것이다. 노준기라는 이름을 가진 사람으로서 고향과 생년월일이 같은 사람이 또 있을 수 있을까. 거의 가능성이 없는 이야기이지만 세상에는 우연의 일치라는 게 있다. 전혀 가능성이 없는 것은 아닐 것이다. 전주집의 뚱뚱한 주인 남자는 어쩌면 영미 아빠와 고향도 생년월일도 같을지 모른다. 그렇긴 하지만 그 사람이 자신을 숨기는 까닭은 무엇일까?

여관에 도착한 그녀는 아무래도 그대로 집으로 돌아가기도 뭣하고 해서 둘째 오빠에게 연락을 취해 자초지종을 이야기하고 어떻게 해야 좋을지 상의해야겠다고 마음먹고는 광주로 장거리 전화를 신청했다.

오빠는 마침 파출소에 있었다.

그녀는 출입문 쪽으로 등을 향한 채 앉아 있었기 때문에 문이 소리없이 열리는 것도 모르고 있었다.

「오빠, 저예요. 춘자예요.」

「어떻게 됐니?」

「오빠, 그런데 좀 이상한 일이 있어요. 오빠가 그 사람 주소를 잘못 알아낸 모양이에요.」

「그게 무슨 말이야?」

춘자의 어린 딸아이는 뚱뚱한 남자가 방안으로 소리없이 들어서는 것을 의아한 눈으로 쳐다보고만 있었다. 그 사람은 어제 엄마와 함께 다방에서 이야기하던 사람이었다. 그 사람이 자기를 향해 웃고 있었기 때문에 영미는 영문을 모른 채 그를 쳐다보고만 있었다. 엄마를 보니 엄마는 전화거는 데 온 정신을 집중하고 있었다.

「그이는 그 주소에 살고 있지 않아요. 딴 사람이 살고 있어요. 이름은 같은데……」

「뭐라구? 잘 안 들린다. 큰소리로 말해봐!」

「이름은 같은데……」

순간 그녀의 목소리가 허공에 맴돌았다. 그녀의 오른손에 들려 있던 수화기가 날아갔다. 그녀는 소리지르려고 했지만 목이 막혀 아무 소리도 낼 수가 없었다. 사내는 왼팔로 그녀가 소리지르지 못하게 그녀의 목을 휘어감은 다음 끝이 날카로운 칼을 그녀의 옆구리로 가져갔다. 그는 순간적으로 참 오랜만에 써보는 칼솜씨라고 생각했다. 5년 전에 한번 써보고는 처음이었다. 5년 전에 그는 한 사내를 처치한 적이 있었는데, 그토록 훈련을 받았음에도 불구하고 그를 죽이는데 몹시 애를 먹었었다. 그래서 결국은 깨끗이 죽이지 못하고 더러운 살인이 되고 말았던 것이다. 그에게 살해된 자의 이름은 노준기였다. 그의 시체는 절대로 발견될 수 없게 처리했었고, 그래서 그는 지난 5년 동안 안심하고 거점을 확보하고 살아왔던 것이다. 그런데 느닷없이 젊은 여자가 어린 딸을 데리고 노준기를 찾아왔던 것이다.

그것은 정말 생각지도 못했던 뜻밖의 재난이었다. 그는 결국 5년 만에 찾아온 재난을 막기 위해서는 그녀를 죽일 수밖에 없다고 결론을 내렸다. 그녀를 깨끗하게 처리하기 위해서는 단번에 심장을 찔러야 한다. 그렇게 하면 피를 흘리지 않고 일을 끝낼 수가 있다. 그는 칼을 앞으로 가져갔다. 여자가 그의 손에서 벗어나려고 필사적으로 몸부림치고 있었다. 그녀는 충혈된 눈으로 맞은편에 걸려 있는 거울 속에 비친 사내의 얼굴을 보았다. 그러나 그것도 잠시였다. 마치 안개가 낀 듯 시야가 뿌우옇게 흐려왔기 때문에 아무것도 보이지 않았다.

그녀는 숨이 막혀 허우적거리면서도 순간적으로 뭔가 잘못된 것이라고 생각했다. 이 사내가 자기를 죽여야 할 이유가 없다고 생각했다. 이 사람은 뭔가 오해하고 있다. 그것을 말하고 싶은데 그녀는 말을 할 수 없었다. 그녀는 답답했다. 그 답답한 느낌이 예리한 고통으로 바뀌었다. 그녀는 입을 크게 벌리면서 그 고통을 받아들였다.

사내가 그녀의 심장을 향해 칼을 깊이 박은 것과 그녀가 몸을 뒤트는 것은 거의 동시적으로 일어났다. 그 바람에 사내의 의도는 빗나가고 말았다. 날카로운 칼끝이 늑골에 부딪혀 빗나가면서 그녀에게 격렬한 고통만을 안겨주었다. 거기에다 아이가 미친 듯 울어대기 시작했다. 그는 침착하려고 했지만 칼을 쥔 손은 이미 자제력을 잃고 있었다. 이렇게 되면 손에 피를 묻힐 수밖에 없다고 생각했다. 그는 칼을 뽑았다가 다시 한번 심장을 겨누고 그것을 밀어넣었다. 여자는 옷을 두껍게 입고 있었다. 빌어먹을, 옷이 보호막이 되는 바람에 또 빗나갔다. 그녀의 저항이 더욱 거세어졌다. 이렇게 되면 지저분해질 수밖에 없다고 생각했다. 지저분한 짓은 하기 싫었지만 하는 수가 없었다. 시간이 꽤 흐른 것 같았다. 이럴 때의 1분은 한 시간보다도 길다. 보호막이 없는 그녀의 긴 목을 택하기로 했다. 목을 휘어감고 있던 팔을 푸는 것과 동시에 입을 틀어막았다. 그와 함께 경부 동맥을 노리고 칼을 그었다. 피가 분출하자 그는 여자를 앞으로 떠다밀었다. 여자는 맞은편 벽에 걸려 있는 거울에 얼굴을 부딪히면서 방바닥으로 걸레처럼 구겨졌다. 그 바람에 거울이 와장창 소리를 내면서 박살이 났다.

그는 거칠게 숨을 몰아쉬면서 아이를 바라보았다. 아이는 공포에 질려 떨고 있었다. 충격적인 장면에 울음 소리도 제대로 내지 못한 채 울음을 목구멍으로 삼키고 있었다. 그는 난처했다. 지금까지 아이를 죽여본 적이 없었다. 아이를 칼로 찌른다는 것은 차마 못할 짓이라는 생각이 들었다. 우선 아이의 입을 틀어막는 것이 급했다.

「쉿, 울지 마!」

그가 입으로 손을 가져가자 아이는 입을 다물었다. 그는 아이를 번쩍 안아 눕힌 다음 육중한 몸을 그 위에 실었다. 아이의 얼굴을 보고 싶지 않았다. 베개를 집어들었다. 넓적한 것이 그런 일에는 아주 적당할 것 같았다. 그것으로 아이의 얼굴을 덮은 다음 두 손으로 힘주어 눌렀다. 아이의 조그만 두 손이 갈퀴처럼 베개를 쥐어뜯었다. 생의 본능이라는 것은 이렇게도 대단한 것인가 하고 그는 생각했다. 채 피지도 못한 생명을 꺾는다는 것이 그는 혐오스러웠다. 지난 5년 동안 그에게는 아무 지시도 없었다. 그는 무슨 지시가 있을까 해서 5년 동안 이제나 저제나 하고 기다렸지만 지금까지 아무 연락도 없었다. 혹시 나라는 존재를 잊은 게 아닐까 하고 생각하기도 했지만 그렇다고 확인해 볼 길도 없었다. 그러던 차에 위기를 맞은 것이다. 그들은 이 사실을 알고 있을까.

　알 리가 없지. 무한정 기다리고 있다가 결국 이런 위기를 맞게 된 것이다.

　그는 자기에게 지시를 내릴 수 있는 권한을 가지고 있는 자들이 저주스러웠다. 개자식들, 그는 홧김에 베개를 더욱 힘주어 눌렀다. 그들은 밤이면 호화로운 파티에 참석하고 아름다운 미희들과 정담을 나누며 인생을 즐기고 있겠지. 나는 이게 뭐람. 마침내 아이의 두 손은 움직이지 않았다.

　그는 베개를 아이의 얼굴에 놓아둔 채 몸을 일으켰다. 다시는 이런 일이 일어나지 않기를 바라면서 그는 이마에 번진 땀을 손등으로 닦았다. 그는 잠시 여자의 시체를 바라보았다. 진한 핏물이 방바닥을 흥건히 적시고 있었다. 여자는 피가 웅덩이를 이루고 있는 곳에 얼굴을 처박고 있었다. 비로소 그는 비린내를 느낄 수 있었다. 역한 냄새에 그는 입을 틀어막았다. 곧 토할 것 같았다. 그는 얼른 담배를 뽑아 물었다. 불을 붙여 물고 열심히 그것을 빨아대자 구역질이 조금 가시는 것 같았다. 혹시 피가 묻지 않았나 해서 손을 들여다보았다. 다행히 손에는 피가 묻어 있지 않았다. 파카를 벗어 살펴보았다. 왼쪽 소매에 피가 묻어 있었다. 칼에 묻어 있는 피를 베개에다 깨끗이 닦아낸 다음 파카 주머니 속에서 가죽으로 된 칼집을 꺼내 거기에다 그것을 꽂았다. 칼을 파카의 안주머니 속에 집어넣었다. 파카는 입지 않고 들고 가기로 했다. 방안에 혹시 흔적을 남기지 않았나 주의깊게 살피고 나서 밖으로 조용히 빠져나왔다. 문을 닫은 다음 손잡이를 비틀어 안으로 문이 잠긴 것을 확인하고 나서 복도를 될수록 천천히 걸어갔다. 계단을 내려가 현관으로 내려섰다.

　30대 여인이 카운터 안쪽 방에서 텔레비전을 보고 있다가 그쪽으로 흘끗 시선을 던졌다. 그는 씨익 웃으면서 재빨리 현관을 빠져나왔다.

　돼지도 무색할 정도로 뚱뚱했기 때문에 그는 아무리 빨리 걸어도 움직임이 둔해보였다.

그는 될수록 골목을 택해서 걸어갔다. 인적이 드문 골목에 이르자 그는 들고 있던 파카를 펼쳤다. 칼을 꺼내 품속에 찌른 다음 파카를 쓰레기통 속에 처넣었다.

이윽고 큰길로 나온 그는 백화점 쪽으로 걸어갔다. 맞은편에서 힘차게 걸어오는 젊은 사람과 시선이 마주쳤지만 그것은 행인들 사이에 흔히 있을 수 있는 마주침으로 그들은 무심코 서로 엇갈려 걸어갔다. 사내와 어깨를 스치듯하면서 걸어간 사람은 하명부 기자였다. 그것은 그들의 최초의 만남이있다. 그러나 그들은 그 사실을 영원히 기억하지 못했다. 백화점으로 들어선 사내는 파카를 하나 사 입었다. 다음에 그가 찾아간 곳은 사우나탕이었다. 그는 몸에 밴 피냄새를 지우기라도 하려는 듯 아래로 축쳐진 배를 쓰다듬으며 오랫동안 탕 속에 앉아 있었다.

이윽고 그가 사우나탕과 이발소를 거쳐 전주집에 돌아왔을 때 시계 바늘은 11월 29일 오후 4시 15분을 가리키고 있었다.

같은 날 저녁.

주성배(朱成培)는 로터리에 서서 주위를 두리번거렸다. 아무리 둘러보아도 동백여관이라는 간판이 보이지 않는다.

날은 이미 저물어 있었다. 그는 꽤 긴장해 있었다. 미지의 여인을 만난다는 사실이 그를 어느 정도 흥분시키고 있었다.

그는 그 또래의 청년들치고는 꽤 순진한 편이었고 열심히 살려고 노력하고 있었다.

그가 처음으로 여자와 관계를 가진 것은 3년 전 군에 있을 때였다. 주말에 외출나갔다가 동료에게 이끌려 사창가에 갔었는데 거기서 그는 난생 처음으로 여자를 안았던 것이다. 그때 그는 여자의 얼굴을 보지 않고 관계를 가졌기 때문에 그녀의 얼굴이 전혀 기억에 남아 있지 않지만 그녀가 꽤 늙은 창녀였었다는 것과 뒷맛이 몹시 불쾌했었다는 기억 정도는 어렴풋이 남아 있었다. 그뒤 그는 혼자 스스로 사창가를 찾아가게까지 되었지만 한번 성병에 걸려 혼쭐이 나고부터는 두번 다시 사창가에 가지 않았다. 그후 그에게도 여자가 한 명 생겼는데 조그만 회사에서 경리일을 보는 곱상하게 생긴 처녀였다. 그녀와는 2년 남짓 사귀었고, 그녀에게 임신까지 시켜놓았지만 지지리도 가난한 그의 집안 형편과 장래성이라고는 손톱만큼도 보이지 않는 그를 보고 그녀는 실망한 나머지 도망치다시피 다른 남자와 결혼해버리고 말았다. 그때 그가 받은 충격은 대단한 것이었고, 그래서 그는 어떻게 해서든지 악착같이 돈을 벌어야겠다고 결심했다. 그는 지금 사촌형 밑에서 월급을 받으며 일하고 있었다. 그의 사촌형은 도축장에서 소 내장을 받아다가 시내 각 요식업소에 배달해주는 것을 전문으로 하고 있었는데 그 수익이 상당히 괜찮은 편이었다. 배달만 맡고 있는 종업원이 다섯 명이나 되었고, 주성배도 그중의 하나였다.

주성배가 사촌형 밑에서 열심히 일하고 있는 까닭은 사촌형이 그에게 3년만 자기를 도와주면 그 후에는 자기가 맡고 있는 구역의 일부를 그에게 떼어주겠다고 약속했기 때문이었다. 그는 그때가 돌아오기를 기다리며 매일 오토바이 뒤에 내장을 싣고 이 골목 저 골목을 누비고 다녔다. 그는 수금도 맡고 있었다. 그의 형이 그를 믿고 그에게 수금 일까지 맡겼던 것이다.

그가 전주집에 출입하기 시작한 것은 1년쯤 전부터였다. 그는 전주집에 곱창만 배달해왔는데 전주집 주인 노준기 씨는 대금을 밀리는 법이 없이 제때 제때 꼬박꼬박 지불해 주었기 때문에 그에 대해서는 호감을 느끼고 있었다. 노씨는 사교적이고 누구에게나 호의적인 것 같았다. 지난 1년 동안 그가 노씨를 만나오면서 느낀 것은 오씨라는 사람이 모든 이들에게 잘 보이려고 무척 애쓰는 것 같은 인상을 받았다는 점이었다.

노씨한테는 아들만 둘이 있었다. 노씨의 나이가 아무리 적게 잡아도 40대 중반쯤은 될 것 같은데 아이들은 유난히도 어려보였다. 아이들 둘은 국민학교 초급 학년쯤 된 것 같았다. 노씨의 부인도 젊어보였다. 노씨와는 열 살 이상의 차이가 나는 것 같았다. 부인은 아주 못생겼지만 얌전하고 순박한 데가 있었다.

동백여관을 찾다 지친 그는 생각끝에 여관에 가서 물어봐야겠다고 생각하고 눈에 띄는 아무 여관이나 들어가 동백여관이 어디쯤 있느냐고 물어보았다.

「바로 요 뒤에 있어요.」

카운터를 지키고 있던 젊은이가 인상을 쓰면서 말했다.

그 여관을 나와 뒤로 돌아가보니 동백여관이 보였다. 지척에 두고 돌아다닌 셈이었다.

문을 열고 안으로 들어서자 삼십대의 여인이 창문을 열고 내다보았다. 투숙할 손님으로 알았던 모양이다.

「205호실에 좀 갑니다.」

여인은 아무 말 없이 문을 거칠게 닫았다.

성배는 2층으로 올라가 방문을 노크했다. 여러 번 두드렸지만 아무 반응이 없다. 문 손잡이를 잡아당겨 보았다. 문은 안으로 잠겨 있었다. 이상하다는 생각이 들었다. 오라고 해놓고 이럴 수 있을까. 그는 다시 한번 문을 두드렸다. 여전히 아무런 반응이 없다. 그는 화난 얼굴로 돌아섰다. 투덜거리면서 계단을 내려와 현관에 이른 그는 창구 앞으로 다가갔다. 텔레비전을 보고 있던 아까의 그 여인이 귀찮은 기색으로 쳐다보았다.

「실례합니다.」

그는 창문을 열어젖혔다. 여인이 텔레비전 볼륨을 줄이고 불쾌한 듯 그를 쳐다보았다.

「왜 그러세요?」

「205호 손님 나갔나요? 조그만 계집아이 데리고 있는 젊은 여자 말입니다.」

「안에 없어요?」

「없는데요.」

「그럼 나갔나보죠. 나가는 거 못 봤는데……」

그녀는 고개를 갸우뚱했다. 그녀가 자리를 비운 사이에 아마 나간 모양이라고 그녀는 생각했다.

「그럼 말 좀 전해 주십시오. 젊은 남자가 왔다갔다고. 있다가 전화 걸겠다고 전해 주십시오.」

여인은 여전히 불쾌한 기색을 감추지 않은 채 아무 반응도 보이지 않았다.

「그 여자 오늘밤 여기서 묵을 거죠?」

「돈을 냈으니까 자고 가겠죠.」

여인은 퉁명스럽게 대답했다.

「부탁합니다.」

밖으로 나온 그는 마땅히 갈 곳이 없었다. 그대로 집으로 돌아간다는 것이 어쩐지 아쉬웠다. 여자를 만나보고 싶다는 생각이 부쩍 동했다. 시장기를 느꼈지만 그 여자와 저녁식사를 함께 하기로 한 것을 생각하고는 참기로 했다. 그 대신 그는 방향도 없이 어슬렁거리다가 마침 포장마차를 발견하고는 그쪽으로 발길을 옮겼다.

그는 주량이 좀 센편이었다. 그러나 그날 저녁때는 가능한 한 많이 마시지 않으려고 노력했다. 그것은 술취한 모습으로 여자를 만나서는 안된다는 생각 때문이었다. 그가 두 홉들이 소주 반병을 비우고 포장마차에서 나온 것은 8시가 가까워서였다. 밤이 되면서 날씨가 갑자기 차가워지고 있었다. 취기가 조금 올라 있었기 때문에 얼굴이 얼얼했다.

지금쯤 그 여자는 여관에 돌아와 있을 것이라고 그는 생각했다. 제과점 앞을 지나치다가 문득 그 여자의 어린 딸아이한테 생각이 미쳤다. 그애한테 맛있는 것을 하나 사다줘야겠다는 생각이 들었다. 왜 그런 생각이 들었는지 자신도 잘 알 수 없었다. 그 여자한테 호감을 사려고 그러는 것일까. 그는 그것을 부인하지 않기로 했다. 제과점 안으로 들어가 고급 양과자를 3천 원어치 샀다.

동백여관이 들어서 있는 그 골목에는 찬바람이 꽤나 드세게 불어대고 있었다.

그는 어깨를 움츠리고 여관 안으로 들어섰다.

「돌아왔죠?」

그는 턱으로 2층을 가리키며 물었다. 아까의 그 여인은 무슨 소리냐는 듯 그를 쳐다보기만 했다.

「205호실 여자 손님 들어왔죠?」

「아직 안 들어왔어요.」

여인은 무뚝뚝하게 대답하고 나서 벌써부터 졸리운지 하품을 했다.

「한번 전화 좀 해주시겠어요. 혹시 들어왔는지도 모르지 않습니까.」

「안 들어왔다니까요.」

여자가 신경질적으로 쏘아붙였다.

「그래도 혹시 모르지 않습니까.」

성배는 좀 고집스러운 데가 있었다.

「여기 쭉 지키고 있었는데 그 여자 들어오는 건 보지 못했다니까요.」

그러면서 그녀는 205번에다 코드를 꽂은 다음 키를 젖히고 수화기를 귀에다 갖다댔다. 그리고 교환판에 나타난 빨간 불을 한동안 바라보고 있다가 수화기를 내려놓으며 고개를 흔들었다.

「안 받아요.」

「미안합니다. 여기 전화번호 좀 가르쳐 주시겠습니까?」

그날 밤 성배는 동백여관 205호실에 세 번 전화를 걸어보았다. 그러나 205호실에서는 전화를 받지 않았다.

그는 그날 저녁을 양과자로 때웠다. 그리고 내일 아침에 다시 전화를 걸어봐야겠다고 생각하고 다시 포장마차를 찾아갔다. 밤중에 그 여자를 만날 가망성이 없어졌기 때문에 그는 마음놓고 술을 마셨다. 술이 들어가는 동안 그녀가 괘씸하다는 생각이 자꾸 들었다. 사람을 오라고 해놓고 바람맞히다니 건방진 년이다. 내일 만나면 본때를 보여줘야지 하고 그는 생각했다. 하지만 어떻게 하는 것이 본때를 보여주는 것인지 그 자신도 잘 모르고 있었다. 한편 생각하면 잔뜩 기대를 걸고 찾아온 자신이 어리석게도 생각되었다. 그날 밤 그는 자정이 훨씬 지나서야 잠자리에 들었다.

1983년 11월 30일 서울.

밤새 눈이 소리없이 내렸다. 그 해 들어 첫눈이었다.

성배는 눈을 맞으며 오토바이를 몰았다. 하룻밤 지나고 나자 그 여자 생각이 더 났다. 그는 오토바이를 세워놓고 공중전화박스 안으로 들어갔다.

아침 8시 반이 조금 지난 시각이었다.

「전화 안 받아요.」

동백여관 쪽 여자의 퉁명스런 대답이었다.

「아직 안 들어왔나요?」

「안 들어왔으니까 전화 안 받죠.」

전화는 퉁명스럽게 끊어졌다. 두 시간 후 성배는 다시 한번 동백여관으로 전화를 걸어보았다. 그리고 거듭 실망을 느끼면서 그 여자를 생각하지 않기로 마음먹었다.

동백여관 종업원 김순이는 이제 나이 서른네 살인데 남편에게 버림을 받아 혼자 살고 있었다. 그녀가 결혼한 것은 스물두 살 때였다. 시골에서 중학교까지 어찌어찌해서 졸업한 그녀는 여느 시골처녀들처럼 고향을 떠나 서울로 올라와 공장에 취직했다. 공장 생활을 몇 년 하다가 남자를 만난 것이 불씨가 되었다. 남자는 철공소 직공이었는데 그녀와 결혼하면서 따로 공장을 하나 차렸다. 그런데 그것이 의외로 잘되어 그는 수년만에 상당한 자산을 모으게 되었다. 돈을 벌게 되자 남자는 고생하던 때를 잊고 서서히 외도의 길로 빠져들기 시작했다. 그는 자신의 그같은 행동을 아내 탓으로 돌렸다.

아내가 결혼 10년이 다되도록 아기를 낳지 못하니 남자가 외도를 하는 것은 당연한 것이고, 그녀가 따지고 들면 아기도 낳지 못하는 것이 뭐가 잘 낫다고 떠드느냐고 윽박질렀다. 그녀는 할말이 없었다. 그리고 점점 밖으로만 도는 남편을 잠자코 지켜보는 수밖에 딴 도리가 없었다. 그러던 중 공장이 하루아침에 파산하게 되었다. 좀 잘되는가 싶자 겁 모르고 사업을 확장하다가 부도가 나는 바람에 도산을 하게 된 것이다. 남편은 그것 역시 아내 탓으로 돌렸다. 재수 없는 여자를 아내로 두었기 때문에 아기도 못 가지고 사업도 망했다는 것이었다. 그러면서 남편은 그녀에게 이혼을 요구했다. 더 이상 버텨낼 수 없다는 것을 깨달은 그녀는 마침내 이혼장에 도장을 찍었다. 공장이 파산했으니 위자료 한푼 받지 못하고 알몸으로 쫓겨났던 것이다. 그리고 나서 들어온 것이 여관 종업원 자리였다.

여관 주인은 과부로 먼 일가뻘 되는 여자였다. 집에서 시름에 잠겨 노느니 바람도 쐴겸 그리고 한푼이라도 벌겸 여관 일을 좀 봐달라고 해서 나오게 된 것이 거의 2년 가까이 되었다.

2년 동안 여관 일을 보면서 그녀는 참 많은 것을 보고 듣고 배우게 되었다. 여관을 출입하는 손님들 모습에서 그녀는 세태의 단면을 보는 것 같았고, 남녀관계는 육체로만 존재할 수 있다는 것, 숫총각이 없듯이 숫처녀도 없다는 것, 사람은 짐승이나 똑같다는 것, 그리고 진지하고 진실된 것은 존재하지 않는다는 것

등 그녀 나름대로의 고정된 관념을 갖게 되었다.

그녀가 주성배의 마지막 전화를 받은 것은 그날 아침 10시 반경이었다. 그녀는 그 청년의 건방진 말투며 행동이 비위에 거슬렸다. 그러면서 한편으로는 의아한 생각이 들기도 했다. 아이와 함께 그저께 투숙한 여자가 너무 오래 방을 비우고 있다는 생각이 비로소 든 것이다. 숙박비까지 지불해놓고 어디로 갔을까. 그건 그렇고 이제 어제 숙박비분 투숙시간이 다 지났으니 205호실에는 새 손님을 받아도 된다. 그 여자가 오든 안 오든 여관 측에서 상관할 일은 아니다. 그런데 혹시 방안에 짐이 있을지도 모른다. 그것은 따로 보관하기로 하고 방을 치우고 새 손님을 받을 준비를 해놓아야 한다. 요즘 사람들은 밤낮을 가리지 않고 아무때나 여관을 찾아든다.

그녀는 열쇠꾸러미를 들고 충계를 힘겹게 올라갔다. 운동 부족에다 먹성이 좋아 그녀는 드럼통처럼 허리와 엉덩이에 비게살이 묵직하게 달라붙고 있었다.

복도의 중간쯤에서 그녀는 문득 걸음을 멈추었다. 여자의 자지러지는 듯한 교성이 너무도 또렷이 복도에까지 들려오고 있었던 것이다. 아침부터 시작이구나. 지금이 몇 시인데 저 지랄들이람. 그러면서도 그녀는 소리가 나오는 방 앞으로 살금살금 다가섰다. 그리고 문에다 귀를 대고 숨을 죽였다.

방안의 여자는 너무 좋은 나머지 울고 있었다. 숨넘어가는 소리로 흐느끼면서 사랑한다는 말을 수없이 되풀이하고 있었다. 남자 목소리는 들리지 않았다. 남자는 그저 묵묵히 그리고 열심히 여자를 찍어대고 있는 모양이었다. 얼마나 좋으면 저렇게 자지러지는 소리를 다 낼까 나도 한번 저래 봤으면. 그녀는 한숨을 내쉬며 몸을 한번 부르르 떨었다.

그녀는 매일 각 방마다에서 들려오는 교성에 시달리고 있었다. 그것은 그녀에게는 이제 소음이 되어 있었다. 그런데도 얼굴이 모두 다르듯 교성 또한 제각기 다른 색감을 지니고 있었다. 들을 때마다 그것은 생소하게 들렸고, 그래서 그녀는 복도를 서성이며 그 소리에 귀를 기울이는 버릇까지 생겼다.

그들이 취하고 있을 체위를 머릿속에 그리며 그녀는 205호실 쪽으로 이동했다. 풀어진 걸음걸이로 흐느적흐느적 다가간 그녀는 문을 일단 두드려보았다. 그리고 대답이 없자 구멍에다 열쇠를 꽂아 비틀었다.

문을 여는 순간 그녀는 비린내를 맡았다. 동시에 출입구까지 흘러와 굳어버린 검붉은 핏자국을 보았다. 박살난 서울 밑에 걸레처럼 구겨져 있는 여자의 시체와 베개로 얼굴을 덮고 누워 있는 아이의 모습이 그녀의 의식을 잠시 마비시켰다.

동백여관은 지은 지 10년이 넘은 집이었다.

지난 10년 동안 자살 소동이 한번 있었을 뿐 살인사건 같은 것은 일어나지 않았었다. 비교적 별탈없이 조용히 그 역할을 다해온 셈이었다. 그런데 느닷없이 살인사건이라니. 주인 여자는 예의고 뭐고 없이 들이닥치는 사람들을 보고 그만 아연실색하고 말았다. 그렇게 많은 사람들이 모여들기는 여관을 차린 이래 처음 있는 일이었다.

그들을 보면서 주인 여자는 이제 동백여관은 간판을 내릴 때가 다되었다고 생각했다. 누가 누구에 의해 무슨 이유로 살해되었던 그런 건 아무래도 좋았다. 장사를 못하게 된 것이 그녀는 애석하고 원통했다.

205호실 안은 수사관들과 기자들이 몰려들어 북새통을 이루고 있었다. 누가 형사이고 누가 기자인지 분간하기 어려울 지경이었다. 형사들이 기자들을 몰아내려 하고 있었고, 기자들은 기를 쓰고 현장에 늘어붙어 취재 경쟁을 벌이고 있었다. 여기저기서 번쩍번쩍 플래시가 터지고 있었다.

여자 아이는 질식사한 듯이 보였고, 젊은 여자는 목이 10센티

넘게 잘려져 있었다. 끔찍한 모습이었지만 거기에 있는 사람들은 그런 것에는 이골이 났는지 아니면 정신이 없어 마처 그것을 깨닫지 못하고 있는지 하나같이 아무렇지도 않은 표정들이었다. 아니 비정하다고나 할까 그런 표정들이었다.

그런 표정들 가운데는 P일보 하명부 기자의 표정도 있었다. 그는 사회부 소속이지만 거기에 구애받지 않고 전천후로 뛰는 때가 많았다.

위에서 지시가 떨어지면 군소리없이 달려갈 수밖에 없었다. 지난 11월 25일에 있었던 추기경의 기자회견에 그가 얼굴을 내밀었던 것도 바로 위에서 지시가 내렸기 때문이었다.

각 신문사에는 그런 전천후 기자들이 몇 명씩 있었다. 그들은 이를테면 형사로 말하면 민완 형사에 속하는 사람들로서 신문사에서는 그들을 아끼는 한편으로 그들을 철저히 부려먹고 있었다.

그러나 누가 뭐래도 그는 사건기자였다. 따라서 동백여관에서 발생한 살인사건은 그의 전문인 셈이었다.

그는 비린내를 피해 계속 줄담배를 피워대고 있었다. 경찰 법의가 젊은 여자 시체를 만지는 것을 어깨 너머로 지켜보면서 그는

「사망 시간은 언젭니까 ?」

하고 물었다.

「어제 점심때 죽었는데요. 시간은 12시경으로 보면 되겠습니다.」

하기자가 느낀 것은 범인이 몹시 잔인하다는 사실이었다. 이 여자는 왜 이렇게 참혹하게 살해되지 않으면 안되었을까? 그리고 저 어린 것은? 그는 인명을 둘이나, 그것도 잔인한 방법으로 살해한 범인에 대해 분노를 느꼈다.

「경부 동맥을 절단한 것을 보면 이 방면에 조예가 깊은 놈 같

은데요.」

법의가 누구에게랄 것 없이 말했다.

그는 꽤 늙은 의사였다. 명부는 그를 사건 현장에서 가끔씩 볼 때가 있었다. 그는 돗수 높은 안경을 끼고 있어서인지 눈이 흐려보였고 사람을 똑바로 쳐다보는 법이 없었다. 나이가 들어 어깨는 꾸부정했고 머리숱도 거의 빠져 있었다. 시체를 기계적으로 만지는 그를 볼 때마다 하기자는 그가 마치 거미 같다고 생각했다. 왜 그런 생각이 들었는지 모르겠지만, 그가 햇빛이 들지 않는 음습한 곳에서 살고 있는 거미 같다는 생각은 변하지 않았다.

「그게 무슨 말씀이죠? 조예가 깊다는 것은 전문가라는 말입니까?」

법의는 끄덕였다.

「전문가가 아니고는 이렇게 자르기 힘들지요. 그리고 솜씨가 과감하고요. 여기 보세요.」

법의는 서슴없이 웃옷을 가슴 위로 걷어올렸다. 그 바람에 젖가슴이 훤히 드러났다. 별로 크지 않은 가슴이었다. 의사는 옆구리를 가리켰다. 두 군데 상처가 있었다.

「심장을 노리고 찌른 것 같은데 빗나간 것 같아요. 자세한 것은 해부해봐야 알겠지만 솜씨가 탁월해요.」

하기자는 닥치는 대로 긁어 모았다.

기자들은 형사반장을 붙들고 질문을 퍼붓고 있었다.

형사반장은 모르겠다고만 답변하고 있었다. 사실 그는 아직 아무것도 알아내지 못하고 있었다.

피살자는 마침 주민등록증을 지니고 있었기 때문에 제때 신원파악을 할 수가 있었다.

이미 형사 한 명은 피살자의 주소지에 연락을 취하고 있었다. 주소지 관할 파출소를 통해 피살자가 분명히 그 주소지에 살았고 가족이 있다는 것을 알기까지는 시간이 별로 걸리지 않았다. 잠시 후 형사는 피살자의 올케된다는 여자와 장거리 통화를 할 수 있었다. 그녀는 파출소에서 전화를 받고 있었다.

「이런 말씀드려서 안됐습니다만…… 유춘자 씨가 어제 여관방에서 살해되었기에 알려드립니다. 가족들 중 누구 한 분 올라오셔서 유춘자 씨가 틀림없는지 한번 확인해 주시면 고맙겠습니다. 아이도 함께 변을 당했습니다.」

다른 방에서는 동백여관 종업원인 김순이가 형사들의 조사를 받고 있었다. 그녀는 형사들의 살기등등한 표정에 주눅이 들어 제대로 입을 떼지 못하고 있었다. 문을 안으로 걸어놓고 있었기 때문에 밖에서는 기자들이 계속 문을 두드려대고 있었다.

「그 여자는 언제 이 여관에 투숙했어요?」

「그러니까 그저께 저녁때쯤에 들었어요. 어떤 뚱뚱한 남자하고 함께 왔다가 남자는 그대로 나갔어요. 그 남자가 방세를 치렀어요.」

「어떻게 생긴 남자였어요?」

「색안경을 끼고 있었기 때문에 잘 모르겠어요. 대머리에 몹시 살이 찐 뚱뚱한 사람이었어요.」

키는 중키였고 베이지색의 파카를 입고 있었다고 그녀는 덧붙여 말했다.

그 뚱보는 그 뒤에 다시 한번 여관에 나타났었다고 순이는 증언했다.

「그게 언제지요?」

「어제 12시쯤이었을 거예요. 여자하고 아이가 밖에 나갔다가 들어온 뒤 바로 뒤따라 들어왔어요.」

12시쯤이면 유춘자가 피살된 시간과 일치한다.

「그 남자가 나간 것은 언제였지요?」

「들어왔다가 바로 나갔어요.」

경찰은 그 뚱뚱한 남자를 제1용의자로 보고 그의 몽타주를 만들기로 했다. 그밖에도 한 명의 남자가 용의선상에 등장했다. 이번에는 청년이었다.

「어제 저녁 때 그 여자를 찾아왔어요. 두 번이나 찾아왔어요. 그 여자와 만나기로 했었다면서요. 그리고 전화를 여러 번 했어요. 그 여자를 찾는 전화였어요.」

저녁때 여자를 찾아왔다면 피살된 후에 찾아왔었다는 말이 된다. 그러나 피살된 여자와 관계가 있는 사람인 만큼 경찰은 그 청년을 찾아보기로 했다.

문이 열리고 형사계장이 들어왔다. 중키에 온화한 인상의 40대 사나이였다. 형사라기보다는 학교 교사 같은 인상이었다. 다른 사람들이 모두 활동하기 편한 점퍼 차림인데 반해 그는 양복 차림에 넥타이까지 매고 있었다. 그것도 검정 싱글이었다.

형사 한 명이 그에게 지금까지의 상황을 설명했다.

강무기(姜武基) 계장은 잠자코 듣고 나서 고개를 끄덕였다.

「기자들을 어떻게 할까요?」

「모두 발표해 버려. 공개 수사야.」

강계장은 주저하지 않고 말했다.

문이 열리자 기자들이 몰려들어왔다.

형사 한 명이 그때까지의 수사 결과를 기자들에게 설명하는 동안 강계장은 팔짱을 낀 채 한켠에 묵묵히 서 있었다. 누군가가 그에게 담배를 권했지만 그는 담배를 피우지 않는다고 사양했다. 그는 술 담배를 입에도 대지 않았다.

하기자는 강계장을 뜯어보다가

「범인이 상당히 잔인한 놈인 것 같은데요.」

하고 말을 걸었다.

하기자는 일선 경찰서의 강력계 간부들은 거의 다 알고 있었다. 그런데 담배를 사양하는 이 얼굴은 처음 보는 것 같았다.

아마 어디 지방에서 올라온 모양이라고 생각하면서 그의 반응을
기다렸다.

「네, 저도 그렇게 생각하고 있습니다.」

강계장은 무표정하게 말했다. 기자에게 잘 보이려 한다거나
그런 기미가 전혀 보이지 않았다. 아니, 오히려 기자 따위는 묵
살하고 있는 듯이 보였다. 이런 인물은 처음이었다.

「살해 동기가 뭐라고 생각하십니까?」

「모르겠습니다.」

「범인은 금방 잡히겠군요?」

「모르겠습니다.」

그는 기계적으로 대답하고 있었다. 그리고 이쪽은 쳐다보지
도 않고 있었다. 처음 담배를 권했을 때 이쪽을 한번 힐끔 쳐다
본 것이 전부였다. 하기자는 상대방의 뻣뻣한 태도에 은근히 화
가 치밀었다. 그의 기억으로는 경찰한테 이렇게 묵살당해 보기
는 처음인 것 같았다.

강계장이 자리를 비켰을 때 하기자는 잘 아는 형사를 붙들고
그에 대해 물어보았다.

「저 계장이란 사람 처음 보는데 어디서 왔어요?」

「지방에서 올라왔습니다. 지금까지 제주도에 있었던 모양이
에요. 올라온 지 한 달밖에 안됐나 봐요. 올라오자 바로 우리
서에 배치되었다니까요.」

「사람이 어때요?」

젊은 형사는 고개를 갸우뚱했다.

「아직 잘 모르겠어요. 별로 말이 없고 다른 사람들하고는 잘
어울리지도 않으니까요. 속에 있는 것을 좀처럼 밖에 드러내
지 않을 그런 사람 같아요. 온화한 인상이지만 속에 무엇이
들어 있는지는 모르지요.」

「오자마자 강력계를 맡은 것을 보면 실력이 있나 보죠?」

「글쎄요. 그건 잘 모르겠어요. 두고 보면 알겠지요. 하지만 외모로 봐서는 샌님 같아서……」

젊은 형사는 별로 기대 밖이라는 듯 고개를 흔들면서 저쪽으로 가버렸다. 더 이상 얻을 게 없자 하기자는 신문사 데스크에 전화를 걸어 메모를 보면서 머릿속에서 기사를 만들어 그것을 원고지에 쓰지 않고 막바로 불러댔다. 그것은 모두가 감탄할 정도였고 더구나 그가 그대로 불러대는 것은 받아쓰기만 해도 완벽할 정도로 거의 미스가 없었다.

물론 그의 그런 실력은 하루아침에 생긴 것이 아니었다. 오랜 각고 끝에 그런 수준에 도달한 것이다.

그는 마지막으로 이번 사건을 그 나름대로 원한에 의한 살인사건 같다고 보고했다. 여자를 무참히 살해한 것이라든지 아이까지 죽인 것을 보면 원한이 사무친 자의 범행일 가능성이 컸다.

전화를 끊고 나서 그는 아차했다. 법의의 말로는 범인은 전문가의 솜씨를 가진 것 같다고 했다. 그 말은 다시 말해 전문적인 도살자의 솜씨라는 말이다. 그렇다면 이번 살인사건이 심상치 않은 사건이라고 볼 수 있지 않을까. 그는 다시 데스크로 전화를 걸었다.

「이걸 덧붙여 주십시오. 전문적인 솜씨를 가진 자에 의해서 여자는 살해된 것 같다고 말입니다. 충동적으로 사람을 죽인 그런 솜씨가 아니라 정확히 급소를 노려서 칼질을 했습니다.」

「그렇다면 간단히 보아넘길 수 없는 사건이 아닌가?」

예상대로 데스크는 예민한 반응을 보여왔다.

「네, 그럴 것 같습니다.」

「신경을 써야 할 것 같은데.」

「네, 알겠습니다. 알아보는 데까지 알아보겠습니다.」

하기자는 여관에 그대로 머물러 있어야겠다고 마음먹었다.

　같은 시각.

　광주에서는 춘자의 올케되는 사람이 남편을 애타게 기다리고 있었다. 시숙 둘은 이미 상경할 채비들을 하고 집에 와서 기다리고 있었다. 그런데 파출소 순경인 춘자의 둘째 오빠가 아직 집에 돌아오지 않고 있었다. 아무래도 그와 함께 올라가는 것이 그들 두 사람만 올라가는 것보다는 나을 것 같았기 때문이다. 춘자한테는 오빠가 셋 있었다. 첫째 오빠는 시장에서 과일 장사를 하고 있었다. 둘째 오빠가 경찰관이었고 셋째 오빠는 트럭 운전사였다. 파출소 순경이 무슨 힘이 있을까만 그들은 그렇게 생각지 않고 있었다. 어려운 일이 있을 때마다 과일장수와 트럭 운전사는 파출소 순경에게 상의해오곤 했다.

　그런데 이번 문제는 실로 엄청난 것으로서 정말 파출소 순경의 힘이 필요하다고 그들은 믿고 있었다. 그들은 여동생이 피살됐다는 말을 듣는 순간 비통한 감정을 느끼기에 앞서 그 엄청난 일을 어떻게 받아들여야 할지, 그리고 그 뒷일을 어떻게 처리해야 할지 몰라 그야말로 당황하고 있었다. 파출소 순경이 오면 우선 삼형제가 서울로 올라가서 시신을 확인할 생각이었다. 그리고 춘자임이 확인될 경우 그 처리는 다음에 생각해볼 문제였다.

　그런데 파출소 순경의 행방이 묘연했다. 근무처에 알아봐도 그가 어디로 갔는지 아무도 모르고 있었다. 그는 아침에 정상적으로 출근했고, 밖에서 걸려온 전화를 받더니 잠깐 나갔다 오겠다 하면서 나가더니 아직껏 소식이 없다는 파출소 동료 순경의 말이었다. 춘자의 올케는 발을 동동 굴렀다. 그녀는 처음으로 남편이 그렇게 미울 수가 없었다.

　유문수(柳文洙)는 착실하기 이를 데 없는 순경이었다. 그는 아내와 자식 둘을 거느리고 비록 셋방살이를 하고 있었지만 언제나 단란한 행복감 속에 젖어 살고 있었다. 불만이 좀 있다면 봉급이 너무 적다는 것, 그리고 승진이 잘 안된다는 것 정도였다.

현재 서른한 살인 그가 경찰관이 된 것은 3년 전인 스물여덟 살 때였다. 그때부터 그가 바라는 것이 있다면 파출소 소장이 되는 것이었다. 그 생각은 지금도 변함이 없었다. 그는 그 이상은 바라지 않았다.

그날 아침, 그러니까 첫눈이 내리던 날 아침(광주에도 그날은 밤새에 내린 눈이 쌓여 있었고 아침이 되어서도 눈은 계속 내리고 있었다.) 그는 교대 근무를 하기 위해 일찍 아침식사를 마치고 파출소에 나갔다. 교대 시간은 8시였는데 그는 10분 일찍 그곳에 도착했다.

11시경에 그는 어떤 사람으로부터 걸려온 전화를 받았다. 처음 듣는 낯선 목소리였다. 중년 남자의 목소리였는데 어쩐지 기분 나쁜 목소리였다. 상대방은 이쪽의 이름을 확인한 후 긴히 할말이 있으니 지금 곧 만날 수 없겠느냐고 물어왔다.

「무슨 일로 그러십니까?」

그는 경계를 하며 물었다. 경찰관이다보니까 터무니없는 청탁을 해오는 사람들이 가끔 있었다. 거의 자질구레한 것들이었지만 그는 그런 부탁을 제일 싫어하고 있었다.

「만나서 말씀드리겠습니다. 만나시면 아시게 될 겁니다.」

상대방 남자는 서울 말씨를 쓰고 있었다.

「지금 바빠서 안됩니다. 용건이 있으시면 이리로 찾아오던가 전화로 말씀하십시오.」

그가 전화를 끊으려 하자 상대방은 당황하는 것 같았다.

「여동생 일로 상의할 게 있어서 전화를 걸었습니다.」

그 말에 유순경은 귀가 번쩍 뜨였다.

「춘자 말입니까?」

「네, 그렇습니다.」

「춘자는 지금 여기 없는데요.」

「네, 알고 있습니다. 남자를 만나기 위해 지금 서울에 가 있는 거 다 알고 있습니다.」

유순경은 더 이상 전화통에 매달려 있을 수가 없었다. 이번에는 그쪽에서 더 다급해졌다.

「지금 어디 있습니까? 만납시다.」

약속 장소로 나가면서 그는 여동생을 생각했다. 하나밖에 없는 여동생을 생각하면 그는 언제나 우울한 기분이 들곤 했다. 누이가 남편을 잘 만나 행복하게 살고 있으면 얼마나 좋겠는가. 그렇지 못하기 때문에 그는 누이를 생각할 때마다 기분이 착잡해지곤 했다.

누이는 젊은 여성으로서 가장 치욕적이고 불행한 삶을 살고 있었다. 사랑하는 남자로부터 버림받은 채 그 남자의 아이를 5년 동안 홀로 키워왔던 것이다. 여자로서 차마 못할 짓을 해온 셈이었다. 그래서 누이가 새 남자를 만나 결혼하겠다는 의사를 밝혔을 때 그는 내심 얼마나 기뻐했는지 몰랐다. 그리고 딸애의 장래 문제를 놓고 누이가 고민에 빠졌을 때 딸애의 아버지를 찾아보라고 권한 것도 바로 그였다. 누이를 서울로 보내놓고 나서 그는 이제나 저제나 하고 서울로부터의 소식을 기다렸다.

그런데 어제 정오경에 기다리던 누이로부터 마침내 전화가 걸려왔다. 그렇긴한데 그 전화가 영 마음에 걸려 속이 편치가 않았다. 어제 누이로부터 파출소로 전화가 걸려왔을 때 감이 먼데다 잡음이 많이 끼어들어 잘 알아들을 수가 없었다. 그런대로 대충 그가 알아들은 것은 오누이가 노준기인가 뭔가 하는 자를 만나는데 실패한 것 같다는 점이었다. 누이는 그자가 그 주소에 살고 있지 않다고 말했다. 그 주소에는 다른 사람이 살고 있으며 「이름은 같은데……」하다가 전화가 갑자기 끊어져 버렸다. 비명소리 같은 것이 들렸다가 사라지고는 누이의 말소리는 다시는 들리지 않았다. 그는 몇 번 누이를 소리쳐 부르다가 그만두었지만 어쩐지 마음이 개운치가 않았다.

통화 도중 우연히 전화가 끊기는 수가 없지 않아 있다. 그러나 누이와의 통화 도중 끊긴 것은 우연히 그렇게 된 것이 아닌 것 같았다. 통화 내용으로 보아 누이는 상황을 설명하고 나서 이쪽의 의견을 들으려고 한 것 같았다. 그렇다면 다시 전화를 걸어야 마땅했다. 그런데 누이로부터는 두번 다시 전화가 걸려오지 않았다. 답답해진 그는 누이에게 전화를 걸고 싶었지만 누이가 있는 곳을 알 수가 없었다. 그는 관내 순찰을 나갈 때는 동료 순경에게 누이로부터 전화가 올지도 모르니 잘 좀 받아달라고 신신당부하기까지 했었지만 끝내 누이한테서는 아무 연락도 없었다. 이상하다는 생각과 함께 불길한 느낌이 들었지만 그로서는 누이의 연락을 기다리는 수밖에 다른 도리가 없었다.

백제여관은 그의 관내에 있었다. 파출소로부터 걸어서 10분 거리에 있었다. 전화를 걸어온 사람은 자기는 백제여관 309호실에 있으니 거기서 만나자고 했다. 자기가 서울에서 내려왔기 때문에 광주 지리를 잘 모르니 수고스럽지만 자기가 투숙하고 있는 여관방으로 찾아와달라는 것이었다. 불쾌했지만 누이의 일이 궁금하던 참이었기 때문에 그런 것 저런 것 따지기에 앞서 빨리 그 사람을 만나고 싶었다.

막다른 골목에 자리잡고 있는 백제여관 문을 밀고 들어가자 프런트를 지키고 있던 중년 남자가 반가운 기색으로 그를 맞았다. 그 중년 남자는 여관 주인으로 다리를 몹시 절고 있었다. 유순경은 관내에 있는 거의 모든 업소의 주인들을 알고 있었기 때문에 여관 주인이 그에게 반가운 기색을 보인다고 해서 이상할 것은 없었다. 그러나 그 반가운 기색이란 것이 어떤 저의를 품고 있는 것이었기 때문에 유순경은 함께 반가운 표정을 지을 수가 없었다. 그는 상대방이 그렇게 나올수록 엄숙한 표정을 견지하면서

「309호실에 지금 손님 들어 있습니까?」
하고 물었다.
「네, 들어 있습니다.」
주인 남자는 비굴할 정도로 굽신거리며 대답했다.
「어떤 사람입니까?」
「남잡니다. 뚱뚱하게 생긴 남잡니다.」
「혼자인가요?」
「네, 혼자 들었습니다.」
「몇 시에 들었나요?」
「어제 저녁 때 들었습니다.」
「어디 숙박부를 좀 봅시다.」
숙박부에는 노태수라는 이름이 적혀 있었다. 나이는 48세, 직
업란에는 부동산업이라고 적혀 있었고, 주소는 서울 영등포 지
역이었다.
「309호실 좀 불러주십시오.」
「네네……」
주인 남자는 유순경이 통화하는데 불편하지 않게 전화통을 아
예 창구 앞에 내놓았다. 기다렸다는 듯이 상대방이 나왔다.
「유순경입니다. 올라가도 되겠습니까?」
「네, 올라오십시오.」
유순경은 기분 나쁜 목소리를 듣고 싶지 않다는 듯 얼른 수화
기를 내려놓았다.
「아는 사람입니까?」
주인 남자가 턱으로 위를 가리키며 물었다.
「네, 좀……」
유순경은 건성으로 고개를 끄덕이고 나서 모자를 벗어들
었다. 그때까지 정모에 가려 있던 얼굴이 드러났다. 남자치고는
곱상하게 생긴 얼굴이었다. 그는 구두를 벗고 계단을 올라갔다.

노태수라는 사람이 누이의 옛날 애인이었던 노준기와 성이 같은 것으로 보아 어쩌면 그의 일가뻘되는 사람일지도 모른다는 생각이 들었다.

309호실 앞에 이른 그는 숨을 한번 몰아쉰 다음 조심스럽게 문을 노크했다. 안에서 즉각 들어오라는 응답이 나왔다. 그는 문을 밀고 안으로 들어갔다.

「아이구, 어서 오십시오. 오시게 해서 죄송합니다. 노태수라
고 합니다.」

돼지도 서러워할 만큼 살이 찐 사내가 일어서면서 불쑥 손을 내밀었다. 유순경은 얼결에 그 손을 잡았다. 살찐 손을 통해 우악스런 느낌이 전해져 왔다. 손바닥은 나무꾼처럼 거친 느낌이었다.

「앉으시죠.」

사내가 소파를 가리키며 먼저 자리에 앉았다.

탁자를 사이에 두고 두 사람이 마주앉을 수 있는 조그만 소파가 침대 곁에 놓여 있었다. 침대는 더블이었다. 여관치고는 장급에 속하는 여관이라 내부 시설이 꽤 정성스럽게 꾸며져 있었다. 칼라 텔레비전 수상기도 놓여 있었고 벽에는 그림도 한폭 걸려 있었다. 탁자 위에는 맥주병과 함께 땅콩이 놓여 있었고, 글라스에 맥주가 절반 정도 채워져 있는 것으로 보아 사내는 혼자서 술을 마시고 있었던 모양이다.

사내는 텔레비전을 크게 켜놓고 있었다. 텔레비전에서는 외국 쇼프로를 방영하고 있었다. 흑인 가수의 노래소리가 유난히도 시끄러웠다. 유순경은 디스코 계열의 그런 음악을 몹시 싫어했다. 그것은 거의 본능적이었다. 그것은 음악이 아니라 사람의 머리를 마비시키는 지랄 같은 발악이라고 그는 벌써부터 생각하고 있었다.

유순경은 욕실을 등지고 앉았고 노태수라는 사내는 벽을 등지

고 자리를 잡고 있었다. 유순경은 상대방을 유심히 살펴보았다. 가지런히 손질이 잘된 검은 머리칼이 이마를 덮고 있었다. 어쩐지 가발 같다는 생각이 들었다. 이마 밑의 두 눈은 가늘게 찢어져 동자의 움직임이 거의 보이지 않았다. 그렇지만 그 두 눈에서 유순경은 냉혹한 빛이 번득이는 것을 느꼈다. 눈썹이 거의 없기 때문에 더욱 그런 생각이 들었는지도 모른다.

「이렇게 오시게 해서 미안합니다. 바쁘실 텐데 정말 미안합니다.」

사내는 거듭 사과했다. 유순경은 그런 말을 듣고 싶지 않았다. 어서 사내가 춘자에 관한 이야기를 꺼내 주었으면 했다. 하지만 사내는 얼른 본론에 들어가지 않고 뜸을 들이고 있는 눈치였다.

「노준기에 대해서는 이야기 들으셨겠지요?」

「네, 누이한테 들어서 좀 알고 있습니다.」

「죄송하기 짝이 없습니다. 저는 그애 숙부되는 사람입니다. 조카를 대신해서 제가 사과드리겠습니다.」

사내는 갑자기 상체를 일으키더니 유순경에게 정중히 허리를 굽혀 사죄를 표했다. 유순경은 당황했다.

「정말 죄송하기 짝이 없습니다. 그렇게 무책임한 조카를 두었다는 것이 부끄러울 따름입니다.」

사내는 두번 세번 머리를 조아리고 나서야 자리에 도로 앉았다. 유순경은 텔레비전을 끄든가 소리를 줄이든가 하면 좋겠다고 생각했다. 그러나 사내는 그런 것에는 신경이 가지 않는 모양이었다. 그렇다고 유순경 자신이 스스로 일어나 텔레비전에 손을 댄다는 것은 실례되는 짓일 것 같았다.

「훌륭한 오빠를 두셨군요. 자, 우리 한잔 하면서 이야기를 나눕시다. 이거 잔이 하나밖에 없어서……」

사내는 잔에 남아 있던 술을 마저 쭉 들이키고 나서 그것을 유순경에게 내밀었다. 유순경은 사양했다.

「근무중이라 마실 수 없습니다. 그리고 저는 술을 못합니다. 그보다도 이야기나 빨리……」

그러면서 유순경은 바쁘다는 듯 손목시계를 들여다보았다.

「아이구 이거 바쁘신 분을 붙들고 있어서 죄송합니다. 그러면 말씀을 드리지요. 에또…… 저는 그렇게 생각합니다. 과거는 과거고, 현재가 중요하다고 생각합니다. 과거 일에 너무 집착한다는 것은 서로 손해가 아닐까 생각합니다.」

「하지만 현재는 과거의 바탕 위에 존재합니다. 과거는 존재하지 않는 게 아닙니다. 그것은 엄연히 존재하고 있습니다.」

유순경은 스스로도 자신의 말이 멋지다고 생각했다. 그러면서 손해봐서는 안된다고 다짐했다.

「그야 그렇지요. 그 예로 아이를 들 수가 있죠. 아이는 과거의 씨니까요. 하지만 두 사람 사이에는 오랜 공백기간이 있었고 준기는 현재 가정을 이루며 살아가고 있습니다.」

「그전에 물어볼 게 있습니다. 제 누이는 노준기라는 사람을 만났나요?」

「물론이죠. 만나서 이야기를 나누었지요. 그런데 합의를 못봤기 때문에 제가 대신 오빠를 만나보기 위해서 내려온 겁니다. 저는 부동산 중개업을 하고 있습니다. 마침 광주 지방에 좋은 임야가 하나 있다고 해서 그것도 볼 겸해서 이렇게 내려온 겁니다.」

유순경은 사내에게 의혹의 눈초리를 보냈다.

「그렇지 않아도 어제 누이한테서 전화가 왔었어요. 그런데 누이가 이상한 말을 하더군요. 제가 알려준 주소에는 노준기라는 사람이 살고 있지 않다고 말입니다. 이름은 같은데 다른 사람이 살고 있다던가…… 하여간 그런 뜻인 것 같았습니다. 감이 너무 멀어서 잘 알아들을 수가 없었지만 아무튼 그런 뜻

인 것 같았습니다. 자세한 것을 누이가 말하기도 전에 도중에
전화가 끊기는 바람에 정확한 것은 아직 알 수 없습니다만,
말씀을 듣고 보니까 그렇다면 제 누이는 그 후에 노준기라는
사람을 만난 모양이군요.」

「글쎄요, 자세한 건 저도 잘 모릅니다. 하지만 두 사람이 만
난 건 확실합니다. 조카가 저한테도 인사를 시켰으니까요. 조
카는 저하고 함께 일하고 있으니까요. 어느 정도 사업기반도
잡혔고 해서 이제는 생활 걱정 같은 건 없지요.」

사내의 실낱 같은 눈이 번득이고 있었다.

「그런데 그 뒤 누이한테서는 연락이 없습니다. 전화가 도중에
끊겼으면 당연히 전화를 다시 걸어와야 할 텐데 그러지 않고
있습니다. 어떻게 된 일인지 걱정이 됩니다. 제 누이는 지금
어디 있습니까?」

사내는 충분히 이해가 간다는 듯 고개를 끄덕였다.

「궁금하셨으리라 생각합니다. 전화를 걸지 않은 것은 그럴 만
한 이유가 있어서입니다. 아이 엄마가 조금 다쳐서 지금 병원
에 있습니다. 놀라실까봐 연락을 못해드렸습니다. 별로 대단
치 않은 거라서……」

유순경의 눈이 휘둥그래졌다.

「아니, 제 누이가 다쳤다는 말입니까?」

「네, 아마 전화를 걸고 있다가 그런 모양입니다. 그 전화를
걸다 말고 아이가 없어진 걸 알고 아이를 찾으러 나가다가 그
만 오토바이에 치였지요. 다리에 골절상을 입어 지금 병원에
입원해 있습니다만 의사 말이 며칠 후면 걸어다닐 수 있을 거
라고 걱정하지 않아도 된다고 했습니다. 너무 걱정하지 마십
시오.」

「아이는 찾았습니까?」

「네, 잘 있습니다.」

142

「어느 병원에 입원해 있나요?」
「올라가 보시려구요?」
「그럼 가봐야죠.」
「아이구, 가보지 않으셔도 됩니다. 우리 조카애가 잘 보살펴
드리고 있으니까 너무 걱정하지 마십시오.」
「그래도 가봐야죠.」
「그건 그렇고 준기가 한 짓에 대해서는 정말 할말이 없습
니다. 컴퓨터를 동원해서 그 아이 주소를 알아냈다구요?」
「네, 그렇습니다. 이제 웬만한 건 컴퓨터가 다 찾아내고 있습
니다.」
「그러니까 유순경께서 경찰 컴퓨터를 통해서 주소를 알아내
가지고 여동생한테 알려준 거군요?」
「그렇습니다.」
「정말 세상은 좋은 세상이군요. 이제 옛날 같지 않아서 숨을
래야 숨을 수도 없게 됐어요.」
사내는 고개를 끄덕이더니 갑자기 몸을 일으켰다.
「잠깐 실례합니다.」
사내는 유순경의 뒤쪽에 있는 욕실로 들어갔다. 유순경은 사
내가 용변을 보러 화장실에 들어간 줄로 알고 있었다. 텔레비전
의 볼륨을 좀 낮추어야겠다고 생각했다.
욕실 겸 화장실로 들어온 사내는 변기 뒤에 놓여 있는 수조의
키를 돌렸다. 물이 쏴아하고 빠지는 소리가 들려왔다. 그는 재
빨리 수조의 뚜껑을 열고 안에서 무엇인가를 꺼냈다.
그것은 자루가 짧은 등산용 도끼였다. 도끼에서 물이 뚝뚝 떨
어지고 있었다. 그는 일부러 수돗물을 세게 틀어놓았다. 타월로
도끼에 묻어 있는 물기를 깨끗이 닦았다.
그는 칼을 사용하는 데는 자신이 있었다. 그런데 상대가 남자
인만큼 급소를 찌르지 못하면 어제처럼 지저분한 살인이 될 소

지가 있었다. 급소를 찌르는데 실패하면 상대방은 필사적으로 저항하려 들 것이다. 그렇게 되면 이쪽까지 위험하게 될 것이다. 그것을 피하기 위해 생각해낸 것이 등산용 도끼였다. 그는 단 1회용으로 그것을 사용할 생각이었다. 그것을 선택하면서 그는 ‘트로츠키’의 죽음을 생각했었다.

‘트로츠키’는 권력 투쟁에서 패한 후 ‘스탈린’의 마수를 피해 멕시코까지 흘러가 숨어 있었다. 그러나 스탈린이 파견한 KGB의 암살자는 그곳까지 따라가 마침내 ‘트로츠키’를 암살했는데, 그때 그 자객이 사용한 것이 등산용 피켈이었다. 그 자객은 피켈로 딱 한번 ‘트로츠키’의 이마를 찍었고, ‘트로츠키’는 그 자리에서 즉사했던 것이다. ‘트로츠키’의 죽음을 생각하면서 그는 도끼를 두 번 사용해서는 절대 안된다고 자신에게 몇 번이고 타일렀었다.

욕실 문이 열렸다. 불과 2·3분 정도의 시간이 흘렀는데도 많은 시간이 흐른 것 같았다. 그는 헛기침을 몇 번 했다. 유순경은 텔레비전 볼륨을 조절하고 있었다. 그 뒤로 다가섰다. 죽음의 냄새를 느꼈던지 유순경이 고개를 돌렸다. 그는 자기 머리 위에 높이 떠 있는 도끼날을 보았다. 그는 아차하고 생각했다. 그리고 그 다음 생각은 미처 떠오를 겨를도 없었다. 그의 머릿속에는 아무 영상도 떠오를 수가 없었다. 자객은 그에게 그럴 여유를 주지 않았던 것이다. 그에게 그럴 만한 여유를 주었다면 그는 적어도 아내와 자식들을 생각하면서 고통스럽게 죽어갔을 것이다. 그는 머리 위에 떨어지는 도끼날을 바라보면서 캄캄한 어둠 속으로 침몰해 들어갔다.

단 일격에 머리통은 두쪽으로 갈라졌다. 유순경은 나무통처럼 옆으로 쓰러졌다. 검붉은 피와 함께 허연 골이 쏟아져 나왔다.

텔레비전 화면에서는 ‘마이클 잭슨’이 미친 듯 몸을 흔들어대고 있었다. 자객은 시트로 시체를 덮었다. 보기에 너무 끔찍했던 것이다. 그는 사람의 목숨이 그렇게 순식간에 끊어진 것을 보고 스스로도 놀라고 있었다.

이윽고 그는 자신의 손이 닿은 곳을 타월로 깨끗이 닦기 시작했다. 지문이 남아 있지 않도록 철저히 닦아낸 다음 조용히 밖으로 나왔다. 안으로 문이 잠긴 것을 확인한 다음 아래층으로 내려갔다.

주인 사내가 층계를 뒤뚱거리며 내려오는 그를 유심히 바라보고 있었다. 저 정도 뚱뚱하면 몇 킬로나 나갈까 하고 그는 생각했다. 아마 90 이상은 나갈 것이라고 그는 생각했다.

손님은 신장에서 구두를 꺼내 신었다. 허리를 펴면서 그는 주인 남자를 향해 미소를 던졌다.

「좀 나갔다 오겠습니다.」

「유순경은 안 내려오십니까?」

「내가 다녀올 때까지 기다리고 있으라고 했습니다.」

「아, 네, 다녀오십시오.」

자객은 고개를 끄덕하고 여관 밖으로 나갔다.

주인 남자는 두 시간을 기다렸다. 그때까지 그 돼지 같은 손님은 돌아오지 않고 있었다. 유순경도 내려오지 않고 있었다. 근무중에 저렇게 오랜 시간 여관방에 머물러 있어도 되는 것일까. 혹시 방에서 잠든 게 아닐까. 그렇다면 깨워줘야 한다. 자고 있지 않으면 맥주나 커피를 권하면 된다. 그는 309호실로 전화를 걸었다. 한참 신호를 보냈지만 전화를 받지 않는다. 아마 잠이 들어도 단단히 든 모양이라고 생각하면서 전화를 끊었다.

다시 한 시간이 지났다. 그때까지도 금방 오겠다던 309호실 손님은 돌아오지 않았고 유순경도 내려오지 않고 있었다. 주인 남자는 309호실로 다시 전화를 걸었다. 역시 전화를 받지 않는다. 이렇게 깊은 낮잠을 잘 수가 있을까 하는 생각이 들었다.

아무래도 이상한 느낌이 들어 주인 남자는 자리를 털고 일어섰다.

스물한 살 먹은 남자 종업원은 텔레비전을 보다 말고 입을 딱 벌린 채 잠들어 있었다. 어떻게나 행동이 굼뜬지 이달까지만 그를 쓰고 내보낼 생각을 하고 있었다. 그는 종업원을 발로 찼다.

「여기 보고 있어. 위에 올라갔다 올 테니까.」

보조키를 한 손에 달랑달랑 들고 그는 절뚝거리며 힘겹게 계단을 올라갔다.

그가 다리를 다친 것은 10년 전 월남에서였다. 그때 그는 용감한 중사로 훈장까지 받았었다. 다리에 부상을 입은 것은 앞서 가던 병사가 지뢰를 밟았기 때문이었다. 그 자리에서 세 명이 갈갈이 찢겨 공중 분해되고, 그는 의식을 잃고 병원으로 후송되었다. 정신을 차렸을 때는 오른쪽 다리가 따로 놀고 있었다. 그때 그를 엄습한 공포는 혹시 다리가 잘릴지 모른다는 점이었다. 그는 군의관에게 애걸했다. 다리가 어떻게 되어도 좋으니 제발 자르지만 말아달라고.

그의 애걸이 통했는지 몰라도 다행히 그는 다리가 잘리는 것만은 면할 수가 있었다. 그렇다고 다리가 본래대로 기능이 회복된 것은 아니었다. 그는 본국으로 후송되어 1년 가까이 군병원에 입원해 있다가 11년의 군생활에 종지부를 찍고 사회로 나왔다. 이미 그때 다리는 무릎을 굽힐 수 없게 뻣뻣이 굳어 있었다.

불구자인데다 배운 기술도 없으니 앞으로 가족들을 데리고 먹고 살 일이 막막했다. 그때 아내 쪽으로 친척이 되는 사람이 미국으로 이민을 가기 위해 자기가 경영하던 여관을 싼 값으로라도 처분하겠다는 소식을 아내가 주워듣고는 그에게 그 이야기를 전해주었다. 귀가 솔깃해진 그는 퇴직금과 보상금 그리고 집을 팔아 생긴 돈에다 빚까지 긁어모아 지금의 여관을 가까스로 잡왔다. 그동안 빚도 모두 갚고 지금은 명실공히 그의 소유로서 생활 걱정은 하지 않아도 되게끔 손님이 많이 찾아들고 있었다.

309호실 문을 조심스럽게 서너 번 두드려 본 다음 응답이 없자 그는 보조키로 문을 땄다. 안에서는 텔레비전 소리가 흘러나오고 있었다.

그는 혹시 실례가 될까봐 조심스럽게 가만히 문을 열었다.

소파가 나동그라져 있었고 사람의 형체 같은 것이 시트에 덮인 채 바닥에 누워 있었다. 하얀 시트는 검붉은 피로 한쪽이 젖어 있었다. 피는 소파 밑으로 해서 질퍽하게 방바닥을 적셔놓고 있었다. 피비린내가 확 풍겨왔다.

그는 반사적으로 문을 쾅하고 닫았다. 손으로 입을 틀어막으면서 격렬하게 몸을 떨었다. 뒤 돌아서서 등으로 문을 밀어붙인 채 거친 숨을 몰아쉬었다. 자신이 몹시 약해졌다는 생각이 들었다. 10년 전만 해도 시체 따위를 보고 놀라지는 않았었다. 월남의 정글 속에서 시체를 보는 것은 개미 새끼를 보는 것 만큼이나 흔한 일이었다. 썩어가는 시체 옆에서 그는 잠도 잤고 식사도 했고 여자를 생각하기도 했다. 그런데 이게 무슨 꼴이람.

그는 어금니를 깨물면서 천천히 돌아섰다. 그리고 다시 문을 열었다. 방안을 날카로운 눈으로 둘러보다가 안으로 발을 들여놓았다. 이런 일일수록 조용히 처리해야 한다는 생각이 들었다. 시끄럽게 떠들어서 이로운 것은 하나도 없다. 그는 피에 젖은 시트를 젖혔다. 그리고 흑하고 숨을 들이키면서 뒤로 물러섰다.

머리가 갈라지기는 했지만 얼굴은 알아볼 수가 있었다. 그는 얼른 시트로 얼굴을 가렸다. 소파 위에 등산용 도끼가 놓여 있었다. 날 부문에는 피가 엉겨붙어 있었다.

그는 손으로 입을 틀어막으면서 욕실로 달려들어갔다.

변기 앞에 쭈그리고 앉아 그는 한참 동안 토했다. 아래층으로 내려오면서 그는 몇 번씩이나 쓰러지곤 했다. 가까스로 프런트에 다달은 그는 종업원이 놀라 부축해 주는 것도 뿌리치면서 물부터 찾았다.

　수사본부는 동백여관에서 가까운 파출소에 설치되었다.
　그날 오후 3시 30분경 수사본부의 전화벨이 날카롭게 울렸고 형사 한 명이 그 전화를 받았다가 강계장에게 넘겼다.
「광주에서 긴급 전화입니다!」
강무기는 수화기를 나꿔채듯 가져갔다.
「살해된 유춘자의 오빠 되는 사람 중에 유문수라는 사람이 있는데 현직 경찰관입니다. 현재 파출소 순경으로 근무중인데 한 시간 전에 여관에서 피살된 시체로 발견됐습니다.」
보고자는 흥분한 나머지 목소리까지 더듬거리고 있었다.
　순간 강계장은 얼어붙은 듯 가만 있었다. 돌발 사태에 대해 얼른 판단을 내리기가 주저스러운 모양이었다. 이윽고 그는
「살해된 시간은?」
하고 의외로 낮은 목소리로 물었다.
「오전 11시 30분경으로 추정됩니다.」
「오늘 말인가요?」
「네, 금일 오전 11시 30분경입니다. 유문수 순경은 금일 오전 11시 조금 지나 백제여관 309호실에 들어 있는 뚱뚱한 남자 손님을 찾아왔답니다. 얼마 후 309호실 손님은 먼저 밖으로 나갔는데, 주인이 아무리 기다려도 유순경이 내려오지 않으니까 세 시간쯤 지나 2시 반경에 309호실에 가봤답니다. 그랬더니 거기에 유순경이 이미 죽어 있었답니다. 범인은 등산용 도끼로 머리를 찍었더군요. 그 뚱뚱한 자가 범인이 틀림없습니다. 아주 잔인무도한 놈입니다.」
「그자의 인상착의를 말씀해 주시겠습니까?」
「네, 아래위 회색 양복을 입었고, 검정 넥타이를 맸답니다.

돼지처럼 뚱뚱한 자로 나이는 40, 50대로 보이고, 눈이 가늘게 찢어진 자라고 합니다.」
「대머리가 아닌가요?」
「대머리는 아니랍니다. 주인이 목격자인데 머리는 가지런히 빗질이 되어 있었답니다.」
「안경은 끼었나요?」
「안경은 끼지 않았답니다. 숙박부에 적힌 이름은 노태수, 나이는 48세, 직업은 부동산 중개업, 주소는 서울 영등포구…」
강계장은 한쪽 귀로 들으면서 종이에 적어 나갔다. 대머리는 가발로 얼마든지 가릴 수가 있다. 그리고 안경은 언제라도 끼었다 벗었다 할 수 있다.
「그자가 그 여관에 투숙한 날짜는 언젭니까?」
「어제, 그러니까 10일 저녁 8시경이었다고 합니다.」
「유춘자의 유가족은 서울로 출발했습니까?」
「아직 출발하지 않았습니다. 여기서 또 사건이 터지는 바람에 말씀 들어보고 나서 올라가도 늦지 않을 것 같아서……」
「빨리 한 사람 보내주십시오. 유춘자의 시체를 확인시켜야 하니까 누군가 한 사람은 올라와야 합니다.」
「네, 곧 보내겠습니다. 유춘자의 막내 오빠가 올라갈 겁니다.」
「비행기 편으로 보내십시오.」
「네, 그러겠습니다.」
「현장을 그대로 보존해 두십시오. 지금 곧 내려갈 테니까 치우지 말고 그대로 두십시오.」
「네네, 알겠습니다.」
하기자가 도끼눈을 한 채 강계장을 바라보고 있었다.
「무슨 일입니까?」
강계장은 눈이 날리는 창밖을 가만히 바라보고 있다가 고개를 돌려 하기자를 바라보았다.

「유춘자의 오빠가 수시간 전에 살해됐습니다. 그는 경찰인데 어떤 이유로 살해됐는지는 아직 모르겠습니다.」

「범인은 체포됐습니까?」

「도주했습니다. 그놈도 뚱뚱한 놈이라고 하는데…… 어쩌면 유춘자를 살해한 놈과 동일범일지도 모르겠습니다.」

그는 부하들에게 몇 가지 지시를 내린 다음 그들 중 두 명을 데리고 공항으로 달려갔다. 하기자를 비롯한 기자들 몇 명도 그들을 따라붙었다.

강무기는 마흔네 살이었다. 그 나이에 계장이라면 그 계통에서 결코 성공했다고 볼 수 없었다.

그런데 그에게는 성공에 장애 요인이 되는 점들이 몇 가지 있었다. 첫째는 상대가 누구이건 자기가 옳다고 생각한 일에 대해서는 절대 타협할 줄을 모른다는 점이었다. 그 때문에 그는 상사들과 마찰이 잦았다. 둘째, 그는 로비 활동을 할 줄 몰랐다. 어느 사회 집단이건 그 속에서 출세하려면 실력도 중요하지만 로비 활동을 통해 자신을 인식시켜 주기도 하고 선물꾸러미라도 건네줄 줄 알아야 한다. 그것은 어느새 필요악으로 이 사회에 만연되어 있는 풍조였다. 그런데 그는 그런 것을 철저히 무시했고, 그런 짓에 능한 사람들을 오히려 혐오했다. 로비 활동은 커녕 그는 사람 사귀기를 싫어했다.

지금까지 그는 지방으로만 돌아다녔다. 제주도에만 그는 4년 동안 있었다. 물론 강력사건 담당이었지만 그는 군소리 하나 없이 묵묵히 일에만 열중해 왔었다. 그러한 그를 좋게 보는 사람도 없지 않아 있었다. 지금 그가 속해 있는 K서의 서장도 그를 좋게 보는 사람들 중의 한 명이었다. 그 서장과 강계장은 제주도에서 함께 근무했었다. 그리고 평소 강계장을 좋게 보고 있던 서장은 얼마 전 서울로 전출되어 오면서 아무래도 강계장을 놓

150

치기가 싫어 그를 데리고 왔던 것이다.

강계장은 자식이 셋에다 노부모까지 모시고 있었다. 거기다 동생을 두 명이나 데리고 있었다. 박봉에 대식구를 거느리고 있으니 자연 살림이 궁핍할 수밖에 없었다. 사람이 융통성이 없다보니 부수입 같은 것이 있을 리 없었다. 그는 청탁건으로 자기한테 돈봉투 따위를 건네주는 사람을 가장 혐오했다. 그러니 그의 사람됨을 아는 사람들은 그런 일로 그에게 접근하는 짓은 아예 삼가했다.

그에게 괴로운 점이 있다면 아내와의 마찰이었다. 아내가 박봉을 쪼개가며 아주 어렵게 살림을 꾸려나가고 있다는 것을 누구보다도 그가 잘 알고 있었다.

그는 고생하는 아내한테 항상 미안하다는 마음을 가지고 있었다. 아내가 고생을 묵묵히 견디어주면 그보다 더 고마울 데가 없겠는데, 그런데 그게 아니었다. 그녀는 언제쯤이면 이 가난에서 벗어날 수 있을까, 가난에서 벗어나기는 글렀다고 한탄하면서 가족들을 달달 볶아대기 일쑤였고 그러다 보니 집안 식구들 모두가 그녀의 눈치만을 보게 되었다. 그래도 그녀를 상대해서 말할 수 있는 사람은 남편인 강계장이었다. 그가 너무 그러지 말라고 하면 그녀는 기다렸다는 듯이 신경질을 부리는 것이었고, 결국 자존심을 상하게 된 그는 아내를 피해 밖으로 나와버리곤 했다. 그전에는 참다못해 아내에게 손찌검을 하기도 했었다. 그러나 그것이 결코 약이 될 수가 없고, 그래서 안된다는 것을 자각하면서부터는 될수록 아내와의 마찰을 피하려고 그쪽에서 먼저 주의를 기울이곤 했다. 그는 어떻게 해서든지 비록 가난하나마 단란한 가정을 이루어 보려고 애를 썼지만 그것이 혼자의 힘만으로는 불가능하다는 것을 깨닫고부터는 가정 밖에서 맴도는 시간이 많아졌다. 그는 자식들이 불쌍했고, 부모와 동생들에게 미안했다. 술은 입에도 대지 않는 그가 밤늦게까지

밖에서 시간을 보낸다는 것은 결코 쉬운 일이 아니었다. 결국 그는 시간을 보내는 방편으로 일에 매달리지 않을 수 없었다. 가정은 남자에게 있어서 편히 쉴 수 있는 보금자리이어야 한다는 것이 그의 생각이었다. 그러나 그의 가정은 보금자리가 아닌 가시방석 같은 곳이었고, 그런 느낌이 쌓이다보니 그는 점점 아내가 보기 싫어졌고 가족들 보기도 민망해졌다. 시간이 흐르면 잘될 것이라는 보장 같은 것도 없었다. 그의 마음은 늪처럼 깊고 차갑게 가라앉아 갔고, 그는 갈수록 말수가 적어졌다.

시간과 정신을 송두리째 쏟아 붓기에는 강력사건 담당 자리가 안성맞춤이었다. 큰 사건이라도 발생하면 그야말로 눈코 뜰 새 없이 바쁘다. 그는 눈코 뜰 새 없이 바쁜 것을 좋아하고 있었다. 사건에 몰입해서 범인을 쫓다보면 그는 어느새 거기에서 기쁨을 맛보고 있었다. 이제는 그 희열의 순간 순간을 기다리게까지 되었다. 그런 점에서 그는 다른 수사관들과는 근본적으로 다른 데가 있었다. 다른 사람들은 범인을 쫓는 일 자체를 고통스럽게 치러내고 있었다. 그러나 그는 힘든 사건일수록 더 호기심을 느끼고 더 열정적으로 거기에 몰입해 들어가는 것이었다. 학교 교사 같은 선량한 얼굴 뒤에 그와 같은 엉뚱한 점이 있는 것을 보고는 사람들은 내심 몹시 놀라워 했다. 그러면서 그를 보고 좀 묘한 데가 있는 사람이라고 생각하는 것이었다.

광주로 날아가는 비행기 속에 앉아 눈덮인 산하를 내려다보면서 그는 아직 제주도에 그대로 방치되어 있는 가족들을 생각하고 있었다. 가족들과 떨어져 있으니 홀가분하기는 했다. 그러나 한편으로는 가슴 한쪽이 텅 비는 느낌만은 어찌할 수 없었다.

광주에 도착했을 때는 눈이 더욱 많이 내리고 있었다. 내린 눈은 녹지 않고 그대로 땅 위에 쌓이고 있었다.

백제여관은 외부인의 출입이 통제되고 있었다.

서울을 출발한 지 두 시간 가까이 지나 여관에 도착한 수사요원들과 기자들은 309호실에 들어서서 시체의 참혹한 모습을 보는 순간 하나같이 눈살을 찌푸리며 얼굴을 돌려버렸다. 시체를 수없이 보아온 강심장의 사나이들이었지만 그렇게 참혹한 모습을 보기는 처음이었다.

화장실 안으로 제일 먼저 뛰어들어간 사람은 하기자였다. 진저리를 치면서 화장실 안으로 들어간 그는 변기에다 얼굴을 처박고 정신없이 토했다.

그가 얼굴을 씻고 나서 밖으로 나왔을 때 강계장은 범행에 사용된 것으로 보이는 등산용 도끼를 살펴보고 있었다. 표정에 변화가 없는 사람은 유일하게 그 한 사람뿐이었다. 도끼날에 말라붙어 있는 핏자국을 가리키면서 그가 입을 열었다.

「이것으로 일격에 처리한 모양이군요.」

「네, 그렇습니다.」

지방 경찰의 수사 간부가 고개를 끄덕였다.

「이건 완전히 도살자의 솜씨인데요.」

하기자도 머리를 흔들며 한마디했다.

「맞습니다. 범인은 희대의 도살자 같습니다. 잔인무도한…」

강계장은 말끝을 흐리면서 방안을 둘러보았다. 그러다가 그는 호주머니에서 수첩을 꺼내 들었다.

「경찰을 살해한 것을 보면 놈은 보통 놈이 아닌 것 같습니다. 그런데 하루 사이에 두 오누이가 연달아 살해됐습니다. 그리고 범인은 동일 인물인 것 같습니다.」

수첩을 들여다보면서 강계장은 범인의 공통점을 이야기했다.

「중키에 뚱뚱한 점. 눈이 가늘게 찢어진 40, 50대, 그리고 무엇보다도 잔인하다는 점이 서로 닮았습니다. 유춘자도 잔인하게 살해되었습니다. 놈은 어린애까지 살해했으니까요. 다른 점이 있다면 유춘자를 살해한 놈은 대머리에 안경을 끼었는데 유순경을 살해한 놈은 대머리가 아니고 안경도 끼지 않았습니다. 하지만 그것은 놈이 변장한 거라고 생각합니다. 놈은 29일 12시경에 유춘자와 어린 딸을 살해한 후 광주로 내려와 이 여관에 투숙했습니다. 투숙한 시간이 어제 저녁 9시경이라고 했지요?」

「네, 그렇습니다.」

현장을 지키고 있던 지방 형사 한 명이 얼른 대답했다.

「유순경이 이 방에 들어오게 된 경위를 알고 싶군요.」

강계장은 둘러선 사람들을 향해 말했다.

「거기에 대해서는 이 여관 주인이 잘 알고 있습니다.」

지방 경찰의 간부가 말했다.

장소가 협소했기 때문에 강계장은 옆방을 하나 빌었다. 그곳으로 여관 주인이 곧 불려왔다.

주인 사내의 얼굴은 창백하다 못해 파리했다.

「유순경이 어제 이 여관에 오게 된 경위, 그리고 어떻게 해서 309호실에 들어가게 됐는지 그걸 자세히 아시는 대로 말씀해 주십시오.」

「11시 조금 지나서 유순경님이 여관에 들어오셨습니다. 평소 때처럼 순찰차 들른 줄 알았는데 그게 아닌 것 같았습니다. 들어오자마자 309호실에 손님이 들어 있느냐고 물었습니다. 그렇다고 하자 그 손님이 어떻게 생겼느냐고 물었습니다. 그리고 언제 309호실에 투숙했는지도 물었습니다. 그리고 나서 숙박부를 좀 보자고 했습니다.」

주인 사내는 숙박부를 펼쳐 보이면서 한곳을 손가락으로 짚었다.

「바로 이 사람이 309호실에 투숙했던 사람입니다.」

강계장은 잠시 거기에 적혀 있는 인적 사항을 들여다보았다.

「그 사람이 직접 적은 겁니까?」

154

「네, 직접 쓴 겁니다.」

그것은 볼펜 글씨였는데 형편없이 서툰 글씨였다. 강계장은 고개를 끄덕여 다음 말을 재촉했다. 주인 사내는 더듬거리며 말을 이어갔다.

「유순경님은 숙박부에 적힌 것을 확인한 다음 309호실로 전화를 걸었습니다. 그리고 자기가 유순경이라고 하면서 올라가도 되겠느냐고 물었습니다. 아마 위에서 올라와도 좋다고 했는지 유순경님은 전화를 끊고 3층으로 올라갔습니다. 그전에 저는 309호실 손님을 잘 아느냐고 물어보았습니다. 유순경님은 조금 안다는 듯 고개를 끄덕이면서 위로 올라갔습니다. 하지만 제 생각에는 그 사람과 잘 아는 사이는 아닌 것 같았습니다. 아는 사이라면 왜 저한테 그 사람이 어떻게 생겼느냐고 물었겠습니까. 그리고 숙박부까지 들여다볼 필요가 뭐가 있겠습니까.」

「그 다음을 말씀해 주십시오.」

주인 남자는 유순경의 시체를 발견할 때까지의 과정을 차근차근 이야기했다. 그는 이제 어느 정도 충격에서 벗어나고 있는 듯이 보였다. 끝으로 그는 자신이 월남전에서 부상을 입어 다리를 절고 있다는 것, 그리고 전장에서 시체를 많이 봐왔지만 이번처럼 시체를 보고 놀라기는 처음이라고 덧붙여 말했다.

「309호실 손님이 어디론가 전화를 건 적은 없었습니까?」

「없었습니다.」

주인 사내가 밖으로 나가고 다음에는 관할파출소 순경이 들어섰다. 그는 유순경이 살해되기 전 마지막까지 함께 근무했던 동료 순경이었다.

「유순경이 전화를 받은 것은 아침 1시경이었습니다. 제가 전화를 받아서 바꾸어 주었는데 중년 남자의 목소리였습니다. 옆에서 듣고 있자니까 아는 사람한테서 걸려온 전화가 아닌 것 같았습니다. 상대방은 만나자고 하는 것 같았고 유순경은 무슨 일로 그러느냐고 따져 물었습니다.」

그는 잠시 말을 끊고 무엇인가 골똘히 생각하는 것 같더니 다시 말을 이었다.

「통화중에 유순경의 입에서 춘자라는 이름이 두 번인가 나왔습니다. 그리고 유순경은 잠깐 다녀오겠다고 하면서 밖으로 나가서는 끝내 돌아오지 않았습니다.」

그는 울먹였다.

두 사람의 말을 종합해볼 때 유순경은 도살자와 평소에 아는 사이가 아니었던 것 같았다. 그러니까 도살자는 초면인 유순경을 여관방으로 유인하여 살해했다고 볼 수 있었다. 유순경이 모르는 사람의 전화를 받고 여관에까지 찾아갔다면 그럴 만한 이유가 있었을 것이다. 그 이유란 무엇일까? 유춘자와 그 어린 딸을 살해하고 나서 곧바로 광주로 달려와 다음날 오전 유문수를 살해했다. 놈은 무슨 말로 유순경을 유인해냈을까?

서울에서 내려온 수사진과 지방의 수사진은 공동의 범인을 놓고 곧 회의에 들어갔다. 그들은 수사에 있어서 공조체제를 유지할 필요성을 느꼈다.

그들이 회의를 하고 있을 때 서울로부터 강계장을 찾는 전화가 걸려왔다.

「유춘자의 시체임이 확인됐습니다! 그 여자의 오빠가 올라와서 확인했습니다!」

이미 예상하고 있었던 것이었기 때문에 강계장은 알았다고 전화를 끊었다.

하기자는 자못 흥분해 있었다. 그는 데스크에 장거리 전화를 걸어 '세 명을 연달아 살해한 희대의 도살자'라는 표현을 사용했다. 그리고 그 잔혹한 수법에 대해서도 이야기했다.

시장에서 과일 장사를 하고 있는 유근수(柳根洙)는 줄지에 동생 둘과 조카를 잃고 나자 정신을 차릴 수가 없었다. 너무 기막힌 일을 당하고 보니 울음도 나오지 않았다. 강계장이 그를 만났을 때 그는 얼이 빠진 사람처럼 멍한 표정이었다.

강계장은 그에게 위로의 말 같은 것은 하지 않았다. 그는 단도직입적으로 유춘자에 대해서 알고 있는 대로 말해달라고 요구했다.

한참 얼빠진 모습으로 앉아 있던 유근수는 가까스로 입을 열어 누이동생의 불행했던 과거에 대해서 이야기하기 시작했다. 누이동생이 어떻게 해서 그 못된 놈을 만나 애를 배게 되었으며 결국 그 아이를 낳게 되었는지 그 소상한 이야기는 춘자가 말을 해주지 않아 그 자신도 잘 모르고 있었다. 다만 그가 알고 있는 것은 그 못된 놈을 만나 누이는 애를 배게 되었으며, 그러자 그 놈은 멀리 도망가버렸고, 누이는 어린 나이에 아이를 낳아 지금까지 혼자 키워왔다는 지극히 피상적인 이야기 정도였다. 이야기는 자연 춘자가 이번에 서울에 올라가게 된 경위로 이어졌다.

「영미의 아빠 된다는 그 사람 이름이 뭡니까?」

「노 뭐라고 하던데……」

불행히도 그는 그 이름을 모르고 있었다.

그의 아내도 동생도 누이한테 아이를 낳게 한 그 못된 놈의 이름을 모르고 있었다. 그들은 춘자의 불행에만 관심이 있었지 그 불행을 심어준 자에 대해서는 관심이 없었던 것이다.

「그자를 본 적이 있습니까?」

「없습니다. 5년 전엔가 6년 전에 춘자가 서울서 애를 낳아가지고 왔기에 그런 놈이 있었는갑다 하고 생각했었지 한 번도 본 적은 없습니다. 문수가 그놈 이름을 알고 있을 텐데……」

유근수의 눈에 눈물이 맺혔다.

「살해된 유순경이 그 사람의 이름을 알고 있었단 말입니까?」

「네, 그렇지요. 춘자의 부탁을 받고 문수는 컴퓨턴가 뭔가로 그 사람 주소를 찾아냈지요. 춘자는 그 주소를 들고 그놈을 만나러 간 겁니다. 이렇게 죽을 줄 알았으면 못 가게 막는 건데. 아무래도 그 노 뭐라고 한 놈이 수상합니다.」
그는 손등으로 눈물을 닦았다. 손마디가 굵은 거친 손이었다.

「경찰 컴퓨터로 그 사람 주소를 찾아냈다는 말입니까?」
강계장은 긴장해서 물었다.
「네, 아마 그런 것 같습니다. 하여간 누이가 이름하고 고향하고 생일을 대니까 다음날 금방 알아가지고 왔습니다.」
근수는 그때 그 메모지에 적힌 이름을 주의깊게 보지 않은 것을 몹시 후회했다.
「이 사진을 한번 봐주시겠습니까?」
강계장은 사진 한 장을 꺼내 근수에게 내보였다.
「유춘자 씨의 유품 중에서 발견한 겁니다. 혹시나 해서 가져왔습니다.」
그것은 유춘자가 연애시절 노준기와 함께 설악산에 가서 찍은 사진이었다. 사진 뒤에는 볼펜으로 〈설악산에서 1977년 8월 5일〉이라고 적혀 있었다.
「6년 전의 사진입니다. 함께 찍은 그 남자가 딸아이의 아버지가 아닌가 생각되는데 어떻습니까?」
「틀림없이 이놈입니다!」
근수는 부들부들 떨며 외쳤다.
「한번도 보신 적이 없다면서 어떻게 그렇게 단정하십니까?」
「보지는 않았지만 뻔하지 않습니까. 영미가 다섯 살이니까 이자가 그애 애비인 게 틀림없습니다!」
남자는 키가 후리후리하게 크고 잘생긴 얼굴이었다.
「이 사람의 성이 노가인 건 틀림없습니까?」
「네, 틀림없습니다. 노가라고 틀림없이 들었습니다. 이름은 생각나지 않지만 노가가 틀림없습니다.」

지방 경찰서의 수사간부는 즉시 컴퓨터 터미널로 전화를 걸었다. 그리고 유문수 순경의 부탁을 받고 노모라는 사람의 주소를 찾아준 사람을 찾았다.

즉시 수사요원 두 명이 컴퓨터 터미널로 달려갔다. 얼마 후 그들로부터 보고가 들어왔다.

「여기 있는 박준모 순경이 그 부탁을 받고 찾아줬는데 기록해 두지 않았기 때문에 이름은 모르겠습니다. 노가라는 것만 알고 이름은 모르고 있습니다.」

「주소는?」

「이름을 기억하고 있지 못한데 주소를 기억하고 있겠습니까.」

「박순경을 바꿔!」

지방 경찰의 수사간부는 화가 나서 버럭 고함을 질렀다. 박순경이 나오자 그는 거칠게 쏘아붙였다.

「무슨 소릴 하는 거야? 컴퓨터 조회는 사소한 거라도 기록을 해두어야 할 거 아니야?」

「공적인 게 아니고 개인적 부탁이라서 그만……」

박순경은 더듬거렸다.

「바보 같으니! 어떻게든 생각해내! 유순경이 조회를 의뢰한 사람의 이름이 무엇인지 생각해내란 말이야! 밤을 새워서라도 생각해내!」

「아, 알겠습니다.」

「그걸 알아내지 못하면 넌 징계감이야! 도대체 알고 있는 게 뭐야? 아무 거라도 좋으니까 아는 대로 말해봐.」

「저기…… 본적이 광주 같았습니다. 아니, 광주가 본적입니다. 전 목포이기 때문에 광주가 기억에 남아 있습니다.」

「그밖에는?」

　박순경은 대답을 하지 못하고 머뭇거렸다. 그 바람에 그는 다시 한번 바보 같다는 말을 들어야 했다.

　전화를 끊고 난 간부는 곤혹스런 표정으로 강계장을 바라보았다.

　「그자의 본적이 광주라는 것만 알고 그밖에는 아무것도 모르고 있습니다. 어떡하죠?」

　「밤새에 그 이름을 생각해내면 다행이고, 그렇지 못하면 할 수 없죠 뭐.」

　강계장은 쉽게 포기하는 것 같았고, 박순경이 그 이름을 생각해낼 것으로 기대하는 것 같지가 않았다.

　「이 얼굴을 크게 확대해서 신문에 게재하면 어떨까요? 범인의 사진이라고 공개하고 이름을 아는 사람은 신고해 달라고 하면 즉각 신고가 들어올 것 같은데요.」

　지방 경찰의 간부는 춘자를 껴안고 있는 남자의 얼굴을 손가락으로 짚어보이며 말했다. 강계장은 머리를 가로저었다.

　「이 사람이 범인이라는 확증이 없는 이상 공개 수사를 위해 사진을 공개할 수는 없죠. 범인이 아닐 경우 대단한 명예훼손이 될 테니까요. 이런 방법은 있습니다. 신문에 게재하되 광고란에 일반 광고와 함께 게재하는 겁니다. 물론 경찰이 광고를 낸 것처럼 해서는 안되죠. 그리고 신고를 유도하기 위해서는 사례금을 많이 주겠다는 내용도 곁들여야 할 겁니다.」

　「그것도 한 방법일 수 있겠군요. 하지만 광고란에 게재하면 효과가 적지 않을까요?」

　「그래도 할 수 없죠.」

　강계장은 딱 자르듯이 말하고 일어났다.

도 살 자

1983년 12월 1일 서울.

다음날 신문에는 살인사건 기사가 사회면 톱을 장식하고 있었다. 신문마다 서울과 광주에서 발생한 살인사건을 하나로 묶어 대대적으로 보도하고 있었다. 기사와 함께 조금 차이가 나기는 하지만 동일인물로 추정되는 범인의 몽타주가 두 개 실리기도 했다.

'희대의 도살자 등장'이것은 하기자가 근무하고 있는 P일보 사회면 톱을 가로지른 제목이었다. 그 제목 옆에는 '세 명 연달아 살해' '잔인무도한 수법에 수사관들도 놀라다' 등의 글귀들이 눈에 띄게 실려 있었다.

하기자는 윤전기에서 막 뽑아가지고 온 신문을 펼쳐들고 자신이 취재해서 실은 기사를 낱낱이 읽어 보았다. 그 기사를 읽어 보고 있으려니 마치 다른 사람이 쓴 것 같은 느낌이 들었다. 그리고 그는 무엇인가 뜨거운 것이 가슴 밑바닥에서 꿈틀거리는 것을 느끼고 있었다. 내일 신문에는 도살자를 잡아라 하는 제목으로 다시 한번 크게 터뜨려야겠다고 생각하면서 신문을 넘겼다. 이윽고 그의 시선은 4면의 광고란에 실린 한 사진에 한참 동안 머물렀다. 그것은 구직, 구인, 결혼 상담, 분실 같은 잡다

한 광고들 중간에 담뱃갑 크기 정도의 박스로 처리되어 실려 있
었다. 사진 밑에는 다음과 같은 내용의 글이 실려 있었다.
《이름을 찾습니다. 위 사진의 인물을 아시는 분은 연락해 주
시기 바랍니다. 이름만이라도 가르쳐 주시는 분에게는 일금 1
백만 원의 사례금을 드리겠습니다. 단 그 이름이 틀림없음을
입증할 수 있는 증거를 제시해야 합니다.》
끝에는 연락 전화번호와 함께 이름이 적혀 있었다. 경찰이
냈다고는 볼 수 없는 아주 평범한 광고였다. 하기자는 수사진을
지휘하고 있는 강무기라는 사람한테 은근히 호감이 가는 것을
느꼈다. 처음으로 그가 매우 유능한 수사관일지도 모른다는 생
각이 들었다.
전화벨이 울리더니
「하기자 전화받아.」
하는 소리가 들려왔다.
「택수 형이다. 광주에 다녀왔다고?」
S일보의 조기자 목소리가 수화기를 울렸다.
「음, 다녀왔지.」
「어때? 어마어마한 게 났던데, 그거 정말이야?」
「정말이야. 아직도 밥을 못 먹겠어. 구역질이 나서 말야.」
그는 얼굴을 찌푸리며 말했다.
「오늘부터 나도 그걸 맡았어. 동생하고 싸우기는 싫고 우리
서로 협조하기로 하지.」
조기자가 보험을 노린 연쇄 살인사건을 취재하느라고 요며칠
동안 바쁘게 뛰어다니고 있다는 것은 하기자도 잘 알고 있었다.
「선배 말을 잘 들으면 데리고 다니지. 우선 점심을 사라고,
멋지게.」
「사고 말고.」
조기자는 아쉬운 판이었기 때문에 점심을 사겠다고 약속

했다. 하기자는 박스 광고를 오려서 주머니 속에 찔러넣은 다음 일어섰다.

하기자와 조기자가 점심을 먹으며 도살자에 대해서 이야기를 나누고 있을 때 그 사건에 대해서 곰곰이 생각하며 혼자서 곰탕을 먹고 있는 청년이 있었다. 바로 곱창을 배달하고 다니는 주성배였다.

그는 지금 전주집에 앉아 있었다. 곰탕을 시켜놓았지만 거기에는 별로 마음이 가지 않았다. 오른손으로 숟갈을 든 채 곰탕을 휘저으면서 그의 두 눈은 신문에 고정되어 있었다. 벌써 세 번째 그는 도살자에 관한 기사를 읽고 있었다. 그리고 두 개의 몽타주를 유심히 들여다보곤 했다. 170cm의 키에 돼지처럼 뚱뚱한 사람, 눈이 가늘게 찢어지고 대머리, 안경, 거기에 가발을 쓴 모습…… 그는 머리가 혼란스러웠다. 몽타주라는 것을 어느 정도 믿어야 할지 그는 알 수가 없었다. 그의 시선은 자연 카운터에 앉아 정신없이 출입하는 손님들을 상대하고 있는 주인 남자에게로 향했다.

분명한 것은 동백여관 205호실에서 그 젊은 여자와 어린 딸이 무참히 살해된 시체로 발견되었다는 사실이었다. 살해된 시간은 29일 12시경이라고 신문에 나와 있었다. 그렇다면 그는 그 모녀가 살해된 뒤에 그 여관을 찾아갔었다는 이야기가 된다. 그는 오싹 소름끼치는 전율을 느끼고 몸을 떨었다. 방안에 죽어 넘어져 있는 줄도 모르고 나는 전화를 걸어댔었다. 만일 그때 시체가 미리 발견되어 내가 경찰에 걸리기라도 했다면 어쩔 뻔했단 말인가. 나는 틀림없이 용의자로 체포되어 지금쯤 모진 곤욕을 치르고 있을 것이다. 그 생각을 하니 그는 모골이 다 송연했다.

몽타주는 전주집 주인의 모습하고는 사뭇 다른 모습을 하고 있었다. 그 몽타주를 보고 그것이 바로 전주집 주인 노씨라고

생각하는 사람은 아무도 없을 것 같았다. 그러나 몽타주라는 것
은 실물이나 사진을 보고 그린 것이 아닌 목격자의 증언만을 토
대로 그린 것이기 때문에 실물과 유사하게 닮기는 어려운 법
이다.

그는 초조했다. 경찰은 동백여관에 나타났던 젊은이도 찾고
있었다. 여관으로 피살자를 만나러 오고 여러 번 전화까지 걸어
온 그 젊은이한테도 경찰은 일단 혐의를 두고 있는 것 같았다.
그 젊은이가 바로 자신을 가리키고 있다는 것은 의심의 여지가
없었다.

그가 몽타주의 주인공이 바로 전주집 주인일지도 모른다고 생
각한 것은 피살된 그 젊은 여인의 말이 생각났기 때문이었다.
그는 풀리지 않는 수수께끼에 매달려 고심하기 시작했다.

그 여자 유춘자(이 이름은 신문지상을 통해서 비로소 알게 되
었다)는 어린 딸을 데리고 지방에서 올라온 것 같았다. 올라온
목적은 노준기라는 사람을 만나기 위해서였다. 그녀의 언행이
그걸 말해주고 있었다. 그런데 정작 주소지에는 이름은 같은데
모습이 다른 사람이 살고 있다. 그녀는 과거부터 노준기라는 사
람을 알고 있다면서 함께 찍은 사진까지 보여주었다.

남자에게 안겨 찍은 것으로 보아 그 남자는 그녀의 연인이었
던 것 같았다. 그 어린 딸은 혹시 그 남자와의 사이에 낳은 아이
가 아닐까. 그런 것은 아무래도 좋다. 그녀가 전주집의 노사장
을 몰라본 것은 당연한 일이었다. 그런데 노사장은 왜 자신의
이름을 숨겼을까. 그녀의 말로 비추어볼 때 그녀와 노사장은 바
로 만나봤음에 틀림없다. 그런데 노사장은 그녀 앞에서 자신의
신분을 숨겼다. 그리고 노준기는 귀가 먹었다고 터무니 없는 거
짓말까지 했다. 왜 그랬을까? 내 이름은 노준기이다. 그러나
당신이 찾는 노준기와는 동명이인인 모양이다. 왜 이런 식으로
속시원히 털어놓지를 않았을까.

풀리지 않는 수수께끼를 놓고 고심하다가 그는 다시 신문을 들여다보았다. 이번에는 죽은 여자의 사진을 들여다보았다. 곱상한 얼굴이다. 야릇한 호기심에 이끌려 그녀를 찾아갔던 자신을 생각하고는 그는 다시 한번 가슴이 쿵하고 내려앉았다. 목이 잘려 죽다니 정말 사람의 운명이란 모를 일이다. 그는 시계를 들여다본 다음 얼른 일어섰다. 곰탕은 반도 비우지 않은 채였다.

카운터로 가서 곰탕 값을 지불했다. 노사장은 신문에 눈을 박고 있다가 그와 시선이 마주치자 당황해서 눈을 돌렸다.

「그걸 보니까 밥맛이 뚝 떨어지던데요.」

뚱보는 고개를 끄덕였다.

「정말 큰일이야. 세상이 어쩌려고 이런 사건이 자주 일어나는지 모르겠어. 정말 말세야, 말세.」

「위기에 처하면 누구나 다 도살자가 될 수 있는 거 아닙니까.」

묘한 말에 그는 고개를 쳐들고 청년을 바라보았다.

「그건 또 무슨 말이야?」

「아, 아무것도 아닙니다.」

성배는 웃으며 머리를 흔들었다.

밖으로 나온 그는 오토바이 앞에 서서 잠시 고개를 갸우뚱했다. 선입견을 가지고 봐서 그런지는 몰라도 노씨의 당황해 하는 표정이 아무래도 심상치가 않다는 생각이 들었다. 정말 저 사람이 그 여자의 목을 자르고, 아이를 질식시키고, 광주까지 내려가 경찰관을 도끼로 찍어 죽였을까? 순간 그의 머릿속에 한 가지 생각이 떠올랐다.

물론 그는 노씨가 그런 사람이 아니기를 바랐다. 전주집은 곱창을 많이 팔아주는 주요 거래처이기 때문에 그 집이 잘돼야 이쪽에도 좋은 것이다. 그러나 상대가 도살자라면 문제가 다르다.

아무리 돈도 좋지만 도살자와 거래할 수는 없지 않은가.

그가 전주집에 전화를 건 것은 2시 반경이었다. 그때쯤이면 손님도 없어 한가할 것 같았기 때문이다. 다행히 영이가 전화를 받아주었다.

「나 성배야.」

「아, 오빠……」

전화를 받은 그녀는 조심스러워서 그런지 말을 잇지 못했다.

그날 밤 그들이 만난 것은 거의 자정이 가까워서였다. 영이의 일을 마치는 시간이 늦었기 때문에 그렇게 만나는 시간이 늦어진 것이다.

전주집 부근 포장마차에서 술을 마시며 기다리고 있던 성배는 영이가 나타나자 다짜고짜 그녀를 데리고 여관으로 들어갔다. 그녀는 들어가기 싫다는 듯 뒤로 버티다가 이내 못 이기는 척 그가 이끄는 대로 따라들어갔다. 따라들어갈 수밖에 없게끔 그들 사이에는 이미 묵계 같은 것이 만들어져 있었다. 그 묵계란 한 번 관계를 맺으면 계속 관계를 맺을 수밖에 없다는 지극히 자연적인 것이었다.

영이는 전주집 종업원이었다. 펑퍼짐한 얼굴에 살이 통통히 찐 열여덟 살 처녀였다. 그녀가 전주집 종업원으로 들어온 것은 여섯 달 전 성배를 통해서였다.

지난 봄에 성배는 고향에 내려갔다가 동생의 친구인 영이를 만났는데 그때 무심코 서울 올라오면 연락하라고 전화번호를 적어준 적이 있었다. 다른 애들처럼 서울로 올라가 직장생활을 하는 것이 꿈이었던 영이는 어느날 보따리를 싸들고 상경해서는 성배에게 전화를 걸었다. 그녀를 만난 성배는 난처했다. 이 촌뜨기를 어디다 박아주기는 해야 할 텐데, 그가 아는 데라고는 거래처뿐이었다. 생각 끝에 우선 먹고 자는 것을 쉽게 해결할 수 있는 식당이 좋을 것 같아 전주집에 그녀를 소개했던 것이다. 우선 당분간 있어보라고 넣어주었는데 어느새 6개월이 지나고 있었다. 그러나 영이는 별 군소리 없이 일을 잘하고 있는 것 같았다. 다른 것이 있다면 성배를 바라보는 눈길이 사뭇 깊어지고 있다는 사실이었다. 그것이 지난 봄에 고향에 갔을 때 얼결에 뚝에서 그녀와 첫 관계를 맺은 탓이라는 것을 성배는 직감적으로 눈치챘지만 그는 되도록 그녀의 의미심장한 눈길을 묵살하려고 애를 써왔었다.

그가 그녀와 두번째로 관계를 맺은 것은 두 달 전이었다. 그날은 어쩐지 그녀가 꽤나 귀여워 보였었다. 확실히 그녀는 처음 서울에 왔을 때보다는 많이 예뻐져 있었다. 일이 좀 고되기는 하지만 매일 기름진 음식을 배불리 먹고 실내에서만 생활하니 자연 피부에 윤기가 흐르고 살이 토실토실 찔 수밖에 없었다. 갑자기 활짝 피는 그녀를 보고 그는 그만 군침을 흘렸고 그래서 그날 밤 두번째로 그녀와 관계를 맺었던 것이다.

그러나 이번에는 꼭 그것 때문에 그녀를 만나자고 한 것이 아니었다. 그보다는 다른 이유가 있어서 그녀를 만나자고 한 것이었다.

일단 그녀와 함께 방안으로 들어서자 그는 불같이 달아오르는 욕망을 주체할 수가 없었다. 우선 불을 끄고 나서 차차 알아보아도 늦지는 않을 것이다.

성배의 손길이 뻗어오자 그녀는 몸을 도사리면서도 그것을 피하지는 않았다.

「오빠, 이러면 안돼.」

그는 잠자코 그녀의 옷을 벗겨나갔다. 속살에 손이 닿자 그녀는 파들파들 떨었다.

「오빠, 이러면 안된다니까.」

「안되긴 뭐가 안돼.」

그는 거침없이 그녀를 알몸으로 만들어 놓았다. 그리고 눈부신 듯 그녀의 몸을 내려다보았다.

「참, 예쁘구나.」

「아이 몰라. 오빠 미워.」

그녀는 누운 채로 허리를 틀면서 부끄러운 듯 두 손으로 얼굴을 가렸다.

성배는 급했다. 그는 재빨리 일어서서 옷을 벗어 던졌다. 벌거벗고 난 그는 우뚝 서서 영이를 내려다보았다. 이제 손만 뻗으면 언제라도 가질 수 있는 여체를 게걸들린듯 그렇게 허겁지겁 먹어치울 필요가 없다는 생각이 들었다. 서서히 아기자기한 맛도 즐기면서, 그러다가 격렬하게 몰아붙이기도 하면서 오래오래 시간을 끌고 싶었다.

「이봐.」

그는 두 다리를 벌린 채 버티고 서서 영이의 엉덩이를 걷어찼다. 영이는 얼굴을 가리고 있던 손을 치우고 그를 올려다보았다. 그리고 무슨 흉물 같은 것이 앞으로 튀어나와 있는 것을 보고는 어머 하면서 도로 얼굴을 가렸다. 그것을 보고 성배는 기분이 좋아 히히하고 웃었다.

「못 볼 것을 봤나. 똑똑히 봐 두는 게 좋을 거야. 얼마나 멋진 놈이라구.」

「싫어요.」

그녀는 몸을 흔들었다. 그러면서 손가락을 살그머니 벌려 그 사이로 그 흉물스러운 것을 훔쳐보았다.

어머나! 그녀는 속으로 감탄했다. 저렇게 큰 것이 어떻게 다 들어가지. 그러니까 그렇게 아팠지. 하지만 그녀는 그것을 한번 만져보고 싶었다. 장난감처럼 쥐고 흔들어보고 싶었다. 그때 성배가 그녀 위로 올라왔다. 그는 그녀의 머리카락 속에 손을 집어넣었다.

「네 머리에서 곱창찌개 냄새가 난다.」

「어머, 그래요? 머리 감을 시간이 없었어요.」

전주집은 장사가 잘되는 편이었다. 밤늦게까지 손님이 떨어지지 않아 언제나 자정 가까이 되어서야 문을 닫고는 했다. 그때쯤이면 그녀도 파김치처럼 늘어져 자리에 누우면 곧장 잠에 곯아 떨어지고는 했다. 그러나 지금은 전혀 그렇지가 않았다. 졸음은 커녕 밤을 꼬박 지샐 수도 있을 것 같았다. 성배 오빠의 품에 안겨서라면 말이다. 세번째니까 조금은 용감해질 필요가 있다고 생각하고 그녀는 팔을 뻗어 남자의 목을 가만히 끌어안았다.

「꼭 곱창 맛인데.」

그녀는 그 말뜻을 몰랐다. 조금 전에 보았던 그 흉물스러운 것이 뻐근하게 밀려 들어오는 순간 그녀는 고통스러운 희열을 느끼면서 남자의 목을 힘주어 끌어 안았다.

성배는 아무 책임감도 느끼지 않은 채 단지 쾌락만을 쫓아 그 아슬아슬한 순간 순간에 자신을 부딪쳐 나갔다. 끊임없이 반복되는 행위와 고조되는 숨결, 그리고 이제 겨우 움트기 시작하는 여자의 얕은 신음소리를 즐기면서 그는 자기가 남성임을 새삼 확인했다.

이윽고 그는 여자 위에서 내려와 벌렁 드러누웠다. 나른한 허탈감에 빠져 숨을 고르면서 그는 영이에게 담배에 불을 붙여 달라고 말했다. 영이는 냉큼 일어나 벽에 걸려 있는 파카에서 담배와 라이터를 꺼냈다. 그리고 성배 곁으로 돌아와 담배에 불을 붙여 한 모금 빤 다음 그것을 그의 입술에 꽂아주었다.

성배는 천정을 향해 기분좋게 담배연기를 내뿜었다. 만족감과 피곤함을 동시에 느끼면서 그는 자기를 내려다보고 있는 영이의 젖가슴을 어루만졌다. 그녀의 젖가슴은 나이에 비해 굉장히 컸다.

「너희 사장, 너 이뻐하니?」

「이뻐하면 뭐해요. 징그러워 죽겠는데. 꼭 돼지 같아요.」
그들은 킬킬거리고 웃었다.
「그 사람 너한테 손 안 대니?」
「그러지는 않아요.」
「그런 점에서는 신사라 이거구나.」
「그렇다고 볼 수 있어요.」
「그런데 29일 밤에 그 돼지 집에서 잤니, 아니면 외박했니!」
「29일 밤이요? 29일이면 언제죠?」
「그저께 말이야.」
그녀는 잠시 생각해보는 듯하다가
「집에서 자지 않았어요.」
하고 말했다.
「분명해?」
「네, 틀림없어요. 그런데 왜 그러세요?」
「음, 그럴 일이 있어. 그날 밤 집에서 자지 않았다면 어디서 잤지?」
「어디 다녀온다고 하면서 저녁때 나갔어요. 그리고 다음날 오후에 돌아왔어요.」
「어디 간다고 하면서 나갔어?」
「부산에 다녀오겠다고 하던가 그랬어요.」
「부산? 혹시 광주라고 하지 않았어?」
「아뇨. 광주에 간다는 말은 하지 않았어요.」
「그저께 저녁 때 나간 시간이 정확히 몇 시야?」
「한 다섯 시쯤 됐을 거예요.」
「그리고 어제 돌아온 시간은?」
「오후 3시경이었어요.」
성배는 그 나름대로 시간을 맞춰보았다.
29일 아침 10시 지나서 그는 전주집 앞에서 유춘자를 만나 다방으로 들어갔다. 다방에서는 한 20분 가까이 서로 이야기를 나누었을 것이다. 그리고 다방을 나오다가 전주집 앞에서 돼지가 어느 경찰관하고 이야기하고 있는 것을 목격하고 춘자에게 알려 주었다. 그러고 나서 얼마 후에 그녀는 동백여관에서 살해되었다. 그녀가 살해된 시간은 29일 정오경이라고 신문에 나와 있으니까 틀림이 없을 것이다. 그러니까 그녀는 그와 헤어지고 나서 한 시간도 채 못되어 살해된 것이다. 그녀는 그와 헤어져 바로 여관으로 돌아간 것이 틀림없었다. 바로 거기에 사신이 도사리고 있는 줄도 모른 채.

그리고 그날 저녁 5시경 돼지는 부산에 다녀오겠다고 하면서 집을 나갔다. 신문에 난 것을 보면 도살자는 29일 밤 8시경에 광주에 있는 백제여관에 투숙했다고 했다. 돼지는 부산에 간 것이 아니고 광주에 간 게 아닐까. 사실은 광주에 가면서 부산에 간다고 거짓말한 게 아닐까. 그는 춘자한테도 거짓말을 했다. 어떤 사연이 있는지는 몰라도 유춘자라는 여인은 노준기라는 사람을 만나려고 했다. 그래서 돼지를 찾아왔다는 것이다. 그런데 돼지는 이름은 같은데 그녀가 찾고 있는 사람은 아니었다. 돼지는 동명이인(同名異人)이었다. 여기까지는 있을 수 있는 일로 얼마든지 이해할 수가 있다. 헌데 돼지는 왜 자신의 신분을 숨기려고 했을까? 왜 자신을 동명이인이라고 말하지 않고 그녀에게 거짓말만 했을까? 자신은 노준기가 아니고 함께 일하고 있는 동업자일 뿐이다. 노준기는 귀머거리이기 때문에 당신을 만날 수가 없다. 유춘자의 말에 따르면 돼지는 이런 식으로 거짓말을 했다. 도대체 왜 그랬을까? 바로 그 점이 그녀의 죽음과 관계가 있는 게 아닐까? 유춘자는 자기가 찾고 있는 인물을 미처 만나지도 못한 채 돼지를 만나는 과정에서 누군가에 의해 살해되었다. 누구한테 살해되었을까? 바로 돼지한테 살해된 게 아닐까? 유춘자는 29일 오전 나와 헤어진 다음 돼지를 만난 게 아닐까? 전주집 앞에서 돼지가 어느 경찰관하고 이야기하고 있는 것을 목격한 그녀는 나와 헤어진 다음 틀림없이 그를 만났을 것이다. 그리고 무슨 이유에서인가 돼지는 그녀와 그녀의 딸을 죽였다.

만일 돼지가 유춘자를 살해한 범인이라면 그는 광주까지 내려가 그녀의 오빠까지 살해한 것이 틀림없다. 우연일는지는 몰라도 시간상으로 일치하지 않은가! 유춘자의 오빠 유문수가 피살된 것은 어제, 그러니까 11월 30일 오전 11시 30분경으로 밝혀졌다. 돼지는 같은 날 오후 3시경에 집으로 돌아왔다. 만일 그가 범인이라면 11시 30분에 유문수를 살해하고 고속버스나 열차편으로 오후 3시까지 집으로 돌아오는 것은 불가능한 일이다. 그가 범인이라면 비행기를 이용했음에 틀림없다.

「뭘 그렇게 생각하세요?」

영이가 그의 품에 안겨들며 말을 거는 바람에 그는 생각에서 깨어났다.

「아, 아무것도 아니야. 방금 나하고 주고받은 말은 비밀이야. 누구한테도 말해서는 안돼.」

「왜요?」

「글쎄, 시키는 대로 해.」

「알았어요.」

「너희 사장…… 사진 한 장 구할 수 없을까?」

영이는 그의 품에서 몸을 뺐다.

「사진은 뭐 할려구요?」

「글쎄, 대답만 해. 얼굴 분명히 나온 사진이라면 아무것이라도 좋아.」

「구해드릴께요.」

그 사진을 가지고 그는 광주에 내려가 백제여관에 들러볼 생각이었다. 백제여관 종업원에게 그 사진을 보이면 돼지가 범인인지 아닌지 분명히 알아낼 수 있을 것 같은 생각이 들었다.

「내일 아침에 갈 테니까 노사장 사진을 구해둬.」

1983년 12월 2일 광주.

주성배는 광주 지리에 밝았다. 하루 일을 팽개치고 광주에 내려온 그는 백제여관을 쉽게 찾았다.

길 건너에서 백제여관을 바라보던 그는 비로소 자신이 잘못 생각했음을 깨달았다. 이런 시기에 사건 현장에 들어간다는 것이 자신에게 얼마나 불리한 일인가를 뒤늦게 알았던 것이다. 그러고 보면 그는 꽤나 조심스러운 데가 있는 청년이었다. 한참 동안 여관을 바라보고 있자니 손님들의 출입은 거의 없는 듯했다. 그보다는 형사로 보이는 사복 차림의 사나이들의 출입이 빈번했다. 만일 여관에 들어갔다가 형사들의 주목을 받기라도 하는 날에는 의심을 받고 곤욕을 치를 것임이 틀림없다. 더구나 그는 동백여관으로 유춘자를 찾으러 갔던 만큼 경찰의 수배자 리스트에 이미 올라 있을 것이었다. 백제여관에 들어가 종업원에게 돼지의 사진을 보이려던 자신의 생각이 얼마나 어리석은 생각인가를 깨달은 그는 아무래도 안되겠다 싶어 마침내 발길을 돌렸다.

그럴 필요 없이 경찰에 전화를 걸어 전주집 주인인 노준기라는 사람이 아무래도 이번 연쇄 살인사건과 관계가 있는 것 같으니 한번 조사해보라고 하면 일은 간단하게 끝날 수가 있다. 그러나 그는 웬지 그렇게는 하고 싶지가 않았다. 일단 자신이 어느 선까지는 확인해보고 나서 경찰에 신고해도 늦지는 않을 것 같았다. 늦은 점심을 먹으면서 어떻게 하면 좋을까 하고 궁리하다가 그는 한 가지 생각이 떠올라 그것을 한번 시도해보기로 마음먹었다.

식당을 나온 그는 우선 마음놓고 전화를 걸 수 있는 조용한 공중전화를 찾아보았다. 번화가를 벗어나 얼마쯤 걸어가자 마침 주택가 입구에 비어 있는 공중전화박스 세 개가 보였다. 그는 오른쪽 박스 속으로 들어가 전화번호부를 뒤져 필요한 전화번호를 찾아냈다.

그런 종류의 전화를 거는 데는 우선 무엇보다도 마음을 단단히 다져먹어야 하고 목소리에도 위엄이 있어야 한다고 그는 나름대로 생각했다. 그래서 그는 헛기침을 몇 번 한 다음 마침내 수화기를 집어들었다. 먼저 전화를 받은 사람은 여자였다. 아마 교환인 것 같았다.

「네, 공항입니다.」

「아, 다름이 아니고 긴급히 알아봐야 할 사항이 있어서 그러는데……」

그는 반말 비슷하게 뇌까렸다.

「무슨 일로 그러시는데요?」

상대방은 조심스럽게 응대해 왔다. 효과가 나타나는 모양이라고 생각하면서 그는 헛기침을 했다. 그리고 잔뜩 위엄있는 목소리로 용건을 이야기했다.

「11월 30일 광주발 서울행 비행기를 탑승한 손님들의 명단을 전부 좀 알아야겠어요. 수사상 필요해서 그러니까 협조해 주었으면 해요.」

교환 아가씨는 즉시 전화를 다른 데로 돌렸다.

이번에는 남자가 받았다. 용건을 이야기하자 상대방은 조심스럽게 무슨 일로 그런 것을 알려고 하느냐고 물어왔다. 성배는 수사상 필요에 의해서라고 무겁게 대답했다.

「그럼 경찰입니까?」

「수사기관입니다. 그 정도로만 알아주시고 빨리 좀 부탁합니다.」

상대방은 더 이상 이쪽 신분을 묻지 않았다. 그대신

174

「그날 탑승객 명단을 전부 말씀드려야 합니까?」
라고 물었다. 아주 공손한 말씨였다.
「아니오. 그럴 필요는 없습니다. 11시에서 오후 3시 사이의 승객들 가운데 노준기라는 이름이 있는지 그것만 알면 됩니다. 만일 그 사람이 있으면 인적 사항에 대해서도 알고 싶습니다. 비행기 탑승객에 대해서는 신상카드를 비치해두죠?」
「네네, 항공 여행 신고서를 받아둡니다. 어디로 연락을 드릴까요?」
「내가 다시 전화를 걸겠습니다. 30분 후에 걸면 되겠습니까?」
「금방 됩니다.」
「고맙습니다. 거기 직통전화를 좀 가르쳐 주시겠습니까?」
성배는 전화번호를 적은 다음 수화기를 내려놓으면서 약간 어리둥절한 기분이었다. 너무 일이 순조롭게 진행되고 있는 것 같은 생각이 들었던 것이다.
그는 그 주위에서 어슬렁거리다가 정확히 10분 후에 다시 공항으로 전화를 걸었다.
아까의 그 남자 직원이 전화를 받았다.
「11시에서 오후 3시 사이에 광주에서 서울로 올라가는 비행기 편은 하나밖에 없습니다. 11월 30일 12시 45분발 비행기를 탑승한 승객 명단에 부탁하신 노준기라는 이름이 분명히 있었습니다.」
「확실합니까?」
「네, 확실합니다. 여행 신고서에 적힌 인적사항은 다음과 같습니다. 생년월일 1941년 9월 19일…… 본적 전남 광주시 X동 225의 9…… 현주소 서울 영등포구 H동 318의 6 주민등록번호……」

주성배는 너무 흥분한 나머지 입이 열리지 않았다. 현주소가 전주집 위치와 비슷하게 맞아떨어지는 것 같았기 때문이었다. 조금 다른 점이 있다면 나이였다.

1941년생이면 현재 나이 42세이다. 그러나 그가 알고 있는 전주집 주인의 나이는 겉보기에 50안팎으로 보였다. 42세라는 나이는 너무 젊다는 생각이 들었다.

「감사합니다. 나중에 그 자료를 가질러 갈 테니까 잘 보관해 주기 바랍니다. 아주 중요한 자료입니다.」

「네, 아무 때라도 오십시오. 보관했다가 드리겠습니다.」

박스에서 나온 그는 자기도 모르게 식은땀을 흘리고 있는 것을 알고는 어깨를 움츠렸다.

이제 남은 것은 전주집에 가서 확인해보는 것뿐이다. 그는 메모 내용을 들여다보면서 자신이 괜한 일에 뛰어들지 않았나 하고 생각했다. 그러나 자신이 결코 그 일을 모른 체하고 내버려두지 않을 것이라는 것도 그는 알고 있었다.

같은 날 저녁 서울.

주성배는 8시 조금 지나 전주집으로 들어섰다. 들어서면서 돼지와 시선이 마주치자 그는 고개를 꾸벅했다. 돼지는 카운터에 앉아 있다가 무뚝뚝하게 그의 인사를 받았다. 그는 기분이 몹시 안 좋은 것 같은 표정을 하고 있었다.

「자주 오는군.」

「저녁 먹으러 왔습니다.」

성배는 빈자리를 찾아 앉았다.

원래 그는 매일 오전에만 전주집에 곱창을 배달하도록 되어 있었다. 그런데 어제도 그랬지만 지금은 그 일로 전주집을 찾아온 것이 아니었다. 그러니 주인이 그에게 자주 온다고 말할 만도 했다.

영이가 뚫어지게 그를 눈여겨보면서 다가왔다. 그는 고개를 끄덕하고 식사를 주문했다. 그녀가 무슨 말인가 할 듯했지만 그가 모른 체하고 묵살하자 그녀는 그대로 돌아섰다. 그녀가 식사를 날라왔을 때에도 그는 모른 체하고 딴 데를 쳐다보고 있었다.

실내에는 손님들이 많았다. 거의 모두가 술마시는 손님들이었다. 성배는 소주 한 병을 추가로 주문했다.

「기분 나쁜 일 있으세요?」

영이가 병마개를 따면서 물었다.

「아니야. 말 걸지 마.」

그는 카운터에 앉아 있는 돼지를 바라보면서 말했다.

「술 너무 많이 들지 마세요.」

「알았어.」

그가 퉁명스럽게 대꾸하자 영이는 울 듯한 표정으로 돌아섰다.

돼지는 손님들의 동태를 감시하는 한편 나가는 손님들로부터 계산을 받느라고 정신이 없었다. 땀을 뻘뻘 흘리고 있는 모습이 멀리서도 보였다. 성배는 식사를 하면서 계속 돼지를 관찰하고 있었다. 사실 식사 따위는 안중에도 없었다. 저 사내가 정말 도살자일까. 그리고 마흔두 살밖에 먹지 않았단 말인가. 뭔가 잘못되어도 단단히 잘못된 것 같다. 돼지가 카운터에서 일어서는 것이 보였다. 그 대신 그의 아내가 카운터에 가서 앉았다. 돼지는 바지를 추스러올리면서 화장실로 갔다. 이때라고 생각한 성배는 얼른 자리에서 일어나 카운터 쪽으로 걸어갔다.

돼지의 아내는 남편과는 정반대로 깡마른 여자였다. 성배와 시선이 마주치자 그녀는 눈웃음을 치면서 고개를 까딱했다. 성배는 전화기 앞으로 다가서서 수화기를 집어들었다. 다이얼을 아무렇게나 돌리면서 맞은편 벽을 쳐다보았다. 벽에는 영업허

가증, 요리사 자격증, 사업자등록증 같은 것들이 걸려 있었다. 요리사 자격증에는 돼지의 사진도 붙어 있었다. 돼지가 요리사 자격증까지 가지고 있는 것은 오늘 비로소 처음 알게 된 사실이었다. 자격증에는 대표자의 이름과 함께 주민등록번호 및 주소 따위가 적혀 있었다. 대표자의 이름은 노준기였다. 성배는 주민등록번호를 눈여겨보았다. 그것을 재빨리 메모지에 옮겨 적었다.

자리로 돌아온 그는 수첩에 적어놓은 노준기의 주민등록번호와 방금 적어온 번호를 대조해 보았다. 두 번호는 한 자의 차이도 없이 일치했다. 성배는 숟갈을 집어 들었지만 손이 떨려 식사를 할 수 없었다.

돼지가 화장실에서 나와 다시 카운터로 돌아와 앉았다. 그것을 보고 성배는 일어섰다. 영이가 서운한 눈길로 그를 바라보았다. 그는 그대로 출입구 쪽으로 걸어갔다. 이윽고 카운터 앞으로 다가선 그는 식사대를 지불하면서「잘 먹었습니다.」라고 말했다. 돼지는 돈을 챙기면서 성배를 쳐다보지도 않은 채 고개를 끄덕했다. 성배는 돼지의 얼굴에서 도살자의 살기를 찾아보려고 했지만 아무것도 찾을 수가 없었다.

밖으로 나온 그는 석간신문을 한 장 사들고 다방으로 들어갔다.

신문에는 어제에 이어 연쇄 살인사건에 대한 기사가 크게 실려 있었다. 그리고 기사의 초점은 역시 도살자에게 쏠려 있었다. 수사진은 돼지처럼 살이 찐 남자를 거의 진범으로 단정하고 있었다. 그리고 범인 체포에 결정적인 제보를 해주는 사람에게 현상금 2백만 원을 주겠다고 제의하고 있었다. 현상금 2백만 원이라는 말에 그는 눈이 번쩍 뜨였다. 전화 한 통화면 2백만 원이 굴러들어올지도 모른다. 그는 한쪽 벽에 설치되어 있는 공중전화를 바라보았다. 한동안 그는 식은땀을 흘리며 어쩔 줄 모른 채 앉아 있었다. 2백만 원이라는 거금이 눈앞에 계속 어른거리고 있었다. 그에게 있어서 2백만 원은 아주 큰돈이었다. 그러나 그는 이윽고 생각을 고쳐 먹었다. 차라리 그럴 바에는 크게 한몫 잡는 방법을 찾아보자는 생각이 번개처럼 머리를 스쳐갔던 것이다. 인생에 있어서 기회는 단 한번뿐이다. 그 기회를 놓치면 평생 고생길이다. 기회가 나타나면 놓치지 말고 꽉 움켜쥐어야 한다. 이것이야말로 하늘이 나에게 준 절호의 찬스가 아닐까. 절호의 찬스! 그렇다! 절호의 찬스다! 그런데 이 찬스를 어떻게 요리해야 될까? 그것을 잘 이용하면 거금을 긁어낼 수 있을지도 모른다. 아니, 충분히 긁어낼 수 있다. 2백만 원 정도는 아무것도 아닐 것이다. 그 몇 배, 아니 수천만 원까지도 울궈낼 수 있을 것이다.

그는 점점 대담한 생각을 품게 되었다. 그리고 그것은 한번 시도해볼 만한 일이라고까지 생각하게 되었다.

집으로 돌아온 그는 그날 밤을 거의 뜬눈으로 지새면서 그 문제에 대해서 곰곰 생각해 보았다. 그러나 생각을 차근차근 정리해보기에 앞서 떠오르는 것은 돈다발이었다. 높이 쌓이기만 하는 돈다발이 그의 생각을 마비시키고 있었다.

날이 밝았을 때 그의 마음은 이미 움직일 수 없게 결정되어 있었다. 12월 3일 아침 그가 곱창을 오토바이에 싣고 전주집에 간 것은 10시가 조금 지나서였다. 어쩌면 곱창 배달도 오늘로서 마지막일지도 모른다고 생각하면서 전주집 문을 밀고 안으로 들어섰다. 사실 곱창 배달 같은 것은 이제 안중에도 없었다. 그보다는 돼지의 동정을 살피는 것이 목적이었다.

돼지는 신문을 보고 있었다. 성배는 곱창이 들어 있는 비닐봉지를 영이에게 건네주었다. 그것을 돼지의 아내가 저울에 달아보았다.

성배는 돼지 쪽으로 다가가 맞은편 자리에 잠자코 앉았다. 돼지는 살인사건 기사를 들여다보고 있다가 당황해서 다른 데로 시선을 돌렸다.

「범인 잡혔습니까?」

성배는 넌지시 물어보았다. 자신의 그런 여유가 어디서 나오는지 자기 자신도 어리둥절할 정도였다. 돼지는 성배를 흘끗 쳐다보고 나서 고개를 가로저었다.

「아직 안 잡혔어.」

「어떻게 생겼길래 그렇게 잔인할 수 있을까요?」

「짐승 같은 놈이지.」

「짐승이라도 그렇게 잔인할 수 있을까요?」

「인간의 탈을 쓴 야만인이지.」

돼지는 담배를 피워물었다. 성배는 상대방의 통통하게 살이 찐 손을 바라보면서 과연 저런 손으로 사람을 세 명이나 죽일 수 있을까 하고 생각했다. 이렇게 마주앉아 이야기해보니 상대방이 도살자라는 느낌이 조금도 들지가 않았다.

「잡힐 것 같습니까?」

「그거야 알 수 없지. 경찰이 알아서 할 일이니까.」

「목격자가 있고 하니까 오래 숨어 있지는 못하겠죠 뭐. 그런데 도살자가 체포될 때까지 또 몇 명이나 도살할지 궁금한데요.」

「필요하면 또 죽이겠지.」

「사장님은 사람을 죽여보신 적이 있습니까?」

갑작스런 질문에 돼지는 당황한 표정이 되었다. 성배는 상대방의 시선을 놓치지 않고 바라보았다.

「무슨 소릴 하는 거야? 난 닭도 못 잡아.」

돼지는 정색을 하고 말했다. 성배는 미소를 지으면서 고개를 끄덕였다.

「그러실 줄 알았습니다. 저는 사람을 한번 죽여보고 싶어서 손이 근질근질한데요. 사람을 죽일 때의 기분이 어떤지 한번 맛보고 싶은데요.」

「쓸데없는 소리……」

성배가 자신을 놀리고 있다고 생각했는지 돼지의 얼굴에 노여운 빛이 나타났다.

「살인범이 되어 쫓기는 심정도 한번 맛보고 싶고요, 굉장히 스릴이 있겠지요. 안 그럴까요?」

「쓸데없는 소리 하지 말고 자, 가봐.」

돼지는 곱창 값을 헤아려 성배 앞에 탁 내놓았다. 그러나 성배는 그것을 챙기고 나서도 얼른 자리를 뜨려고 하지 않았다.

「쓸데없는 소리가 아닙니다. 도살자는 체포되면 물어보나 마나 사형당하겠죠?」

마침내 돼지의 눈꼬리가 치켜올라갔다.

「허어, 이 사람, 내가 그걸 어떻게 알아?」

성배는 갑자기 상대방 앞으로 상체를 구부렸다. 그리고 지금까지와는 달리 속삭이는 소리로

「광주에 다녀오신 거 다 알고 있습니다.」

라고 말했다.

순간 돼지는 소스라치게 놀라는 표정으로 성배를 쳐다보았다. 너무 놀란 나머지 표정이 바르르 떨리는 것 같았다.

「뭐, 뭐라구?」

돼지는 소리를 죽여 물었다. 성배는 아무 말 없이 자리에서 일어섰다.

그가 밖으로 나오니까 아니나다를까 돼지가 다급해서 따라나왔다. 그는 성배의 어깨를 움켜잡았다.

「너 방금 무슨 말했지?」

성배는 상대방의 굳어진 표정을 보면서 몸을 도사렸다.

「광주 다녀오신 거 다 알고 있다구요.」

「도대체 무슨 말하는 거야? 그게 어쨌다는 거야?」

성배는 한참 동안 상대방을 쏘아보았다. 돼지도 말없이 성배를 노려보았다. 두 사람 사이에 한동안 무거운 침묵이 흘렀다.

「굳이 제 입으로 말해야 되겠습니까? 유춘자의 오빠 유문수 순경이 살해된 곳은 광주입니다.」

돼지의 안색이 파랗게 질렸다. 그는 주위를 재빨리 살피고 나서

「도대체 무슨 말하는지 난 모르겠다. 여기서 이야기할 게 아니라 어디 조용한 데로 가서 이야기하지.」

고 말했다.

「좋습니다.」

성배는 바라는 바였기 때문에 쾌히 응했다. 돼지가 조용한 술집으로 가자는 것을 거부하고 그는 부근에 있는 다방으로 먼저 들어갔다.

아침나절이라 다방 안에는 별로 손님들이 없었다.

그들은 구석진 곳에 자리를 잡고 앉았다. 그리고 주문한 차가 놓일 때까지 입을 굳게 다문 채 서로 상대방의 눈치만 살폈다.

이윽고 레지가 차를 놓고 가자 돼지가 먼저 입을 열었다.

「넌 뭔가 오해하고 있는 것 같은데……」

그는 애써 얼굴에 미소를 띠려고 했는데 그게 제대로 안되어 얼굴이 일그러졌다.

「저도 오해이기를 바랍니다. 하지만 제가 조사한 바로는 아무래도 오해가 아닌 것 같습니다.」

「사람 잡을 소리 하지 마.」

처음으로 돼지의 얼굴에 살벌한 표정이 나타났다.

「물론 생사람을 잡아서는 안되죠. 유문수 순경이 살해된 것은 11월 30일 11시경이었습니다. 그리고 사장님은 그날 오후 12시 45분에 출발하는 비행기를 타시고 서울로 올라오셨습

니다. 기록에 모두 남아 있기 때문에 이건 거짓말할 수 없습니다.」

「야, 이 자식아, 그게 어쨌다는 거야?! 내가 광주에서 비행기를 타고 오든 뭘 타고 오든 네가 무슨 상관이야?!」

「유순경의 죽음과 관계가 있으니까 하는 말입니다. 경찰에 바로 신고할까 하다가 이렇게 말씀드리는 겁니다.」

그 말에 돼지는 다시 한번 부르르 떨었다. 가늘게 찢어진 두 눈은 더욱 날카로운 빛을 띠기 시작했고 식은땀까지 흘리고 있었다. 그는 안절부절 못하며 성배를 노려보다가 머리를 천천히 가로저었다.

「넌 뭔가 오해하고 있어. 잘못 생각하고 있단 말이야.」

그의 목소리는 떨리고 있었다. 성배는 코웃음쳤다.

「천만에. 오해가 아닙니다. 딸과 함께 살해된 유춘자가 사장님을 만났던 것 다 알고 있습니다. 사장님이 그 여자에게 무슨 거짓말을 했는지도 다 알고 있습니다. 제가 더 이상 말을 해야겠습니까?」

돼지는 비로소 할말을 잊은 듯했다. 너무 심한 충격을 받았는지 그는 입을 멍하니 벌린 채 무표정하게 성배를 쳐다보기만 했다.

「경찰에 신고할 수도 있었습니다. 하지만 아는 사이에 일단 이야기를 들어보고 해도 늦지 않을 것 같기에……」

「그럼 신고하지 그래.」

돼지가 낮은 소리로 중얼거리듯 말했다. 성배가 머뭇거리자 그가 다시 말했다.

「신고해서 현상금 2백만 원이나 받아먹으라구.」

「정말입니까?」

「얼마든지 신고해. 난 상관하지 않을 테니까.」

성배는 당황했다. 상대방이 매우 노련하다는 것을 그는 알고 있어야 했다.

「사장님은 마흔두 살로 되어 있더군요. 이상한 점이 한두 가
지가 아닙니다.」

성배는 일어섰다.

「사실을 알게 된 이상 신고하지 않을 수 없는 제 입장을 이해
해 주시기 바랍니다.」

그는 출구 쪽으로 걸음을 옮겼다. 그러나 몇 발자국 못 가서
뒤에서 부르는 소리가 났다.

「잠깐!」

성배는 돌아섰다. 돼지가 턱짓으로 그에게 돌아오라고 말하
고 있었다. 성배는 여유있는 걸음걸이로 자리에 돌아가 앉았다.

두 사람은 한동안 말없이 서로를 바라보며 앉아 있었다.

성배는 상대방의 표정에 아무런 변화가 없는 것을 보고 적이
의아하게 생각했다. 지금쯤 겁에 질려 벌벌 떨고 있어야 마땅한
데 그는 전혀 그렇지가 않았다. 얼굴에는 아무런 표정도 나타나
있지 않았다. 그저 무표정하게 이쪽을 바라보고 있을 뿐이었다.

「구질구질하게 여러 이야기할 필요 없겠지.」

돼지가 입을 열었다.

「당신은 도살자이지요?」

성배는 얼어붙은 표정으로 가만히 물었다. 그는 상대방이 자
기 입으로 사실을 인정하는 것을 듣고 싶었다.

「어쩔 수 없었어.」

「왜 그런 짓을?」

「그런 건 묻지 마. 2백만 원이 필요하나?」

드디어 흥정이 시작되었다고 생각하고 성배는 몸을 도사
렸다.

「나도 목숨을 내걸고 나오는 겁니다. 위험하다는 것을 알면서
이렇게 나오는 겁니다. 겨우 2백만 원을 위해서 이러는 건 아

닙니다.」

돼지는 가만히 성배를 지켜보면서 그의 다음 말을 기다렸다.

성배는 자신이 읽었던 소설 속의 한 장면을 떠올리면서 멋진 말을 꺼내려고 애를 썼다.

「2백만 원 정도야 전화 한 통화면 굴러들어올 수 있습니다. 겨우 그 정도를 바랐다면 이렇게 만나지도 않았을 겁니다.」

「무슨 말인지 알겠어. 그럼 도대체 얼마가 필요하다는 거야?」

「나도 이 기회에 곱창 따위나 배달하는 짓은 그만둘 생각입니다. 그럴려면 적어도 장사밑천은 마련해야 하지 않겠습니까?」

사내의 실눈이 더욱 가늘어졌다. 일단 위기는 넘겼다는 생각이 들었는지 그는 더욱 적극적인 자세로 나왔다.

「그러니까 얼마가 필요하다는 거야?」

「알아서 하십시오.」

「그러지 말고 말해봐. 필요한 쪽에서 금액을 이야기해야 할 거 아니야.」

「알아서 주십시오.」

다시 침묵이 찾아왔다. 사내는 싸늘한 눈초리로 성배를 지켜보다가 이윽고

「5백만 원이면 되겠어?」

하고 물었다.

성배는 고개를 돌리면서 피식하고 웃었다.

「당신이 아무리 도살자라고 해서 사람을 우습게 보지 마십시오. 당신의 목숨 값이 기껏 5백만 원밖에 안된다고 생각하십니까? 그 정도로 당신의 목을 살 수 있을 것 같습니까?」

참 어처구니 없는 놈이구나 하고 사내는 생각했다. 그와 함께 대담한 놈이라는 생각도 들었다. 아니면 어리석기 짝이 없는 놈

이다. 자기가 온전할 것이라고 감히 나에게 이 따위 짓을 하는 것일까. 그야말로 형편없는 놈이다. 아무튼 이놈의 입을 먼저 막아 놓아야 한다. 그 다음 일은 나중에 생각해도 된다. 그는 갈수록 태산이라는 생각이 들었다.

「그런 식으로 말하지 말고 딱 부러지게 필요한 액수를 말해봐. 남자대 남자로서 말이야. 그렇다고 현실성 없는 조건을 제시해서도 안되겠지.」

그는 되도록 부드럽게 말하려고 애를 썼다. 그렇게 함으로써 상대방에게 안도감을 심어주려는 것이 그의 의도였다.

「좋아요. 많이도 말고 다섯 장이 필요해요.」

「다섯 장이라니? 도대체 얼마란 말이야?」

「5백만 원의 열 배죠.」

성배는 대수롭지 않다는 듯 말했다. 사내는 입을 딱 벌렸다.

「5천만 원을 내놓으라는 거야?」

「그렇습니다.」

도살자는 천부당 만부당하다는 듯 고개를 설레설레 흔들었다.

「가능성이 있는 이야기를 해야지 그게 무슨 말이야. 그건 터무니 없는 액수야. 그런 말이 어디 있어.」

「터무니 없는 액수라고요? 그렇지가 않습니다. 요즘 세상에 5천 가지고 반듯한 집 한 채 사기도 어렵다는 거 잘 알고 있지 않습니까.」

「나한테는 그만한 돈이 없어.」

밀고 당기는 흥정 끝에 못이기는 체하고 놈의 요구를 받아들여야지 처음부터 순순히 수락하면 놈이 이상하게 생각할 것이다. 사내는 손을 뻗어 성배의 손을 잡으려고 했다. 성배는 놀라서 그의 손을 뿌리쳤다.

「왜 이러는 거예요?」

186

돼지는 금방 나약하기 짝이 없는 모습으로 변했다.

「한 번만 봐주게. 부탁이야. 제발 부탁이야. 한 번만 봐주면 그 은혜는 잊지 않겠네.」

그는 굽신거리며 다른 사람들이 보지 않는 사이에 두 손을 비비기까지 했다. 야비할 정도로 비굴한 모습이었지만 그것을 보고 성배는 경계심이 어느 정도 풀렸다.

「그러니까 다섯 장을 말한 겁니다. 나로서는 많이 봐준 겁니다. 전주집이 장사가 잘된다는 것은 세상이 다 아는 일입니다. 그까짓 5천쯤이야 마음만 먹으면 지금 당장에라도 마련할 수 있을 텐데 뭘 그럽니까.」

「그건 모르는 소리야. 그렇지가 않아. 이거 보게. 좀 깎아줄 수 없겠나?」

「그럴 수는 없습니다.」

한푼도 깎을 수 없다는 성배의 주장과 다만 얼마라도 깎자는 사내의 통사정이 팽팽히 맞서 한동안 승강이를 벌이다가 마침내 4천만 원 선에서 낙착이 되는 성 싶었다.

「좋아. 그 정도라면 내 어떻게 마련해 보지. 그 대신 며칠 기다려줘야겠어. 그만한 돈을 마련하려면 시간이 필요해.」

어떻게든 시간을 벌어보려는 속셈에서 그렇게 말했지만 성배는 그 요구를 들어주지 않았다.

「그건 안됩니다. 며칠까지 기다렸다가는 내 마음이 변할지도 모릅니다. 내일까지 여유를 주겠습니다.」

사내는 할 수 없다는 듯 고개를 끄덕였다.

「정 그렇다면 할 수 없지. 내일 밤에 만나. 10시쯤이면 좋겠는데.」

「만 원짜리 현찰이어야 합니다. 수표는 싫습니다. 내일 밤 9시에 이 다방에서 만나죠.」

「여기는 너무 복잡해.」

「난 여기가 좋습니다. 우선 안전하거든요. 난 도살당하는 건
싫습니다.」
두 사람의 시선이 무섭게 부딪쳤다.
「정 그렇다면 할 수 없지. 내일 보세.」
돼지는 몸을 일으켰다.
「약속은 지키셔야 합니다.」
성배는 도살자를 올려다보면서 말했다.
「지키고 말고.」
사내는 도로 자리에 엉거주춤 앉았다.
「그걸로 우리 홍정은 끝나는 거야. 입을 다물어주는 대가로
나는 거금을 내놓는 거니까 자네는 죽을 때까지 입을 열어서
는 안돼. 알았지?」
「그거야 말할 필요가 없죠.」
성배는 자신있게 말했다.
「만일 약속을 지키지 않으면 자네는 살아남지 못해.」
도살자는 조용히 말했다. 전혀 위협적인 표정이 아니었는데
도 성배는 소름이 쭉 끼치는 것을 느꼈다.
「알고 있습니다.」
「이 사실을 자네 말고 또 누가 알고 있지?」
「아무도 알고 있는 사람은 없습니다.」
「너는 어떻게 해서 그걸 알게 됐지?」
성배는 그 사내를 도살자라고 판단하게 된 경위에 대해서 비
교적 자세히 이야기해주었다.
돼지가 가고 난 뒤 그는 홍분을 가누지 못해 한동안 그 자리에
넋을 빼고 혼자 앉아 있었다. 내일이면 현금 4천만 원이 손에 들
어온다는 것이 도무지 사실로 믿어지지가 않았다. 과연 그 돈이
아무 탈없이 내 손에 전해질 수 있을까. 전해진다 해도 그 뒤가
또 문제이다. 도살자가 경찰에 붙잡히면 모든 것은 물거품으로

돌아가고 만다. 나는 돈도 압수당하고 쇠고랑을 차게 될 것이다. 내가 안전하게 돈을 쓸 수 있으려면 도살자가 경찰에 체포되지 말아야 한다. 4천만 원이 생기면 어디에다 쓸까. 그걸로 조그만 사업을 하나 벌였으면 좋겠는데. 아니면 모두 엔화로 바꿔가지고 일본으로 밀항이나 할까. 영이를 데리고 제주도로 날을까.

이 생각 저 생각을 하다가 그는 영이에게 전화나 걸어야겠다고 생각하고 자리에서 일어섰다. 오늘밤은 집에 들어가고 싶지가 않았다. 영이나 껴안고 꿈이나 꾸고 싶었다.

전주집으로 돌아온 노준기는 자신의 운이 다했다는 생각에 일이 손에 잡히지가 않았다. 일이 끝났다 싶었는데 엉뚱한 곳에서 또 터지고 말았다. 곱창이나 배달하던 그 형편없는 자식이 이렇게 붙들고 늘어질 줄이야 정말 생각지도 못했었다. 일이 꼬이려니까 별 수 없는 모양이다. 그 자식에게 4천만 원으로 끝난다면 모른다. 문제는 그게 아니다. 그 자식이 비밀을 알고 있다는 게 문제이다. 단 한 명이라도 그 비밀을 알고 있어서는 안된다. 그런 놈은 말살해 버려야 한다. 살려두면 두고두고 불안의 씨가 된다. 그놈이야말로 나를 너무나 잘 알고 있는 놈이다.

그때 전화벨이 울렸다. 그의 아내가 전화를 받더니 영이를 불렀다.

「웬 남자한테서 전화가 다 오니. 배달오는 미스타 주 목소리
    같은데……」

하면서 그녀는 영이에게 수화기를 건네주었다. 영이는 얼굴을 붉히면서 수화기를 받았다.

그것을 보고 도살자는 안쪽으로 급히 들어갔다. 가게 안쪽에는 살림집이 있었다. 시멘트로 포장이 된 조그만 마당을 사이에 두고 저쪽에 방이 두 개 달린 낡은 한옥이 한 채 있었다. 그는

급히 마당을 가로질러 안방으로 뛰어들었다. 영이가 주성배를 쳐다보는 눈길이 심상치가 않다는 것은 그도 눈치를 채서 어느 정도 알고는 있었다. 그는 그들 사이의 관계가 어느 정도인지 알고 싶었다.

가게에 설치되어 있는 전화선은 안쪽으로도 연결되어 있었다. 안방으로 들어간 그는 수화기를 가만히 집어들었다.

두 사람 사이의 통화가 막 시작되고 있었다. 남자쪽 목소리를 들어보니 틀림없는 주성배의 목소리였다.

「노사장 있니?」

「없어요.」

영이는 몹시 조심스럽게 소리를 죽여 말하고 있었다. 반면 주성배의 목소리는 잔뜩 들떠 있는 듯했다.

「내 말 잘 들어. 나 내일 큰돈 생긴다. 복권에 당첨됐단 말이야.」

「어머, 정말이에요?」

「정말이야. 얼마 받는 줄 아니?」

「얼마 받아요?」

「자그만치 4천만 원이야. 난 그걸 가지고 말이야, 제주도에 가서 살 생각이야. 구질구질한 곱창 배달 같은 거 때려치우고 제주도에 가서 사업이나 할 생각이야. 너도 식당 종업원 그만두고 제주도에나 가지 그래. 제주도에 가서 나하고 함께 살 생각 없어?」

너무 충격적인 제의를 받았기 때문인지 영이는 대답이 없다.

「왜 대답이 없어? 가기 싫어? 가기 싫으면 할 수 없지 뭐.」

「그게 아니에요.」

「그럼 뭐야?」

남자는 다급하다. 당장 대답을 듣고 싶어한다.

「그런 말을 어떻게 전화로 얘기할 수 있어요.」

「왜 전화로 할 수 없어. 싫으면 싫다 좋으면 좋다…… 얼마든지 말할 수 있지 않아.」

「그럼 오빠 마음대로 해요.」

「제주도에 함께 가겠다 이 말이지?」

「네……」

「좋아. 됐어. 그럼 나 준비한다. 오늘밤 만나. 지난번 그 여관 알지. 만복여관 말이야. 그리로 와. 프런트에 내 이름 말해둘 테니까 그렇게 알라구. 오늘밤도 12시쯤 끝나나?」

「네……」

「알았어. 내 기다릴께.」

전화가 끊어지는 소리를 듣고 도살자는 조금 기다렸다가 가만히 수화기를 내려놓았다.

그의 입가에 미소가 떠올랐다. 묘한 미소였다. 그는 방바닥에 주저앉아 연달아 담배를 세 대나 태웠다. 골똘히 생각에 잠겨 그렇게 담배를 피우고 나서 이윽고 결심이 선 듯 일어섰다.

아내가 그에게 어디 가느냐고 물었지만 그는 대꾸도 하지 않고 밖으로 나왔다. 일부러 그는 택시를 타고 명동 쪽으로 향했다.

얼마 후 명동에서 차를 내린 그는 이곳 저곳을 기웃거리다가 가발상점 앞에서 걸음을 멈추었다. 가게를 지키고 있던 아가씨가 그를 보고 웃으며 문을 열어주었다. 그는 안으로 들어가 대머리를 가릴 수 있는 가발을 하나 골랐다.

「10년은 젊어 보이셔요.」

가발을 빗질해 주며 아가씨가 말했다. 그것은 거짓말이 아니었다. 가발을 쓴 그의 모습은 몰라볼 정도로 젊어 보였다.

그는 가발을 쇼핑백에 담아가지고 나왔다.

다음 그는 백화점을 찾아갔다. 백화점마다 세일을 하고 있었기 때문에 각 매장마다 손님들로 만원을 이루고 있었다.

　더구나 연말 분위기가 사람들을 백화점 쪽으로 몰려가게 하고 있었다.

　그는 스포츠 코너를 기웃거리다가 독일제 칼을 하나 골랐다. 그것은 허리에 또는 발목 위에 찰 수 있도록 가죽집이 달린 칼이었다. 끝이 날카로운 것이 베는 데보다는 찌르는 데 효과적일 것 같았다. 그는 2만 5천 원을 주고 그것을 샀다. 그것을 가지고 화장실로 가서 허리에 찰까 하다가 발목에다 붙들어 맸다. 바짓자락을 끌어내려 그것을 감춘 다음 다리를 흔들어보고 나서 밖으로 나왔다.

　그날 밤 영이는 서둘러 일을 마치고 나서 만복여관으로 향했다.

　그녀가 만복여관 앞에 이르렀을 때 시간은 12월 3일 자정이 지나 4일로 막 접어들고 있었다. 여관 안으로 들어선 그녀는 추위로 오그라진 몸을 조금 펴면서 프런트 앞으로 다가섰다.

「주성배 씨를 찾는데요.」

「218호실로 가보세요.」

　청년이 아래위로 그녀를 훑어보며 말했다. 영이는 이층으로 올라가 18호실 문을 두드렸다.

「네, 들어오세요.」

　안에서 성배 오빠의 목소리가 들려왔다. 그녀는 문을 밀고 안으로 들어섰다.

　성배는 이불 속에 누워 텔레비전을 보고 있었다. 텔레비전 화면에는 포르노 영화가 방영되고 있었다. 여관에서 틀어주는 비디오 필름인 것 같았다. 두 남녀가 침대 위에서 노골적으로 성행위를 하고 있는 것을 보고 영이는 얼른 고개를 돌렸다. 그런 것은 난생 처음 보는 것이었다. 성배는 그녀의 표정이 재미있다는 듯 비실비실 웃고 있다가 그녀의 손을 잡아끌었다. 그녀는 이불 속으로 힘없이 끌려들어갔다.

「아이, 오빠……」

그녀의 입을 성배의 입이 덮쳤다. 그는 알몸이었다. 이미 포르노 영화를 보고 있는 동안 그의 몸은 뜨겁게 달아올라 있었다.

「빨리 벗어.」

그는 급했다. 그러나 여자는 조금도 급하지가 않았다. 성배의 성화에 그녀는 휩쓸려 들어갔다. 마치 파도에 쓸리듯이.

「저걸 보라구.」

영이의 옷을 벗기면서 그가 말했다.

「아이, 몰라요. 징그러워.」

그러나 그녀는 곁눈질로 그것을 보면서 남자의 애무를 즐기고 있었다. 거기서 아무래도 눈을 돌릴 수가 없었다. 화면 속의 금발 여인은 미친 듯 몸부림치며 괴성을 질러대고 있었다.

이윽고 성배의 몸이 위로 올라오자 그녀는 눈을 스르르 감았다. 그 순간이 그리웠으면서도 그녀는 과연 이래서 될까 하고 생각했다.

영이가 만복여관으로 들어간 지 10분쯤 지나 한 사나이가 그 여관 앞에 나타났다. 그는 주위를 둘러보다가 입에 물고 있던 담배를 집어던지고 여관 안으로 들어섰다.

그는 몹시 뚱뚱한 몸 위에다 회색의 코트를 걸치고 있었다. 옆구리에는 두 권의 책을 끼고 있었다. 종업원이 보기에 그는 매우 무뚝뚝한 인상을 풍기고 있었다. 종업원이 주무시고 갈 거냐고 묻자 그는 잠자코 끄덕였다. 옆으로 흘러내린 머리칼과 굵은 검은테 안경, 그리고 옆구리에 끼고 있는 책 등으로 보아 어쩌면 대학 교수인지도 모른다고 종업원은 생각했다. 꽤나 데데한 사람이라고 생각하면서 그는 손님을 3층으로 안내했다. 손님은 침대가 없는 한실을 요구했다.

305호실로 손님을 안내하고 나서 종업원은 숙박비를 먼저 받아냈다. 그러고 나서 숙박부를 디밀었다.

숙박부를 받아든 손님은 얼른 적으려 들지 않고 그것을 뒤적거리며 훑어보는 것이었다. 그러면서 빈정거리는 투로 이렇게 중얼거렸다.

「별의별 사람들이 다 모였군. 강원도…… 제주도…… 충청도…… 팔도 사람들이 다 모였군. 여관을 하면 재미있는 일 많겠어.」

종업원과 눈이 마주치자 그는 히죽 웃었다. 야비함이 느껴지는 웃음이었다.

「그렇지 않아?」

「그렇지도 않아요.」

교수치고는 되게 살이 쪘다고 생각하면서 종업원은 어서 숙박부를 돌려달라는 눈짓을 보냈다. 손님은 숙박부에 적힌 주성배라는 이름에 다시 한번 눈을 주었다. 그는 218호실에 투숙한 것으로 되어 있었다. 숙박부에 자기의 이름을 김태식이라고 적었다. 직업은 교수, 주소는 부산, 나이는 47세. 숙박부를 받아들고 방을 나서면서 종업원은 그러면 그렇지 하고 생각했다. 손님의 직업을 첫눈에 알아맞추는 자신의 통찰력에 제법 감탄까지 하는 것이었다.

손님은 안으로 문을 잠근 다음 코트와 가발을 벗어던졌다. 가발을 쓰고 있는 동안에는 너무도 답답해서 견디기가 힘들었다. 오른쪽 다리도 거북살스러웠다. 그는 바짓자락을 걷어올려 칼이 잘 붙어 있는지 확인했다. 이번에는 좀 힘들 것 같은 생각이 들었다. 상대는 둘이다. 영이야 해치고 싶지 않지만 한방에 같이 들어 있으니 십중팔구 그녀도 대상에 포함시켜야 될 것 같았다. 일이 이렇게 꼬일 것이라고는 정말 상상도 못했었다. 자꾸 재수 없는 일만 일어나고 있다.

방안에 침투하는 것부터가 문제였다. 방문은 틀림없이 안으로 잠겨 있을 것이다. 그는 잠긴 문을 열쇠 없이 열 수 있는 재주가 없었다. 그런 저런 생각에 화도 나고 짜증이 났다.

아무튼 모두 잠들기를 기다리는 수밖에 없다고 생각하면서 그는 텔레비전 스위치를 틀었다. 텔레비전 화면에는 섹스 비디오 필름이 펼쳐지고 있었다. 매우 자극적인 장면이었지만 그는 아무런 느낌도 들지 않았다. 오히려 가슴속은 한층 더 싸늘하게 식어가고 있었다. 한참 화면을 보고 있자니 시야가 뿌옇게 흐려왔다. 더 이상 그의 눈에는 아무것도 들어오지 않았다.

그는 비스듬히 드러누운 채 깜박 잠이 들었다.

악몽에 시달리다가 눈을 떴을 때는 새벽 3시가 가까워오고 있었다.

텔레비전 화면에는 더 이상 섹스 장면이 나오고 있지 않았다. 그는 텔레비전 스위치를 끈 다음 서둘렀다. 가발과 안경을 쓴 다음 조심스럽게 문을 열고 복도로 나왔다.

복도는 쥐죽은 듯 조용했다. 너무 조용해서 오히려 일하기에 불편할 것 같았다. 그는 먼저 비상구를 찾았다. 비상구는 복도 끝에 있었다. 그쪽으로 걸어가는데 어느 방에선가 여자의 숨넘어가는 듯한 신음소리가 들려오고 있었다. 그것은 비디오 필름에서 나오는 소리가 아닌 실제 잠자리에서 여자가 쾌감을 참지 못해 내지르는 소리였다. 여자는 소리가 밖으로 새나가지 않게 하려고 기를 쓰는 것 같았지만 마음대로 되지 않는 것 같았다. 도살자는 멈춰서서 그 소리에 귀를 기울이고 있다가 한숨을 내쉬며 걸음을 옮겼다. 복도의 끝에 이르러 그는 쇠빗장을 빼고 비상문을 열었다. 찬바람이 몰려들어 왔다. 비상계단은 몹시 어두웠다. 그리고 눈이 얼어붙어 있어 매우 미끄러웠다.

난간을 붙잡고 조심스럽게 내려가보았다. 계단이 끝나는 곳은 바로 여관 뒤로 나 있는 골목길이었다. 계단 입구는 철책으로 막아져 있었지만 별로 높지 않았기 때문에 어렵지 않게 넘어갈 수 있을 것 같았다. 그는 어두운 골목길을 휘둘러보다가 되짚어 계단을 올라왔다.

비상문에 빗장을 지른 다음 복도 중간에 있는 계단을 조용히 내려갔다.

마침내 그는 218호실 앞에서 걸음을 멈추었다. 방문 앞에 가까이 다가서서 안에다 귀를 기울여 보았지만 아무 소리도 들리지 않았다. 허리를 굽혀 다리에서 칼을 뽑아냈다. 칼을 오른손에 쥐고 왼손으로는 손잡이를 잡았다. 문이 잠겨 있지 않기를 바라면서 손잡이를 가만히 비틀어 당겨보았지만 문은 끄덕도 하지 않았다. 그는 적이 실망했다. 한동안 그 앞에 서서 침투할 수 있는 방법을 생각해 보았지만 좀처럼 묘안이 떠오르지 않는다. 프런트로 가서 비상열쇠를 훔쳐낸다는 것도 쉬운 일은 아니다. 아니, 그것은 어리석은 짓이라는 생각이 들었다. 방으로 돌아온 그는 생각을 고쳐먹었다. 너무 서둘지 않는 게 좋을 것 같았다. 일단 돈을 주고 나면 당분간은 안심할 수 있을 것이다. 그 동안에 놈을 말살해도 그렇게 늦지는 않을 것이다.

그날 밤 10시.

도살자는 약속대로 현찰 4천만 원을 보자기에 싸가지고 다방으로 갔다. 은행에서 그 돈을 찾을 때 그는 분노와 굴욕감으로 입술을 깨물어야 했다.

어젯밤부터 기회를 노렸지만 끝내 성배를 말살할 기회는 그에게 찾아오지 않았다.

성배는 10분 늦게 나타났다. 그는 가방까지 아예 준비해 가지고 있었다. 그것을 보자 도살자는 눈에서 불이 이는 것 같았지만 내색하지 않고 무표정을 가장했다.

　도살자는 커피 두 잔을 시켰다. 두 사람은 레지가 커피를 갖다 놓을 때까지 잠자코 침묵을 지켰다. 이윽고 레지가 찻잔을 놓고 돌아가자 성배가 먼저 입을 열었다.

「준비해 왔나요?」

「물론……」

　도살자는 바닥에 놓여 있는 돈보따리를 구둣발로 툭툭 차보였다.

「4천이야. 가져가게. 세어볼 테면 세어보라구.」

　그는 대수롭지 않게 말했다. 마치 4천만 원 따위에는 별로 관심이 없다는 투로. 당황한 것은 오히려 성배 쪽이었다. 그는 4천만 원이라는 거금이 이렇게 쉽게 굴러들어온 것이 도무지 믿기지가 않는다는 표정으로 돈보따리를 흘끔흘끔 내려다보면서 어쩔 줄을 몰라했다. 이렇게 돈을 쉽게 내놓은 데에는 무슨 흑막이 있는 게 아닐까. 무슨 꿍꿍이속이 있어서 이렇게 쉽게 거금을 내놓은 게 아닐까.

「이걸 여기서 어떻게 세어 봅니까. 맞겠죠, 뭐. 맞지 않으면 약속과 틀리는 거니까 집에 가서 세어보아도 되겠죠.」

「맘대로 하라구. 만 원짜리 40다발이야.」

「감사합니다.」

　성배는 자기도 모르게 그런 말이 나왔다. 그리고 쑥스러운 나머지 손으로 입을 가렸다.

「이걸로 끝난 거야. 다시는 쓸데없는 요구하지 마.」

　도살자는 나직이 그러면서도 강한 어조로 말했다.

「그럼요. 이걸로 끝나는 겁니다. 그런데 걱정이 하나 있습니다.」

　성배는 상대방의 눈치를 살피며 재빨리 속삭였다.

「뭐가 걱정이야?」

　성배는 앞으로 상체를 기울였다.

「사장님이 체포될까봐 걱정입니다. 체포되면 저한테 돈 준 것까지 모두 자백할 거 아닙니까. 저는 고발하지 않은 죄로…」
도살자는 고개를 흔들었다.
「바보 같은 소리 하는군. 나는 자네만 입을 다물어주면 절대 잡히지 않아. 그리고 잡히더라도 자네를 들먹일 생각은 추호도 없어. 자네를 끌어들인다고 해서 나한테 득이 되는 건 하나도 없으니까 말야. 그보다는 자네나 조심하라구. 돈을 요령 있게 쓰란 말이야. 괜히 흥청망청 쓰다가 형사에게 걸려 조사 받지 말고 말야. 어서 거기다 돈을 담아요.」
성배는 돈보따리를 보자기째 가방 속에 쑤셔넣었다.
「내일부터 배달은 그만둘 텐가?」
「네, 그만둘 겁니다.」
성배는 가방을 닫고 지퍼를 올렸다.
「그럼 뭐 할 거야?」
「아직 계획 없습니다.」
「마지막인데 어디 가서 술이나 한잔 할까?」
「아닙니다. 가겠습니다.」
성배는 서둘러 가방을 들고 일어섰다.
「그럼 먼저 가봐. 난 좀 있다가 갈 테니까. 조심하라구.」
밖으로 나온 성배는 더욱 흥분해 버렸다. 돈가방은 제법 묵직했다. 이것이 도대체 꿈이더냐 생시더냐. 겁이 나서 온몸이 덜덜 떨리기조차 했다. 누가 돈을 탈취해 갈까봐 주위를 경계하면서 그는 차도 쪽으로 걸어갔다. 돈을 가지고 여관에 가는 것도 위험한 일이었다. 이왕 갈 바에는 고급 호텔에 들어가는 것이 안전할 것이다. 가방을 들고 집에 들어갈 수도 없는 처지였다. 그는 지금 사촌형 집에서 기거하고 있었는데 조카들과 한 방을 쓰고 있기 때문에 아무래도 돈가방을 들고 들어간다는 것이 위험천만하게 생각되었다. 더구나 오늘 아침 사촌형한테 곱창 배달 따위는 이제 그만두겠다고 말한 바람에 크게 욕까지 먹었다. 사촌형은 몹시 화를 냈고 그까짓 고생 하나 못 참고 그만두겠다는 너 같은 놈은 어디 가든 환영 못 받을 것이라고 듣기에 민망할 정도로 그에게 모욕을 주었었다.

택시를 타고 중심가로 나온 그는 평소에 제일 으리으리하다고 생각되던 R호텔 앞에서 차를 내렸다.

촌스럽게 보이지 않으려고 가슴을 쭉 펴고 회전문을 밀고 로비로 들어서는데 가슴이 쿵쿵 뛰었다. 눈에 띄는 것 모두가 으리으리해 보였다. 번들거리는 대리석 바닥에 미끄러질 것만 같았다. 휘황찬란한 샹들리에 불빛에 눈이 부셨다. 갈피를 못잡고 두리번거리는데 벨맨이 다가와 정중하게 어떻게 오셨느냐고 물었다.

「아, 화장실이 어디죠?」

「저쪽입니다.」

벨맨이 가리키는 쪽으로 걸어가자 화장실 표지가 보였다. 화장실도 으리으리했다.

대변실로 들어가 문을 걸어잠근 다음 가방을 열어보았다. 보자기를 풀자 돈다발이 보였다. 우선 한덩이를 꺼내 파카 주머니 속에 집어넣고 가방을 도로 닫았다.

화장실을 나온 그는 두리번거리다가 프런트 쪽으로 슬금슬금 다가갔다.

잠시 후 그는 20층 32호실의 키를 받아들었다.

엘리베이터 앞에서 그는 기다렸다가 아무도 없을 때 혼자서 그 안으로 들어갔다. 그때까지도 꼭 꿈을 꾸고 있는 기분이었다.

이윽고 방안으로 들어간 그는 문이 잠긴 것을 확인한 다음 가방부터 열어젖혔다. 보따리를 꺼내 침대 위에 올려놓고 보자기를 풀어헤쳤다. 침대 위에 돈다발이 가득했다. 그는 바보처럼 입을 벌린 채 그것을 바라보다가 한 다발씩 세기 시작했다.

센 것은 한쪽에 던져놓았다. 만 원짜리 묶음은 정확히 서른아홉 개였다. 아까 화장실에서 한 다발을 뺏으니까 서른아홉 개는 맞는 숫자였다.

침대 위에 널려 있는 돈다발을 한참 동안 내려다보고 있던 그는 발작적으로 웃음을 터뜨렸다. 미친 듯이 웃던 그는 침대 위에 벌렁 드러누웠다. 그것은 돈다발을 깔고 드러누운 꼴이었다.

그는 마치 어린아이처럼 뒹굴면서 한참 동안 정신없이 웃어댔다. 너무 웃어댄 바람에 뱃살이 당기고 눈에서는 눈물이 다 나왔다. 등에 와닿는 돈다발의 감촉이 그렇게 간지러울 수가 없었다.

그 기쁨을 혼자서만 즐기기가 아쉬운 생각이 들었다. 지금으로서는 마음껏 자랑할 수 있고 기쁨을 함께 나눌 수 있는 사람은 아무래도 영이밖에 없었다. 영이를 사랑한다거나 그래서 그녀와 결혼해야 되겠다는 생각 따위는 조금도 없었다. 단지 부담없이 마음대로 데리고 놀 수 있는 아가씨라고 생각되었기 때문에 그녀에게 전화를 걸었던 것이다.

「너한테 보여줄 게 있으니까 끝나는 대로 택시 타고 R호텔로 와. 지금 2032호실에 있어. 20층이야. 방이 아주 멋있어. 7만 원이나 주고 얻은 방이야.」

「엄마가 오셨어요.」

「뭐라구?」

성배는 적이 낭패했다.

「지금 여관에 계세요. 그래서⋯⋯」

영이는 울 듯한 목소리로 나갈 수 없는 이유를 설명하고 싶어하는 눈치였지만 옆에 사람이 있는지 제대로 말을 꺼내지 못하고 있었다.

「그만둔다는 이야기했어 안했어? 난 이미 이야기 다했어. 오늘로 배달은 다 끝났단 말이야.」
「사장님한테는 말씀드렸어요.」
「그랬더니?」
성배는 다그쳐 물었다.
「알겠다고 하셨어요. 그런데 엄마한테는 아직 말씀을 못 드렸
어요.」
그녀는 몹시 걱정이 되는 모양이었다. 성배도 영이의 어머니
가 올라왔다는 사실이 좀 마음에 걸렸다.
「아직 내 이야기는 하지 마. 알았어?」
「네, 알았어요. 그런데 어떡해요?」
「오늘밤은 혼자서 자지 뭐. 그건 그렇고 내일 나는 부산으로
내려간다. 부산에서 제주도로 가는 배를 탈 거야. 비행기로
갈 수도 있지만 그건 너무 빨라서 재미가 없어. 그전부터 제
주도로 가는 페리호를 꼭 한번 타고 싶었거든. 돈은 다 준비
됐어. 너도 가고 싶으면 11시까지 서울역 새마을 대합실로 나
와. 11시야. 준비할 것 하나도 없어. 구질구질한 건 모두 버
리고 와. 새걸로 싹 장만해줄 테니까.」
「오빠, 그건 너무 무리야. 그렇게 빨리 내려가지 않아도 되잖
아요.」
「쇠뿔은 단김에 빼랬다구 맘 달라지기 전에 빨리 해치우는 게
좋아. 질질 끌 필요 없잖아. 가고 싶으면 11시까지 나오라구.
싫으면 관두고.」
성배는 수화기를 철컥 내려놓았다.
그로서는 영이를 데리고 가도 그만 안 데리고 가도 그만이
었다.
안채에서 전화를 도청하고 있던 도살자는 전화가 끊어지는 것
과 동시에 수화기를 내려놓았다.
그는 이 절호의 기회를 놓치고 싶지 않았다. 영이가 가지 않

으면 성배는 오늘밤 호텔 방에서 혼자 지낼 공산이 크다. 놈은 지금 4천만 원을 부둥켜 안고 어쩔 줄 모르고 있을 것이다. 은행이 문을 닫았으니 그것을 맡겨둘 데도 없을 것이다. 내일까지는 어차피 그것을 끌어안고 자야 할 것이다. 놈은 조심이 많은 놈이라 돈가방에서 잠시도 손을 떼지 않으려 할 것이다. 놈을 말살하고 그 돈을 회수해야 한다. 숨어사는 데 있어서 제일 중요한 것은 돈이다. 돈이 없으면 그만큼 위험이 따른다.

그것은 경험에서 얻은 결론이다. 돈이 많으면 많을수록 위장은 그만큼 완벽해진다. 자본주의 사회의 맹점이다. 그 맹점을 최대한 이용해왔기 때문에 그는 지금까지 안전할 수가 있었다.

그는 단단히 준비를 갖춘 다음 R호텔로 향했다. 아내에게 오늘밤 못 들어올지도 모른다고 말해두고.

시간은 이미 자정이 지나 12월 5일로 접어들고 있었다.

R호텔에 방이 없으면 어쩌나 싶었는데 다행히 빈방이 많은 것 같았다.

그는 일본인을 가장했다. 일본인이라 해도 손색이 없을 정도로 그는 기막히게 일본말을 잘했다.

「예약을 하셨습니까?」

프런트 계원은 코밑 수염을 기른 뚱뚱한 일본인에게 웃으며 물었다.

「네, 조금 전에.」

「성함을 말씀해 주시겠습니까?」

「아베 이나지로오.」

「아, 아베…… 20층에 방을 달라고 하셨죠?」

「그렇소.」

그는 점잖게 끄덕였다.

계원은 미소를 잃지 않으면서 카드를 내놓았다.

뚱보는 보라는 듯 여권을 내놓고 카드에 이름, 여권번호, 주

202

소, 국적 등을 적어 넣었다. 계원은 여권과 카드에 적힌 기재내용을 대조해보고 나서 이상이 없자 예치금 10만 원을 요구했다. 뚱보는 10만 원을 내놓고 열쇠를 받아들었다. 2019호실 열쇠였다.

20층 복도는 쥐죽은 듯 조용했다. 두터운 카펫이 깔려 있었기 때문에 발걸음 소리 하나 나지 않았다.

그는 19호실 앞을 그대로 지나쳤다. 출입문에 붙어 있는 숫자판은 차례대로 불어나고 있었다. 마침내 32호실 앞에 이르렀다. 19호실과는 상당히 떨어진 거리였다. 주위를 둘러본 다음 문에 귀를 대보았다. 음악소리가 가느다랗게 들려오고 있었다. 다시 한번 복도를 좌우로 살핀 다음 문 손잡이를 움켜잡고 가만히 비틀어보았다. 예상했던 대로 끄덕도 하지 않는다. 문 안쪽에는 쇠고리까지 걸려 있을 것이다. 최고급 호텔이라 안전장치가 잘 되어 있을 것이다. 어떻게 하면 이 문을 열 수가 있을까.

도살자는 자신이 들고 있는 2019호실 열쇠를 2032호실 문 손잡이 구멍에다 쑤셔넣었다. 열쇠는 제대로 맞아들어가는 것 같았다. 그러나 좌우로 조금도 돌아가지가 않았다. 그는 열쇠를 도로 뽑아냈다.

화가 머리끝까지 치밀어올랐다. 그러나 화를 내서는 안된다는 것을 그는 경험과 훈련을 통해 잘 알고 있었다. 화를 낸다는 것은 화를 자초하는 일일 뿐이다. 그처럼 어리석은 짓은 없다. 냉정하게 계산에 따라 계획을 실천에 옮기는 것이야말로 가장 오래 목숨을 지탱할 수 있는 길이다. 아직도 감정 따위가 살아 있다니, 아무래도 고생을 덜 한 모양이지, 하고 생각하면서 그는 돌아섰다.

19호실과 32호실 사이 중간쯤에 비상구가 있었다. 그는 19호실로 가다 말고 비상구 앞으로 다가가 문을 밀어보았다. 문은 잠겨 있지 않았다. 비상계단이 나선형을 그리며 내려가고 있었다.

　자기 방인 19호실로 들어선 그는 한동안 서성거리다가 한번 게임을 해보기로 작정하고는 전화통 앞으로 다가섰다. 수화기를 집어들고 32호실로 전화를 걸었다. 교환을 통하지 않고 다른 방으로 직접 전화를 걸 수 있어서 그런 게임을 하기에는 별로 무리가 없을 것 같았다.

　전화벨의 울림이 부드럽게 귓속을 채우다가 딸칵하고 신호 떨어지는 소리가 났다. 거의 동시에 그는 재빠른 어조로 말했다.

　「화재가 발생했으니까 빨리 비상구로 대피하십시오!」

　상대방이 뭐라고 말할 틈도 주지 않고 그는 전화를 끊었다. 그리고 오른쪽 다리에서 칼을 뽑아들었다. 칼을 코트 주머니 속에 찌른 채 문을 열었다. 그때 젊은 여자 하나가 문앞을 스쳐 갔다. 그 옆모습을 보고 그는 멈칫했다. 영이였다. 오지 않을 줄 알았는데 나타났다. 하필 이럴 때 나타나다니 그는 자신의 불운을 한탄했다.

　이윽고 영이가 32호실 앞에서 걸음을 멈추는 것이 멀리 보였다. 그는 비상구로 급히 빠져나왔다. 포기하는 것이 좋을 것 같았다. 아무래도 쓸데없는 짓을 한 것 같았다. 성배가 이상하게 생각하고 경계를 강화하면 큰일이다.

　성배는 내복 바람으로 돈다발을 가방 속에다 허겁지겁 주워담고 있었다. 아무리 불이 났다고는 하지만 돈을 그대로 버려둔 채 나갈 수는 없었다. 하나도 남기지 않고 가방 속에다 모두 쓸어담은 다음 옷들을 거머쥐고 출입구로 돌진하는데 차임벨 소리가 들려왔다.

　「누구야?」

　그는 반사적으로 경계하며 날카롭게 물었다.

　「저예요. 영이예요.」

틀림없는 영이 목소리였다. 구멍을 통해 영이의 모습이 보였다. 연기 같은 것은 보이지 않았다. 그는 문을 벌컥 열었다. 그리고 영이를 밀어젖히고 비상구 쪽으로 달려갔다.

내복 바람으로 허둥지둥 뛰어가는 그의 뒷모습을 어리둥절한 눈으로 바라보다가 영이는 곧 뛰어가면서 물었다.

「오빠 왜 그래요?」

「빨리 따라와! 불이 났어!」

그는 뒤도 돌아보지도 않고 비상구를 빠져나갔다. 영이는 여전히 영문을 모르겠다는 표정으로 그의 뒤를 따라갔다.

「어디에 불이 났다는 거예요?」

「내가 그걸 어떻게 알아! 불이 났으니까 빨리 피하라고 전화가 걸려왔단 말이야!」

그는 15층까지 단숨에 뛰어내려갔다. 그런데 이상하게도 연기도 보이지 않았고 냄새도 나지 않았다. 비상계단을 뛰어내려가는 사람도 보이지 않았다. 그는 한숨을 돌리고 옷을 입었다. 너무 급하게 오는 바람에 구두도 신지 않은 맨발이었다. 그대로 계속 내려갈까 말까 망설이고 있는데 갑자기 요란한 비상벨 소리가 귀를 때렸다.

도살자는 비상벨 버튼에서 손가락을 떼었다. 비상벨 소리는 계속 복도를 울리고 있었다. 그는 19층에 내려와 있었다. 비상벨을 보호하고 있던 플라스틱 뚜껑이 깨어진 채 바닥에 흩어져 있었다. 이 정도면 성배의 판단력을 흐려놓을 수 있을 것 같은 생각이 들었다. 사람들이 복도로 뛰쳐나오는 것이 보였다. 그는 재빨리 엘리베이터 속으로 몸을 숨겼다.

비상벨 소리에 쫓겨 1층 로비까지 뛰어내려온 성배와 영이는 숨이 차서 비틀비틀 프런트 쪽으로 걸어갔다.

「어, 어디서 불이 났습니까?」

성배는 화난 얼굴로 물었다.
「글쎄, 지금 조사중입니다.」
「정말 십년 감수했어요.」
성배가 투덜거리자 프런트 계원은 죄송하다고 사과하면서 걸려온 전화를 받았다.

12월 5일 정오.
도살자는 서울역 플랫폼을 뒤뚱뒤뚱 걸어가다가 부산행 새마을 열차의 맨 뒷칸으로 올라갔다. 그가 승강구에 오르는 것과 동시에 열차가 출발했다.
추운 날씨인데도 그는 땀을 흘리고 있었다. 그의 자리는 7호칸에 있었다.
그 칸은 빈자리가 많았다. 그는 거구이기 때문에 두 자리를 차지해야만 편하게 갈 수 있었다. 그는 빈자리를 찾아 아무 데나 털썩 주저앉았다.
손수건을 꺼내 비지땀을 닦아낸 다음 담배를 피워물었다. 앞으로 다섯 시간 정확히 말해 4시간 40분. 시간은 충분하다. 천천히 확인해도 좋을 것이다.
R호텔에서의 말살 계획은 수포로 돌아가고 말았다. 그렇다고 그 계획을 포기할 수는 없었다. 실패했기 때문에 그는 더욱 초조해져 있었고 더욱 집요하게 뒤를 쫓고 있었다.
한 시간이 지났다. 식당차가 2호차와 3호차 사이에 있으니 많은 이용을 바란다는 아나운스먼트가 계속 들려오고 있었다.
성배와 영이는 사뭇 들떠 있었다. 구속에서 풀려나 자유로운 세계에 도전하게 되었으니 들떠 있을 수밖에 없었다.
영이는 성배의 팔짱을 꼭 낀 채 앉아 있었다. 성배와는 비록 식은 올리지 않았지만 이제 부부와 다름없다는 생각이었다. 남이 어떻게 보건 상관하지 않고 노골적으로 애정 행위를 하는 것은 성배도 마찬가지였다. 그는 영이의 허리를 꼭 껴안은 채 그녀의 어깨 위에 머리를 기대고 있었다.

그렇다고 불안감이 없는 것은 아니었다. 그러나 그런 것은 젊은이다운 무모한 감정으로 극복하고 있었다. 별문제는 생기지 않을 것이다. 만일 문제가 생기면 그때 가서 대처하는 수밖에 없다. 정 다급하면 일본으로 밀항하는 거다. 제주도에는 밀항 루트가 있다는 말을 들었다. 제주도에 가면 군에 있을 때 친하게 지낸 친구를 만나볼 생각이었다. 친구와는 그동안 가끔씩 편지를 주고받기도 했고, 그 친구가 서울 올라오는 길이 있으면 함께 어울려 술잔을 나누기도 했었다. 그 친구는 주먹깨나 쓰는 친구로 관광호텔의 나이트 클럽 같은 곳에서 기도를 보고 있는 모양이었다. 급하면 그 친구한테 부탁하면 밀항조직과 손이 닿을 수 있을 것 같았다.

영이는 엄마가 마음에 걸렸다. 전주집에서는 한바탕 욕을 얻어먹고 나왔지만 이제 지나간 일이니 생각하고 싶지 않았다. 갑자기 밤중으로 나가겠다고 하자 주인 여자는 펄쩍 뛰면서 욕을 퍼부었다. 지금까지 잘 있다가 느닷없이 그러면 어떡하느냐. 나는 그래도 잘해준다고 해주었는데 배은망덕도 유분수지 그럴 수가 있느냐. 그만두려면 미리 말할 것이지 사람도 구하기 전에 그만두면 우리는 어떻게 장사를 하라는 거냐. 아저씨도 나가고 없는데 그럴 수가 있느냐. 이런 것이었다. 퇴직금 같은 것은 1년도 못 채운 주제에 바랄 수도 없는 일이었다.

전주집을 나온 그녀는 어머니가 묵고 있는 여관에 들렀다. 짐을 들고 나타난 딸을 보고 시골에서 올라온 그녀의 어머니는 몹시 놀라는 표정을 지었다. 영이는 거짓말할 수밖에 없었다. 제주도에 좋은 일자리가 나타났다. 내일 제주도에 가는데 그 관계로 오늘밤 친구를 만나러 가야 한다. 엄마하고 함께 자고 싶지만 그럴 수가 없어 죄송하다. 내일 아침 다시 오겠다. 짐은 여기다 두고 가겠다. 그녀의 어머니는 순박하기 짝이 없는 시골 여인이라 걱정은 하면서도 착한 딸의 말을 곧이 곧대로 믿었다.

어머니를 여관방에 혼자 남겨두고 성배가 묵고 있는 R호텔로 달려가면서 그녀는 자기가 엄마보다도 성배 오빠를 더 사랑하고 있음을 깨달았다. 이튿날, 그러니까 오늘 아침 그녀는 은행에 들러 그동안 예금해둔 얼마 안되는 돈을 모두 찾아가지고 어머니가 기다리고 있는 여관으로 갔다. 자신도 돈을 가지고 있어야 할 것 같아 반은 자신이 갖고 나머지는 모두 어머니한테 드렸다. 성배와는 새마을 대합실에서 11시 30분에 만나기로 되어 있었다. 어머니와 함께 서울역으로 나간 그녀는 특급열차 편으로 어머니를 먼저 고향으로 떠나보냈다. 엄마와 헤어지면서 그녀는 울었다. 엄마도 딸의 손을 잡고 눈시울을 붉혔다. 그녀의 어머니는 딸의 손을 어루만지면서 말했다.

「잘해라. 몸조심하고, 편지 자주하고, 고생스러우면 집으로 오너라. 집에 오면 그래도 밥은 먹을 수 있으니까.」

「엄마, 편지할게. 조심해서 가. 엄마, 너무 심하게 일하지 마. 엄마, 나 말이야……」

그러나 영이는 비밀을 이야기할 수가 없었다. 다음에 편지로 모든 것을 이야기하리라고 마음먹고 멀어져가는 엄마를 향해 손을 흔들었다.

성배는 새로 구입한 일제 카세트를 무릎 위에 올려놓고 있었다. 그것은 스테레오 장치가 되어 있어서 음향 효과가 아주 뛰어났다. 이어폰을 귀에 걸고 눈을 지그시 감은 채 그는 흑인 가수 마이클 잭슨이 부르는 디스코 음악을 감상하고 있었다. 그는 디스코 음악에 맞춰 무대 위에서 멋들어지게 몸을 흔들어대는 자신의 모습을 상상하고 있었다. 상대는 미녀라야 한다. 영이 같은 촌뜨기는 어울리지 않는다. 탤런트 아무개 같은 미녀와 멋지게 춤을 추는 자신의 모습을 상상하고 그는 만족한 미소를 입가에 떠올렸다.

　그때 돼지 같이 뚱뚱한 사내가 그의 곁을 스쳐 지나갔다. 성배는 눈을 감고 있었기 때문에 그 사내를 보지 못했지만 영이는 그를 얼핏 보았다. 전주집 사장님만큼이나 뚱뚱하다고 생각하면서 그녀는 성배의 귀에 입을 갖다댔다.

「오빠 나 말이야……」

성배가 눈을 떴다. 그는 스톱 버튼을 눌렀다.

「뭐라고 그랬어?」

「난 오빠만 믿어요. 저한테는 이제 오빠밖에 없어요. 저를 버리지 말아요. 만일 버리면 죽어버릴 거예요.」

그 말에 성배는 이맛살을 찌푸렸다.

「개떡 같은 소리 하지 마. 누구 신세 망칠려고 죽느니 어쩌니 벌써부터 야단이야.」

「아이, 오빠, 화내지 말아요.」

「죽는다는 말 취소해. 내가 니 시체 치우게 됐어? 이 나이에 말이야.」

「취소할께요.」

영이는 오빠가 야속했다. 하지만 그의 기분을 건드리고 싶지 않아 다소곳이 밑으로 시선을 떨어뜨렸다.

「오빠, 정말 절 사랑하세요?」

「몇 번이나 말해야 알겠어, 이 바보야.」

「오빠, 만일…… 만일…… 임신했으면 어떡하지요?」

그 물음에 성배는 갑자기 벙어리가 된 듯 입을 다물었다.

「오빠, 왜 대답 안해요?」

영이는 성배의 팔을 잡아 흔들었다. 성배는 가만 있다가 벌떡 일어났다.

「밥이나 먹으러 가자.」

영이는 성배를 빤히 올려다보다가 잠자코 따라 일어섰다.

　그들은 식당차로 갔다. 두 사람 다 식당차에서 식사를 해보기는 난생 처음이었다. 그만큼 과거의 생활은 밑바닥 생활이었다고 할 수 있었다. 그러나 이제부터는 다르다. 차원이 달라졌다고 생각하면서 성배는 웨이터에게 식사를 주문했다.

　뭘 주문할지 몰라 망설이고 있는 영이를 대신해서 그는 햄버거 스테이크 2인분을 달라고 목에 힘을 주면서 말했다. 그래도 좋을 만큼 그의 안주머니 속에는 현찰 4백만 원 가까운 돈이 들어 있었다. 나머지 돈은 오늘 아침 은행에 모두 입금시켜 놓았다. 그러니까 안주머니 속에는 3천 6백만 원이 입금된 통장도 들어 있었다.

　「오빠, 왜 대답을 피하세요?」

　식사가 오기를 기다리는 동안 영이가 또 그 문제를 꺼냈다. 성배는 화가 났다. 여자는 역시 할 수 없구나. 귀찮은데 괜히 데려왔다고 생각하면서 그는 신경질적으로 담배에 불을 붙였다.

　「이거 봐. 지금 임신했는지 안했는지도 모르잖아. 김칫국부터 마실 필요는 없잖아.」

　「어떡할 것인지는 이야기할 수 있잖아요?」

　「젠장, 김새게 하지 말고 다른 이야기나 해.」

　그때 아까의 그 돼지 같이 뚱뚱한 남자가 그들 곁을 지나쳐 갔다. 그 사내는 그들 쪽을 힐끔 쳐다보고 나서 저쪽 칸으로 가버렸다. 그 사람은 곱슬곱슬한 머리에 색안경을 끼고 있었고 코밑에 수염을 기르고 있었다. 옷차림은 아래위 검정 양복 차림이었다. 얼굴빛은 유난히도 가무잡잡했다. 성배의 눈이 잠깐 그의 뒷모습에 머물렀지만 그것은 그저 무심코 바라본 것에 불과했다.

　「난 그 이야기 듣고 싶은데……」

　영이가 포기하지 않고 계속 물고 늘어질 기미를 보이자 성배는 화난 얼굴로 눈을 부라렸다.

「너 정말 자꾸 골치아프게 굴면 제주도 안 데려간다. 알아서
하라구.」

웨이터가 식사를 가져왔다. 영이는 뽀로통한 얼굴로 입을 다
물었다. 성배는 별로 먹고 싶은 생각이 없었다. 돈이 갑자기 많
이 생기다보니 아무것도 먹지 않아도 배가 부른 느낌이었다. 그
는 맥주 두 병을 시켰다.

같은 날 같은 시각.

서울 K경찰서의 형사계장 강무기는 고민에 빠져 있었다. 수
사가 풀리지 않아 먹은 것까지도 소화가 안될 정도로 심신이 편
치가 않았다.

유춘자와 그녀의 딸 영미양이 살해된 지 엿새, 그리고 유춘자
의 오빠 유문수 순경이 피살된 지 닷새가 지났다. 그런데도 사
건은 아직까지 미궁에 빠진 채 풀릴 기미를 보이지 않고 있
었다. 풀릴 것 같으면서도 풀리지가 않아 더욱 답답했다. 광주
쪽 수사진에서도 이렇다할 연락이 없었다. 사실 그쪽에 기대하
는 바가 컸는데 그쪽도 이쪽처럼 아무 성과를 올리지 못하고 있
는 것 같았다. 경찰이 현재 유일하게 물고 늘어지고 있는 것은
유춘자의 과거 애인의 성이 노가라는 사실이었다.

지난 11월 28일 유춘자는 옛날 애인을 만나 딸 문제를 해결하
려고 상경했다. 옛날 애인과 미리 만나기로 약속이 되어 있었던
것도 아니었다. 헤어진 지 6년이나 되는 사람을 파출소 순경으
로 있는 오빠를 통해 주소를 알아낸 다음 일방적으로 찾아갔던
것이다. 그런데 그녀는 다음날 어린 딸과 함께 무참히 살해된
시체로 발견되었다. 그녀가 그 옛날 애인을 과연 만나보았는지
는 현재로서는 알 수 없다. 춘자 외에 그 사람 이름을 알고 있는
사람은 그녀의 오빠인 유문수 순경이었다. 다른 오빠들과 어머
니는 그 사람이 노가라는 것만 알고 있었다. 그런데 불행히도

유순경은 살해되고 말았다. 컴퓨터 터미널에 근무하고 있는 박 모 순경은 유순경의 부탁을 받고 노가의 주소를 알아낸 사람이었다.

그래서 그에게 잔뜩 기대를 걸었지만 그 역시 노가의 이름을 기억해내지 못하고 있었다. 단지 노가의 본적이 광주인 것 같았다는 정도의 기억만을 가지고 있었다. 노가의 이름을 알아내기 위해 경찰은 춘자가 가지고 있던 사진, 뒷면에 〈설악산에서 1977년 8월 5일〉이라고 적힌 사진에서 춘자와 함께 사진을 찍은 남자를 노가로 추정하고 그 얼굴만을 확대하여 신문지상에 광고를 내기도 했었다. 경찰이 낸 것 같지 않게 단순한 심인 광고처럼 위장하여 사진의 주인공에 대해 이름만이라도 알려주는 사람에게는 1백만 원의 사례금을 주겠다고 했지만 아직까지 아무런 연락도 들어오지 않고 있었다. 그래서 생각다못해 강계장은 오늘 신문에 똑같은 내용의 광고를 다시 한번 게재했다. 다른 것이 있다면 지난번 광고보다는 두 배쯤 크게 낸 점이었다.

그는 신문에 실린 광고를 들여다보면서 단정하게 앉아 있었다. 다른 형사들은 하품을 하기도 하고 각자 편한 대로 자유롭게 앉아 있었지만 그는 단정한 자세를 견지한 채 전화통 앞에 대기하고 있었다. 이번만은 어쩐지 전화가 걸려 올 것만 같은 생각이 들었던 것이다. 육감이었지만 그는 잔뜩 기대를 안고 있었다.

유춘자는 옛날 애인인 노가라는 사람을 만나러 갔다가 살해되었다. 따라서 그 노가라는 인물이 현재로서는 가장 혐의가 짙은 용의자라고 할 수 있었다. 그러나 그 사람을 범인으로 단정하는 것은 아직 너무 성급한 판단일 것 같았다. 아니 어쩌면 범인이 아닐지도 모른다는 생각이 들었다. 그것은 다음과 같은 이유 때문이었다.

강계장은 심인 광고에 사용한 노가의 얼굴 사진을 동백여관과 백제여관 종업원들에게 보였던 바 그들은 하나같이 그가 범인으로 추정되는 그 돼지 같은 실제 인물과는 영 딴판이라고 진술했던 것이다.

「이 사람은 아닙니다.」

그들은 하나같이 이렇게 말했던 것이다.

그렇다고는 하지만 그들의 진술만을 믿고 노가를 찾는 일을 포기할 수도 없었다. 일단 노가를 찾아내어 직접 확인해보기 전에는 수사방향을 돌리고 싶지 않은 것이 그의 생각이었다.

그런데 범인은 왜 춘자 외에 그녀의 어린 딸과 오빠까지 죽였을까? 어린 딸이라고 하지만 자기 엄마를 살해한 범인의 얼굴을 충분히 기억할 수 있는 나이이다. 자기 얼굴을 기억하고 있는 사람은 남녀노소를 불문하고 말살해 버려야만 마음을 놓을 수 있기 때문에 범인은 그 어린 것까지 살해한 게 아닐까? 유문수 순경의 죽음 역시 그와 같은 맥락에서 검토해볼 수 있지 않을까.

범인은 유순경을 살해하기 위해 광주에까지 내려갔다. 그리고 그를 대담하게 여관으로 불러내어 도끼로 쳐죽였다. 유순경을 그렇게 살해하지 않으면 안되었던 그 필연적인 이유는 무엇일까?

백제여관 주인의 증언으로 보건대 범인과 유순경은 서로 알고 있었던 사이가 아닌 듯했다. 살해되던 날 아침 유순경이 범인으로 추정되는 자의 전화를 받고 있을 때 곁에서 우연히 통화 내용을 부분적으로 들었던 동료 순경의 증언 역시 여관 주인의 증언과 같았다. 그렇다면 유순경은 전혀 모르는 사람, 생전 듣도 보도 못한 사람한테 도끼질을 당해 무참히 살해되었다는 말이 된다. 범인이 이유없이 광주까지 내려가 위험을 무릅쓰고 그를 살해했을 리는 없다. 더구나 유문수는 경찰관이 아닌가. 유문수는 춘자와 함께 범인의 이름을 알고 있었던 제3자라고 할 수 있었다.

　범인은 비록 자기 얼굴은 모르고 있지만 자기의 이름을 가지고 컴퓨터를 통해 주소까지 알아낸 유문수를 그대로 살려둘 수 없다고 판단했던 게 아닐까. 유문수를 살려두면 자신의 정체가 고스란히 드러나고 만다. 그래서 그를 말살해버린 게 아닐까. 이 추정이 맞다면 범인은 노 아무개가 된다. 그런데 목격자들은 사진을 보고 한결같이 고개를 흔들었다. 그렇다면 1977년 8월 5일 설악산에서 춘자와 함께 사진을 찍은 그 인물이 노가일지도 모른다는 나의 생각은 잘못된 것이 아닐까. 그는 노가 아닌 다른 인물이 아닐까.

　사진의 인물이 춘자의 과거 애인인 노가일 것이라는 생각은 춘자의 큰오빠인 유근수 씨의 단정적인 말에 기인하는 바가 컸다. 노가의 정확한 이름도 모르고 그를 본 적도 없는 그는 그 사내와 여동생이 다정하게 찍은 그 사진이 6년 전에 찍은 것이라는 사실, 여동생이 옛 애인과 헤어진 것이 6년 전이라는 사실, 그리고 그 사실을 가장 명확하게 입증해주는 것으로서 춘자의 딸의 나이가 다섯 살이라는 점 등을 들어 사진의 인물을 춘자의 과거 애인이었던 노가라고 단정했던 것이다. 그리고 경찰도 그 같은 단정을 별로 의심하지 않고 받아들였던 것이다. 그러나 그 단정에 문제가 있었던 것 같았다. 사진의 주인공이 어쩌면 노가라는 인물이 아닌 다른 인물일지도 모른다는 생각이 들자 강계장은 괜히 심인 광고를 내가지고 거기에 잔뜩 기대를 걸고 있는 게 아닌지 모르겠다고, 그 기대에 회의를 품었다.

　갑자기 범인의 모습이 거대한 바위 덩어리처럼 눈앞을 가로막아선 것 같은 느낌이 들었다. 안개 속으로 사라져버린 것이 아니라 앞으로 더욱 바싹 다가선 바윗덩이, 너무 커서 감을 잡을 수 없는 바윗덩이, 바로 그런 느낌이었다.

　범인이 거대한 바윗덩이 같다는 느낌은 그의 범행 솜씨에서 연유된 것이었다. 칼로 춘자의 목을 자른 것은 그렇다치고 어린 아이까지 살해한 그 잔인성, 경찰관을 여관으로 유인하여 살해한 그 담대함, 거기에서 그는 범인이 자신을 보호하기 위해 자신의 생존에 위협이 되는 상대는 누구이든간에 가리지 않고 철저히 말살하고야 만다는 것을 깨달았다.

거대한 바위에 짓눌린 듯 가슴이 답답해져 왔다. 범인에게 오히려 짓눌리고 있는 것 같은 느낌이었다. 살인사건을 오랫동안 다루어왔지만 얼굴도 모르는 범인에 대해 이런 기분을 느끼기는 처음 있는 일이었다. 놈은 거대한 느낌을 주고 있었다. 하찮은 살인자는 아닌 것 같았다. 인간은 누구나가 살인자가 될 수 있다. 누구를 죽이고 싶다라는 생각은 인간이면 한번쯤 품어보기 마련이다. 그때 인간은 마음속으로 살인자가 되는 것이다.

간음하지 말라고 하지만 대부분의 사람들은 마음속으로 이미 간음하고 있다. 그는 마음속으로 이미 간음자인 것이다. 그러나 이번의 범인은 그런 유의 살인자, 그런 유의 간음자가 아니다. 그는 보통의 수준을 넘어선 아주 강력하고, 비범하고, 특출한, 그래서 무서운 느낌이 드는 놈이다. 그를 도살자라고 지칭하는 것도 무리는 아니다. 놈은 가히 도살자로 불릴 만하다. 이 사회에 어떻게 해서 그와 같은 도살자가 출현할 수 있을까? 사회과학적으로 연구해볼 만한 대상이다. 도대체 무엇이 놈에게 그와 같은 잔인함과 담대함을 주었을까? 정신이상자일까? 그렇지는 않은 것 같다. 정신이상자라면 그렇게 체계적인 살인을 할 수가 없을 것이다.

「계장님, 식사하러 가시죠.」

강계장은 깊은 생각에서 깨어나 상체를 뒤로 젖혔다. 오후 2시가 가까워오고 있었다. 그는 별로 식사 생각이 없었다. 그러나 끼니 때가 되면 기계적으로 식사를 하게 된다. 그렇다고 비싼 것을 먹는 것도 아니다. 기껏해야 곰탕 정도다. 그를 언제나 그림자처럼 따르는 구만우(具晚宇) 형사가 그를 기다리고 있었다.
「뭘 먹으러 가지?」
하면서 몸을 일으키는데 전화벨이 울렸다.
구형사가 냉큼 전화를 받았다가 잠깐 기다리라고 하면서 수화기를 강계장에게 넘겼다.
「강무기 씨입니까?」
굵은 남자 목소리가 들려왔다.
「네, 그렇습니다.」
강계장은 이미 긴장해 있었다. 수화기를 통해 들려오는 목소리의 감이 심상치가 않다는 것을 그는 직감적으로 느끼고 있었다.
「신문에 난 광고 보고 전화 걸었습니다.」
「아, 그렇습니까? 감사합니다!」
신문에 게재한 심인 광고에는 연락 전화번호와 함께 강계장의 이름을 박아 놓았었다. 물론 경찰이라는 것은 숨기고.
「그런데 그 사람에 대해서 이름만 알려줘도 백만 원을 준다 했는데 그게 정말입니까?」
상대방은 돈 이야기부터 꺼내고 있었다. 목소리로 보아 중년 사나이일 듯싶었다.
「네, 정말입니다. 드리고 말고요. 그 사람에 대해서 잘 알고 있습니까?」
「네, 잘 알고 있습니다. 현찰로 줍니까?」
「현찰을 요구하시면 현찰로 드리겠습니다. 지금 계신 데가 어딥니까?」
「그런데 그 사람에 대해서 왜 알려고 하는 겁니까?」
「아, 그럴 일이 있어서 그럽니다. 조금 전에 그 사람에 대해서 잘 알고 있다는 분이 전화를 걸어왔습니다. 그 사람을 만나러 막 나가려던 참입니다. 이렇게 또 한 분이 전화를 걸어 주시니까 어느 분을 만나야 자세한 것을 들을 수 있을지 모르겠군요. 그렇다고 두 분을 만나볼 수도 없고 난처하군요. 사례금은 백만 원으로 한정되어 있고……」

거짓말이었다. 돈을 노리고 있는 이상 약점을 건드려본 것이었는데 예상했던 대로 상대는 후끈 달아 당장 만나자고 제의했다.

「그 사람에 대해서는 나 이상 잘 알고 있는 사람이 없을 겁니다. 절친한 사이였으니까요. 만나보면 알게 될 겁니다.」

「절친한 사이였다는 것을 증명할 수 있습니까?」

「네, 얼마든지 증명할 수 있습니다.」

상대방은 이제 왜 그 사람에 대해서 알려고 하느냐 따위의 질문은 해오지 않았다. 백만 원을 잃을까봐 전전긍긍하고 있음을 강계장은 감지할 수 있었다.

점심식사는 뒤로 미루어졌다.

30분쯤 지나 강계장은 구형사와 함께 무교동에 있는 어느 호텔 커피숍으로 들어섰다.

전화를 걸어왔던 사내는 탁자 위에 신문지를 둘둘 말아놓고 앉아 있었다. 그것을 보고 두 사람은 그쪽으로 다가가 목례를 던졌다. 초라한 차림의 40대 남자였다. 바로 전화를 걸어왔던 사람이었다.

「제가 강무기입니다. 전화를 걸어주셔서 감사합니다.」

강계장은 상대방이 겁을 집어먹을 것 같아서 명함 같은 것은 건네지 않았다.

초라한 사내는 자기 이름을 굳이 밝히려고 하지 않았다. 돈을 받고 정보를 제공하는 입장에서는 그것이 현명한 처사일 것이라고 생각되어 강계장 쪽에서도 그 이름을 굳이 알려고 하지 않았다. 급한 것은 그의 이름이 아니었다. 그의 이름은 나중에 얼마든지 알아볼 수 있을 것이다.

사내는 호주머니에서 무엇인가 끄집어 내더니 그것을 탁자 위에 놓았다. 그것은 신문에서 강계장이 낸 심인 광고를 오린 것이었다.

「이 사람과 친구였다구요?」

「네, 그렇습니다.」

사내는 굶주린 표정으로 말했다. 비쩍 마른 모습이 마치 사흘 굶은 사람 같았다.

「이 사람 이름이 뭡니까?」

사내는 머뭇거렸다. 담배를 들고 있는 손이 몹시 거칠어보였다. 첫눈에도 막노동을 하는 사람이라는 것을 쉽게 알아볼 수 있었다.

「이름을 말하기 전에 먼저 돈을 주었으면 하는데요.」

「돈은 줄 테니까 걱정하지 말아요. 이름부터 말해봐요.」

성미 급한 구형사가 거칠게 쏘아붙였다. 강계장은 구형사를 툭치면서 안주머니에서 백만 원 다발을 꺼내 탁자 위에 놓았다.

「백만 원입니다.」

사내의 굶주려 있던 표정에 생기가 돌았다. 그의 거친 손끝이 그것을 건드렸다.

「이게 백만 원입니까? 그런데 얼마 안돼 보이네요.」

빳빳한 새 지폐이기 때문에 부피가 작아보이는 것은 당연했다.

「세어보십시오.」

강계장은 정중하게 말했다. 이것은 어디까지나 거래이기 때문에 상대방이 그렇게 나오는 것은 이상할 게 하나도 없다고 그는 생각했다.

「그럼 세어보겠습니다.」

사내는 얼굴을 붉히면서 돈을 하나하나 헤아리기 시작했다.

그 움직임이 몹시 느려 답답할 지경이었지만 형사들은 묵묵히 기다렸다.

「한 장이 모자라는 것 같은데요.」

다 헤아리고 나서 사내는 고개를 갸우뚱했다. 구형사가 한마디하려는 것을 강계장은 팔꿈치로 찔러 제지했다.

「맞을 겁니다. 다시 한번 잘 세어보십시오.」

사내는 아까보다 더 느리게 헤아렸다. 그런 그를 보면서 강계장은 사내가 꽤 순진하다는 느낌이 들었다.

이윽고 두번째 다 헤아리고 나서 사내는 멋쩍은 웃음을 흘리며 말했다.

「맞는데요.」

강계장도 사내를 보고 미소를 지어보였다. 사내가 돈다발을 안주머니에 집어넣기를 기다려 강계장은 입을 열었다.

「자, 그럼 이 아가씨와 함께 사진을 찍은 이 남자가 누구인지 말씀해 주십시오.」

강계장은 광고에 게재했던 사진을 꺼내보이며 상대방을 주목했다.

「그 사람 이름은 노준기라고 합니다.」

「한자로 어떻게 씁니까?」

구형사가 수첩과 볼펜을 꺼내주었다. 사내는 서툰 솜씨로‘盧俊基’라고 썼다.

「고향이 어딘지 아십니까?」

「광주라고 알고 있는데요. 확실히는 모르겠지만 예전에 그렇게 들은 것 같아요.」

「이 사람의 이름이 노준기라는 것을 뭘로 증명할 수 있습니까? 돈을 타먹기 위해 거짓말을 할 수도 있는 거 아닙니까?」

사내는 어이없다는 표정으로 웃었다.

「원, 아무리 그렇다고 그럴 수가 있나요. 난 이 사람하고 중동에서 1년 동안 쭉 함께 일했어요. 거짓말할 게 따로 있지 이런 걸 어떻게 거짓말합니까.」

그러면서 사내는 사진 한 장을 꺼내놓았다. 그것은 두 한국 남자가 웃통을 벗어부친 모습으로 나란히 서 있는 것을 찍은 컬러 사진이었다. 그들은 사막을 배경으로 서 있었다. 두 사람 다 크게 입을 벌리고 웃고 있었다. 그 중의 한 사람은 바로 지금 강계장 앞에 앉아 있는 사내였다. 강계장은 다른 한 명과 광고에 게재했던 사진의 얼굴을 대조해 보았다. 두 얼굴이 서로 일치했다. 혹시나 해서 그것들을 구형사에게 보이면서 의견을 물었다.

「같은 사람이 틀림없습니다.」

구형사가 눈을 번득이며 말했다.

「사우디 아라비아에 있을 때 함께 찍은 사진이죠. 이제 제 말을 믿으십니까?」

사내가 자신에 찬 표정으로 물었다.

「네, 믿습니다. 미안합니다. 그런데 이 사람 연락처나 주소를 알고 계십니까?」

「그건 모릅니다. 못 만난 지 한 5년쯤 됩니다.」

「두 분이 어떤 사이이십니까?」

「그런 것도 이야기해야 하나요?」

「네, 이 사람에 대해서 알고 있는 것이 있으면 숨김없이 말해 주시면 고맙겠습니다.」

「이름만 말하면 되는 줄 알았는데……」

사내는 못마땅한 표정으로 투덜거렸다. 그러자 구형사가 사나운 눈매로 쏘아보면서 한마디했다.

「이거 봐요. 백만 원이나 받았으면 성의껏 말을 해줘야지. 돈 백이 적은 돈인지 알아요? 사람이 염치가 있어야지 정 그러

220

면 돈을 도로 내놔요. 다른 사람한테 가면 더 자세히 들을 수
있을 텐데 괜히 이 사람을 만났군. 돈 도로 내놔요.」
구형사가 손을 내밀자 사내는 어이가 없다는 듯 헛웃음을 웃
었다.
「헛참, 이름을 가르쳐 주니까 돈을 도로 내놓으라네. 사람을
놀리는 거요 뭐요? 내가 돈을 안 내놓으면 어떡할거요? 이
건 어디까지나 내 돈입니다. 난 약속대로 이름을 가르쳐 주고
이 돈을 받은 거라구요. 오는 말이 고와야 가는 말이 곱다고,
그런 식으로 나오면 나도 말하기 싫어요.」
사내는 만만치 않게 나오고 있었다. 강계장이 부드러운 말로
사과하면서 달랬지만 그는 쉽게 입을 열려고 하지 않았다. 자기
는 할말을 다했으니 가겠다는 거였다. 결국 하는 수 없이 구형
사가 신분증을 보였고, 그러자 사내는 금방 수그러들었다.
「진작 말씀하실 것이지. 노준기가 무슨 짓을 저질렀나요?」
「아직은 모릅니다. 그전에 나쁜 짓을 한 게 있나요?」
「아니오.」
사내는 천부당 만부당하다는 듯 고개를 흔들었다.
「그 친구는 참 좋은 친구죠. 재미있고요. 그런데 그 친구에
대해서 왜 조사를 하는 겁니까?」
「그럴 일이 있습니다. 보안상 자세한 것은 말씀드릴 수 없습
니다. 자, 노준기 씨에 대해서 아시는 대로 말씀을 좀 해주십
시오.」
사내는 불안한 기색으로 형사들의 표정을 살피다가 이윽고 할
수 없다는 듯 입을 열었다.
「그 친구와는 중동에 갈 때 알게 됐지요. 그전에는 서로 모르
는 사이였는데 고향이 저하고 같은 광주라는 걸 알고 나서부
터 친하게 지냈지요.」
그때가 1977년 가을이었다. 이장수(李長壽)는 해외 취업 알선

업체에서 수속을 밟다가 노준기를 알게 되었다. 노준기도 중동
에 가기 위해 수속을 밟는 중이었다. 이장수는 미장공이었고 노
준기는 특수차 운전사였다. 명색이 미장공이지 사실은 엉터리
였다. 돈 벌 욕심으로 어찌어찌 자격증을 하나 구해가지고 중동
으로 품팔러 나갔던 것이다. 그에 비해 노준기는 진짜 특수차
운전사였다. 사우디 아라비아로 가는 비행기 속에서 그들은 나
란히 앉아 계속 술을 마셔대면서 의기투합했다. 두 사람 다 외
로운 처지였다. 이장수는 아내가 두 자식을 버리고 가출한 처지
였다. 지지리도 못 사는 것을 한탄하다가 그의 아내는 그의 주
벽을 핑계삼아 집을 나가고 말았다.

1년이 지나도록 아내는 집에 돌아오지 않았고 연락도 없었다.
장수는 노모에게 어린 자식들을 맡기고 마침내 머나먼 이국으로
품팔이 길에 나섰던 것이다.

「노준기는 자기 말로 완전히 혼자라고 했습니다. 그때 저보다
한 살 위인 서른 여섯인가 그랬는데 아직 장가도 못 갔다고 했
습니다. 부모도 형제도 없이 혼자 고아로 자랐다고 했습니다.
하지만 사람이 쾌활하고 남자다웠습니다.」

의기투합한 두 사람은 만리타향에서 고생을 하는 동안 내내
함께 지냈다. 하는 일은 서로 달랐지만 같은 구역의 토목공사에
투입되었기 때문에 함께 지낼 수가 있었던 것이다.

「그 친구는 정말 좋은 친구였죠. 우리는 9개월 동안 함께 지
냈는데 그 친구가 갑자기 귀국하게 돼서 서로 헤어지게 됐죠.
그렇게 헤어지고 나서는 마지막이었습니다. 편지 연락도 없
고 소식도 듣지 못했습니다. 정말 보고 싶은 친구입니다.」
「그 사람은 왜 귀국했나요?」
「원래 1년 계약을 하고 갔던 건데 그 친구 혼자서 먼저 귀국해
버린 거죠. 특별한 이유는 없었습니다. 그 생활이 따분하고
지겹다고 하면서 시들해 하더니 갑자기 가버렸습니다.」

「혹시 여자 이야기는 하지 않았나요? 사귀는 여자가 있다든가 그런 이야기 말입니다.」

이장수는 생각을 더듬는 표정으로 한동안 말이 없더니 이윽고 생각이 난 듯 고개를 끄덕였다.

「이제 생각해 보니까 그런 이야기를 심각한 얼굴로 한번 한 것이 생각납니다. 한국에 있을 때 한 어린 처녀를 건드렸는데 그 처녀가 아기를 밴 것 같다고 하던가 그런 말을 했습니다. 자기는 그 사실을 알고 놀라서 도망쳐 버렸다고 했습니다. 그것이 정말인 것이 그 친구한테는 어떤 아가씨한테서 계속 편지가 날아왔었지요. 하지만 그 친구는 한 번도 답장을 쓰지 않은 것 같았습니다. 그 친구는 자신의 무책임한 짓을 몹시 후회하는 것 같았습니다. 그러면서 귀국할 즈음에 이런 말까지 했습니다. 어쩌면 그 아가씨가 지금쯤 자기 아기를 낳았을지도 모르겠다고 말입니다. 아가씨 편지는 얼마 동안 계속되다가 끊어졌습니다. 그 친구가 답장을 하지 않으니까 끊어졌겠죠.」

「귀국해서 그 처녀를 만나겠다고 하던가요?」

형사들은 잔뜩 긴장해서 물었다.

「그런 말은 하지 않았던 것 같은데요. 워낙 오래 전 일이라 생각이 나지 않습니다.」

이장수는 현재 일정한 직업 없이 날품팔이로 생계를 유지하고 있다고 했다. 강계장은 그의 주소를 적은 다음 그에게 자신의 명함을 한 장 건네주었다.

「혹시 노준기 씨에 대해서 무슨 소식이라도 듣게 되면 이쪽으로 연락을 주셨으면 고맙겠습니다. 그리고 참, 6년 전 사우디에 가실 때 어느 기관을 통해서 가셨나요? 정확한 명칭을 알고 계십니까?」

「네, 해외개발공사였습니다.」

강계장이 이제 가도 좋다고 하자 이장수는 큰 짐이라도 벗은 듯 잽싸게 밖으로 사라졌다. 강계장은 만족한 얼굴로 구형사를 바라보았다. 이제 노준기라는 인물을 찾아내는 것은 시간 문제라는 생각이 들었다. 그는 구형사에게 지시를 내렸다.

「해외개발공사에 가서 6년 전의 노준기의 기록을 찾아봐. 그 기록을 보면 그에 대한 인적사항이 자세히 나와 있을 거야.」

「알겠습니다. 지금 바로 가겠습니다.」

구형사는 냉큼 일어나 밖으로 사라졌다.

수사본부로 돌아온 강계장은 형사 두 명을 불렀다.

「김형사는 노준기라는 인물에 대해 컴퓨터 조회를 의뢰해, 빨리 !」

「주민등록번호 같은 것은 없습니까 ?」

김형사는 키가 작고 뚱뚱했다. 몸에 비해 움직임은 민첩한 편이었다.

「아직 몰라. 곧 알게 될 거야. 아는 거라고는 현재 나이가 마흔두 살 정도, 고향이 광주라는 것…… 그 정도야.」

김형사가 지시를 받고 물러가자 강계장은 하형사를 가까이 오게 했다. 하형사는 여자처럼 예쁜 얼굴을 가지고 있어 '색시'라는 별명이 붙어 있었다.

「자네는 지금 바로 출입국 관리사무소에 가서 노준기의 기록을 찾아봐. 77년 10월 하순에 출국한 인물이야.」

색시는 정말 색시처럼 조용히 수사본부를 빠져나갔다.

수사본부는 갑자기 바빠진 것 같았다. 뭔가 생기가 감도는 것을 강계장은 의식할 수 있었다. 그러나 그러기에는 아직은 좀 이르다는 것도 그는 알고 있었다.

노준기의 기록을 찾아나선 세 형사들 중 가장 먼저 돌아온 사람은 뚱뚱한 김형사였다. 강계장은 그가 가져온 노준기에 대한 컴퓨터 조회 결과를 훑어보았다. 그것은 노준기라는 이름과 광주가 고향이라는 사실만 가지고 조회해온 결과였다.

조회 결과 나타난 사람은 모두 19명이었다. 19명 모두 광주가 본적으로 되어 있었다. 그 가운데 나이가 비슷하다고 생각되는 다음 세 명을 골라냈다.

노준기 ①은 51세였다. 주소는 강원도 속초시였다. 직업은 상업, 전과는 없었다.

노준기 ②는 39세, 주소는 서울, 직업은 교사, 전과자는 아니었다.

노준기 ③은 42세, 주소는 대전, 전과 사실은 없었다.

강계장은 노준기 ③을 점찍었다. 그러나 사진이 없어서 확인이 불가능했다. 한 시간쯤 기다리고 있는데 구형사로부터 전화가 걸려왔다.

「해외개발공사에 가서 노준기 기록을 찾아냈습니다. 그걸 찾아내느라고 애먹었습니다.」

「주민등록번호와 주소를 말해봐!」

강무기는 구형사가 불러주는 것을 급히 메모지에다 적었다.

구형사가 불러준 주민등록번호와 노준기 ③의 번호를 대조해 보니 두 개가 일치했다. 그런데 주소는 서로 일치하지 않았다. 노준기 ③의 주소는 대전에 있었고 구형사가 불러준 주소는 서울에 있었다. 강계장은 그것을 하나도 이상하게 생각지 않았다.

주소지가 바뀌는 것은 흔히 있을 수 있는 일이다. 노준기 ③은 사우디에 가기 전 서울에 살고 있었고 귀국한 뒤에는 아마 대전으로 주소를 옮겼을 것이라고 강계장은 생각했다.

강계장은 구형사가 돌아오기를 기다렸다가 그가 가지고 온 노준기에 대한 기록을 들여다보았다. 그것은 6년 전 노준기가 해외 취업을 위해 해외개발공사에 제출한 서류였다. 그 서류에는 노준기의 사진이 붙어 있었다. 그리고 그 얼굴은 이미 확보된 다른 두 장의 사진 즉 유춘자가 가지고 있던 사진과 이장수가 간

직하고 있던 사진에 나타난 노준기의 얼굴과 동일했다.

「이제 노준기의 신상은 대강 밝혀졌다. 그런데 목격자들은 이 사진의 얼굴이 범인과는 전혀 딴판이라고 했단 말이야. 그러니까 범인은 노준기가 아닐지도 몰라. 실물을 대면시켜봐야 알겠지만…… 아무래도 너무 기대를 걸지 않는 게 좋을 것 같아.」

너무 쉽게 풀리는 것 같다고 생각하면서 강계장은 구형사에게 자신의 생각을 이야기했다.

「하지만 노준기라는 인물을 수사에서 제외시킬 수는 없지 않습니까. 제일 처음 등장한 인물인데……」

구형사가 억울하다는 듯 말했다.

「그야 그렇지. 노준기라는 인물은 수사 과정에서 우리가 제일 먼저 통과해야 할 관문인 셈이니까. 그가 비록 범인이 아닐지라도 그를 만나보는 것은 아주 필수적인 일이지. 그런데 한 가지 의문나는 게 있어. 이게 아무래도 납득이 가지 않는단 말이야.」

그러면서 강계장은 고개를 갸우뚱했다.

「어떤 점이 그렇습니까?」

「유춘자는 노준기를 만나기 위해서 서울에 올라왔다가 죽었어. 대전으로 간 게 아니라 서울로 왔단 말이야. 우리가 유춘자 오빠들한테서 듣기로도 유춘자는 서울로 올라간다고 하면서 갔다고 하지 않았나.」

「네, 그렇습니다.」

「노준기의 주소는 서울이 아닌 대전이야. 그런데 왜 서울로 갔을까?」

구형사는 머리가 혼란스러운지 잠시 어리둥절한 표정으로 강계장을 쳐다보기만 했다.

「컴퓨터 조회에서 서울이 주소인 사람은 노준기 ②야. 그는 서른아홉 살이고 직업은 교사야.」
「그 사람을 제가 만나볼까요?」
구형사는 이미 일어서고 있었다.
강계장은 고개를 끄덕이고 나서 김형사에게 구형사를 따라가라고 지시했다.
그들이 나가고 난 뒤 강계장은 한동안 곤혹스러운 얼굴로 어두워오는 창밖을 바라보고 있었다. 생각을 정리할 필요가 있었다. 형사 수첩을 주머니에 집어넣으려다가 도로 펼쳐놓았다. 학교 교사 같은 단정하고 온화한 인상답게 수첩에 적혀 있는 내용들도 일목요연하게 정리되어 있었다.
색시처럼 예쁘게 생긴 하형사가 돌아온 것은 날이 완전히 저물었을 때였다. 그는 출입국 관리사무소에서 가지고 온 자료를 강계장 앞에 내놓으며 말했다.
「갑자기 컴퓨터에 고장이 있어서 고칠 때까지 기다리느라고 늦었습니다. 노준기의 기록은 찾았습니다.」
「수고했어.」
강계장은 노준기에 대한 기록을 들여다보았다. 그에 대한 기록은 두 가지가 있었다. 하나는 컴퓨터에 기록된 것이었다. 거기에는 노준기의 출국 일자가 1977년 10월 27일로 되어 있었다. 행선지는 사우디 아라비아의 리야드. 그리고 입국 일자는 이듬해 7월 20일이었다.
이장수의 말대로 9개월만에 입국한 것으로 되어 있었다. 또 하나의 서류는 출입국 신고서를 복사한 것이었다. 그것은 노준기 자신이 작성하여 출국할 때와 입국할 때 관계기관에 제출한 것이었다. 거기에 적혀 있는 출입국 날짜는 컴퓨터 기록과 일치했다. 그밖에 다른 기록들은 이미 확인한 기록들과 다른 점이 없었다.
「사우디에서 돌아온 이후의 기록은 없던가?」

「네, 그 점을 알아봤는데 없었습니다. 그 이후에는 외국에 나
간 흔적이 없습니다. 컴퓨터에 의한 출입국자의 기록 관리는
아주 철저하게 되어 있었습니다. 누가 언제 어디를 몇 번 다
녀왔는지 아주 소상히 기록되어 있기 때문에 이제는 숨긴다는
게 불가능해졌습니다.」

강계장은 시계를 보고 나서 천천히 몸을 일으켰다.

「이제 우린 노준기를 만나러 가야겠어. 대전으로 말이야.」

「지금 대전에 간다는 말씀입니까? 여기에는 그 사람 주소가
서울로 되어 있는데요.」

하형사는 자신이 가져온 출입신고서 복사물들을 쳐들어보이
며 말했다.

「그건 출국 당시의 주소고 현재의 주소는 대전으로 되어 있
어. 경찰 컴퓨터에 조회한 결과야.」

강계장은 하형사 외에 형사 두 명을 추가로 더 불러냈다. 만
일의 경우에 대비해서 인원을 불린 것이다. 그들 두 명 중 한 명
은 형사라고 보기에는 어울리지 않을 정도로 병약해 보였고 거
기다 무거워 보이는 안경까지 끼고 있었다. 그래도 그는 당수 4
단의 실력을 가지고 있었다. 다른 한 명은 여자였다. 그녀는 아
직 미혼인 20대 후반의 처녀였고 형사가 된 지 이제 불과 6개월
밖에 안된 햇병아리였다. 남자의 시선을 끌 만한 미모의 소유자
는 아니었지만 복스럽게 생긴 얼굴이 맏며느리감으로 적당할 것
같았다. 그녀는 그저 미스 최로 통하고 있었다.

강계장이 자신의 낡은 승용차에 올라앉아 운전대를 잡는 것을
보고 미스 최가 자기가 한번 운전해 보겠다고 나섰다. 강계장은
눈을 휘둥그렇게 떴고, 남자 형사들은 지옥에 가기 싫다고 그녀
의 운전을 일제히 반대했다. 그러나 강계장은 운전석에서 나와
그녀와 자리를 바꾸어 앉았다.

그들이 서둘러 수사본부를 출발했을 때 눈이 내리기 시작

했다.

서울 시내를 빠져나와 차가 고속도로에 진입했을 때 눈은 어느새 굵은 함박눈으로 변해 있었다.

수사관들은 헤드라이트 빛 속에 드러나고 있는 굵은 눈송이들을 걱정스런 눈길로 바라보았다. 강계장은 미스 최를 돌아보았다.

「날씨가 이런데 괜찮겠어?」

「이 정도야 아무것도 아니죠.」

미스 최는 자신만만한 태도로 앞을 주시하고 있었다.

그녀는 남자들의 우려와는 달리 능숙하게 차를 몰았다. 빨리 달리면서도 안정감있게 운전을 하고 있었다.

「언제 운전을 배웠지?」

하형사가 뒤에서 신통하다는 투로 물었다.

「경찰에 들어오기 전에 택시를 2년 동안 몰았는 걸요.」

그녀는 거침없이 말했다.

「그래?」

모두가 놀라는 표정을 지었다. 차창에 달라붙는 눈송이를 닦아내는 와이퍼 소리가 꽤나 시끄러웠다.

「이력서에는 그런 게 없는 것 같던데?」

강계장의 말이었다. 그는 자신이 데리고 있는 부하들의 이력을 소상히 파악하고 있었다.

「자랑할 것도 아니고 해서 이력서에는 뺐어요. 우리집은 먹고 살 만해요. 부자는 아니지만, 그렇다고 굶을 정도도 아니에요. 무료하게 집안에 틀어박혀 시집갈 날만 기다리고 앉아 있는 신세가 하도 따분해서 뭘 할까 망설이다가 세상도 경험하고 용돈도 벌어볼 겸 해서 택시 운전사가 되기로 했죠. 마음을 단단히 먹으니까 별로 어렵지 않게 되데요. 그래서 2년 동안 택시를 몰고 다녔죠.」

「그래서 많은 경험을 했나?」

강계장이 물었다. 그는 갑자기 그녀에게 호감을 느끼기 시작하고 있었다.

「정말 많은 경험을 했어요. 택시 운전을 2년 하다 보니까 세상에 무서운 것이 없데요. 그래서 이왕이면 형사가 돼보자고 생각하고 운전을 때려치우고 그때부터 시험 공부를 시작했죠.」

겉으로 보기에 평범하기 짝이 없는 이 아가씨의 어디에 과연 그런 엉뚱한 모험심이 도사리고 있을까. 강계장은 새삼스럽게 미스 최를 눈여겨 쳐다보았다.

다른 형사들은 조용히 침묵을 지키고 있었다. 그녀의 이야기에 귀를 기울이고 있음이 틀림없었다.

「형사가 되니까 어때?」

「재미있는 것 같아요. 생각하던 것과는 영 딴판이지만. 기분 나쁘게 생각지 마세요. 남자 형사분들이 불쌍해요. 저야 뭐 재미가 있어서 하는 거지만 남자들한테는 결코 권하고 싶은 직업이 아닌 것 같아요.」

그들이 탄 고물차는 휴게소 앞을 그대로 통과했다. 헤드라이트 불빛 속에 드러난 고속도로의 노면은 흰 페인트칠을 한 듯 온통 흰색 일색이었다.

부산—제주간 카페리호는 정시에서 조금 늦은 저녁 7시 30분에 제주도를 향해 연안부두를 출발했다.

승객들 중 맨 마지막으로 배에 오른 사람은 뚱뚱한 일본인이었다. 부두에 주재하고 있는 검문 경찰관은 맨 마지막에 허둥지둥 나타나 승선자 신고 카드를 제출하고 정신없이 출구를 빠져나간 마지막 승객의 뒷모습을 멀거니 바라보면서 살찐 돼지를 연상하고는 혼자서 빙그레 웃었다. 이윽고 그는 마지막 승객이

제출한 카드를 다시 한번 들여다보았다. 주소는 일본 동경으로 되어 있었고 이름은 '安部稻次郎'이라고 적혀 있었다. 일본어를 모르는 그는 그 한자 이름을 어떻게 읽어야 할지 알 수 없었다. 직업란에는 상업이라고 표기되어 있었다. 일본 남자들은 혼자 다니는 법이 거의 없다. 여럿이 어울려다니되 뒤에는 반드시 한국 여인들을 달고 다닌다. 돈을 받고 몸을 파는 이른바 콜걸들 말이다. 그런데 저 일본인은 혼자 여행하니 좀 별난 데가 있는 모양이다. 그는 계단을 바삐 오르고 있는 마지막 승객의 희미한 모습을 창 너머로 물끄러미 바라보다가 오늘밤 승객들은 날씨 때문에 고생 좀 하겠다고 생각하면서 한 주먹이나 되는 카드 뭉치를 들고 돌아섰다.

캡을 눌러쓴 회색 코트 차림의 일본인은 배 위에 올라서자 비로소 한숨 놓았다는 듯 길게 안도의 한숨을 내쉰 다음 자신이 조금 전에 빠져나온 부두를 내려다보았다. 많은 사람들이 난간에 기대서서 부두를 바라보고 있었다. 캡의 시선이 재빨리 난간에 기대서 있는 사람들 위를 지나갔다. 이윽고 그의 시선은 한쌍의 남녀 위에서 잠깐 멈칫 했다가 뒤로 돌아갔다. 그의 시선이 머물렀던 곳에는 성배와 영이가 몸을 붙이고 서 있었다. 캡은 문을 밀고 안으로 들어갔다.

뱃고동 소리가 바람에 흩어졌다. 배가 움직이기 시작했다. 노오란 불빛들이 가물가물 흔들리고 있었다.

캡은 창문 너머로 성배와 영이를 쏘아보고 있었다.

밖에 오래도록 서 있기에는 바람이 너무 드세고 차가웠다. 배가 부두를 거의 빠져나왔을 때쯤에는 난간에 기대서 있던 사람들도 대부분 안으로 들어가고 없었다.

영이가 춥다고 하자 성배는 그녀의 어깨를 감싸안고 안으로 들어갔다.

캡은 몸을 돌려 매점으로 다가섰다. 그가 담배를 사고 있을 때 성배와 영이가 복도를 지나갔다. 캡은 담뱃갑을 코트 주머니 속에 넣고 나서 그들을 뒤따라 조심스럽게 오른쪽으로 돌아갔을 때 그들은 막 한 방으로 모습을 감추고 있었다. 캡은 그쪽으로 다가가 방 번호를 확인했다. 그것은 1등 2호실이었다. '정원 2명'이라는 표시가 문 위에 붙어 있었다. 뚱보는 담뱃갑을 꺼내 신경질적으로 포장을 뜯었다.

이번에도 별로 자신이 서지 않는다. 이런데서 두 명을 동시에 처치하는 것은 거의 불가능한 일이다. 놈은 의외로 운이 좋은 편이다. 나로 하여금 제주도까지 따라붙게 만들다니!

그는 특실을 찾았다. 특실은 1등 2호실로부터 불과 수미터 정도밖에 떨어져 있지 않았다. 그는 특실 문을 열고 안으로 들어갔다. 특실은 요금이 비싸기는 하지만 완전히 혼자 독점할 수가 있기 때문에 숨어 있기에는 안성맞춤이었다. 정원 2명의 특실에 들기 위해 그는 15만 원 가까운 돈을 지불했었다.

내부는 호텔방처럼 꾸며져 있었다. 양컨에 침대가 두 개, 그리고 구석에는 소파도 놓여 있었다. 받침대 위에는 컬러 텔레비전도 한 대 비치되어 있었다. 욕실도 따로 마련되어 있었다. 그렇다고는 하지만 특급호텔보다 배나 비싼 방치고는 누추한 편이었다. 이런 방을 15만 원이나 받다니, 그는 투덜거렸다.

코트와 저고리를 벗은 다음 넥타이를 풀어 침대 위에 던졌다. 전등불을 끄고 커튼을 젖혔다. 난간 복도를 밝히는 불빛이 안으로 흘러들어 왔다. 칠흑 같이 어두운 바다를 한참 동안 무서운 눈으로 쏘아보고 있다가 그는 도로 커튼을 친 다음 침대 위에 벌렁 드러누웠다.

팔베개를 한 채 누워 있는데 배의 흔들림이 점점 심해지고 있는 느낌이 들었다. 꽤나 큰 배인데도 거센 파도에는 별 수가 없는 모양이었다. 좌우로 한 번씩 기울 때마다 몸뚱이가 기우는 쪽으로 굴러갈 것만 같아 가만히 누워 있을 수가 없었다. 그때

마다 침대 매트리스를 움켜잡고 버티다가 그는 더 이상 안되겠다 싶어 벌떡 일어나 소파로 자리를 옮겨 앉았다. 갑자기 머리가 어지러워 오면서 구토증이 밀려왔다. 그는 머리를 흔들면서 그것을 떨쳐버리려고 해보았지만 그럴수록 기분이 언짢아지면서 속이 뒤틀려왔다. 배멀미 같은 것은 생각지도 않았었다. 그도 그럴 것이 어릴 때 말고는 지금까지 배를 타본 적이 없었기 때문이다.

날씨의 악화로 배는 출항 한 시간 전까지도 운항 여부를 결정하지 못하고 있다가 한 시간을 남겨놓고 가까스로 운항을 결정했을 만큼 날씨가 험악했다. 그는 이런 날씨에 배를 탄 것을 뒤늦게 후회했지만 이제는 할 수 없는 일이었다. 배가 실어다 주는 대로 짐짝처럼 흔들리며 열두 시간 동안 시달릴 생각을 하니 진땀이 흘러내렸다. 창가로 다가가 커튼을 젖히고 창문을 반쯤 열었다. 몰려들어오는 찬바람을 가슴 깊이 들이마셨다. 멀미가 조금 가시는 것 같았다. 그러나 그것도 오래 가지는 못했다. 다시 구토증이 밀려오기 시작했다. 불쾌하기 짝이 없는 느낌이었다. 그것은 마치 지저분한 살인를 하고난 후에 느끼는 기분과 아주 흡사했다.

유춘자를 살해했을 때가 꼭 그랬었다. 그때는 정말 토할 뻔했었다. 토하지 않으려고 담배를 마구 빨아댔던 기억이 났다. 그 생각을 하고 그는 급히 담배를 뽑아물고 불을 붙였다. 그러나 소용이 없었다. 시간이 흐를수록 멀미는 심해지고 있었다. 견디기 어려울 정도로 기분이 언짢았다. 곧 토할 것 같은 기분이었다. 그는 급히 방을 나와 매점으로 달려갔다. 마침 멀미약이 있었다. 그가 멀미약을 달라고 하자 여점원은 지금 먹으면 소용이 없다고 말했다. 그래도 그는 그것을 달라고 해서 마셨다.

배는 더욱 심하게 흔들리고 있었다. 걸음을 옮기기가 어려울 정도로 좌우로 기울고 있었다. 여점원은 멀미에 시달리는 비대한 몸뚱이가 보기에 딱하다는 듯 쳐다보았다.

「반창고를 붙이세요. 그럼 괜찮아질 거예요.」

뚱보는 돌아섰다.

「반창고를 어디다 붙이지?」

「배꼽에다요.」

그렇게 말하고 나서 그녀는 한 손으로 입을 가리고 킬킬거렸다. 그녀는 조금도 멀미 증세가 없는 것 같았다.

반창고를 들고 방으로 돌아온 뚱보는 여점원의 말대로 배꼽에다 반창고를 붙였다. 그것도 두 겹으로. 그러고 나서 침대 위로 올라가 잠을 청했다. 그때 갑자기 배가 획 뒤집히는 것 같이 한쪽으로 기울어졌다. 그 바람에 그의 몸뚱이는 한 바퀴 굴러 바닥으로 떨어졌다. 너무 어이가 없었기 때문에 그는 그 경황 중에도 웃음이 나왔다. 그는 킥킥거리다가 발작적으로 옷을 벗고 욕실로 들어갔다. 욕실의 불빛은 침침했다. 온수 꼭지를 틀자 따뜻한 물이 흘러나왔다. 욕조 속에 물이 차는 동안 그는 거울 앞에 서서 자신의 몸뚱이를 바라보았다. 그 자신이 보기에도 그의 몸뚱이는 흉물스러워 보였다. 그것은 몸뚱이라기 보다는 차라리 비계 덩어리라고 표현하는 것이 옳을 것 같았다. 가슴은 여자의 젖가슴처럼 축 늘어져 있었고 그 조금 밑으로 배가 거대하게 솟아나와 있었다. 거대한 배로 하여 허리는 완전히 없어진 상태였다. 배는 거대하다 못해 그 무게를 이기지 못해 밑으로 축 처져 있었다. 그 바람에 그의 시야에서 성기 부분은 사각지대를 이루고 있었다. 성기를 보려면 배를 뒤로 잔뜩 들이밀면서 고개를 앞으로 깊이 꺾지 않으면 안되었다. 배에 못지 않게 엉덩이도 거대했다. 그것은 암소의 엉덩이를 생각나게 했다. 그런 몸뚱이를 받치고 있는 두 다리는 황소의 그것처럼 튼튼하면서도 짧았다. 그것이 전체적인 균형을 무너뜨리면서 그의 몸뚱이를 흉물스럽게 한편으로는 희극적으로 보이게 하고 있었다. 몸이 이렇게 흉물스럽게 변한 것은 지난 5년 동안의 일이었다. 그전에는 이렇지가 않았었다. 그전에도 뚱뚱하기는 했지만 그 정도는 중년의 중후한 멋으로 볼 수 있었다.

지난 5년 동안 거점을 확보하고 안주해버린 탓에 이렇게 주체할 수 없을 정도로 살이 쪄버린 것이었다. 그는 키 173cm에 몸무게가 자그마치 96kg에 육박하고 있었다. 그동안 한번쯤 무슨 일이라도 있었다면 몸이 이렇게 풀어지지는 않았을 것이라고 그는 생각하고 있었다.

그는 살을 빼기 위해 식사를 절제해 먹는다거나 하는 그런 짓은 하지 않았다. 체중을 줄이기 위해 운동 같은 것도 하지 않았다. 오로지 지난 5년 동안 불운을 잊으려는 듯 배불리 먹고 연락이 오기만을 기다려 왔다. 그러나 아직까지 연락은 오지 않고 있었다. 그 연락이란 어딘가로부터의 지시를 말하는 것이었다. 그러나 지난 5년 동안 그 어딘가로부터는 아무런 지시도 내려오지 않았다. 혹시 이쪽을 잊은 것이 아닐까 하는 의문이 들기도 했지만 그가 연락할 길은 없었다.

그는 거울 속에 비친 자신의 몸뚱이를 마치 다른 사람의 몸뚱이나 되는 것처럼 한참 동안 멍하니 바라보고 있었다. 돌이킬 수 없을 정도로 균형이 무너져버린, 한낱 비계 덩어리에 불과한 그것을 바라보고 있는 그의 눈빛에 이윽고 경멸의 빛이 감돌았다. 자신의 의지와는 상관없이 멋대로 불어나고 있는 자신의 몸뚱이를 그는 버릴 수 있으면 당장이라도 버리고 싶었다.

다시 배가 심하게 한쪽으로 기울었다. 그는 넘어지려는 몸을 가까스로 세우면서 욕조 속으로 들어갔다. 따뜻한 물의 감촉에 온몸이 녹아드는 것 같았다. 멀미가 좀 가시는 것 같았다. 상체를 뒤로 젖히고 눈을 감았다. 포기하든가 아니면 기회를 노려야 한다. 아니, 포기할 수는 없다. 포기하면 결국 수사기관에 체포되던가 사살당할 것이다. 그것은 죽음을 스스로 불러들이는 것

이나 다름없다. 그럴 수는 없다. 그래서는 안된다. 기회를 노
린다면 아직 시간은 많이 남아 있다. 이 시간만이라도 그런 것
은 잊도록 하자. 제발 그 구역질 나는 짓을 잊도록 하자. 그는
여자 생각을 하기로 했다. 그에게 단점이 있다면 먹는 것만큼이
나 여자에 대해서 절제할 줄 모른다는 점이었다. 그는 여자에
탐닉하는 정도를 벗어나 오래 전부터 성도착 증세를 보이고 있
었다. 그런 만큼 정상적인 성관계에는 이미 흥미를 잃고 있
었다. 그의 아내는 그 점을 언제나 불만스럽게 생각했지만 그의
아내와의 관계 같은 것은 어쩌다가 기계적으로 가볍게 처리할 뿐
이었다. 그의 흥미를 끄는 것은 비정상적인 이상한 자극 같은
것이었다. 그런 것만이 그의 성욕에 불을 당기는 것이었다.

땀을 흘리며 신음하던 그는 갑자기 손을 입으로 가져갔다. 미
처 허리를 굽힐 사이도 없이 입에서 채 삭지 않은 음식물이 일시
에 쏟아져 나왔다.

역겨울 정도의 시큼한 냄새가 코를 찔렀다. 일단 토하기 시작
한 것을 멈추게 할 수는 없었다. 그는 괴성을 지르면서 쓰디쓴
물이 나올 때까지 토해냈다. 얼마 전에 마신 노란 멀미약까지
섞여나오는 바람에 냄새가 더욱 지독했다. 구토물이 가슴을 타
고 배 위로 흘러내리고 있었다. 그리고 그것은 다시 밑으로 흘
러 그의 성기까지 덮어버렸다. 그는 기다시피 욕조 밖으로 나와
샤워물로 씻었다. 위 속에 든 것을 말끔히 토해냈기 때문에 울
컥거리기만 할 뿐 더 이상 아무것도 나오지 않았다. 그는 배꼽
에 붙어 있는 반창고를 떼내었다.

1등 2호실의 남녀는 그 시간에 열심히 몸을 섞고 있었다.

배가 워낙 심하게 흔들리는 바람에 그들 역시 멀미를 하고 있
었다. 그것을 없애는 방법으로 성배는 영이의 몸을 택했던 것
이다.

「다른 생각하지 말고 여기에만 정신을 쏟으라구.」

그는 이렇게 속삭이면서 영이의 몸을 농락해 들어갔다.

영이도 이제는 열심히 응해오고 있었다. 그녀는 아직 그 즐거움을 모르고 있었지만 이성의 몸에 깔려 멋대로 유린되고 있는 자신에 대해 일종의 자학적인 즐거움 같은 것을 맛보고 있었다.

그렇기는 하지만 멀미를 떨쳐버릴 수는 없었다. 성배의 목을 끌어안고 안간힘을 쓰고 있지만 금방이라도 토해버릴 것만 같아 조마조마했다.

배가 기우뚱하자 위에서 열심히 오르내리던 성배의 몸이 옆으로 나동그라졌다. 그것을 보고 그녀는 킥하고 웃었다. 성배는 노랗게 변한 얼굴을 쳐들다가 갑자기 한 손으로 입을 틀어막으면서 욕실로 뛰어들었다. 영이는 더 이상 웃고 있을 수 없었다. 성배가 토하는 것을 본 순간 자신도 토할 것 같은 기분이 들었던 것이다. 게다가 그녀는 오줌도 마려웠다. 아무래도 안되겠다 싶어 그녀는 팬티는 버려둔 채 얼른 청바지에 다리를 끼었다.

위에다 빨간 털셔츠를 껴입었다. 휴지를 집어들자 그녀는 재빨리 방을 빠져나갔다. 좁은 복도를 한참 빠져나가자 홀이 나왔고 화장실은 그곳 한쪽에 있었다.

그녀는 화장실에 들어가자 마자 얼굴을 변기 위에 숙이고는 토하기 시작했다. 눈물과 콧물로 얼굴이 뒤범벅된 채 그녀는 토하고 또 토했다.

배는 계속 좌우로 크게 기울고 있었다. 그녀는 죽을 것만 같은 기분이 들었다.

뚱보가 가만히 문을 열고 나온 것은 영이가 막 밖으로 나와 화장실 쪽으로 허둥지둥 사라지고 난 다음이었다.

그는 와이셔츠 바람이었다. 복도를 조심스럽게 휘둘러보면서 사람이 없는 것을 확인한 그는 1등 2호실 쪽으로 재빨리 접근했다. 뚱뚱한 몸이 그럴 때는 놀라울 정도로 빨리 움직이고 있었다.

오른쪽 다리에서 칼을 뽑아드는 것과 동시에 문을 열고 안으로 들어섰다.

우물쭈물할 시간이 없었다. 들어서면서 아무 말 없이 덮칠 생각이었는데 방안에는 사람이 없었다. 문을 안으로 잠근 다음 귀를 기울였다. 욕실 쪽에서 인기척이 들려왔다. 문틈으로 안을 들여다보았다. 주성배가 욕조 속에 들어앉아 머리를 감고 있는 것이 보였다. 머리와 얼굴이 온통 비누 거품으로 덮여 있었다.

욕조 속으로 떨어지는 물소리 때문에 성배는 문소리를 듣지 못했다. 뱃속에 든 것을 말끔히 토해낸 다음이었기 때문에 그는 기분이 조금 홀가분해져 있었다. 날씨를 잘못 택해서 배를 탔다고 그는 후회하고 있던 참이었다. 물소리 때문에 문소리를 듣지는 못했지만 그는 인기척을 느꼈다. 비누 거품 때문에 눈을 뜰 수가 없었다. 머리를 긁어대던 손을 멈추고 고개를 숙인 채 말했다.

「안으로 들어와. 함께 목욕하게.」

비눗물로 흐려져 있는 욕조 속의 물이 배의 흔들림에 따라 출렁거리고 있었다.

뚱보는 정말 피를 보고 싶지 않았다. 현장이 지저분해지는 것, 그리고 피의 흔적을 남기는 것이 싫었다. 그는 들고 있던 칼을 세면대 위에 올려 놓았다.

「뭐하고 있어. 안으로 들어오지 않고.」

성배가 말했다. 그는 여전히 머리를 긁어대고 있었다.

「샤워기 좀 줘. 물 틀어가지고.」

성배가 한 손을 뻗으며 말했다.

뚱보는 벽에 걸려 있는 샤워기를 내린 다음 수도 꼭지를 돌렸다.

　욕조 속으로 떨어지던 물이 샤워기를 통해 뿜어져 나오기 시작했다. 그는 그것을 성배의 머리 위로 가져갔다. 아무래도 비눗물을 그대로 두고서는 미끈거려 일하기가 불편할 것 같았기 때문이다.

　성배는 머리를 숙인 채 쏟아지는 물을 받아내고 있었다. 이윽고 비눗물이 말끔히 씻겨 나가자 그가 말했다.

　「됐어. 그만해.」

　뚱보는 샤워기를 욕조 속에 내려놓았다. 그리고 나서 호흡을 멈추는 것과 동시에 오른손을 칼날처럼 세워 그것으로 성배의 뒷덜미를 힘껏 후려갈겼다. 일격에 성배는 풀썩 뛰어올랐다가 옆으로 비스듬히 쓰러지면서 곁눈질로 뚱보를 쳐다보았다. 그 눈은 초점이 흐려지면서 공포의 빛으로 뒤덮였다. 대단한 충격이었지만 그는 아주 젊은 육체를 지니고 있었다. 그리고 그렇게 나약한 체질도 아니었다. 그는 두 손으로 버티면서 몸을 일으켰다. 그때 그는 영이를 생각했다. 영이가 있으면 좋을 텐데 하고 생각하는데 뚱보가 뒤에서 그를 끌어안았다.

　뚱보는 오른팔로 성배의 목을 휘어감았다. 그와 함께 왼팔은 겨드랑이 밑으로 해서 목덜미를 눌렀다. 성배는 갑자기 숨이 막히는 바람에 허수아비처럼 늘어졌다. 이미 격심한 일격을 맞고 난 후였기 때문에 아직 제정신을 못 차리고 있었다. 거기다 틈을 주지 않은 기습은 그를 완전히 무력하게 만들었다.

　숨이 막히면서 그의 얼굴이 벌겋게 부풀어올랐다. 그는 움직이려고 했지만 워낙 교묘하게 뒤에서 죄어드는 바람에 팔을 쓸 수가 없었다. 그것은 마치 레슬러가 뒤에서 상대방의 목을 죄는 것과 같은 그런 현상이었다. 성배의 두 팔은 갈수록 무쇠 같이 단단해지고 있었다. 목뼈가 부러지는 소리가 났다. 그는 성배의 머리통을 더러운 물 속에 처박았다. 믿을 수 없을 정도로 쉽게 성배의 몸은 무너져 내렸다. 마지막으로 한번 몸부림을 쳐보았지만 위에서 내려누르는 뚱보의 힘을 물리치기에는 그것은 너무도 약했다. 그는 조용히 더러운 물 속에 가라앉았다.

뚱보는 2분쯤 지나 팔을 풀고 상체를 일으켰다. 그의 와이셔츠는 홍건히 젖어 있었다. 서둘러야겠다고 그는 생각했다. 시계를 보았다. 방안에 들어온 지 5분이 지나고 있었다. 놈을 처치하는데 너무 많은 시간이 소요됐다고 생각했다. 수도꼭지를 잠그고 욕조 바닥에 박혀 있는 고무마개를 더듬어 찾아 뽑아냈다. 물 빠지는 소리가 요란스럽게 들려왔다.

방으로 나온 그는 성배의 옷가지와 구두를 침대 위에 모아 놓았다. 주머니를 더듬어 돈과 통장, 도장, 주민등록증을 꺼내 자신의 주머니 속에 쑤셔넣었다. 구두와 옷가지들을 한데 뭉뚱그려 싼 다음 창문을 열어젖혔다. 난간에 면한 복도에는 아무도 보이지 않았다. 그는 옷뭉치를 난간 너머로 힘껏 던져버렸다.

흔적을 남기면 안된다고 그는 생각했다. 만일 성배가 살해된 것이 알려지면 배에서 내리기도 전에 체포될 것이다. 배에 타고 있다는 것은 사실 독 안에 든 쥐나 다름없는 일이었다. 배에서 내릴 때까지는 성배가 살해된 사실이 밝혀져서는 안된다고 그는 생각했다.

욕조 속의 물은 반쯤 빠져 있었다. 그는 욕조 속에 엎어져 있는 시체를 끌어냈다. 시체는 무거웠다. 그것을 어깨에 둘러메고 밖으로 나오는데 배가 한쪽으로 심하게 기울어졌다. 그는 시체와 함께 방바닥으로 나뒹굴었다. 배가 제자리로 돌아오기를 기다렸다가 재빨리 시체를 안아다가 창틀에 걸쳐놓았다. 다시 복도를 내다보았다. 저쪽 끝에 여자가 한 명 몸을 내밀다가 세찬 바람에 질려 몸을 감추는 것이 언뜻 보였다. 창틀을 넘어가려는데 노크 소리가 들려왔다. 영이가 돌아온 모양이라고 그는 생각했다. 그는 다급해졌다. 복도로 내려선 그는 시체를 둘러메고 난간으로 다가섰다.

칠흑 같은 어둠 속에서 파도가 허옇게 일어서는 것이 보였다. 파도는 난간에까지 올라오고 있었다. 산더미처럼 어마어마하게 큰 파도 위에서 그 큰 배는 흡사 가랑잎처럼 흔들리고 있었다. 너무 흔들리다보니 앞으로 전진하는 것 같지가 않았다. 배가 파도 위로 높이 솟아오른다고 생각했을 때 그는 시체를 난간 밑으로 떨어뜨렸다. 시체가 수면에 떨어지는 소리라도 들으려고 했지만 그런 소리는 하나도 들리지 않았다. 시체라도 보려고 했지만 파도는 순식간에 그것을 흔적도 없이 집어삼켜 버렸다. 그것은 마치 파도에 부닥치자 마자 산산이 분해되어 파도의 일부가 되어버린 듯했다.

그는 창문을 닫으려다 말고 도로 창틀을 넘어 방으로 들어왔다. 밖에서는 계속 문 두드리는 소리와 함께 영이의 목소리가 들려오고 있었다.

「오빠, 문 열어요! 오빠, 뭐하는 거예요! 빨리 문 열어줘요!」

그는 욕실로 들어가 세면대 위에 놓여 있는 칼을 집어들었다. 욕실을 휘둘러본 다음 수건을 들고 방으로 나와 여기저기 묻어 있는 물기를 재빨리 닦아냈다. 수건을 집어던지고 문 앞으로 다가섰다. 문을 열면 영이는 무턱대고 뛰어들어올 것이다. 그녀를 처치하는 것은 아주 간단하다. 별로 힘들이지 않고 처치할 수 있다. 그녀까지 처치하면 뒤끝이 아주 깨끗해질 것이다. 그러나 그는 더 이상 손을 대고 싶지 않았다. 갑자기 그는 구역질을 느끼면서 무력감에 빠져들고 있었다. 영이가 창문 쪽으로 돌아오면 그녀를 죽일 수밖에 없다는 생각이 들자 그는 급히 창문을 넘어 복도로 빠져나왔다. 커튼을 먼저 친 다음 창문을 닫고 식당 쪽으로 걸어갔다. 될수록 느린 걸음으로 걸어갔다.

식당 옆에 스탠드바가 있었다. 시계를 보았다. 10시가 막 지나고 있었다. 바에 있던 손님들이 안으로 들어서는 그를 일제히 바라보았다. 와이셔츠가 온통 젖어 있는 것을 보고 의아하게 생각하는 눈치들이었다. 바에는 댓 명쯤 되는 손님들이 앉아 있었다.

「어머, 다 젖으셨네요.」

제복 차림의 여자 바텐더가 놀란 표정으로 말했다. 뚱보는 억지로 미소를 지으며 가발을 쓸어넘겼다.

「어지러워서 좀 나와 있다가 물벼락을 맞았지.」

그는 능청을 떨며 스탠드 앞에 걸터앉았다.

「어머, 파도에 맞은 거예요?」

그는 고개를 끄덕이면서 스카치를 한 잔 주문했다.

「춥지 않으세요?」

「별로……」

그는 떨지 않으려고 무진 애를 쓰고 있었다. 저만큼 떨어져 앉아 있는 중년 남자들 가운데서 한 사람이 말을 걸어왔다.

「이럴 때 함부로 밖에 나가 있다가는 큰일 납니다. 배가 기울어질 때 파도에 덮치면 바다로 떨어진다구요. 이런 날 바다에 빠지면 정말 흔적도 없이 사라진다구요.」

노 준 기

　도살자가 부산—제주간 카페리호 안에서 술을 마시고 있는 그 시간, 강계장 일행은 대전 시내로 막 들어서고 있었다. 눈 때문에 예정 시간보다 40분 정도 늦은 시각이었다. 차는 온통 눈을 허옇게 뒤집어쓰고 있었다.

　그들은 먼저 노준기 ③의 주소지를 관할하고 있는 파출소를 찾아갔다.

　파출소에 비치되어 있는 관할구역 거주자들의 카드를 뒤져보았지만 노준기 ③의 카드는 보이지 않았다.

「이 카드는 완벽한가?」

　강계장은 젊은 당직 순경을 향해 물었다.

「그렇지 않습니다. 하도 이사가 잦기 때문에 완벽하게 카드를 정리하기가 어렵습니다. 특히 최근에 이사온 사람들에 대해서는 아직 카드가 만들어지지 않았습니다.」

　노준기 ③의 주소지에는 안경식(安慶植)이라는 사람이 살고 있었다. 그가 세대주로 나이는 51세. 직업은 건축업, 거느리고 있는 가족은 다섯 명이었다. 그 가족들 가운데는 물론 노준기라는 이름은 없었다.

　강계장은 당직 순경을 앞세우고 그 주소지를 찾아갔다.

　다섯 사람은 눈을 뒤집어쓴 채 골목길을 묵묵히 걸어 올라갔다.
　10분쯤 걸어가다가 순경은 어느 2층 양옥 앞에서 걸음을 멈추었다. 그는 플래시로 문패를 비춰보고 나서
「이 집입니다.」
하고 말했다. 강계장이 고개를 끄덕하자 그는 초인종을 눌렀다.
「누구요?」
굵은 남자 목소리가 들려왔다.
「파출소에서 왔습니다.」
「무슨 일입니까?」
남자 목소리는 갑자기 긴장된 빛을 띠기 시작했다.
「밤늦게 미안합니다. 여쭤볼 말이 있으니까 문 좀 열어주십시오.」
「꼭 지금 해야 합니까? 내일 하면 안됩니까?」
「안됩니다. 급한 일이라서……」
　잠깐 침묵이 흐른 다음 문고리가 벗겨지는 소리가 들렸다. 그와 함께 어둠 속에 잠겨 있던 집안에 불이 환히 켜졌다.
　박형사와 최형사가 밖에 남고 나머지 사람들은 집안으로 들어갔다.
　머리가 벗겨진 남자가 잠옷 바람으로 현관문을 열고 그들을 내다보았다.
「실례합니다.」
　순경이 주인 남자에게 거수경례를 했다. 남자는 자다 깬 듯 얼떨떨한 표정을 짓고 있었다.
「밤늦게 죄송합니다. 안경식 씨 되십니까?」
　강계장이 앞으로 나서며 첫 질문을 던졌다.
「네, 그런데요.」
「실례지만 이 댁에 노준기라는 사람 있습니까?」

「노준기라고요? 아, 네…… 있습니다.」

강계장은 침을 꿀꺽 삼켰다.

「그 사람 좀 불러주시겠습니까?」

「지금은 없는데요. 이층에 세든 사람인데…… 지금은 없습니다.」

「아직 돌아오지 않았나요?」

「출장 가서 아직 안 돌아왔습니다.」

형사들의 얼굴에 실망하는 빛이 나타났다.

「실례지만 안에 들어가서 이야기 좀 나눌 수 없을까요?」

주인 남자가 현관 앞에 버티고 서서 그들을 안으로 들여보낼 기미를 보이지 않았기 때문에 강계장이 이렇게 말했다. 그제서야 주인 남자는 그들을 안으로 들어오게 했다.

갑자기 경찰이 들이닥쳤기 때문에 주인 여자가 자다 말고 나와 불안한 얼굴로 형사들을 맞아들였다.

사람들은 거실에 있는 소파에 둘러앉았다. 실내를 둘러보니 되는 대로 해놓고 사는 듯 온갖 잡동사니들이 어지럽게 널려 있었다.

「노준기 씨가 없으면 가족이라도 좀 만나고 싶은데…… 지금 좀 불러주시겠습니까?」

강계장은 이층으로 통하는 계단을 바라보며 말했다.

「지금 그 방안에는 아무도 없습니다.」

「가족들도 모두 외출했나요?」

「가족이라야 부인하고 둘뿐인데…… 그 여자는 언제나 12시가 지나야 들어옵니다.」

「그건 왜 그러죠?」

주인 남자는 망설이는 눈치이다가 내친 김에 말해버린다는 듯

「아마 술집에 나가는 것 같아요.」

했다. 그러자 잠자코 있던 그의 부인이 덧붙여 말했다.

「자세한 건 모르겠는데 정식으로 결혼한 부부는 아니고 아마 동거하고 있는 것 같아요.」
「자식은 없습니까?」
「없어요.」
「남자는 어디에 나가고 있습니까?」
「개인 회사에 나가고 있다고 들었습니다. 어디에 나가고 있는지는 모릅니다.」
강계장은 품속에서 노준기 ③ 의 사진을 꺼냈다.
「이 사람이 노준기 씨 맞습니까?」
주인 부부는 세 장의 사진을 들여다보고 나서 고개를 흔들었다.
「이 사람은 아닌데요.」
「이 사람이 아니라고요?」
강계장은 놀라서 물었다.
「네, 아닙니다. 이렇게 생기지 않았습니다.」
주인 남자는 단정적으로 말했다. 강계장은 머리를 흔들었다.
「그럴 리가! 다시 한번 자세히 봐주십시오. 우리는 이 사람을 노준기 씨로 알고 찾아왔는데.」
그의 요구에 따라 주인 부부는 다시 한번 사진들을 들여다보았다. 그러나 그들의 대답은 여전히 똑같았다.
「이 사람은 아닙니다. 이렇게 생기지 않았습니다.」
「그 사람은 어떻게 생겼습니까?」
「눈이 작고…… 빼빼 마르고…… 하여간 이렇게 생기지 않았습니다.」
그럴 리가, 그럴 리가 없다고 생각하면서 강계장은 머리를 흔들었다.
「세든 사람 이름이 분명히 노준기 씨가 맞습니까?」
「네, 맞습니다.」

「얼마에 세들었나요?」

「보증금 없이 월 10만 원에 세들었습니다.」

「언제 세들었나요?」

「얼마 안됐습니다.」

「정확히 언제인가요?」

주인 남자는 아내를 돌아보고 계약서를 가져오라고 했다.

주인 여자는 안방으로 들어가더니 잠시 후 누런 봉투를 하나 들고 나왔다. 주인 남자는 봉투 속에서 계약서를 꺼내 강계장에게 보였다.

계약일은 12월 1일이었다. 그리고 세들어 있는 사람의 이름은 분명히 노준기(盧俊基)라고 적혀 있었다.

12월 1일이라면 유춘자와 유문수가 피살된 직후의 일이다. 이상하다는 생각이 거듭 들었다.

주인의 양해를 구하고 2층으로 올라가 보았다.

2층에는 방이 두 개 있었다. 방 하나는 주인집 딸이 쓰고 있었고, 다른 하나가 셋방이었다.

셋방은 잠겨 있었다.

「주인도 안 들어왔는데 이렇게 열어봐도 될는지……」

하면서 주인 남자는 따로 보관하고 있던 열쇠로 문을 땄다.

「살림도 하나도 없어요. 참 이상한 사람들이에요.」

주인 여자가 형사들 뒤에 서서 들으라는 듯이 말했다.

그녀의 말대로 방안에 살림살이라고는 거의 보이지가 않았다. 옷가지와 이불, 전기 장판, 커피포트, 트렁크 정도가 놓여 있을 뿐이었다.

「밥도 안해 먹는 것 같아요. 살림 사는 것 같지가 않아서 아무래도 불안해요.」

주인 여자의 말이었다.

걸려 있는 옷가지는 거의 여자 것이었다. 남자 것으로는 때

묻은 바지가 하나 보일 뿐이었다.

강계장은 방안을 휘둘러보다가 이윽고 손 닿는 대로 여기저기 뒤지기 시작했다. 그것을 보고 하형사도 거들고 나왔다. 하다 못해 노준기의 사진이라도 얻을 수 있지 않을까 생각하고 뒤졌지만 그런 것은 도무지 눈에 띄지가 않았다.

「도대체 신분을 증명할 수 있는 것은 하나도 없군.」

「영 자연스럽지가 않은데요.」

하형사는 트렁크를 열어젖혔다. 여자 옷가지와 여자 것으로 보이는 물건들이 나왔다. 그중에 앨범도 한 권 있었다.

「이 속에 노준기라는 사람 사진이 있으면 골라주십시오.」

그들은 앨범을 방바닥에 펴놓고 들여다보기 시작했다. 그것은 여자의 것으로 보였다.

「이 여자가 노준기 씨 부인입니까?」

강계장은 수영복 차림으로 바닷가에 서 있는 젊은 여인을 손가락으로 짚어 보였다.

「네, 그렇습니다.」

주인 남자가 고개를 끄덕였다. 매우 깡마른 몸매를 가진 사진 속의 여인은 두 손을 허리에 걸친 채 웃으며 서 있었다. 결코 미녀는 아니었고 야한 느낌이 드는 여자였다.

사진은 앨범의 절반 정도를 차지하고 있었다. 그런데 그 속에 노준기의 모습이 없다는 것이었다. 함께 살고 있는 남자의 사진 한 장 없다니, 이건 아무래도 이상하지 않은가. 정식 부부 관계가 아닌 동거 관계라 할지라도 두 사람이 함께 찍은 사진 정도는 하나쯤 있어야 맞는 말이다. 두 사람이 서로 좋아하고 있기 때문에 함께 살고 있을 것일 테고, 그렇다면 당연히 함께 찍은 사진 한 장쯤은 있어야 하지 않은가. 그런데 앨범 속에는 여자의 사진만 있을 뿐이었다.

「정식 부부라면 결혼 사진 같은 게 있을 텐데 그런 것도 없잖아요.」

주인 여자가 보라는 듯이 말했다.

강계장은 더욱 낭패한 생각이 들었다. 그와 함께 강한 호기심과 의혹을 느꼈다. 노준기라는 인물은 생각보다는 만나기 어려울지도 모른다. 가까이 접근하면 할수록 그는 베일 뒤로 몸을 숨기고 있는 것 같다.

그는 생각 끝에 동회에 가보기로 했다.

하형사와 최형사에게는 여자가 돌아올 때까지 그 집에 대기하고 있으라고 이르고 박형사를 데리고 동회를 찾아갔다. 동회에 가보면 거주지를 옮겨왔으니 주민등록표가 있을 것이고 거기에 사진이 붙어 있을 것이라고 생각한 것이다.

동회에는 다행히 숙직자가 있었다. 숙직자는 놀란 얼굴로 그들을 맞았다.

용건을 이야기하자 동회 직원은 카드함 쪽으로 다가가 카드를 뒤적거리더니 조금 후에 너덜너덜하게 해진 주민등록표를 한 장 가지고 왔다. 그것은 틀림없는 노준기의 카드였다. 그런데 사진이 붙어 있지 않았다. 사진이 붙어 있어야 할 자리에는 사진을 떼어간 자리만이 뚜렷이 남아 있었다.

「이게 어떻게 된 일인지? 왜 사진이 붙어 있지 않죠?」

「글쎄요.」

숙직자는 터져나오는 하품을 손으로 가리며 영문을 모르겠다는 표정을 지었다.

「이런 경우가 있나요?」

「주민등록표에는 세대주의 사진을 붙이도록 되어 있습니다만 가끔 가다 그렇게 빠져 있는 게 있습니다. 사진을 가지고 오라고 해도 본인들이 말을 안 듣는 모양입니다.」

정리가 안된 게 어디 그뿐인 줄 아느냐고 그 직원은 덧붙여 말했다.

「그렇더라도 이건 고의적으로 뜯어낸 것 같은데요.」

하고 박형사가 안경을 밀어올리며 말했다.

「경찰에서 와서 잘 뜯어 갑니다. 수사에 필요하다고 하면서 뜯어 가서는 돌려주지를 않습니다.」

「아, 그러는 수도 있군.」

강계장은 고개를 끄덕이다가 주민등록표를 찬찬히 들여다보기 시작했다.

주민등록표에 나타난 기록에 의하면 노준기의 전 주소지는 서울 영등포구 H동이었다. 그전에는 서울 Y동에 산 것으로 되어 있었고, H동으로 옮긴 것은 1978년 10월 22일이었다. 그리고 대전으로 주소 이전이 된 날짜는 나흘 전인 12월 1일이었다. 주민등록표에는 그의 이름만 달랑 적혀 있었다. 가족 이름은 하나도 적혀 있지 않았다. 그렇다면 홀몸이란 말인가? 함께 살고 있는 여인은 주인집 여자의 말대로 단순한 동거녀에 불과한가? 묘한 인물이다. 끝까지 추적해볼 필요가 있을 것 같다. 강계장은 주민등록표를 한 장 복사해 가지고 그곳을 나왔다.

눈은 계속해서 내리고 있었다. 이미 쌓인 눈이 발목까지 차오르고 있었다. 시간은 막 자정을 넘어 12월 6일로 접어들고 있었다.

노준기가 세들어 있는 집으로 돌아가니 그와 동거하고 있다는 여인은 그때까지도 돌아와 있지 않았다. 2시가 거의 다되었을 때 마침내 초인종 소리가 들려왔다. 사람들은 하나같이 긴장한 얼굴이 되었다.

「이 시간에 문을 열어줘야 하니까 귀찮아서 죽겠어요.」

주인 여자는 그렇게 말하면서 자동개폐식 버튼을 눌렀다.

문이 열리는 소리가 나고 잠시 후 현관 문이 열렸다. 안으로 들어서는 사람은 젊은 여인이었다.

그녀는 거실에 앉아 있는 사람들을 보고 멈칫하고 놀라는 기색이었다. 그러나 곧 자신과는 관계없는 사람들이라고 생각했는지 고개를 돌리면서 주인 여자에게 무슨 꾸러미를 내밀었다.

「아줌마, 매일 밤늦게 미안해요. 이거 받으세요.」

「이게 뭐예요?」

「아줌마 머플러예요. 마음에 드실지 모르겠어요.」

그녀는 혀꼬부라진 소리로 말하면서 주인 여자의 반응을 살폈다.

주인 여자의 목소리가 갑자기 밝아졌다. 그녀는 뭣하러 그런 것 샀느냐고 호들갑을 떨었다.

젊은 여인은 빨간 코트를 입고 있었다. 머리는 어지럽게 헝클어져 있었고 조그만 얼굴은 화장을 너무 짙게 한 탓인지 유난히도 하얘보였다. 머리와 옷에 붙어 있던 눈송이가 녹으며 맺힌 물방울들이 불빛을 받아 반짝거렸다. 그녀는 술을 너무 많이 마셨는지 제대로 몸도 가누지 못하고 있었다. 나이는 서른이 채 안되었을까.

이층으로 올라가려는 그녀를 주인 남자가 불러세웠다.

「경찰에서 노씨를 찾아왔어요.」

그녀는 흐릿한 눈길로 형사들을 둘러보았다. 눈두덩이가 움푹 들어가고 쌍꺼풀진 두 눈이 아무래도 부자연스러워 보이는 것이 아마도 성형수술 때문에 그렇게 된 것 같았다.

「뭐라구요?」

주인 남자는 되풀이해서 말했다.

그녀는 별 이상한 사람들 다 보겠다는 듯이 낯선 사람들을 훑어보더니

「출장가고 없는데요.」

하고 말했다.

강계장은 고개를 끄덕이며 신분증을 꺼내 보였다. 그리고 턱으로 이층을 가리켰다.

1983년 12월 6일 새벽 부산—제주간 카페리호.

창문을 통해 방안으로 들어간 영이는 안절부절못한 채 방안을 서성거리고 있었다.

아무리 기다려도 성배 오빠는 돌아오지 않고 있었다. 옷이 없는 것으로 보아 옷을 입고 밖으로 나간 모양이었다. 아무리 밖에서 문을 두드려도 기척은 없고 문이 열리지 않았기 때문에 그녀는 궁리 끝에 반대편으로 돌아가 창문을 통해 방안으로 들어갔던 것이다. 그녀가 화장실에 갔다가 방으로 돌아오기까지는 그렇게 오래 걸리지 않았다. 그 사이에 성배 오빠는 밖으로 나간 모양이었다. 방으로 들어온 그녀는 욕실부터 들여다보았는데 거기에도 성배 오빠는 없었다. 처음에는 그가 방안에 없는 것을 이상하게 생각하지 않았다. 멀미가 나니까 바람 쐬러 밖으로 나갔거나 아니면 어디 술마시러 갔겠거니 하고 생각했다. 그런데 한 시간이 지나고 두 시간이 지나도 그는 돌아오지 않았다. 그녀는 화가 났다. 자기를 두고 혼자 밖에 나가 시간을 보내는 성배 오빠가 얄미웠다. 그녀는 성배 오빠야 들어오든 말든 잠이나 자야겠다고 생각하고 침대 위에 드러누워 눈을 감았다. 잠을 청했지만 잠이 오지 않는다. 뒤치락거리다가 그녀는 도로 일어나 앉았다. 시계를 보았다. 새벽 2시가 가까워 오고 있었다. 그녀는 더 이상 기다리고 있을 수가 없었다.

나가려다 보니 탁자 위에 방 열쇠가 놓여 있었다. 이상한 생각이 들었다. 성배 오빠는 그렇다면 방문을 안으로 걸어잠근 다음 창문을 통해 빠져나갔다는 말인가? 열쇠가 있는데 왜 출입문으로 나가지 않았을까? 열쇠를 찾지 못했다는 것은 말이 안 된다. 열쇠는 눈에 띄게 이렇게 탁자 위에 놓여 있지 않은가. 창문으로 도둑이라도 들어오면 어쩌려고 그쪽으로 나갔을까? 알다가도 모를 일이라고 생각하면서 그녀는 창문을 잠근 다음 밖으로 나왔다. 출입문 손잡이를 비틀어 문이 잠긴 것을 확인했다. 지금쯤 그는 술에 취해 어딘가에 곯아떨어져 있을지 모른다. 아마 그럴 가능성이 제일 클 것이다.

그녀는 스탠드바로 먼저 가보았다. 스탠드바에는 불이 꺼져 있었다. 영업은 이미 끝나 있었다. 그녀는 식당으로 가보았다. 식당에도 불이 꺼져 있었다. 그 옆에 그릴이 있었다. 그곳도 어둠 속에 잠겨 있었다. 그녀는 복도를 걸어갔다. 오른쪽으로 한 바퀴 돌아보았다. 난간 쪽 도로는 무서워서 걸어갈 수가 없었다. 파도가 복도 위에까지 들이치고 있었기 때문에 나아갈 엄두가 나지 않았다.

밖으로 고개만 빼고 좌우를 살펴보았지만 사람 모습은 어디에도 없었다. 혹시 바다에 빠진 게 아닐까? 아래층으로 내려가 보았다. 혹시 다른 방에서 잠자고 있는 게 아닐까?

그녀는 3등 객실로 들어가 보았다. 넓은 실내에 사람들이 제멋대로 드러누워 잠들어 있었다.

그녀는 찻잔을 형사들 앞에 하나씩 놓으며 말했다.

「대접할 것도 없고 커피나 한잔씩 하세요.」

혀꼬부라진 소리에 비해서는 찻잔을 내려놓는 솜씨가 정성스러워 보였다.

「감사합니다.」

강계장은 커피를 한 모금 마신 다음 노준기의 사진을 꺼내놓았다.

「이분이 함께 사시는 분입니까?」

세 장의 사진을 들여다본 그녀는 고개를 흔들었다.

「아닌데요.」

「실례지만 두 분 사이에 아이는 없습니까?」

그녀는 천부당 만부당하다는 듯 다시 고개를 흔들었다.

「없어요.」

「대단히 미안합니다만…… 노준기 씨 하고는 어떤 사이십니까? 부인인 줄 압니다만 정식으로 결혼한 사이인지……?」
그녀는 쓸쓸하게 웃었다.
「미안해 하실 것 없어요. 우리는 부부가 아니에요. 그냥 잠깐 만나서 동거하고 있는 거예요. 그런데 무슨 일로 그러시는 거예요?」
「그럴 일이 있어서 그럽니다. 노준기 씨는 어디 갔나요?」
「출장간다고 갔어요. 며칠 걸릴 거라고 하면서 갔어요.」
「언제 갔습니까?」
「그러니까 여기 이사오고 그 다음날 갔으니까 12월 2일날 출장갔어요.」
노준기는 여러 군데 들렀다가 올 거라고 하면서 집을 나갔다는 것이었다. 그녀는 노준기의 행선지를 모르고 있었다. 그런 것에는 도대체 관심이 없는 것 같았다.
「노준기 씨는 어느 직장에 나가고 있습니까?」
「잘 모르겠어요.」
그녀는 아무렇지도 않다는 듯 대답했지만 형사들은 어이가 없었다.
「함께 사는 사람 직장도 모른단 말입니까?」
박형사가 안경 너머로 그녀를 쏘아보면서 날카롭게 물었다.
「정말 몰라요.」
「어머, 어떻게 그럴 수가 있어요?」
이번에는 최형사가 한마디 했다.
노준기의 동거 여인은 조금도 당황하지 않고 담배연기를 거침없이 내뿜었다.
「모르니까 모른다고 하죠. 가르쳐 주지 않는데 어떻게 알아요. 알고 싶지도 않고요.」
수사관들은 하나같이 멍청한 표정들이 되었다. 그녀의 말을 어떻게 받아들여야 할지 모르겠다는 그런 얼굴들이었다.

「이름이 뭡니까? 아가씨 이름 말입니다. 아직 결혼 안하셨다기에 아가씨라고 부르는 거니까 기분 나쁘게 생각지 마십시오.」

「기분 나쁘게 생각하지 않아요. 제 이름은 덕순이에요. 박덕순이에요. 이름이 아주 촌스러워요.」

박덕순이라는 이름에 하형사와 최형사가 손으로 입을 가리며 웃었다.

「두 분이 함께 사신 것은 얼마나 됐습니까?」

「며칠 안됐어요.」

아무렇지 않게 내뱉는 말에 형사들은 다시 어이없어 했다.

「정확히 언제부터 만나서 동거하게 됐나요?」

「1일부터요.」

「12월 1일부터 말입니까?」

「네, 그래요.」

「그날 만나서 이 집에 들어왔다는 겁니까?」

「알기는 그전에 알았어요. 하지만 동거를 시작한 것은 1일부터였어요.」

갈수록 어이없는 말만 하고 있었다.

박덕순이 노준기라는 이름의 사나이를 알게 된 것은 열흘 전이었다. 열흘 전쯤 그는 친구와 함께 그녀가 일하고 있는 술집에 왔었다. 그녀는 그 술집에서 호스티스로 일하고 있었다. 노준기와 함께 온 손님은 황사장이라는 사람으로 가끔씩 그 술집에 들르는 손님이었다. 그러나 노준기는 처음 보는 사람이었다. 두 사람은 아주 대조적이었다. 황사장이 살이 찌고 돈푼깨나 있어 보이는데 반해 노준기는 빼빼 마르고 초라해 보였다. 아무리 보아도 그들 두 사람은 영 어울리지가 않아 보였다. 두 사람이 하는 이야기를 들어보니 그들은 고등학교 동창인 듯했다. 그리고 길가다가 우연히 만나 술 한잔 하러 들어온 것 같았다. 그런데 한 사람은 그동안 돈을 벌어 잘 살고 있는 듯 한껏 거드름을 피우고 있었고 노준기라는 사람은 가난에 절대로 절어 비굴한 모습을 보여주고 있었다.

황사장은 과시욕이 대단한 사람이었다. 비싼 술과 안주를 시키고 아가씨 두 명을 방으로 불러들였다. 미스 오라는 호스티스는 황사장 옆에 불려와 앉고 박덕순은 그 초라한 손님의 파트너가 되었다. 이야기는 황사장 혼자서 거의 떠벌렸고 노준기는 잠자코 듣기만 했다. 박덕순은 그 초라한 사내가 웬지 불쌍해 보였다. 술자리가 파할 무렵 황사장은 박덕순에게 오늘밤 손님을 모셔야 한다고 하면서 상당한 돈을 그녀의 손에 쥐어 주었다. 네 사람은 밖으로 나왔다. 황사장은 노준기와 굳게 악수를 나눈 다음 미스 오를 데리고 먼저 가버리고 그 자리에는 두 사람만 남게 되었다. 초라한 손님은 머뭇거리며 그녀의 눈치만 살피고 있었다. 남의 눈치만 보며 소극적으로 살아온 것 같은 그런 사람이었다. 황사장으로부터 화대조로 적잖은 돈을 받기도 했지만 꼭 그런 이유만이 아닌, 아무한테나 안기고 싶은 그런 울적한 밤이었기 때문에 박덕순은 머뭇거리는 남자에게 다가가 팔짱을 끼었다.

가까운 여관에 들어간 그들은 잠자코 옷을 벗은 다음 곧 성행위에 들어갔다. 두 사람은 아무 말도 하지 않고 오로지 그 짓에만 열중했다.

두 사람 사이에 대화 같은 것은 필요하지 않았다. 남자는 오랫동안 굶주려 온 듯 무섭게 그녀를 파고 들었고 그녀 역시 정성을 다해 남자를 받아들였다. 첫번째 관계가 끝난 뒤에야 남자는 입을 열었다.

「고등학교 때 그 친구는 그야말로 둔재였지. 영어 하나 제대로 읽지 못했으니까. 내 옆자리에 앉았는데 시험 때는 내 시험지 보고 커닝하느라 정신이 없었지. 그런 친구가 집에 돈이 있으니까 서울로 올라가 대학에 진학하더라구. 하지만 나는 집이 가난해서 대학에 진학도 못하고 농사를 지어야 했어. 말이 농사지 그건 정말 사람 잡는 일이지. 일년 내내 뼈빠지게 일해봐야 겨우 입에 풀칠이나 하고 살아갈까. 참다 못해 재작년 봄에 농사 때려치우고 혼자 올라왔지. 서울서 무슨 짓을 해도 농사 짓는 것보다야 낫겠다 싶어서 말이야. 하지만 그것도 쉽지 않았어. 우선 학력이 있어야지. 나이도 많고 말이야. 받아주는 데가 없어 하는 수 없이 닥치는 대로 일했지. 안해본 거 없다구. 리어카 행상도 해보고 공사판에도 가보고… 똥까지 펐다고. 그동안 고향에는 딱 한 번 내려갔었어. 이를 악물고 일했지만 역시 어려운 건 돈 버는 일이야. 요즘은 외판을 하고 있지. 카세트 테이프 외판원이지. 세계 명곡을 비롯해서 외국어에 이르기까지 다양한 테이프를 월부로 팔고 있다구. 자네도 하나 사라구. 싸게 해줄 테니까. 아까 그 친구는 어떻게 만났는고 하니 사실은 테이프를 팔려고 그 친구를 찾아간 거야. 월부물은 아는 사람을 찾아가는 게 제일 손쉽거든. 생판 모르는 사람한테 가서 이거 월부로 사세요 하면 백이면 백 퇴짜 맞기 십상이지. 옛날 같지 않아서 요즘 월부 좋아하는 사람 별로 없거든. 그 친구 회사를 알아내 찾아가긴 했는데 차마 안으로 들어갈 수가 없더라구. 창피해서 말이야. 그래서 포기하고 돌아서려고 하는데 마침 어디 갔다가 돌아오는 그 친구를 만나게 된 거야. 그 친구가 나한테 무슨 일하고 있느냐고 하기에 놀고 있다고 했지. 결국 테이프는 입밖에 꺼내지도 못하고 술만 얻어 마신 꼴이 됐지. 아, 또 있지. 자네 같은 아가씨를 이렇게 품에 안게 된 것도 그 친구 덕이지.」
박덕순은 그의 이름 같은 것은 물어보지도 않았다. 남자 쪽에서도 그녀에 대해서 알려고 하지 않았다. 그들은 그날 밤 두 번

관계를 맺고 이튿날 아침에 잠이 덜 깬 상태에서 세번째 관계를 맺은 다음 아무 미련 없이 헤어졌다.

「그런데 11월 30일 밤이었어요. 그 사람이 술집으로 저를 찾아왔어요. 그리고 하는 말이 자기와 동거 생활하지 않겠느냐는 거였어요. 아무 조건 없이 자유롭게 동거하다가 헤어지고 싶으면 아무 때나 가도 좋다는 거였어요. 자기는 목돈이 생겨서 방을 하나 얻을 셈인데 혼자 살기는 뭐하고 하니 함께 살자는 거였어요.」

그런 제의를 받았을 때 그녀는 그가 장난삼아 하는 소리인 줄 알았었다. 아무리 술집 여자라고 하지만 아직 서로 이름도 모르는 처지에 그런 제의를 한다는 것이 불쾌하게 생각되기도 했다. 비록 하룻밤 잠자리를 같이 했다 해도 이름도 모르는 사람하고 그럴 수는 없었다. 그러나 남자는 진지했다. 하룻밤을 자도 만리성을 쌓느니 어쩌니 하는 것이 장난으로 그런 것 같지는 않았다. 마침 그녀는 친구집에 얹혀 살고 있었기 때문에 그렇지 않아도 조만간 어디론가 방을 얻어 나가야 할 형편이었다. 그녀는 결국 심각하게 생각해보는 것을 그만두기로 했다.

「그때 처음으로 우리는 통성명을 했어요. 그리고 다음날 그 사람을 따라 트렁크 하나만 달랑 들고 이 집에 들어온 거예요. 그 사람은 그야말로 아무것도 안 가지고 들어왔어요. 그래도 저는 이불도 있고 가방도 있었지만 그 사람은 맨몸으로 들어왔어요. 자기 말로는 출장 갔다와서 짐을 가져오겠다고 했어요. 갑자기 출장갈 일이 있다고 하면서 하룻밤 여기서 자고는 다음날 나갔어요. 또 물어보고 싶은 말 없으세요?」

그녀는 하품을 하면서 형사들을 둘러보았다.

「꼭 도깨비에 홀린 기분이에요. 동거생활하고 있다는 생각도 들지 않고요. 적어도 동거생활이라면 하다 못해 밥그릇이라도 있어야 되는데 우리는 아무것도 없어요. 밥은 사먹고 있어요.」
「그동안 그 사람한테서 전화는 오지 않았나요?」
「오지 않았어요.」
「언제 돌아온다고 했습니까?」
「며칠 걸릴 거라고만 말했어요.」
강무기는 머리가 혼란스러웠다. 그 자신이야말로 도깨비에 홀린 기분이었다.

노준기라는 인물을 추적하는데 있어서 잘못이 있었던 게 아닐까? 그러나 아무리 생각해도 그런 것 같지는 않았다. 컴퓨터 조회와 출입국 관리사무소, 그리고 해외개발 공사에서 입수한 자료는 노준기 ③이 동일인물임을 입증하고 있었다. 세 군데에서 입수한 자료는 서로 일치하고 있었다. 가장 중요한 주민등록 번호가 일치하고 있었다. 사진도 세 장이나 입수해 놓았기 때문에 노준기 ③을 찾는 것은 시간 문제라고 생각했었다. 그런데 그게 아니었다. 막상 현주소에 와보니 노준기라는 이름을 가진 사람은 살고 있기는 한데 사진의 인물하고는 영 딴판인 사람이 살고 있는 모양이었다. 실제 인물을 만나보지 않고 사진만 가지고 판단한다는 게 좀 위험하긴 하지만, 정말 박덕순의 말대로 이곳에 살고 있는 노준기라는 인물이 사진과 다른 인물이라면 그건 도대체 어떻게 된 일일까? 정말 괴이한 일이 아닐 수 없다. 혹시 바꿔치기된 것일까? 아니면 남의 이름을 도용하고 있는 것일까?

강계장은 박덕순의 주민등록증을 확인했다. 그리고 그녀가 일하고 있는 술집 이름과 위치를 수첩에다 기록한 다음 그녀에게 자신의 명함을 건네주었다.

「노준기 씨가 돌아오면 즉시 연락을 좀 주십시오. 이건 매우 중요한 일이니까 꼭 좀 부탁합시다. 그밖에 도움이 될 만한 소식이 있으면 알려 주십시오. 우리는 노준기 씨를 만나지 않으면 안됩니다.」

모두가 피곤한 기색이 역력했고 거기다가 눈 때문에 바로 서울로 돌아간다는 것이 무리였으므로 날이 새면 상경하기로 하고 그들은 가까운 여관을 찾아들었다.

잠자리에 들기 전에 그들은 노준기 문제를 놓고 잠시 이야기를 나누었다. 강계장이 먼저 자신의 생각을 털어놓았다.

「나는 마치 도깨비에 홀린 기분이야. 뭐가 뭔지 도무지 알 수가 없어. 서류에 나타난 대로라면 노준기 ③은 유춘자의 과거 애인이어야 한단 말이야. 그러니까 이 사람이어야 이야기가 맞는단 말이야.」

그는 설악산에서 유춘자와 노준기가 함께 찍은 사진을 내놓았다. 그와 함께 노준기의 친구인 이장수가 백만 원을 받고 내놓았던 사진과 해외개발공사에서 입수한 사진도 꺼냈다.

「이 세 장은 노준기 ③의 사진이야. 세 장에 나타난 얼굴은 한 인물이란 말이야. 따라서 안경식 씨 집에 세든 노준기의 얼굴은 당연히 이 얼굴이어야 한단 말이야. 그런데 이 얼굴이 아니야. 이게 어떻게 된 노릇이지? 내 머리로는 영문을 모르겠어. 우리가 마치 미궁 속으로 끌려들어가는 것만 같은 기분이야. 이게 어떻게 된 일인지 누가 이야기 좀 해보라구.」

모두가 꿀먹은 벙어리처럼 앉아 있었다.

여형사 미스 최가 눈을 반짝이며 먼저 입을 열었다.

「제 생각에는 이 문제를 끝까지 밝혀야 한다고 봐요. 납득할 수 없는 이상한 점이 생겼으면 포기하지 말고 끝까지 밝혀야 한다고 생각해요.」

그녀의 말이 끝나기가 바쁘게 하형사가 뒤를 이었다.

「제 생각은 미스 최와는 다릅니다. 우리는 지금 살인범을 쫓고 있습니다. 목격자들의 진술에 의하면 살인범은 돼지처럼 살이 쪘다고 합니다. 그런데 노준기 ③은 뚱보가 아닙니다.

목격자들은 사진을 보고 아니라고 증언했습니다. 그렇다면 노준기 ③은 범인이 아닙니다. 범인도 아닌 사람을 찾는데 시간과 정력을 너무 많이 허비하고 있지 않나 생각합니다.」
「그렇긴 해.」
강계장은 고개를 끄덕였다.
「하지만 유춘자는 노준기 씨를 만나러 갔다가 살해되지 않았어요? 그러니까 그가 범인이든 아니든 상관없이 일차적으로 그 사람을 만나볼 필요는 있잖아요.」
미스 최의 말에 하형사는 네가 뭘 안다고 지껄이냐는 투로 얼굴에 조소를 담았다.
「누가 그걸 모르나. 시간도 모자라고 인원도 적으니까 하는 말이지. 우리한테 필요한 건 멀리 돌아가는 길이 아니고 지름길이야.」
「두 사람 말이 다 일리가 있어. 박형사는 어떻게 보고 있나?」
병약해 보이는 박형사는 밑으로 처져 있는 안경을 밀어 올리면서 잔기침을 했다.
「이상한 점에 있어서는 저도 생각이 일치합니다. 이상한 점이 없다면 굳이 시간과 정력을 낭비하면서까지 노준기를 쫓을 필요가 없겠지요. 그런데 이건 너무 이상합니다. 노준기가 마치 자신의 흔적을 없애려고 한 것 같은 그런 느낌이 듭니다. 첫째, 사진과 다른 인물이 살고 있다는 점, 주민등록표에 붙어 있어야 할 사진이 없어진 점, 출장을 간다고 하면서 사라진 점, 집안에 자신에 관한 것은 하나도 남기지 않은 점, 살인사건을 전후해서 주소지를 옮긴 점들이 그것입니다.」
강계장은 박형사가 가려운 곳을 긁어준 것 같은 기분을 느꼈다. 그는 고개를 끄덕이면서 박형사의 다음 말을 기다렸다.
「따라서 뭔가 구린내가 있지 않나 생각됩니다. 비록 그가 범인이 아니라 해도 추적해볼 필요는 있다고 생각합니다. 사건 전개상 그를 만나는 일은 일차적인 일인 것 같습니다.」

「그래. 나도 그렇게 생각해.」

강계장은 전화통을 끌어당겨 서울에 전화를 부탁했다. 수화기를 내려놓고 그는 부하들에게 몇 가지 지시를 내렸다.

「박형사와 미스 최는 여기에 남아서 노준기를 찾아보도록 해요. 박덕순이 나가는 술집에 가서 황사장이라는 자만 만날 수 있다면 노준기에 대해서 보다 정확한 정보를 얻을 수 있을 거야. 주인 집에 말해서 노준기가 돌아오는 대로 연락해 달라고 부탁도 해놓고 말이야.」

「알겠습니다.」

「하형사는 노준기의 고향에 내려가봐. 박덕순의 말로는 그가 재작년 봄에 상경했었다고 말했다니까 아마 본적지에 그의 가족들이 살고 있을지도 모른단 말이야.」

「본적지는 광주로 되어 있지 않습니까? 광주는 대도시인데 거기서 농사를 짓다가 올라왔다는 게 이상하지 않습니까?」

「변두리에서 농사를 지었을지도 모르지. 주민등록표에는 다른 시골 주소가 나와 있지 않아. 서울에서 대전으로 옮긴 것만 나와 있단 말이야. 그러니까 일단 광주에 다녀오는 게 좋겠어.」

그때 전화벨이 울렸다. 서울 수사본부와 연결이 된 모양이었다. 강계장은 수화기를 집어들었다. 구형사의 목소리가 전화 저쪽에서 조그맣게 들려왔다.

「노준기 ② 는 만나봤나?」

「네, 만나봤습니다. 그 사람은 깨끗합니다.」

강계장은 수첩을 펴들었다.

「이 주소지에 한번 가봐. 노준기 ③ 의 전 주소지야. 영등포구 H동 318의 6, 4통 5반. 주소를 갑자기 옮긴 것 같으니까 이상한 점이 없는지 한번 알아봐. 동회에도 가보고 말이야.」

강계장은 대전에서의 조사 상황을 간단히 들려준 다음 전화를 끊었다.

12월 5일 밤 7시 30분에 부산을 출발했던 카페리호는 정확히 12시간만인 6일 아침 7시 30분 제주항 부두에 도착했다. 길고 지긋지긋한 항해였다. 바다가 잔잔했더라면 기분 좋은 여행이 되었을 것이다. 그렇지 않고 파도가 내내 거칠었기 때문에 승객들은 밤새 고생하지 않을 수 없었고, 그래서인지 배에서 내리는 얼굴들은 하나 같이 핼쓱해 보였고, 지긋지긋하다는 표정들이었다.

사람들은 다투어 배를 내리고 있었다. 유독 배에서 내리려 하지 않고 출구 곁에 붙어서서 내리는 손님들의 얼굴을 하나하나 눈여겨 보는 사람이 있었다. 바로 영이였다. 그녀는 눈물을 글썽이며 어쩔 바를 모르고 서 있었다.

그동안 그녀는 성배 오빠를 찾을 대로 찾아보았다. 그러나 그는 배가 도착할 때까지 끝내 나타나지 않고 있었다. 그녀는 배에 타고 있는 보안경찰을 찾아가 사정을 이야기했다. 그때까지는 그래도 눈물은 나오지 않았다. 아직 가능성이 있다고 생각했기 때문이다. 보안경찰은 걱정하지 말라고 그녀를 위로했다. 내릴 때 되면 어디선가 기어나와 내릴 테니까 걱정하지 말고 잠이나 자라고 대수롭지 않은 듯 말했다. 그녀는 그 말에 희망을 가지고 지금까지 기다렸던 것이다. 그러나 배가 제주항에 도착했는데도 불구하고 성배 오빠는 끝내 모습을 드러내지 않고 있었다.

그렇게 거칠게 울부짖던 바다는 어느새 잔잔해져 있었다. 눈도 그쳐 있었고 부두에는 많은 갈매기들이 어지럽게 날아다니고 있었다.

　몸을 제대로 가누지 못하는 노인 한 사람이 맨 마지막으로 배에서 내렸다. 이제 영이 차례였다. 그녀는 걷잡을 수 없이 흘러내리는 눈물을 손으로 닦아냈다.

　「안 나타났어요?」

　보안경찰이 객실 쪽에서 나오면서 눈을 크게 뜨고 물었다. 영이는 눈물을 훔치면서 고개를 끄덕였다.

　「그것 참 이상하네. 한번 찾아봅시다.」

　경찰과 승무원 몇 명이 배 안을 샅샅이 뒤지기 시작했다. 그들은 무전기로 서로 연락을 취했다. 여러 명이 배 안을 뒤지는데 그렇게 오래 걸릴 리가 없었다. 20분쯤 지나 보안경찰은 주성배가 없다는 결론을 내렸다.

　「여기 있어봐야 소용없으니까 내려갑시다.」

　경찰관은 영이를 앞세우고 브리지를 내려갔다. 그녀는 이제 우는 일밖에 남아 있지 않았다.

　뚱보는 대합실 한켠에 서서 담배에 불을 붙였다. 그가 담배를 두어 모금 빨았을 때 영이가 대합실로 들어서는 것이 보였다. 그녀 뒤에는 경찰이 따르고 있었다. 그들이 대합실에 있는 한 방으로 들어가는 것을 보고 뚱보는 천천히 밖으로 나왔다.

　주성배의 실종을 확인하는 데까지는 시간이 좀 걸릴 것이라고 그는 생각했다. 그때까지는 시간이 충분하다. 배에서의 실종은 사람이 바다에 빠졌다는 것을 의미한다. 그런 결론에 도달하면 경찰은 시체 수색작업을 벌일 것이다. 그러나 그의 시체는 영영 찾아내지 못할 가능성이 크다. 찾아낸다 해도 수사가 시작되기까지는 적어도 하루쯤 걸릴 것이다. 도주할 시간은 충분하다.

　그는 갑자기 왕성한 식욕을 느끼고 식당을 찾아나섰다. 거리에는 구두가 파묻힐 정도로 눈이 쌓여 있었다. 그는 신문을 한 장 사들고 식당으로 들어섰다.

　식당 안에는 배에서 내린 듯 싶은 사람들이 몇 사람 앉아 식사에 열중하고 있었다. 그는 삐걱거리는 나무의자에 앉아 해장국을 주문했다.

식사가 오는 동안 그는 신문 사회면에 시선을 고정시키고 있었다.

그 신문에는 연쇄 살인사건에 대한 기사가 크게 실려 있었다. 신문은 연일 그 사건에 대해 보도하고 있는데, 그날 아침 신문에는 도살자의 행방이 오리무중이라는 것, 그리고 경찰의 수사 능력이 형편없다는 것 등이 실려 있었다. 그와 함께 수사진이 대폭 강화된 것도 덧붙여 기사화되어 있었다. 그러나 수사가 어떻게 전개되고 있는지에 대해서는 전혀 언급이 없었다. 그가 알고 싶은 것은 바로 그 점이었다. 그것을 알아야만 그는 대책을 세울 수가 있었다.

이윽고 그는 신문을 접어들고 해장국을 먹기 시작했다. 맹렬한 기세로 몇 숟갈 먹고 나서 그는 두 홉들이 소주 한 병을 추가로 주문했다. 그는 술을 꽤 즐기는 편이었다. 교육을 받을 때 귀가 따갑도록 술과 여자를 가까이하지 말라고 들었지만 그는 그 어느 것도 멀리한 적이 없었다. 그런 점에서 그는 상당히 파격적인 인물이라고 할 수 있었다. 그는 그 원인을 지난 5년 동안의 무소식에 돌렸다. 5년 동안 방치되는 바람에 그는 기다리다 지쳐 술을 마시기 시작했고 여자에 탐닉하기 시작했던 것이다.

마지막 잔을 비우고 나서 그는 손수건을 꺼내 이마에 번진 땀을 닦았다.

식당을 나온 그는 얼마쯤 걷다가 다방으로 들어가 커피를 마시면서 생각을 정리했다.

다방에서 전화를 걸어볼 수도 있었지만 그는 일부러 밖으로 나와 공중전화를 이용했다. 비행기는 정상적으로 출발한다고 공항 직원이 대답했다. 그는 제주도에서 지체할 필요가 없다고 생각했다. 섬에 갇히기라도 하는 날에는 체포되는 것은 시간 문제다. 그는 택시를 집어타고 공항으로 향했다.

서울행 비행기는 10시에 있었다. 그는 시계를 보았다. 8시 45분. 아직 시간은 충분했다. 일본인 아베 아니지로오(安部稲次郎)라는 이름으로 비행기표를 한 장 끊은 다음 서울로 전화를 걸었다. 장거리용 자동전화기에 동전을 집어넣고 다이얼을 돌리자 금방 신호가 떨어지면서 아내의 목소리가 들려왔다.

「아, 나야. 별일 없어?」

그는 신중한 목소리로 물었다.

「별일 없어요. 지금 어디 계세요?」

아내는 신경질적으로 물어왔다. 목소리로 보아 잔뜩 화가 나 있는 것이 분명했다. 화가 날만도 할 것이라고 그는 생각했다. 요새 그는 자주 집을 비우고 있었으니까.

「여기 대구야. 곧 올라가겠어. 나 찾아온 사람 없었나?」

「없어요. 빨리 오세요. 어쩌자고 그렇게 자꾸만 집을 비우세요?」

「그럴 일이 있어.」

「무슨 그럴 일이에요?」

그는 수화기를 내려놓고 돌아섰다. 경찰이 벌써 찾아왔을 리는 없을 것이라고 그는 생각했다. 앞으로도 경찰은 찾아오지 않을 것이다. 찾아온다 해도 그때까지는 시간이 충분하다. 주성배의 시체가 발견되지만 않는다면 당분간 안심해도 된다.

구형사는 뚱뚱한 김형사와 함께 영등포 H동에 있는 노준기의 그전 주소지를 찾아갔다. 아침 9시가 조금 지나서였다. 찾고 보니 그 집에는 〈전주집〉이라는 식당 간판이 붙어 있었다.

「어? 식당이군. 곱창전골 아구찜 전문이라. 해장국도 하는군. 마침 잘됐는데.」

그들은 식당 문을 열고 안으로 들어갔다.

해장국 손님이 서너 명 눈에 띄었다. 그들은 난로가에 자리를 잡았다. 여자 종업원이 그들에게 주문을 받으러 다가왔다. 그들은 해장국을 주문했다. 그리고 잠시 후 그녀가 해장국을 가져왔을 때 구형사가 물었다.

「이 식당 주인이 바뀌었나?」

「아뇨.」

여자 종업원은 가슴을 내밀면서 고개를 흔들었다.

형사들의 시선이 마주쳤다. 기대감으로 그들의 눈이 빛났다.

「바뀌지 않았단 말이야?」

「네, 그래요. 안 바뀌었어요.」

「이 식당 다른 사람한테 팔리지 않았나?」

「아뇨. 그런 소리 못 들었는데요.」

종업원은 바쁘다는 듯 저쪽으로 가버렸다.

카운터에는 주인으로 보이는 중년 여인이 앉아 있었다. 그녀는 손님이 보건 말건 거듭 하품만 해대고 있었다.

형사들은 잠자코 식사에 열중하는 체했다. 여자 종업원이 그들 곁을 지나치려고 할 때 김형사가 그녀를 불러 세웠다.

「잠깐! 이 식당 주인 이름이 뭐지? 지금 주인 말이야.」

「그건 왜 물으세요?」

「글쎄, 묻는 말에 대답이나 해.」

김형사가 이마에 주름을 잡자 그녀는 표정이 굳어지면서 카운터 쪽을 힐끔 바라보았다. 그리고

「노준기 씨예요.」

하고 재빨리 말했다.

「지금 계시나?」

「아뇨. 안 계세요.」

「저 여자가 노사장 부인인가?」

김형사는 카운터 쪽을 턱으로 가리켜 보였다. 노사장 부인은

텔레비전에 시선을 고정하고 있었다.
　「네, 그래요.」
　「노사장님은 어디 가셨나?」
　구형사가 물었다.
　「모르겠어요. 어제 나가셔서 아직 안 들어오셨나 봐요.」
　「사장님은 어떻게 생겼나?」
　「뚱뚱해요.」
　「어느 정도 뚱뚱하나?」
　「무지무지 뚱뚱해요.」
　「대머리인가?」
　「네……」
　그녀는 급히 새로 들어온 손님을 맞으러 갔다.
　형사들은 더 이상 식사에 손을 대지 않았다. 그들의 표정은 납덩이처럼 굳어 있었다. 구형사는 카운터에 앉아 있는 여인을 가만히 지켜보았다. 그녀는 이쪽의 시선은 전혀 의식하지 못한 듯 텔레비전에만 정신을 팔고 있었다. 구형사는 자리에서 일어나 카운터 쪽으로 걸어갔다.
　카운터 뒤쪽 벽에는 사업자등록증과 함께 대중 음식점 영업허가증이 걸려 있었다. 그리고 요리사 자격증도 걸려 있었다. 자격증에는 증명사진이 붙어 있었는데, 자격증 취득자의 이름은 노준기였다.
　구형사는 전화를 거는 체하면서 그 사진을 찬찬히 들여다보았다. 그 사진의 주인공은 대머리에다 돼지처럼 살이 디룩디룩 찐 얼굴이었다. 자격증에 적혀 있는 노준기의 본적과 생년월일, 그리고 주민등록번호를 눈여겨보고 나서 그는 돌아섰다.
　「이 집 주인이 틀림없어.」
　자리로 돌아온 그는 얼어붙은 것 같은 표정으로 속삭이듯 말했다.

「모든 게 일치해. 생긴 것도 그렇고 본적 생년월일 주민등록 번호들도 일치하고 있어.」

「이 집 주인이 범인이란 말이야?」

김형사가 놀라서 물었다.

「그런 것 같아. 무엇보다도 인상이 일치하고 있어. 인적사항도 우리가 확보하고 있는 것과 일치하고 있어. 요리사 자격증에 붙어 있는 사진을 한번 가서 보라구.」

김형사는 조심스럽게 카운터 쪽으로 걸어갔다. 잠시 후 자리로 돌아온 그는 고개를 갸우뚱했다. 그러면서 노준기의 복사한 사진을 꺼내 들여다보았다.

「사진의 얼굴이 서로 다르지 않아? 춘자의 애인은 얼굴이 마른 편인데 저건 돼지 같단 말이야. 인적사항은 일치하는데 얼굴이 달라.」

「우리가 찾고 있는 것은 노준기가 아니라 범인이야. 저 사진은 범인의 얼굴과 일치하고 있어. 종업원의 증언도 그걸 뒷받침하고 있어.」

「그럼 이게 어떻게 된 거지? 생긴 것은 범인과 비슷하고 인적사항은 노준기이니 말이야. 누가 진짜 노준기야? 노준기가 둘인가?」

김형사는 흥분을 억누르며 물었다.

「그런 건 범인이 체포되면 다 밝혀져. 중요한 것은 이 집 주인이 범인과 인상이 비슷하다는 점이야. 서두르지 않으면 안 돼.」

「그럼 어떻게 하지?」

「먼저 이 집을 포위하는 게 좋겠어. 주인이 언제 나타날지 모르니까 포위망을 치고 있다가 나타나는 대로 체포해야 돼.」

「동백여관 종업원을 데려다 저 사진을 보이는 게 어때?」

「그럼 지금 바로 가서 그 여자를 데려와. 지원 요청도 하고 말이야.」

「지금 저 여자를 심문할 텐가?」

김형사가 턱으로 카운터에 앉아 있는 여인을 가리켰다. 구형사는 거세게 머리를 흔들었다.

「심문해서는 안돼. 눈치채게 해서는 안돼. 범인이 나타날 때까지는 절대 눈치채게 해서는 안돼. 빨리 지원병력을 보내. 그리고 한 사람을 동회에 보내서 이 집 식구들 주민등록 상황을 점검해봐.」

구형사는 갑자기 밀어닥친 일거리를 앞에 놓고 몹시 당황하지 않을 수 없었다. 이런 상황에서는 자신이 형사들을 지휘해야 한다는 것을 잘 알고 있었다. 그러나 그게 쉽지 않았다. 우선 어디서부터 손을 대야 할지 갈피를 잡을 수 없었다.

카운터에 앉아 있던 여인이 일어났다. 김형사도 일어섰다. 여인은 화장실 쪽으로 김형사는 밖으로 사라졌다.

「아줌마, 이상한 손님들이 왔어요.」

여자 종업원이 화장실로 따라 들어오면서 주인 여자에게 말했다. 주인 여자는 안으로 들어가려다 말고 종업원 쪽으로 돌아섰다.

「인상이 별로 좋지 않은 남자 두 명이 들어와서는 주인이 바뀌었냐고 묻기에 아니라고 했어요. 그랬더니 사장님 이름을 묻고 어디 갔느냐고 꼬치꼬치 캐물어요. 사장님이 어떻게 생겼는지도 자세히 물었어요. 해장국은 별로 먹지도 않으면서 계속 귓속말만 주고받다가 한 사람은 밖으로 나갔어요. 좀 이상한 사람들이에요. 제가 보기에는 형사들 같아요.」

주인 여자는 잠자코 듣고 있다가 안으로 들어가 문을 닫았다. 잠시 후 소변을 보고 나온 그녀는 카운터로 돌아와 앉았다. 그녀가 자리에 앉기가 무섭게 아까의 그 종업원이 재빨리 속삭였다.

「저기 혼자 앉아서 담배 피우고 있는 사람이에요. 한 사람은 나갔어요.」

주인 여자는 초조한 모습으로 담배를 피우고 있는 남자를 가만히 쳐다보았다. 점퍼 차림이 전체적으로 초라한 모습을 보여주고 있었지만 어딘가 모르게 날카로운 인상이 풍겨 나오고 있었다. 사내는 무엇인가 기다리고 있는 눈치였다.

사내가 일어섰다. 그녀는 얼른 텔레비전 쪽으로 시선을 돌렸다. 사내가 카운터 앞으로 다가와 셈을 치렀다. 사내는 무표정하게 거스름돈을 받고 밖으로 사라졌다.

「아줌마, 보세요. 가지 않고 저기 서 있어요.」

사내가 사라진 후 한참이 지나 여자 종업원이 창밖을 가리키며 말했다.

「이 애는 일은 하지 않고……」

주인 여자는 종업원을 나무라면서도 눈은 창밖으로 향하고 있었다.

점퍼 차림의 그 초라한 사내는 비스듬히 보이는 저쪽 길가에 서서 초조한 모습으로 서성거리고 있었다. 잠시 후 그가 가게 앞으로 다가서는 것이 보였다. 그가 무슨 말을 하자 가게 안에서 여자가 나왔다. 중년 여인이었다. 사내가 이쪽을 손으로 가리키며 그녀에게 무슨 말인가 묻는 것 같았다. 그녀가 고개를 끄덕이며 무슨 말인가 열심히 지껄여댔다.

전주집 여주인이 한 시간쯤 지나 다시 창밖을 내다보았을 때 아까의 그 사내 주위에는 어디서 나타났는지 그와 비슷한 남자들이 여러 명 서 있었다. 모두 해서 열 명은 되는 것 같았다. 이윽고 그들은 처음 사내의 지시를 받고 뿔뿔이 흩어지는 것 같았다. 그러나 멀리 가지는 않고 전주집 주위에 여기저기 숨어드는 것 같았다. 그들의 잠복은 하도 교묘해서 주의깊게 살피지 않으면 쉽게 눈에 뜨이지가 않았다.

전주집 여주인은 바짝 긴장했다. 무엇인가 긴박한 사태가 벌어지고 있다는 것을 그녀는 느낄 수가 있었다. 그녀는 계속 밖을 내다보았다.

조금 있자 한 시간 전쯤 해장국을 먹고 사라졌던 뚱뚱한 사내가 웬 여자를 달고 전주집 안으로 들어섰다. 그녀는 서른댓쯤 되어 보이는 여인으로 누르스름한 코트를 입고 있는 것이 어쩐지 촌스러워 보였다. 그녀는 움직임이나 표정이 굳어 있는 듯했다.

동백여관 종업원 김순이는 김형사가 시키는 대로 카운터로 가서 전화를 거는 체 수화기를 집어들었다. 그리고 다이얼을 돌리면서 벽에 걸려 있는 액자에 시선을 박았다.

잠시 후 그녀는 자리로 돌아와 파랗게 질린 얼굴로 입을 열었다.

「틀림없어요! 바로 그 사람이에요!」

「쉿! 목소리가 커요!」

김형사는 입으로 손을 가져갔다. 그녀는 바들바들 떨어대고 있었다.

「자, 무서워하지 말고 어서 먹어요. 다른 사람들이 이상하게 생각하면 곤란하니까 침착하게 행동해요.」

그녀는 이미 여관에서 아침식사를 하고 나왔기 때문에 배가 불렀지만 형식적으로나마 시켜놓은 해장국에 입을 대지 않을 수 없었다.

「틀림없어요?」

김형사가 숨죽인 목소리로 확인했다. 그녀는 다급하게 고개를 끄덕였다.

「네, 틀림없어요.」

형사 최동주는 앞에서 울고 있는 아가씨를 딱하다는 듯 쳐다보고 있었다. 아까부터 훌쩍거리고 있는 그녀는 좀처럼 울음을 그칠 것 같지가 않아 보였다. 그는 고개를 돌려 창밖을 바라보았다. 보이는 것이라고는 바다를 빼면 온통 흰 눈뿐이었다. 우울한 아침이었다. 그는 아침도 거른 채 출근했기 때문에 아까부터 허기를 느끼고 있었다. 그는 지나친 음주 탓으로 아내와 불화가 잦았다. 어젯밤만 해도 술에 취해 새벽 2시에야 집에 돌아갔는데 화가 난 그의 아내가 대문을 열어주지 않는 바람에 그는 한 시간 가까이나 밖에서 추위에 떨어야 했고, 그래서 화가 머리끝까지 치솟은 그는 집안에 들어서자마자 아내의 따귀를 보기 좋게 후려갈겼다. 그 바람에 아내는 날이 샐 때까지 울었고, 아침이 되어도 자리에서 일어나지 않았다. 결국 그는 아침도 굶은 채 출근해야 했고, 아침 내내 아내를 때린 것을 후회하고 있었다. 오늘은 술을 마시지 말고 케이크나 하나 사들고 일찍 집에 들어가야겠다고 다짐하면서 그는 시선을 돌려 아가씨를 바라보았다.

골칫거리 아가씨가 앞에 앉아 있다. 그야말로 철딱서니 없는 아가씨이다. 아직 머리에 피도 마르지 않은 것이 남자를 따라 제주도까지 왔다가 혼자 남아 오도가도 못하고 울고 있는 것이다. 요즘 젊은 애들 정말 큰일이라고 그는 몇 번이나 혀를 찼었다. 그들이 행동하는 것을 보면 도대체 장래에 대한 설계나 희망 같은 것은 전혀 없이 즉흥적으로 움직인다. 정말 큰일이다. 그에게도 열다섯 살 먹은 딸이 있다. 만일 그 딸이 지금 앞에 앉아 울고 있는 아가씨 같이 행동한다면 하고 생각하니 그는 모골이 다 송연했다.

「울지 마. 이제 그만 그쳐도 되잖아?」

그는 조금도 동정이 가지 않는 눈초리로 영이를 쳐다보았다. 그가 불쾌한 빛을 보이자 그녀는 비로소 울음을 그쳤다.

「갈 데가 없단 말이지? 아는 사람도 하나도 없고?」

영이는 고개를 끄덕였다.

한심한 계집애다. 식당 종업원 노릇을 하다 말고 곱창을 배달하는 놈하고 눈이 맞아 제주도로 튀었는데 배에서 남자놈이 실종되었단다. 남자만 믿고 제주도까지 따라온 그녀는 오갈 데 없어 훌쩍거리고 있는 것이다. 수사가 끝날 때까지 그녀를 제주도에 붙잡아 둘 필요는 없다.

「너는 아직 미성년자야. 이제 나이 열여덟 살밖에 먹지 않은 애가……」

잔소리를 늘어 놓으려다 말고 그는 입을 다물었다. 잔소리를 늘어 놓는다고 해서 그것이 그녀의 귀에 들어갈 리 만무했다.

「당분간 제주도에 있도록 해. 네가 있을 만한 데를 알아볼 테니까 그렇게 알고 기다려. 식당에 있었다니까 그런 데라면 괜찮겠지?」

영이는 얼른 고개를 끄덕였다.

「주성배라는 친구는 십중팔구 바다에 빠진 게 분명해. 살아 있을 가능성은 없고…… 시체라도 찾으면 다행이야. 그렇게 알고 마음의 준비나 하고 있어.」

인정머리라고는 조금치도 없는 쌀쌀맞은 말에 영이의 얼굴은 창백하게 질렸다. 시체라도 찾으면 다행이라니, 그런 끔찍한 일이 어디 있는가. 성배 오빠가 시체로 발견됐을 경우에 일어날 사태를 생각하니 그녀는 소름이 쭉 끼쳤다. 그럴 바에는 차라리 시체 같은 것 찾지 못했으면 좋겠다고 그녀는 생각했다. 시체를 찾지 못하면 성배 오빠는 영원히 행방불명이 되겠지. 이제 성배 오빠가 보고 싶다거나 그가 불쌍하다거나 그런 생각보다는 그녀 자신이 유리한 쪽으로 그녀의 생각은 돌아가고 있었다.

「전주집이라고 했지?」

형사가 갑자기 눈을 부릅뜨고 묻는 바람에 그녀는 깜짝 놀라 그를 쳐다보았다. 그리고 이내 고개를 떨어뜨리면서 모기 소리

만하게 「네」하고 대답했다.

「그 집에서 도망쳐 나오면서 뭐 훔쳐가지고 나온 거 없어?」

형사는 그녀를 향해 눈을 부라렸다.

「바른 대로 말해. 전화 걸어보면 다 알 수 있으니까.」

남자와 함께 제주도에까지 와서 살림을 차리려면 돈이 필요했을 것이다. 이런 경우의 젊은이들은 으레 절도범이 되기 마련이다. 식당 같은 곳에 취직시켜 줄게 아니라 아예 잡아넣어 버릴까.

「아무것도 훔치지 않았어요!」

당황한 영이는 몸을 사렸다.

「정말이야? 전화 걸어볼까?」

「네, 걸어보세요.」

최형사는 몸을 일으켰다. 그는 영이 주위를 한 바퀴 돌고 나서 갑자기 전화통을 끌어당겼다. 그리고 서울로 전화를 걸었다.

「아, 거기 서울 전주집입니까?」

「네, 그런데요. 왜 그러신가요?」

중년 여인의 목소리가 들려왔다.

「여기 경찰인데요. 거기서 윤영이라는 아가씨가 종업원으로 근무한 적이 있습니까?」

「네, 그렇습니다. 그만둔 지 이삼 일밖에 되지 않은데요.」

「실례지만 어떻게 되십니까?」

「전 이집 주인인데요.」

「저기 혹시 없어진 물건이나 돈 같은 거 없습니까? 윤양의 절도 관계를 조사하다가 전화를 걸었습니다만……」

「그런 거 없는데요.」

「있으면서 괜히 그러시는 거 아닙니까?」

「아니에요. 정말 없어요. 그 애는 그런 애가 아니에요.」

전주집 여주인은 적극적으로 영이를 옹호하고 나섰다.

「잘 알겠습니다. 실례 많았습니다.」

최형사는 전화를 끊고 다시 책상 앞에 다가앉았다. 그리고 조그만 눈으로 영이의 눈을 들여다보았다.

「나는 아가씨를 믿어. 믿고 싶단 말이야.」

영이는 앞에 앉아 있는 형사가 무섭기도 하면서 한편으로는 그에게 의지하고 싶은 마음이기도 했다. 그는 형사치고는 미남이었고 매끄러워 보였다. 그녀는 가능한 한 솔직하게 대답해야 한다고 생각했다. 자신이 이제 와서 무엇을 숨기거나 거짓말해야 할 이유가 없을 것 같았다.

「함께 제주도에서 살아가려면 거기에 따른 준비가 있었을 거란 말이야. 무일푼으로 떠나지는 않았을 거야, 안 그래?」

그것은 맞는 말이었다. 영이는 끄덕였다.

「그 준비는 주성배가 했나?」

「네, 저보고는 몸만 따라오라고 했어요. 그래서……」

그녀는 말끝을 흐리며 머뭇거렸다.

「그래서 어쨌다는 거야?」

「그래서 저는 별로 준비도 하지 않고 오빠를 따라 나섰어요.」

「오빠는 어떻게 준비했지? 주인 집에서 뭘 훔친 거 아니야? 그래서 영이를 데리고 도망친 거 아니야?」

「아니에요. 그게 아니에요.」

그녀는 완강히 고개를 저었다. 최형사는 앞으로 상체를 구부렸다.

「어떻게 그렇게 잘 알지?」

영이는 다시 머뭇거리다가 말했다.

「오빠는 복권에 당첨됐다고 했어요. 그래서 돈을 많이 가지고 있었어요.」

「얼마 가지고 있었어?」

최형사의 눈이 빛났다.

「4천만 원이에요.」

「4천만 원?」

최형사의 눈이 휘둥그레졌다.

「네, 4천만 원이에요.」

「그 돈을 직접 봤나?」

「네, 봤어요. 만 원짜리로만 4천만 원을 가지고 있었어요.」

최형사는 잠시 말문이 막혔다. 의혹의 그림자가 앞에 도사리고 있음을 느끼고 그는 생각을 달리 하기로 했다.

「그 돈은 어느 복권에 당첨된 거지?」

「그건 잘 모르겠어요. 오빠가 복권에 당첨됐다고 해서 그런 줄로만 알았어요. 하지만 그런 것 같지는 않았어요.」

현찰 4천만 원을 가지고 있던 사람이 배에서 실종되었다. 그것이 어디 그냥 지나칠 수 있는 일일까? 최형사의 얼굴빛이 서서히 굳어지기 시작했다.

「그 돈은 지금 어디 있지?」

「모르겠어요. 그 돈은 오빠가 가지고 있었어요.」

최형사의 날카로운 시선을 받고 영이는 몸을 사렸다.

「모른다고? 4천만 원이라면 부피가 꽤 클 텐데 그걸 어디다 담아가지고 다녔지?」

「처음에는 가방에다 담아가지고 있었는데 나중에는 그걸 은행에 넣었어요.」

「어느 은행에?」

「그건 모르겠어요. 오빠가 은행에 넣었다고 말해줬어요. 쓸 만큼 남겨두고 나머지는 은행에 넣었다고 그랬어요.」

「그럼 통장을 가지고 있었겠군? 그 통장이 어디 있지?」

「모르겠어요.」

그녀는 고개를 가로저었다.

4천만 원과 주성배의 실종이 의미하는 것은 무엇일까? 그렇지 않아도 의심이 많은 형사가 거기에서 하나의 사건을 유추한다는 것은 아주 당연한 일이었다. 주성배는 혹시 살해된 게 아닐까? 그렇다면 누구에 의해서?

영이를 바라보는 최형사의 눈빛은 완전히 의혹에 싸여 있었다. 주성배의 실종에 일차적으로 의심을 받아야 할 사람은 바로 윤영이였다. 4천만 원이라는 거금은 식당 종업원을 지낸 18세 처녀에게는 사람 목숨보다 귀한 것일 수 있다. 의외로 큰 대어를 낚을지도 모른다고 생각한 최형사는 마음을 다져먹고 영이를 문초하기 시작했다. 그것은 지금까지와는 전혀 다른 방식의 아주 냉혹한 문초였다.

그러나 그녀는 처음부터 끝까지 모르겠다고만 일관했다. 자기는 모르는 일이라고 울면서 변명했다. 그럴수록 최형사는 그녀의 말을 믿지 않았다.

그녀의 소지품을 샅샅이 검사하고 난 그는 여자 순경을 시켜 그녀의 몸을 수색하게 했다. 혹시 몸에서 주성배의 은행통장과 도장이 발견되지 않을까 해서였다. 그 바람에 영이는 발가벗고 몸의 은밀한 부위까지 조사를 받아야 했다. 조사 결과는 깨끗했다.

화가 난 최형사는 주성배가 근무했던 곳으로 연락을 취해보려고 했지만 영이는 그 근무처의 정확한 이름도 전화번호도 모르고 있었다.

최형사는 상관에게 서울로의 출장을 상신했고, 이번 일을 조사하기 위해 자기 외에 두 사람쯤 더 차출해줄 것을 요청했다. 직속 상관은 미간을 찌푸리더니 빨리 서울에 다녀오라는 말과 함께 젊은 형사 한 명을 그에게 붙여 주었다. 그 젊은 형사의 이름은 서동욱(徐東旭)이라고 했다. 서른을 갓 넘은 그는 아직 미혼이었다.

12월 6일 오전 11시 20분.

김포공항 국내선 출구를 통해서 많은 사람들이 빠져나오고 있었다. 제주에서 막 도착한 비행기에서 내린 손님들이었다.

돼지도 서러워할 만큼 뚱뚱한 사나이는 맨 마지막에 뒤뚱거리며 나타났다. 한 손에 007가방을 들고 출구를 빠져 나온 그는 안경 너머로 주위를 재빨리 살핀 다음 대합실을 가로질러 밖으로 나왔다.

밖에는 매서운 바람이 불고 있었다. 눈발이 드문드문 날리고 있었지만 많이 올 것 같지는 않았다.

택시 정류장에는 많은 사람들이 차례를 기다리며 서 있었다. 일반 택시에 손님들이 몰리고 있는데 반해 비싼 콜택시에는 손님이 없었다. 그는 콜택시를 집어탔다.

길바닥 위에는 눈이 두껍게 얼어붙어 있었다. 그 바람에 택시는 굼벵이처럼 느릿느릿 굴러갔다.

바로 그 굼벵이처럼 느릿느릿 굴러간 것이 그를 구해주는 계기가 되었다. 만일 차가 빨리 달렸더라면 그는 미처 경계심을 품을 사이도 없이 바로 집 앞까지 가서 택시를 내렸을 것이고, 결국 잠복 형사들에게 체포되고 말았을 것이다. 그런데 그렇게 되지 않았다는 점에서 그에게는 아직 운이 따르고 있었다고 보아야 할 것이다.

택시는 답답할 정도로 느릿느릿 굴러가더니 영등포 로터리가 저만큼 보이는 지점에서 더 이상 전진하지 못하고 서버렸다. 가만 보니 로터리에는 차들이 뒤엉켜 미처 빠져나가지를 못하고 있었다.

그는 하품을 하면서 고개를 뒤로 젖히고 눈을 감았다. 지금까지의 내 행동은 완벽했었는가 하고 그는 자문해 보았다. 혹시 어디엔가 구멍이 나지 않았을까? 내가 전혀 모르고 있는 점에서 구멍이 나지 않았을까? 택시가 로터리 앞에서 서버리는 바람에 그는 충분히 생각해볼 여유가 있었다. '완벽하다는 것은 있을 수 없다. 거기에 목숨을 의지한다는 것은 위험한 도박이다.' 귀가 따갑도록 들었던 그 말이 비로소 생각났다. 지난 5년 동안의 생활이 그런 것까지도 잊어버리게 만들었음을 생각하고 그는 가만히 머리를 흔들었다. 목덜미가 갑자기 시려왔다. 그때 운전사의 목소리가 들려왔다.

「손님, 아무래도 안되겠는데요. 웬만하시면 걸어가시는 게 빠르겠습니다. 로터리가 바로 저기니까요.」

뚱보는 고개를 끄덕이고 차비를 치렀다.

택시에서 내려 보도 위로 올라서다가 그는 얼음판에 벌렁 나동그라지고 말았다. 그 옆을 지나던 아가씨 두 명이 입을 가리면서 킬킬거렸다. 그는 눈을 흘기면서 일어나 엉덩이를 털었다. 호되게 부딪쳤는지 엉덩이께가 얼얼했다.

그는 엉덩이를 어루만지다가 마침 그곳에 설치되어 있는 공중전화 박스를 발견하고는 그 안으로 들어가 집으로 전화를 걸었다. 다이얼을 돌리기가 무섭게 신호가 떨어지면서 기다렸다는 듯이 아내의 목소리가 들려왔다.

「여보세요!」

「음, 나야.」

아무래도 아내의 목소리가 심상치 않은 것 같았다.

「잠깐 기다리세요. 안에 가서 전화를 받겠어요.」

가게 안쪽에 있는 살림집으로 가서 전화를 받겠다는 말이었다. 그곳에 있는 전화와 가게에서 사용하는 전화는 같은 선으로 연결되어 있었다. 잠시 후 다시 아내의 목소리가 들려왔다. 아까보다 훨씬 다급해진 목소리였다.

「지금 어디 계세요?」

「가까운 곳에 있어. 왜 그래? 무슨 일이 있어?」

「이상한 사람들이 있어요. 아무래도 형사들 같아요. 당신이

오기를 기다리고 있는 것 같아요. 열 명이 넘는 것 같아요.」
그는 잠시 침묵했다.
「어떡하죠? 당신 무슨 일 저질렀어요?」
「아아니, 그런 일 없는데……」
「그럼 왜 형사 같은 사람들이 우리 집을 지키고 있죠?」
「당신이 잘못 본 거겠지.」
「아니에요. 잘못 본 게 아니에요. 애들 말이 당신에 대해서 꼬치꼬치 캐묻더래요.」
「걱정하지 마. 난 아무 죄도 없으니까.」
「들어오실 거예요?」
「음, 곧 들어갈께.」
「정말 괜찮겠어요?」
「걱정도 팔자군.」
수화기를 내려놓으면서 그는 코웃음을 쳤다. 그러나 그는 집에 돌아가지 않았다. 영원히.
빠르군. 어디서 구멍이 났을까? 그는 고개를 갸우뚱하면서 집과는 반대 방향 쪽으로 걸음을 옮겼다.

대전에서 뒤늦게 상경한 강계장은 보고를 받고 수사요원들이 잠복하고 있는 전주집으로 달려갔다.
전주집은 철통같이 포위되어 있었다. 아무리 날고 기는 자라 해도 일단 포위망 안에 들어오면 꼼짝없이 붙잡힐 수밖에 없도록 되어 있었다.
구형사로부터 자세한 설명을 들은 강계장은 손님처럼 위장하고 전주집에 들어가봤다. 잠시 후 점심을 먹고 나온 그는
「전화에 도청장치를 해야겠어.」
하고 말했다.
동회에 갔던 형사가 노준기의 가족들에 대한 주민등록등본을

떼어가지고 돌아왔다.

　노준기의 가정은 4명으로 구성되어 있었다. 노준기와 그의 아내, 그리고 아들 둘, 이렇게 네 명이었다. 노준기의 아내 김말자(金末子)는 서른여덟 살이었고 아들 인규(仁圭)와 민규(珉圭)는 각각 열세 살과 열 살이었다. 그런데 세대주인 노준기는 지난 11월 29일자로 주민등록등본에서 말소되어 있었다. 원인은 그 날짜로 혼자 전출 신고를 했기 때문이었다. 전입지는 대전으로 강계장이 지난 밤 들렸던 안경식 씨 집주소로 되어 있었다.

　「가족들을 두고 혼자 빠져나갔군?」

　강계장은 중얼거리다 말고 전주집에서 막 뛰어나오는 어린이를 눈여겨보았다. 그 아이 뒤를 쫓아 또 한 아이가 뛰어나왔다. 먼저 나온 아이보다 큰아이였다. 맹렬한 기세로 뒤쫓던 큰아이는 이윽고 앞서 간 아이의 뒷덜미를 움켜잡더니 길바닥에다 그 아이를 패대기쳤다. 작은 아이는 힘없이 길바닥에 나동그라졌고 미처 일어나기 전에 큰아이는 작은 아이를 깔고 앉아 주먹을 휘둘렀다. 그것을 보고 강계장은 급히 다가가 큰아이를 밀어냈다.

　「그러면 안돼!」

　큰아이는 씩씩거리다가 저쪽으로 뛰어가버렸다. 작은 아이는 몸을 일으키더니 맹렬한 기세로 울기 시작했다. 강계장은 그 아이의 옷에 묻은 흙을 털어준 다음 그 아이를 데리고 가게로 가서 아이스크림을 한 개 사주었다. 아이는 울음을 그쳤다.

　「너……민규지?」

　아이는 의아한 듯 그를 쳐다보다가 고개를 끄덕였다. 영리하게 생긴 아이였다.

　「집에 아빠 계시니?」

　아이는 고개를 흔들었다.

　「안 계시니?」

아이는 고개를 끄덕였다.

「어디 가셨니?」

「몰라요.」

「너 아빠 좋아하니?」

그 물음에 아이는 얼른 대답하지 못하고 머뭇거리다가 그가 재차 묻자 마지못한 듯 가만히 고개를 흔들었다.

「왜 아빠를 좋아하지 않지? 아빠가 널 때리니?」

아이는 다시 고개를 끄덕였다.

「아빠 언제 돌아오신다고 했니?」

「모르겠어요.」

「식당에 앉아서 돈 받고 있는 사람이 너희 엄마니?」

「네, 우리 엄마예요. 우리 아빠는 일찍 돌아가셨어요.」

강계장은 어리둥절했다.

「그게 무슨 말이니? 너희 아빠는 어디 가셨다고 하잖았어?」

소년은 잠자코 아이스크림 포장을 뜯기 시작했다.

「그 뚱뚱한 사람이 너희 아빠 아니니?」

「아빠는 아빠예요. 하지만 진짜 아빠는 아니에요. 두번째 아빠예요.」

소년은 아이스크림을 입으로 가져갔다.

「아, 그러니까 진짜 아빠가 돌아가시자 엄마가 새 아빠를 얻었다 이 말이구나? 그렇지 않니?」

「네, 그래요.」

「돌아가신 아빠 이름은 뭐였지?」

강계장은 흥분을 누르며 물었다.

「몰라요.」

민규의 성은 노가였다. 그렇다면 그 성은 본래의 성인가, 아니면 원래 다른 성이었다가 노준기의 호적에 입적되면서 노가로 바뀐 것일까.

「네 이름이 본래 노민규였니? 아니면 새 아빠하고 살게 되면서 이름을 바꾼 거니?」

「바꾸지 않았어요.」

아이의 입가에 아이스크림이 허옇게 묻었다.

아이를 보내놓고 나서 강계장은 구형사에게 귓속말로 무엇인가 지시를 내렸다. 구형사는 즉시 부근에 있는 변호사 사무실을 찾아갔다.

그는 30분쯤 지나서 돌아와 강계장에게 이렇게 보고했다.

「성이 다른 자식을 자기 호적에 입적시킨다고 해서 성까지 바뀌는 건 아니랍니다. 자기 호적에 입적시키려면 양자로 입적이 되는 것이고 성은 본래의 성을 그대로 따른답니다.」

그 말을 듣고 강계장은 고개를 갸우뚱했다.

「그렇다면 민규의 죽은 아버지의 성도 노씨였다는 말인가?」

「아마 그런 모양이죠.」

그런 의문쯤이야 노준기의 아내 김말자에게 물어보면 쉽게 풀리기 마련이었다. 그러나 지금의 상황으로서는 김말자에게 그런 것을 물어볼 수도 없었다. 그들은 잠복 상태에서 노준기가 돌아오기만을 기다리고 있는 처지였다.

강계장은 가까운 곳에 여관방을 하나 얻어 지휘본부로 사용하기로 했다. 필요한 전화는 그곳으로 연결시키라고 수사본부에 지시해 놓았다. 전주집 전화에 대한 도청도 그 방에서 들을 수 있게 해놓았다.

그날 따라 날씨가 몹시 추웠다. 잠복 형사들은 오랜 시간 추위에 떨어야 했다. 오후 2시가 지났다. 그러나 노준기의 모습은 보이지 않았다. 노준기의 고향에 내려갔던 하형사로부터 전화가 걸려온 것은 2시 조금 지나서였다. 수사본부를 거쳐 걸려온 전화였다.

「고향에는 노준기의 사촌형 되는 사람이 한 사람 살고 있었습니다. 손이 귀한 집안인지 그밖에 다른 친척은 없었습니다. 그 사람 말이 노준기는 어릴 때 고아가 되어 고향을 떠났다고 합니다. 그러다가 5년 전인가 6년 전에 한 번 고향에 들렀다 가고는 그 뒤로는 보지 못했답니다. 소식도 없고 어디 살고 있는지도 모릅니다.」

「그 사람 호적등본을 떼어봐. 그걸 한 장 떼어가지고 빨리 올라와.」

전화를 끊고 난 강계장은 대전으로 전화를 걸었다.

노준기와 박덕순이 세들어 살고 있는 안경식 씨 집을 관할하고 있는 파출소에서는 박형사와 미스 최가 이제나 저제나 하고 전화를 기다리고 있었다. 그들은 안경식 씨 집으로부터 걸려올 전화를 기다리고 있었다. 노준기가 오는 대로 급히 전화를 걸어주기로 안경식의 부인과 단단히 약속을 해두고 있었기 때문이었다. 그러나 그 전화는 오지 않고 강계장의 전화만 걸려왔다.

「별일 없나?」

「별일 없습니다.」

「노준기가 나타나는 대로 나한테 전화를 걸어줘. 이쪽에 아니면 그쪽에 나타날 거야. 그리고 오늘밤 술집에 가보는 거 잊지 말고.」

강계장은 여관 전화번호를 가르쳐주고 수화기를 내려놓았다. 그때 문이 열리면서 구형사가 고개를 디밀었다.

「좀 이상한 자들이 나타났는데요. 지금 전주집 여주인하고 심각한 얼굴로 이야기를 주고받고 있습니다.」

전주집에는 손님으로 가장한 수사요원들이 번갈아가며 잠복하고 있었기 때문에 안에서 일어나고 있는 동태를 낱낱이 감시할 수 있었다.

3시가 지났다.

　잠복 형사들은 교대로 전주집에 들락거리면서 여관에 대기하고 있는 강계장에게 수시로 소식을 전해왔다. 3시 반이 되었을 때 구형사가 뛰어와 보고했다.

「그자들이 일어섰습니다. 어떻게 할까요?」

「연행해. 이리로 데려와.」

　강계장은 방에 그대로 버티고 앉아 지시했다.

　전주집에서 나온 두 사내는 두리번거리다가 오른쪽으로 방향을 잡고 걸어갔다.

　그들이 50m쯤 걸어갔을 때 구형사와 김형사가 그들 앞을 가로막았다. 네 명의 다른 형사들은 그들의 옆과 뒤를 포위했다.

「실례합니다. 경찰입니다.」

　구형사는 신분증을 얼른 내보이고 나서

「신분증 좀 보실까요?」

하고 물었다.

　두 사내는 어리둥절한 표정이다가 이내 표정을 누그러뜨리며 묘한 표정으로 미소를 지었다.

「우리도 경찰입니다.」

　매끄럽게 생긴 사내가 주머니에서 신분증을 꺼내 구형사에게 보였다.

「제주도에서 올라왔습니다.」

　구형사의 얼굴이 붉어졌다. 그는 민망한 표정으로 신분증을 돌려주면서 실례했다고 고개를 숙였다.

　제주도 형사들의 갑작스런 등장은 서울의 수사진을 놀라게 하기에 충분한 것이었다. 놀라기는 제주도 형사들도 마찬가지였다.

　강계장은 제주도 형사들과 반갑게 인사를 나누었다. 제주도에서 근무한 적이 있는 그는 그들을 잘 알고 있었다.

　그들로부터 자초지종 이야기를 듣고 난 강계장은 직감적으로 사건이 새로운 국면으로 접어들었음을 깨달았다. 주성배의 실종을 전혀 별개의 사건으로 취급하기에는 너무나 의심되는 점들이 많았던 것이다.

「어떻게 생각해?」

「주성배의 실종을 우리도 조사해보는 게 좋을 것 같습니다. 노준기가 집에 없는 동안에 주성배는 실종되었습니다.」

구형사의 말에 이어 김형사가 입을 열었다.

「그리고 윤영이와 주성배는 모두 노준기와 관계가 있는 인물이었습니다. 노준기, 윤영이, 주성배…… 이 세 사람은 같은 날 사라졌습니다.」

「주성배에게 4천만 원이 어디서 났는가 하는 게 열쇠가 될 것 같습니다. 우리는 지금 그의 사촌형이라는 사람을 만나러 가겠습니다. 그 다음에 은행을 뒤지겠습니다.」

이것은 제주도에서 올라온 최형사의 말이었다. 그의 말이 끝나기가 무섭게 강계장은 손을 흔들었다.

「따로따로 움직일 게 아니라 함께 조사합시다. 우리도 어차피 그 관계를 조사해야 하니까.」

강계장은 뚱뚱한 김형사와 또 한 명의 김형사에게 제주도 팀을 따라가라고 지시했다. 또 한 명의 김형사는 뚱뚱한 김형사와는 대조적으로 키가 크고 깡마른 편이었다.

제주도 팀이 밖으로 사라지자 강계장은 부산의 J경찰서로 전화를 걸었다. J경찰서 형사계에는 과거 그와 친절하게 지냈던 후배 형사가 한 명 근무하고 있었다. 후배 형사 송배춘(宋培春)은 외근중이었다. 매우 긴급한 일로 그러니 전화를 부탁한다고 이르고 수화기를 내려놓자 구석에 놓여 있는 도청용 전화기의 벨이 울렸다.

벨소리가 끊어지는 것과 동시에 강계장은 수화기를 집어들었다.

「여보세요.」

전주집 여자의 조급한 목소리가 들려왔다.

「음, 나야.」

처음 들어보는 남자의 목소리가 뒤를 이었다. 낮고 굵은 목소
리였다.

「잠깐 기다리세요.」

잠시 침묵이 흐르다가 다시 여자의 목소리가 들려왔다.

「금방 오신다더니 왜 안 오세요?」

「음, 일이 좀 생겼어. 그건 그렇고 아까 그 사람들 아직도 있
나?」

「네, 아직도 있어요, 참 이상한 사람들이에요. 어슬렁거리면
서 가려고 들지도 않아요. 당신을 기다리고 있는 게 분명한
것 같아요. 민규한테 글쎄, 아빠 들어왔느냐고 묻더래요. 당
신 정말 아무 일 없으세요?」

「아무 일 없어.」

「아무래도 이상해요. 저한테는 당신에 대해서 통 묻지를 않아
요. 저도 모른 체하고 있어요. 그 사람들 손님처럼 안에 들어
와서는 죽치고 앉아 있어요. 밖에서도 서성거리고 있고요. 불
안해서 못 견디겠어요.」

「걱정할 필요 없어.」

「언제 들어오실 거예요?」

「곧 들어갈께.」

「빨리 들어오세요. 그리고 참 형사 두 명이 와서 영이와 미스
터 주에 대해 꼬치꼬치 캐묻고 갔어요.」

「성배에 대해서 말이야?」

목소리에 갑자기 긴장이 감도는 것 같았다.

「네, 성배에 대해서 이것저것 자세히 물었어요. 그런데 글쎄
기가 막힐 일이 있어요. 영이 고것이 성배하고 눈이 맞아 가

지고 제주도까지 갔다지 뭐예요. 머리에 피도 안 마른 것이 그럴 수가 있어요?」

「그런데 형사들이 왜 그 애들을 찾지?」

「성배가 배에서 실종됐대요. 형사 말이 바다에 빠진 것 같은데 아직 시체를 찾지 못했대요. 지금 어디 계세요?」

「시내에. 내 말 잘 들어. 카운터 뒷벽에 보면 요리사 자격증이 걸려 있어. 거기에 붙어 있는 내 사진을 떼어내서 빨리 없애버려.」

「아니, 왜요?」

「글쎄, 시키는 대로 해! 빨리 없애버리란 말이야. 빨리! 알았어?」

「네, 알았어요.」

전화가 끊어졌다. 강계장은 수화기를 내려놓고 벌떡 일어섰다.

「그자는 오지 않아! 빨리 전주집을 덮쳐! 그자의 사진을 확보해야 해!」

형사들 십여 명이 한꺼번에 밀고 들어가자 전주집 안은 일시에 수라장으로 변했다. 살벌한 분위기에 손님들은 하나 둘씩 슬그머니 빠져나가 버렸다.

강계장이 전주집 안으로 들어갔을 때 여주인은 벽에서 액자를 떼내어 안에 들어 있는 요리사 자격증을 빼내려 하고 있었다. 그녀가 그것을 빼내기 전에 강계장의 손이 그것을 나꿔챘다.

형사들은 식당 안은 물론 안채까지 샅샅이 뒤졌다. 그러나 범인의 흔적이 될 만한 것은 하나도 남아 있지 않았다. 범인은 수사에 대비하고 미리 자신에 대한 흔적들을 깡그리 없애버린 것 같았다. 결국 그에 대한 것으로 그들이 수집한 것은 요리사 자격증에 붙어 있는 조그만 증명사진 한 장뿐이었다. 그러나 그 정도라도 수집한 것이 다행이었다.

강계장은 전주집 여주인을 데리고 여관으로 갔다. 마침 구형사가 전화를 받고 있다가 그에게 수화기를 넘겼다.

「부산에서 전화입니다.」

그것은 후배 형사인 송배춘이 걸어온 것이었다. 강계장은 급한 대로 용건만 이야기했다.

「자세한 것은 나중에 이야기하고 부탁이 있는데 들어줘야겠어. 시간을 다투는 일이야.」

「말씀하십시오.」

「12월 5일 저녁 7시 30분에 출발한 부산발 제주행 카페리호에 승선한 승객들 가운데 노준기라는 인물이 있었는지 알아봐줘야겠어.」

「알겠습니다. 즉시 알아봐드리겠습니다.」

「부탁하네.」

강계장은 수화기를 내려놓고 김말자를 바라보았다.

그녀는 하얗게 질려서 앉아 있었다. 아직 뭐가 뭔지 모르고 있겠지만 형사들의 움직임으로 미루어 매우 심각한 사태가 벌어지고 있다는 것을 눈치채기는 그다지 어렵지 않은 일이었다.

「아이들이 몇입니까?」

강계장은 앞뒤 가리지 않고 질문을 던졌다.

「두, 둘입니다.」

「그 아이들은 지금 남편하고 사이에 낳은 자식들인가요?」

「아, 아니에요. 그 아이들의 아빠는 일찍 돌아가셨어요. 교통사고로……」

「전 남편의 이름은 뭐였습니까? 그리고 생전에 무슨 일을 하셨나요?」

그녀의 전 남편의 이름은 노봉달(盧奉達)이라 했다. 직업은 트럭 운전사였다. 어느 운송업체에서 탁송물을 실어 나르는 일을 맡고 있었는데 7년 전 경부고속도로상에서 버스와 충돌하는 바람에 즉사하고 말았다.

「지금의 남편과 만난 것은 언제였습니까?」

「5년 전이었어요.」

그녀의 눈시울이 붉어지고 있었다.

「어떻게 해서 만났습니까? 좀 자세히 설명해 주십시오.」

남편이 비명에 죽자 김말자는 자식들을 데리고 살아갈 일이 막막했다. 남편이 남긴 재산이라고는 20평짜리 낡은 슬라브집 한 채가 전부였다. 남편의 죽음은 남편 쪽에 과실이 있었기 때문에 그녀는 한푼의 위자료도 받을 수가 없었다. 그녀는 궁리 끝에 남편의 퇴직금조로 받은 약간의 돈으로 조그만 식당을 하나 차렸다. 간단히 술도 팔 수 있는 그런 술집이었다. 식당은 겨우 끼니 정도는 이어갈 수 있게 드문드문 손님이 찾아들었다.

그럭저럭 1년쯤 꾸려갔을 때 어느날 두번째 남편이 될 사람이 찾아들었다. 그날 이후 그는 거의 매일이다시피 식당에 찾아오더니 아예 세끼 식사를 거기다 붙여 먹었다. 김말자는 사람 좋아 보이고 말수 적은 그 손님을 은근히 좋아하게 되었다. 그녀가 특히 그에게 관심을 보인 까닭은 그가 아직 독신이기 때문이었다. 남자가 독신이라는 사실은 여자들에게 희망을 심어줄 수 있는 가장 큰 요인이랄 수 있다. 김말자는 자식이 둘이나 있는 자신의 처지를 생각할 때 그에게 희망을 품는다는 것이 얼마나 부질없는 짓인가를 알았지만 이룰 수 없는 희망이라고 생각되었기에 더욱 그에게 쏠리는 감정을 주체하기 힘들었다. 묘하게도 그는 죽은 남편과 성이 같은 노씨였다. 이마가 벗겨진 것이 나이가 꽤 들어보였는데 정작 본인 말로는 서른일곱이라 했다. 그때 그녀의 나이는 서른셋이었다. 밤마다 남자의 품이 그리울 그런 나이였다.

「그 사람은 그때 무슨 일을 하고 있었나요?」

「외판사원이었어요. 책 외판을 했는데 그런 사람 같지 않게 여유가 있어 보였어요.」

　그에게 관심을 갖다보니 그에 대해 이것저것 많은 것들을 알게 되었는데, 그는 외아들로 부모가 물려준 재산이 꽤 있다고 했다. 부모가 모두 세상을 떠나 혈혈단신이 된 그는 하는 일 없이 재산만 까먹는 것이 싫어 용돈이나 벌어 쓸려고 서적 외판원으로 나섰다는 것이었다. 그래서 그런지 그는 볼수록 성실하고 믿음직스러워 보였다.

　그가 그녀의 식당에 출입하기 시작한 지 5개월쯤 된 어느날, 그날은 아침부터 많은 눈이 내렸었다. 하루종일 내린 눈은 밤이 되어서도 그칠 기미를 보이지 않았다. 그날 밤늦게까지 식당에 남아 있던 그는 자정이 가까워서야 집에 가겠다고 일어섰는데 너무 취했는지 제대로 몸을 잘 가누지를 못했다. 그녀는 집에서 자고 가라고 그를 붙들었고, 그래서 그는 자연스럽게 그녀에게 이끌려 아이들이 잠들어 있는 방으로 들어가 누웠다. 일단 잠자리에 들자 취해서 곯아떨어질 줄 알았던 그는 그렇지가 않았다. 그러기는 커녕 맹렬한 힘으로 그녀를 덮쳐왔다. 그렇지 않아도 그 순간을 애타게 기다려왔던 젊은 30대 과부는 아이들이 깰까봐 쉬쉬하면서 곤히 잠든 아이들 옆에서 그와의 첫번째 관계를 맺었다.

　그것은 몹시 뜨겁고 격렬한 관계였고 그녀는 크게 만족했다. 그 다음날부터 그녀는 그에게서 식사 값을 받지 않았고 얼마 후에는 그를 집안으로 들여앉혔다.

　「그이가 식당을 좀 키우자고 해서 여기로 옮겨온 거예요. 여기에 자리를 잡기까지는 그이의 힘이 컸어요. 제가 경영하던 식당은 너무 보잘 것이 없었기 때문에 처분해도 몇 푼 못 받았어요. 나머지는 그이가 돈을 다 댔어요.」

　「얼마나 됐나요?」

　「글쎄요. 자세한 것은 잘 모르겠지만…… 천만 원 이상은 댔을 거예요. 5년 전이면 큰 돈이었어요.」

「그렇게 해서 부부생활을 했나요?」

「네, 제 처지에 쑥스럽게 식은 올릴 수 없고…… 그래서 혼인 신고를 하고 아이들까지 모두 그이의 호적에 입적시켰어요.」

자식이 둘이나 있는 과부를 아내로 맞아들이고 그 아이들까지 거두어들인 그가 그녀의 눈에는 목숨을 바쳐서 받들어도 아깝지 않을 은인으로 비쳤을 것이다. 사실 그녀는 그를 남편이자 은인으로 떠받들었고 그에게서 전 남편보다 더 큰 만족을 얻고 있었다.

「장사는 잘 됐습니까?」

「네, 생각보다 아주 잘 됐어요. 그이가 워낙 정성을 들였기 때문에 잘될 수밖에 없었어요. 목도 좋았지만 그이의 힘이 컸어요.」

「노준기라는 이름은…… 처음 만났을 때에도 그 이름이었나요?」

「네, 처음부터 그 이름이었어요.」

「5년 동안 함께 살면서 이상한 점은 없었나요?」

그녀는 고개를 흔들었다.

「없었어요. 그런데 왜 그러시는가요? 그이한테 무슨 일이라도 있나요? 그이가 무슨 잘못이라도 저질렀나요?」

거기에는 대답하지 않고 강계장은 계속해서 그녀에게 질문을 던졌다. 노준기의 친척관계·친구관계·과거 등에 대해서 세세히 물었지만 이상하게도 그녀는 그런 것들에 대해서는 알고 있는 것이 별로 없었다.

「친척이라고 찾아온 사람은 한 번도 보지 못했어요. 그이는 오로지 일밖에 몰랐기 때문에 친구도 없는 것 같았어요. 그이의 과거에 대해서는 별로 들은 기억이 안 나요. 그이한테 무슨 일이 있나요? 그이가 죄를 저질렀나요?」

강계장은 노준기의 사진을 보였다.

「혹시 이 사람이 전 남편입니까?」

「아닌데요.」

그녀는 고개를 설레설레 흔들었다.

「우리는 노준기 씨를 만나야 합니다. 지금 그 사람은 어디 있습니까?」

「모르겠어요. 곧 돌아오겠다고 전화만 왔어요.」

「그 사람은 집에 돌아오지 않을 겁니다. 어디 갈 만한 곳을 모르십니까?」

「모르겠어요. 왜 그이가 집에 돌아오지 않을 거라는 거예요?」

그녀의 얼굴은 새로운 공포로 굳어지고 있었다.

강계장의 표정이 냉혹하게 굳어졌다. 그는 상대방의 감정 따위를 고려할 마음은 추호도 없었다. 그럴 여유도 없을 뿐 아니라 그에게는 오로지 범인을 하루빨리 체포해야 한다는 생각만이 간절하게 머릿속을 채우고 있었던 것이다.

「그 사람이 왜 집에 돌아올 수 없는지 말씀을 해드리죠. 그 사람은 살인범입니다. 그것도 세 사람이나 죽인 살인범입니다. 요새 한창 떠들고 있는 살인사건 있지 않습니까. 모녀를 죽이고 경찰관을 도끼로 찍어죽인 사건 말입니다. 그 사건의 범인이 바로 아주머니의 남편이란 말입니다. 이제 아시겠습니까?」

김말자의 입이 벌어졌다. 두 눈도 점점 커지고 있었다. 그녀의 머리가 마치 인형처럼 좌우로 흔들렸다.

「그럴 리가…… 그럴 리가……」

그녀는 경악한 나머지 더 이상 말을 잇지 못했다.

「미안합니다. 놀라게 해서.」

강계장은 기계적으로 뇌까렸다.

「어떻게 그런 말씀을……」

그녀는 제대로 몸을 가누지 못하고 있었다.

「우리도 지금 확인중입니다만 일차 확인은 끝냈습니다. 그리고 그 사람은 노준기가 아닙니다. 진짜 이름은 아마 그게 아닐 겁니다.」

김말자는 얼이 빠진 표정으로 그를 바라보기만 했다.

「부탁드릴 말씀은 연락이 오거든 빨리 자수하라고 권하십시오. 내일쯤에는 이 사진이 각 신문에 대문짝만하게 실릴 겁니다. 그렇게 되면 그가 체포되는 건 시간 문제입니다. 전국 방방곡곡에 체포령이 내리기 때문에 숨을래야 숨을 수가 없습니다. 실례 많았습니다. 이제 가셔도 됩니다. 하지만 당분간 허락없이 주소지를 떠나서는 안됩니다.」

김말자는 강계장이 들어보이는 남편의 증명사진을 보면서 가만히 일어섰다. 그리고 비틀거리며 밖으로 사라졌다.

「너무 심하지 않았습니까?」

「글쎄…… 하는 수 없지 뭐.」

전화벨이 울렸다. 부산에서 송형사가 걸어온 전화였다.

「제가 직접 연안부두에 가서 알아봤는데 승객 명단 가운데 노준기라는 이름은 없었습니다.」

「그럴 리가 없을 텐데……」

강계장은 맥이 빠진다는 투로 중얼거렸다.

「틀림없습니다. 그런 이름은 없었습니다.」

「그렇다면 주성배라는 이름하고 윤영이라는 이름을 찾아봐 줘. 지금 명단 가지고 있나?」

「네, 가지고 있습니다. 잠깐 기다려 주십시오.」

잠시 후 송형사는 제법 큰 발견이나 한 듯 큰소리로 두 사람의 명단이 있다고 말했다. 강계장은 미간을 찌푸렸다.

「그날 그 배에 탄 승객은 모두 몇 명이었나?」

「모두 해서 2백 명 남짓 됩니다. 겨울철이라 손님이 적게 탔습니다.」

그때 문이 열리고 제주도 팀과 김형사 팀이 들어왔다. 강계장은 송형사에게 잠깐 기다려 달라고 말한 다음 제주도에서 올라온 최형사를 바라보았다.

「혹시 카페리호 승객 명단 가지고 있습니까?」

「없습니다. 그렇지 않아도 돌아가는 길에 부산에 들러 승객들이 제출한 여행신고서를 모두 복사해 갈 생각입니다.」

비행기나 배를 탈 경우 승객들은 모두 빠짐없이 터미널에 비치되어 있는 여행신고서에 인적사항을 적어 탑승시에 관계관에게 제출하도록 되어 있다. 그와 함께 주민등록증도 제출해야 하기 때문에 신고서에 적은 내용이 주민등록증 내용과 일치해야 함은 물론이다. 강계장은 다시 송형사를 불렀다.

「수고스럽지만 그 승객 명단을 모두 좀 보내줘야겠어. 여행신고서에 적힌 인적사항까지 포함해서 말이야. 빨리 좀 보내줘.」

「네, 보내드리겠습니다. 그런데 어떻게 보내드릴까요?」

「K서로 보내줘. 팩시밀리로 말이야. 빨리. 급해.」

「어지간히 급하시군요. 한 시간 내로 보내드리겠습니다.」

강계장은 수화기를 내려놓고 최형사를 바라보았다.

「어떻게 됐나?」

「네, 주성배의 사촌형을 만나봤습니다. 주성배는 사촌형한테 그만두겠다고 정식으로 말하고 그만뒀답니다. 4천만 원에 대해서는 자기는 모르는 일이라고 말하더군요. 혹시 성배가 사촌형 몰래 빼내가지 않았느냐고 하니까 어림없는 일이라고 펄쩍 뛰더군요.」

「사촌형이란 사람은 성배가 갑자기 자기한테서 떨어져나간데 대해 괘씸하게 생각하고 있었습니다.」

뚱뚱한 김형사의 말이었다.

「그럼 그 4천만 원은 어디서 난 거지? 정말 복권에 당첨됐을까? 그걸 믿고 싶지 않은데.」

「우리도 믿고 싶지 않습니다.」

제주도 형사가 말했다. 강계장은 한참 생각에 잠겨 있다가 지시를 내렸다.

「복권 관계를 조사해봐. 주성배의 이름으로 복권에 당첨된 사람이 있는지 알아봐. 은행에도 알아봐. 12월 4일 전후해서 현찰 4천만 원을 인출해간 사람 명단을 모두 뽑아봐.」

「윤영이의 말로는 주성배가 그 돈을 다시 은행에 입금시켰다고 했습니다. 어느 은행인지는 모르겠고 그가 돈을 은행에 입금시켰다는 말을 들었답니다. 돈을 입금시킨 것이 5일 오전중이라고 했습니다.」

최형사가 덧붙여 말했다. 강계장은 다시 지시를 내렸다.

「그렇다면 입금 관계도 조사해봐.」

구형사가 옆에서 강계장의 지시 내용을 일일이 수첩에다 적었다. 제주도에서 올라온 최형사는 윤영이의 진술에 거짓이 없는지 조사해야겠다고 말했다.

그녀의 말에 따르면 주성배는 12월 4일에 R호텔에 투숙했고 자신은 어머니 때문에 그곳에 못 갈 뻔하다가 12월 5일 새벽 1시가 넘어서야 가까스로 성배한테 달려갔다고 했다. 그때 호텔에서는 한바탕 화재 소동이 있었는데 나중에 알고 보니 그것은 누가 고의적으로 장난을 친 것으로 밝혀졌다는 것이었다.

「윤영이는 주성배가 보여주는 가방 속을 들여다보았는데 그 속에는 만 원짜리 돈다발이 가득 들어 있었답니다. 날이 새자 두 사람은 11시 30분에 새마을 대합실에서 만나기로 하고 헤어졌답니다. 윤영이는 주성배한테 위험하니 돈을 은행에 예금시키라고 단단히 이르고 여관에서 기다리고 있는 어머니를 만나러 갔답니다. 그녀의 어머니는 시골에서 딸을 만나러 일부러 올라왔다고 합니다. 11시 30분에 새마을 대합실에서 만났을 때 영이는 성배한테 돈을 입금시켰느냐고 물었답니다. 성배는 빈 가방을 열어보였답니다. 이것으로 보아 성배는 11시 30분 이전에 그 돈을 은행에 입금시킨 것이 분명합니다. 먼저 R호텔에 가서 주성배가 그날 그 호텔에 투숙했는지 그것부터 조사해봐야겠습니다. 은행 관계는 아무래도 계장님께서 맡아주셔야겠습니다. 인원이 많이 필요하기 때문에……」

「아, 그건 염려 마. 김형사, R호텔에 함께 가봐. 그날 호텔에 투숙한 사람들 명단을 뽑아와.」

두 김형사가 제주도 팀과 함께 밖으로 사라지자 강계장은 본서에 보고하기 위해 구형사와 함께 여관을 나왔다. 지휘본부로 쓰던 여관방은 주인한테 돌려주고 전주집과 그 주위에는 형사 네 명을 잠복시켰다. 형사들은 잠복하고 있는 동안 전주집 주인에 대한 것이면 무슨 이야기라도 좋으니 철저히 수소문해서 수집하라는 지시를 받았다.

그로부터 한 시간 후 강계장은 서장실에서 지금까지의 수사 결과를 브리핑했다. 그 자리에는 수사과장이 동석했다.

서장은 턱밑에 수염 하나 없이 매끈한 얼굴을 가지고 있었다. 그의 얼굴은 과장과 계장의 얼굴보다도 훨씬 젊어보였다. 사실 그는 두 사람보다 젊은 마흔 살이었다. 산전수전 겪으며 그 자리에 오른 것이 아니라 고급관리의 등용문인 고시를 거쳐 짧은 기간에 뛰어오른 것이었다. 그런 유의 사람들이 으레 그런 것처럼 그에게도 엘리트 의식이 강하게 작용하고 있었다. 가지런하게 빗어넘긴 그의 머리에서는 포마드 냄새가 났다. 강계장은 서장의 혈색 좋은 둥그스름한 얼굴을 될수록 보지 않으려고 애쓰면서 말을 이어 나갔다.

「……이제 그자가 범인임은 의심할 여지가 없습니다. 사진도 확보했고 하니 즉시 수사진을 강화하고 전국적인 수색을 벌일 필요가 있습니다. 그리고 항만과 공항을 봉쇄해서 놈이 국외로 빠져나가지 못하게 해야 합니다. 시간을 끌면 끌수록 놈에게 은신처를 마련할 수 있는 시간을 주게 됩니다. 놈이 그런 여유를 가지지 못하게 즉시 대규모의 수색 작전을 전개해야 한다고 생각합니다. 사진을 복사해서 전국 방방곡곡에 뿌리고 공개수사를 벌이면 틀림없이 주민들로부터 신고가 들어올 것이고, 그렇게 되면 놈을 체포하는 것은 시간 문제일 것입니다. 신문과 텔레비전에 사진이 나가면 놈은 한 발짝도 움직일 수 없을 것입니다. 놈은 외모가 특이해서 금방 눈에 띕니다. 돼지가 무색할 정도로 뚱뚱하고 대머리입니다.」

침묵이 흘렀다. 젊은 서장은 고개를 끄덕이더니 침묵을 깨고 무겁게 입을 열었다.

「공개수사란 마지막 카드야. 공개수사도 좋지만…… 그렇게 되면 우리가 고생한 보람이 없잖아요. 다른 서에서 놈을 체포하면 너무 억울하단 말이야. 그렇게 되면 우리 체면이 말도 아니게 되지. 서과장은 어떻게 생각해요?」

「네, 다른 팀한테 놈을 빼앗긴다는 건 말도 안되는 소리입니다. 어떻게든 놈을 우리 손으로 체포해야 합니다.」

서과장은 50이 넘은 노회한 인물이었다. 수사계통에서 산전수전 다 겪으며 올라온 그는 상급자의 비위를 절대 거스르지 않는 것을 원칙으로 하고 있었다. 머리숱이 거의 빠진데다 얼굴이 부은 듯 누르스름한 빛이어서 언제 보아도 음침한 인상이었다. 거기다 도수 높은 안경까지 끼고 있어서 여간해서는 표정을 읽기가 어려웠다.

강계장은 두 상급자의 말에 할말을 잃었다. 그러나 아무리 생각해도 지금 당장 공개수사를 하지 않으면 도살자를 영영 놓칠 것만 같은 생각에 자신의 생각과 근본적으로 차이가 있음을 느끼면서 그는 공손히 자신의 생각을 다시 한번 이야기했다.

「지금 그런 것을 따질 때가 아니라고 생각합니다. 우리 팀이 이놈을 체포하면야 더 이상 바랄 게 없지만 만일 그게 계획대로 되지 않으면 놈을 체포할 수 있는 기회를 잃게 될지도 모릅니다. 누가 그를 체포하는가가 문제가 아니라 누구든 그를 하루빨리 체포하는 것이 중요합니다.」

김서장의 얼굴이 굳어졌다. 강계장은 서장의 시선을 피했다. 그가 제주도에서 서울로 오게 된 것은 순전히 서장의 덕분이었다. 그를 우수한 수사관으로 본 서장이 서울로 자리를 옮기면서 그를 함께 데려왔던 것이다.

강계장은 서장의 신세를 졌다는 바로 그 점이 언제나 목의 가시처럼 남아 있었다. 젊은 서장에 대해 별로 호감을 느끼지 못하고 있는 그는 서울로 올라온 것을 후회하고 있었고, 목에 걸린 그 가시를 하루빨리 뽑을 수 있게 되기를 은근히 기다리고 있었다.

신세를 진 것은 진 것이고 할말은 해야 한다. 일에 대해서는 눈치를 본다거나 양보란 있을 수 없다. 강계장은 굳은 표정으로 김서장의 반응을 기다렸다. 서장은 잘생긴 덕분에 미남이라는 별명으로 통하고 있었다.

미남이 천천히 입을 열었다. 목에 힘이 들어 있었다.

「좋은 말이야. 나도 원칙에는 찬성해요. 공개수사를 하자는 데는 나도 찬성이야. 하지만 같은 값이면 우리 손으로 사건을 해결하고 싶다 이 말이에요. 우리 관할 구역에서 사건이 발생했으니까, 그리고 우리가 지금까지 수사했으니까 우리 손으로 범인을 체포해야 한다는 것은 책임을 지고 있는 입장에서는 당연한 것이라고 생각해요. 그리고 범인의 사진까지 확보된 이상 우리 손으로 놈을 충분히 체포할 수 있다고 생각했기 때문에 그런 말을 한 거예요. 우리 서의 전 수사력을 동원하면 놈을 체포할 수 있지 않을까? 수일내로 말이야.」

미남이 동의를 구하는 표정으로 과장을 쳐다보았다. 서과장은 기다렸다는 듯이 미남의 말에 동의하고 나섰다.

「네, 놈을 체포하는 것은 시간문제입니다. 전 수사력을 동원해서 놈을 체포하겠습니다.」

「일단 다른 일은 젖혀두고 놈을 체포하는데 전력을 기울이도록 해요. 일주일 내에 놈을 체포하도록 해요.」

「알겠습니다.」

서과장의 자신만만해 하는 얼굴을 보고 강계장은 시선을 돌렸다.

「만일 일주일 내에 놈이 체포되지 않고……거기다 제4, 제5의 살인사건이 발생한다면 어떡하시겠습니까?」

서과장이 미간을 좁히며 그의 말을 제지했다.

「이봐요. 너무 그런 식으로 이야기하지 말라구. 일단 우리 힘으로 해보고 나서 안되면 그때 가서 다른 조치를 취하면 될 거 아니야.」

「알겠습니다.」

강계장은 입을 다물었다. 그는 더이상 말하고 싶은 기분이 싹 가시고 말았다. 그것을 보고 미남이 미소를 지으며

「강계장은 범인 체포에 자신이 없나 보지?」

하고 물었다.

「솔직히 말씀드려 이번 상대는 마음이 편치 않습니다. 아주 막연한 상대입니다.」

「막연하다는 것은 무슨 뜻이지?」

「윤곽이 잡히지가 않습니다. 대단한 놈인 것만은 틀림없는 것 같은데 도대체 어느 정도의 인물인지 감이 잡히지가 않습니다. 동기가 무엇인지도 분명하지 않고, 수법은 잔인무도하고, 행동

은 아주 신속합니다. 범죄면에서 무한한 가능성을 지닌 인물로 생각됩니다. 어떤 원대한 계획을 품고 그것을 실천에 옮기기 위해 노준기로 위장하고 있었지 않았나 생각됩니다만 확실한 것은 더 조사해 봐야 알 것 같습니다. 아뭏든 한낱 식당 주인으로 보기에는 도무지 격에 어울리지 않는 인물입니다.」

강계장이 도살자가 노준기로 위장하고 있었다고 공언하기는 이번이 처음이었다. 그것은 지금까지의 수사 결과에서 얻은 결론이었다. 그 결론에 이르기까지 그는 다각도로 생각해 보았는데 모든 것이 그와 같은 결론에 부합하고 있었던 것이다.

「범인이 노준기로 위장하고 있었다고 했는데 그것은 확실한 거요?」

서장실을 나오면서 과장이 따지듯 물었다. 강계장은 무표정하게 대답했다.

「의심할 여지가 없습니다. 그 이유는 첫째, 진짜 노준기의 얼굴과 다르다는 점입니다. 주소, 본적, 주민등록번호 등 서류상의 내용은 두 사람이 일치하고 있습니다. 그런데 얼굴이 다릅니다. 두 사람이 똑같은 주소, 본적, 주민등록번호, 생년월일을 가질 수가 있습니까? 그런 법은 있을 수가 없습니다. 우리는 노준기를 추적해 왔는데 전혀 엉뚱한 인물이 행세를 하면서 살고 있었습니다. 그것도 5년 동안이나 말입니다. 두번째 이유는 그 5년이라는 세월에 있습니다. 유춘자의 과거 애인인 노준기가 사우디에서 돌아온 것은 5년 전인 1978년이었습니다. 그때 그는 오랜만에 고향에 들렀습니다. 그가 고향에 들른 것을 확인해 준 사람은 그의 사촌형이었습니다. 이것은 거기 내려가 있는 하형사가 전화로 연락해온 겁니다. 그 이후 노준기의 행방은 묘연합니다. 지난 5년 동안 그를 보았다는 사람은 아무도 없습니다. 그런데 범인이 전주집을 차리고 노준기 행세를 한 것은 5년 전부터입니다. 그러니까 노준기의 실종과 동시에 새로운 노준기가 도살자에게 피살되지 않았나 생각합니다. 놈은 노준기를 5년 전에 살해하고 노준기 행세를 해온 것이라고 생각합니다. 그는 완전한 노준기가 되기 위해 자식이 둘이나 있는 과부와 결혼까지 했습니다. 김말자의 전 남편의 이름은 노준기와 성이 같은 노봉달이었습니다. 범인은 김말자의 자식들을 양자로 호적에 입적까지 시켰는데 성이 같았기 때문에 남들이 볼 때는 진짜 부자관계처럼 보였을 겁니다. 범인은 그런 것까지 노렸던 것 같습니다. 완전한 위장을 위해서 말입니다. 그렇게 가정을 갖추고 안착함으로써 놈은 거점을 확보할 수 있지 않았나 생각됩니다. 지난 5년 동안 놈은 그야말로 안전하게 거점을 확보하고 살아왔다고 볼 수 있습니다. 그런데 거기에 느닷없이 유춘자가 나타난 겁니다. 유춘자는 옛날 애인을 만나 자식문제를 상의하려고 그를 찾아갔던 것인데 전혀 엉뚱한 사람이 노준기 행세를 하고 있는 것을 보고는 이상하게 생각했을 겁니다. 바로 그것이 그녀의 죽음을 재촉한 원인이 되지 않았나 생각합니다.」

수사본부로 들어선 강계장은 말을 끊고 가만히 서과장의 반응을 살폈다. 서과장은 강계장의 말에 홀린 듯이 귀를 기울이고 있었다. 그는 말없이 다음 말을 재촉하고 있었다.

「유춘자를 살려 두었다가는 자신이 지난 5년 동안 쌓아올린 거점이 하루 아침에 무너질 우려가 있었기 때문에 그녀를 살해하지 않았나 생각합니다. 유춘자의 딸까지 죽인 것은 그 아이가 다섯 살로서 충분히 자기 엄마를 죽인 범인의 얼굴을 기억할 수 있는 나이라고 생각되었기 때문일 것입니다. 그런데 범인은 그것으로 안심할 수가 없었습니다. 유춘자를 죽이기 전에 그녀에게 어떻게 자신의 주소를 알아냈는지 물어보았을 겁니다. 거기서 노준기의 주소를 찾아준 사람이 유춘자의 오빠인 유문수 순경이란 것을 알고는 놈은 광주까지 내려가 유순경을 살해했습니다. 자신의 거점을 노출시키지 않기 위해 철두철미하게 세 사람을 잠재운 것입니다. 여기서 당연히 다음과 같은 질문이 나올 수 있습니다. 도대체 범인은 무슨 이유로 한 곳에서 5년 동안이나 노준기로 위장한 채 숨어 있었는가 하는 점입니다. 자식이 둘이나 있는 과부와 결혼하여 가정까지 이루면서 거점을 확보한 이유가 무엇인가 하는 점입니다. 틀림없이 어떤 목적이 있었을 것입니다. 그가 노린 그 목적이 무엇인지 밝혀내지 않으면 안 됩니다. 그리고 도대체 그의 정체가 무엇인지 그것도 밝혀내야 합니다.」

「체포되면 모든 게 밝혀지겠지.」

서과장이 굳어진 표정을 풀면서 가볍게 받아넘겼다. 강계장은 거기에는 대꾸하지 않은 채 다시 말을 이어나갔다.

「세번째 이유로, 그는 어디에도 자신의 사진을 남겨두지 않으려고 애를 쓴 흔적이 있습니다. 집안에는 물론 주문등록표에도 그의 사진은 붙어 있지 않았습니다. 어떻게 손을 썼는지는 몰라도 그의 주민등록표에는 사진을 떼어낸 흔적이 남아 있었습니다. 그런데 그에게도 실수는 있었습니다. 가게에 걸어놓은 액자 속에 붙어 있는 사진을 미처 치우지 못한 것입니다. 뒤늦게 전화로 그것을 없애라고 부인한테 지시했지만 마침 우리가 그 전화를 도청할 수 있었던 것입니다. 네번째로 그는 자신의 위치가 불안하게 되자 자신의 주민등록을 재빨리 대전으로 옮겼습니다. 그의 대전 주소에는 또다른 노준기가 술집 여자와 함께 살고 있었습니다. 또다른 노준기라는 말은 정작 그 자신은 그곳에 나타나지도 않고 엉뚱한 사람을 노준기로 내세워 방을 얻었다는 말입니다. 아직 확인되지는 않았지만 그럴 가능성이 큽니다. 또다른 노준기는 방만 얻어놓고 사라져버렸습니다. 그가 도살자와 공범 관계인지 아닌지 지금 대전에서 박형사와 미스 최가 조사 중입니다.」

　문이 열리고 구형사가 들어왔다.

「부산에서 팩시밀리가 왔습니다.」

〈上卷 끝, 中卷에 계속〉

김성종 추리문학 전집 · 20
라인 X(상)

초판발행 1986. 6. 30
3판발행 1996. 11. 20

지은이 김 성 종
펴낸이 김 인 종

발행처 도서출판 남도
서울 강동구 천호동 451 (134-023)
전화 488-2923 / 팩스 473-0481
등록번호 / 제1-73호(1978. 6. 26)

값 6,500원
ISBN 89-7265-029-3